Knaur.

Knaur.

Im Knaur Taschenbuch Verlag ist bereits von Wolf Kunik erschienen:
Der Katalane

Über den Autor:
Wolf Kunik wurde 1966 in Frankfurt/M. geboren. Er hat Spanisch/Lateinamerikanistik studiert und arbeitet als Autor, Drehbuchautor, TV-Redakteur und Filmemacher. Er hat zwei Kinder.

Wolf Kunik

Wüstensohn

Roman

Knaur Taschenbuch Verlag

Herausgegeben von
Hans Christian Meiser

Originalausgabe Mai 2005

Ein Unternehmen der Droemerschen Verlagsanstalt
Th. Knaur Nachf. GmbH & Co. KG, München

Umschlaggestaltung: ZERO Werbeagentur, München
Umschlagabbildung: Bridgeman Archive
Satz: Ventura Publisher im Verlag
Druck und Bindung: Clausen & Bosse, Leck
Printed in Germany
ISBN 3-426-62917-8

2 4 5 3 1

Dieses Buch berichtet von einer weiten Reise. Zu Beginn war mir das Ziel unbekannt. Doch inzwischen habe ich erkannt, wohin mich diese Reise mit gebrochenem Herzen, voller Schmerzen und Leid führen sollte. Wer mich auf diesem Weg begleiten mag, der lasse sich von meinen Worten tragen zu den Orten und Menschen, denen ich begegnete, deren Unglück und Freude ich teilte und denen ich unendlich dankbar bin, da sie mein Herz und meinen Verstand so sehr bereichert haben.

Farid de la Valle

I.

Der Hadernde handelt selten und oft irrig,
der kopflos Eilige häufig und nicht weniger irrig.

Ibn Alim

Marrakesch, im Jahr 1508 n. Chr.

Die über das Atlasgebirge geworfene Perle des Südens, wie einige Dichter Marrakesch liebevoll nannten, reckte ihre roten Mauern nordwestlich der verschneiten Gipfel in den blauen Himmel und war von tausenden Dattelpalmen umgeben. Yussuf Ibn Tashfin, der Gründer Marrakeschs, hatte die großen Plantagen im 11. Jahrhundert außerhalb der Stadtmauern pflanzen lassen. Die Legende erzählt, dass der damalige Herrscher über die Karawanenwege der Sahara hier eine oasenähnliche Landschaft schaffen wollte, um sich seiner sandigen Heimat, der Wüste, näher zu fühlen. Von hier aus eroberte er ein Reich, das sich im europäischen Kontinent von Valencia bis nach Lissabon und in Afrika von Ostalgerien über den Atlantik bis nach Timbuktu im Süden erstreckte. Die mächtige, rot schimmernde Lehmmauer und hohe Wehrtürme schützten die Güter und Bewohner Marrakeschs vor dem Neid der Fremden. Hier mischten sich Waren und Gesichter aus dem Norden und dem Süden. Sklaven, Gold, Elfenbein, Weizen, Pferde, Kamele, Kunsthandwerk und vieles mehr kamen aus der einen Himmelsrichtung und zogen in die andere. Der Reichtum aber blieb in Marrakesch, dem Tor zum Süden. Jahrhundertelang pflegten hier die Sultane zu residieren und über Marokko zu herrschen, weshalb die Alte Königsstadt dem Land auch ihren Namen geschenkt hatte. Doch die ruhmvollen Zeiten Marrakeschs waren nun vorüber. Zahlreiche Adelige und Gelehrte hatten die Stadt verlassen. Die Paläste verfielen zusehends, und die herrenlosen Gärten dörrten allmählich aus. Von Fes aus versuchte der Sultan, ein sich immer mehr zersplitterndes und zerfallendes Reich zu regieren. Seit jenem Tag, da Granada von den katholischen Königen eingenommen worden war, war des Sultans Macht immer mehr geschwunden. Dies war 1492 im Jahr meiner Geburt geschehen. Inzwischen wurde die Mittelmeerküste Marokkos von den Spaniern beherrscht, denn ihr Hunger nach weiteren Eroberungen war noch lange nicht gestillt, nachdem sie Granada zu Fall gebracht und die Neue Welt entdeckt hatten. Die Portugiesen hielten die wichtigsten Hafenstädte des marokkanischen Atlantiks besetzt. Aus dem Süden war der arabische Stamm der Saadier bis zum Antiatlas ins Dra-Tal vorgestoßen. Die Saadier versuchten, die Macht in Marokko an sich zu reißen. Es waren unsichere Zeiten in unserem Land, alles schien aus den Fugen zu geraten. Selbst der Glaube einte das Volk, das aus Berbern und Arabern bestand, nicht mehr. Strenge Anhänger des Propheten stritten mit Sufis und mystischen Meistern um die Vorherrschaft im Land. Die Macht zersplitterte. Das Volk hielt immer stärker am Aberglauben fest und flüchtete sich vor den stets enger werdenden Auslegungen der Suren des Korans. In mystischen Riten und Heiligenkulten suchten sie ihr Heil und fanden ihre neuen Herren. Das Reich war gespalten, und ich wusste, dass ich mich zu keiner Seite zählen konnte, sondern dass der Graben, der das Land teilte, auch durch mich hindurchging.

Es war Nacht. Ich hatte mich auf das Vordach des höchsten Gebäudes im Zentrum der Stadt geschlichen und erklomm die morsche Holzleiter, die auf die verbotene Terrasse führte. Niemand wagte sich hier herauf, denn es gab weder Mauer noch Brüstung, die Besucher vor einem Sturz aus dieser schwindelerregenden Höhe schützten. Der Boden des Daches war mit kleinen Steinen aufgeschüttet, die unter meinen Füßen knirschten, als ich mich vorsichtig bis an den Vorsprung des flachen Daches herantastete. Nur noch einige wenige Lichter flackerten unter mir. Die Minarette der Moscheen ragten im sanften Licht des Mondes stolz gen Himmel und hoben sich von den vorbeiziehenden Wolken ab. Die leeren Gassen verschwanden im Dunkeln, keine Menschenseele war zu sehen. Nur eine schwarze Katze huschte geduckt um eine Häuserecke. Plötzlich vernahm ich ein dumpfes, schmerzerfülltes Stöhnen. Erschrocken duckte ich mich und presste meinen Körper auf das Dach, um nicht entdeckt zu werden.

»Ich sollte dich eigenhändig erwürgen«, zischte eine wütend fluchende Berberstimme und hallte durch eine der hohlen Gassen bis zu mir herauf.

Zuerst sah ich die langen Schatten von zwei Männern näher

kommen. Dann erblickte ich einen sudanesischen Sklaven, lediglich mit einem Lendenschurz bekleidet und in Ketten gelegt. Ein gedrungener Berber, der um einen Kopf kleiner war als der Sudanese, trieb den Sklaven mit einem Stock wie ein Stück Vieh vor sich her. Der Rücken des Schwarzen war blutüberströmt. Er warf einen ängstlichen Blick auf den Berber, der sich angestrengt mit dem Handrücken über die Stirn fuhr, so als hätte er eine schwere Arbeit verrichtet. Wütend blitzten die Augen des Berbers, als der Sklave sich zu ihm umblickte, und er holte zum nächsten Schlag aus. Doch bevor er seine Absicht ausführen konnte, traf ihn ein kleiner, wohl gezielter Stein hart auf den Rücken. Der Berber zuckte erschrocken zusammen und versuchte, in der Dunkelheit seinen vermeintlichen Feind auszumachen.

»Welcher Feigling wagt es, hinter meinem Rücken nach mir zu werfen?«, rief der Berber wütend. »Zeig dich!«

Aus Angst, er könnte meinen Atem hören, hielt ich die Luft an und spähte vorsichtig über die Kante der Terrasse, in jeder Hand einen weiteren Stein wurfbereit. Doch der feige Berber beeilte sich, mit seinem Sklaven außer Wurfweite zu kommen, und bog hastig in die nächste Gasse ein. Ich hoffte, dass, wann immer er seinen Stock erneut gegen einen Sklaven erheben würde, er sich an diese Nacht erinnern und von seinem Vorhaben ablassen würde.

Als ich die Schritte des Sklaventreibers und seines Opfers nicht mehr vernahm, stellte ich mich auf den Rand des Daches, streckte meine Arme wie zu Flügeln aus und stellte mir vor, ein Falke zu sein. Ich erhob mich über die unzähligen Häuser und ließ mich von den sanften Winden über die Dattelhaine bis weit über die verschneiten Gipfel des Atlasgebirges tragen. Von dort oben erschienen die Berge wie ein schlafender Riese, der sich seitlich gebettet hatte. Mit seinem Kopf im Norden gelegen, ragten die Füße aus dem Sand der Sahara. Dorthin trieb mich meine Sehnsucht häufig an den Abenden, wenn ich auf dem verbotenen Dach verweilte. Stunde um Stunde schwebte ich dann über den Sanddünen, auf der Suche nach einem Moment, der mir die Wahrheit über mein Dasein und das der Sterne offenbaren möge. Wie auf einer Wolke schwebend verfolgte ich, wie der Atem Allahs die Spuren von gestern verwischte und die Gebilde und Muster der Dünen jeden Moment neu erschuf. Die Weite und Vergänglichkeit des unendlichen Sandmeeres vor Augen, verspürte ich den innigen Wunsch, jedes Sandkorn aufzuklauben und auf ewig zwischen meinen Fingern zu halten, damit die Zeit nicht verrinne. Als die ersten Sonnenstrahlen mir offenbarten, dass sich unter dem Schatten meiner Flügel nicht die ersehnte Wüste, sondern die Straßen Marrakeschs befanden, und als sich die ersten Menschen auf ihnen zeigten, wurde es Zeit, die Federn abzustreifen und heimzukehren.

Unser Haus lag innerhalb der Stadtmauern im Nordosten, am Rande der weit ausgedehnten Dattelhaine. Ein riesiger, von einer hohen Mauer geschützter Garten umsäumte das Haus. Unterirdisch angelegte Wasserläufe speisten die Wurzeln unserer Pflanzen mit dem kühlen Nass aus dem nahe gelegenen Fluss. Oliven, Orangen, Zitronen, Granatäpfel und vielerlei Gemüsesorten schenkte die Erde unseres Hauses fleißigen Händen und hungrigen Mündern. Das dreigeschossige Haus war von stolzem Umfang und erinnerte an einen Palast, obwohl es sehr schlicht und funktionell eingerichtet war. Im ersten und zweiten Stockwerk be-

fanden sich acht Schlafräume, die über eine Treppe im Innenhof erreicht werden konnten. Im Erdgeschoss lagen die Stallungen, die Küche, ein Aufenthaltszimmer und mehrere Lagerräume. Im schattigen Innenhof plätscherte fröhlich ein Brunnen. Schmale Säulen stützten die Arkaden, die den schattigen, mit duftenden Blumen geschmückten Hof umgaben. Ein orangefarbenes Segeltuch war zum Schutz vor der gleißenden Mittagssonne aufgespannt.
Ich erklomm die Mauer zu unserem Garten und sprang wie auf Samtpfoten hinunter, um niemanden zu wecken und mich von hier aus zum Hof und ins Haus zu schleichen. Ich wähnte mich alleine mit den Frische ausstrahlenden Pflanzen im Garten, als ich erschrocken feststellte, dass jemand reglos an den Stamm der mächtigen Palme gelehnt saß. Als die Person mich bemerkte, stand sie auf und ging langsam auf mich zu. Es war Xavier de la Valle, der Mann, der entschieden hatte, mein Vater zu sein, nachdem meine Eltern gestorben waren, und der mich in seinem Haus wie seinen eigenen Sohn aufgenommen hatte.
»Du kletterst geschickt wie eine Katze, mein Sohn«, trat er aus dem Schatten der großen Palmblätter. Seine braun gebrannte Haut, der blaue Turban und das weiße Gewand konnten nicht darüber hinwegtäuschen, dass er weder Berber noch Araber, sondern ein Weißer war. Das lag nicht zuletzt an dem Umstand, dass er fast alle Männer der Stadt um einen Kopf überragte und seine Gesichtszüge, obwohl hinter einem Vollbart verborgen, nicht denen der Völker Marokkos glichen.
»Wo bist du gewesen, mein Sohn?«, begehrte er zu wissen.
»Ich war auf dem höchsten Dach der Stadt.«
»Was hat dich dort hinaufgetrieben?«, fragte er.

»Mir ist, als könne ich die Sahara von dort aus sehen«, erklärte ich.
Er nickte und runzelte nachdenklich die Stirn. Dann glätteten sich wieder die Falten in seinem Gesicht, und ein verschwörerisches Lächeln glitt über seine Lippen.
»Lass dich nicht dort oben erwischen«, scherzte er, darauf anspielend, dass die Dächer der Häuser Marrakeschs den Frauen vorbehalten, für Männer aber tabu waren. Er deutete eine Verbeugung an, legte seine rechte Hand auf sein Herz, drehte sich um und ging zum Haus. Als ich hinter ihm hersah, bewunderte ich seinen leichtfüßigen, fast schwebenden Gang, sein stolz erhobenes Haupt und seine breiten Schultern.
»Vater«, rief ich ihm hinterher.
»Ja«, drehte er sich um und sah mich an.
»Ich liebe Euch«, sagte ich und umarmte ihn.
»Ich liebe dich auch«, erwiderte er und seufzte zufrieden.
»Ich habe morgen eine Aufgabe für dich«, löste er sich aus unserer Umarmung.
»Ja, Meister?«
»Wir haben einen neuen Schüler, ich möchte, dass du ihn einführst und ihm alles erklärst. Er heißt Ali, sein Vater ist Ziegenhirte und er hat fast seinen gesamten Besitz verkauft, um Ali das Studium zu ermöglichen, weil er ihn für einen Heiligen hält. Er sagt, sein Sohn spreche im Schlaf die Suren des Korans, und er kenne keinen besseren Menschen als ihn, denn er sei stets bemüht, nur Gutes zu tun.«
»Ich werde ihn mit Freuden empfangen, Vater.«
»Gut.«
»Verzeiht, wenn ich neugierig erscheine, aber eine Frage liegt mir auf dem Herzen.«

»Sprich, Farid. Was begehrst du zu wissen?«
»Habt Ihr das Geld des armen Ziegenhirten angenommen? Wie soll er überleben, wenn er fast alle seine Tiere verkauft hat?«
Xavier de la Valle lächelte mich an.
»Du bist ein guter Junge, Farid. Ja, wir haben das Geld genommen, denn es wäre eine Beleidigung und eine große Schmach, wenn wir es zurückweisen würden. Er würde sich in Zukunft stets in unserer Schuld fühlen. Wir bewahren das Geld auf und werden es ihm zurückgeben, wenn es benötigt wird oder wenn sich herausstellt, dass unsere Schule für Ali nicht die richtige ist. Du kannst also beruhigt schlafen heute Nacht. Du triffst ihn morgen früh am Platz der Geköpften und bringst ihn zur Schule.«

Auf dem zentralen Marktplatz Marrakeschs wurden Märchen, Lachen und Zaubersprüche verkauft und die Herrschenden der Stadt stellten dort zur Abschreckung abgetrennte Köpfe zur Schau. Jeder Fremde kannte den Platz der Geköpften in Marrakesch. Sein Ruf verbreitete sich in die entlegensten Regionen, und das war gewiss der Grund, weshalb Ali und sein Vater diesen Ort als Treffpunkt vorgeschlagen hatten.
Ich fand den Sohn des Ziegenhirten vor einem halb verwesten, auf der Spitze einer Lanze aufgespießten Kopf. Gedankenverloren betrachtete er den stinkenden Schädel, um den hunderte Fliegen schwirrten. Der Junge war sehr klein, trug eine neue weiße Djellabah und einen strahlend weißen Turban, war aber barfuß. Das Geld seines Vaters hatte offensichtlich nicht mehr für Sandalen ausgereicht. Er duftete angenehm nach Rosenöl. An seiner leicht glänzenden Haut

konnte ich erkennen, dass er gerade aus dem Badehaus gekommen sein musste. Das freundliche Gesicht mit der kleinen, fast runden Nase und den großen hellbraunen Augen wirkte sehr sympathisch. Ich schätzte sein Alter auf neun Jahre.
»Bist du Ali?«, fragte ich ihn lächelnd.
»Ja, der bin ich«, antwortete er erfreut, als er mich erblickte. »Salam.«
»Salam. Und du bist der Sohn Xavier de la Valles?«, glänzten seine Augen aufgeregt.
»Ja, sein Adoptivsohn.«
»Dann bist du Farid. Und dein Bruder Ramón besucht auch die berühmte Schule Ibn Alims, richtig?«, fragte er und schaute mich voller Bewunderung an. In seinen großen Augen lag ein freudiges, wissenshungriges Forschen.
»Ja, das stimmt«, erwiderte ich.
»Es heißt, dein Bruder sei ein sehr guter Redner.«
Ich nickte.
»Und stimmt es wirklich, dass Ibn Alim, der Meister deines Vaters, ein Schüler von dem Heiligen Sidi Mohammed Bin Sulaiman al-Gazuli gewesen ist?«, ereiferte sich der lebhafte Junge.
Wieder nickte ich und musste über sein aufgewecktes Wesen schmunzeln, was ich aber schleunigst zu verbergen suchte.
»Man sagt, es gäbe keinen größeren Mystiker unter der Sonne Allahs als al-Gazuli. Stimmt das?«, fragte er etwas unsicher, und ich bemerkte, dass er Angst hatte, etwas Falsches zu sagen.
»Vielleicht hast du Recht, aber ich denke, dass jeder Einzelne auf diesem Marktplatz, in der Stadt, in der Wüste und

auf der ganzen Welt der größte Mystiker unter der Sonne Allahs ist. Wir unterscheiden uns nur darin, dass für die einen die Zeit schon gekommen ist und für die anderen noch kommen wird.«

Ali starrte mich mit offenem Mund an und warf einen gedankenverlorenen Blick auf das entstellte, stinkende, kaum mehr erkennbare Haupt, neben dem wir verweilten.

»Komm, lass uns gehen, der Unterricht beginnt bald«, nahm ich ihn an der Hand und eilte voran, um Ali den Anblick des Hingerichteten nicht länger zuzumuten. Ali bemühte sich, mit mir Schritt zu halten, während wir durch die belebten und bunten Gassen der Stadt stapften. Schon bald hatte sich seine Zunge wieder gelöst.

»Stimmt es, dass auch Prinzen eure Schule besuchen?«, fragte er, als wir eine der engen Gassen des Souks durchquerten und uns an eine Häuserwand pressten, um zwei schwer mit Stoffballen beladene Maultiere passieren zu lassen.

»Ja, das stimmt, aber ich darf dir nicht sagen, wer die Prinzen sind«, erklärte ich ihm.

»Wieso?«, wunderte er sich.

»In der Schule sind wir alle gleich, so, wie Allah uns geschaffen hat. Es spielt keine Rolle, ob wir auf unseren nackten Fußsohlen oder in einer weich gepolsterten Sänfte den Weg zur Weisheit betreten.« Wir durchschritten das nordöstliche Stadttor.

Im Schatten der Dattelpalmen befand sich das weiß getünchte Schulhaus. Ich führte Ali in den Hof. Keinerlei Verzierung war an den Säulen und Wänden angebracht. Ein schlichter Brunnen bildete das Zentrum des Hofes, in dem zahlreiche Teppiche ausgebreitet waren, die zum Sitzen und Ausruhen einluden. Ali blickte sich ehrfürchtig um.

»Wo sind die Meister?«

»Du wirst sie bald sehen. Aber noch wichtiger als die beiden Meister ist die Bibliothek«, erklärte ich ihm.

Ali sah mich kritisch an. »Wie kannst du so etwas sagen?«

»Das ist eine der ersten Lehren, in der du unterwiesen werden wirst. Das Wort deines Meisters wiegt nicht mehr oder weniger als der Koran, den du mit eigenen Augen und eigenem Verstand lesen und verstehen musst. Was nutzen all die mystischen Formeln aus seinem Munde, wenn du sie dir nicht selbst erarbeitet hast, sondern wenn du sie einfach nur nachplapperst, ohne sie zu verstehen? Nichts ist wahr, es sei denn, es ist für dich wahr«, lächelte ich ihn an.

Ali folgte mir nachdenklich schweigend die steinernen Stufen hinauf in das zweite Geschoss, wo die Bibliothek untergebracht war. Leise öffnete ich die Tür einen Spalt weit und lugte hindurch, um zu sehen, ob sich ein Studierender in dem Raum befand. Als ich niemanden entdeckte, lud ich Ali mit einer ausladenden Geste in den Raum ein. Andächtig blieb ich am Eingang des Raumes stehen. Der altvertraute Geruch nach Zedernholz, zartem Leder und feuchtem Pergament stieg in meine Nase. Wie aus dem Füllhorn eines Engels ergoss sich das goldene Sonnenlicht durch ein geöffnetes Fenster auf das mit hölzernen Arabesken verzierte Stehpult in der Mitte des Raumes.

»In diesem Raum werden Schätze aufbewahrt, die du in keiner Schatzkammer eines Sultans oder Kaisers finden wirst«, sagte ich ruhig atmend, um meine Aufregung zu verbergen. Ali war der erste Schüler, den ich einwies. Beim Betreten der Bibliothek hatte ich mich wieder an meinen ersten Tag in der Schule erinnert. Mit staunendem Blick betrachtete Ali die liebevoll sortierten Werke.

»Hier findest du die Schriften aller Mystiker der Welt«, deutete ich auf ein Regal. »Und hier«, meine Hand wies auf ein benachbartes Regal, »die Philosophen der Welt. Nicht nur die gesammelten Werke der griechischen Philosophen und Dichter wie Aristoteles und Platon, nein, auch die der Römer und Ägypter reihen sich hier nebeneinander ein. Aber auch ältere Schriften aus dem Orient findest du an diesem Ort. Diese Bücher hier umfassen zum Beispiel alle Bände der Veden, die aus einer alten oralen Tradition transkribiert worden sind. Hast du schon von ihnen gehört? Die vedische Sprache ist älter als das Sanskrit, es heißt, auch Buddha habe die Hymnen der Veden studiert, bevor er erleuchtet wurde.«

»Kennst du all diese Bücher?«, fragte Ali mich ehrfürchtig.

»Ich habe sie alle gelesen, aber dass ich sie alle kenne, vermag ich nicht zu behaupten. Es ist wie dein täglicher Weg durch die Stadt in die Schule. Du begegnest immer wieder denselben Menschen. Du betrachtest dieselben Häuser, denselben Himmel. Doch jedes Mal, wenn du erneut diese Straßen durchkreuzt, bemerkst du ein Detail, das dir in all den Jahren trotz aufmerksamen Beobachtens entgangen ist. Plötzlich entdeckst du, dass in einer Tür, die du täglich mehrere Male öffnest und schließt, Nägel fehlen. Oder auf der Straße begegnen dir stets die immer selben Menschen, aber du hast dir noch nie die Zeit genommen, dir ihre Geschichten erzählen zu lassen. Wann und wie wurden sie geboren, wie geht es ihren

Familien, wo leben sie, wofür leben sie und wofür würden sie sterben?«
»Ich kenne nur ein Buch – den Koran. Ich habe ihn wieder und wieder gelesen«, sagte Ali ein wenig kleinlaut.
»Es ist ein großes Buch, du wirst vieles davon in anderen Büchern wiedererkennen.«
»Und die Bücher dort hinten?«, fragte Ali.
»Die Poesie von al-Andalus bis nach Damaskus, Liebesverse und Lobgesänge auf alle Herrscher der verschiedenen Dynastien.«
Einen Moment verharrte Ali vor jenen Büchern, um dann eines davon vorsichtig aus dem Regal zu nehmen. Er blätterte behutsam in den Seiten, fast so, als wolle er sie zärtlich liebkosen.
»Du hast also das Buch gefunden, das du als Erstes lesen wirst«, bemerkte ich zufrieden.
»Darf ich wirklich?« Ali konnte sein Glück kaum fassen.
»Natürlich. Hier ist dein Platz.« Ich zeigte ihm einen leeren Tisch, vor dem ein kleiner Teppich ausgebreitet lag.
»Lege das Buch hierhin, niemand wird es anrühren, bevor du es ins Regal zurückstellst.«
Ali bettete das Buch wie eine Mutter ihr Kind auf seinen Tisch und warf einen sehnsüchtigen Blick darauf.
»Nun noch diese Regale dort«, lenkte ich seine Aufmerksamkeit wieder auf mich.
Ali nickte.
»Geschichte, Religion, Naturwissenschaften und Allgemeines.«
»Wie lange hast du gebraucht, sie alle zu lesen?«
»Ich begann mit fünf Jahren, jetzt bin ich sechzehn.«
Ali nickte. Noch einmal warf er einen ehrfürchtigen, aber

auch begierigen Blick auf alle Bücher. »Was willst du jetzt noch lernen?«, fragte er, so als würde ich schon alle Weisheiten der Welt kennen.
»Ich will meine Mitte finden und die Ruhe dazu, die Weisheiten, von denen ich gehört oder die ich gelesen habe, zu verstehen und sie im Leben wiederzuerkennen.«
»So spricht ein wahrer Mystiker, Farid. Manchmal könnte man denken, du bist in den letzten Jahren um Jahrzehnte gealtert, wäre da nicht dein knabenhaftes Antlitz.« Ibn Alim erschien an der Tür und lächelte uns liebevoll an.
»Du bist also Ali«, stellte er fest.
»Ja«, kiekste es aus Alis Kehle, der vor Ehrfurcht beinahe seine Stimme verloren hatte und sich vor Ibn Alim auf die Knie geworfen hätte, hätte ich es nicht im letzten Augenblick zu verhindern gewusst, indem ich ihn fest an den Schultern packte.

So, wie Xavier de la Valle mir stets ein wahrer Vater war, war Ibn Alim mir ein Großvater. In seinen Taten und Worten spiegelten sich die Ruhe und die unendliche Weite der Wüste wider. Wenn ich in seine Augen blickte, war mir, als betrachtete ich in einer sternenklaren Nacht das Himmelszelt. Aus seinem Herzen strömte unendliche Liebe für alles, was atmete, und für alles, das sich seinen Augen und seinem Herzen offenbarte.
»Wir haben uns im Hof versammelt, um das Debattieren zu üben. Kommt ihr zu uns hinunter?«, fragte Ibn Alim.
Ali und ich folgten dem großen Meister in den Hof. Die anderen Studenten waren dort bereits zusammengekommen, hatten ihre Schuhe ausgezogen und sich auf den Teppichen niedergelassen. Ramón saß neben den beiden Prinzen, die

der Sultan aus Fes hierher gesandt hatte. Sie unterschieden sich im Äußeren nicht von den anderen Studenten. Von den Studenten wussten nur Ramón und ich, wer sie wirklich waren. Ibn Alim und mein Vater untersagten ihnen, wertvolles Geschmeide anzulegen oder Seide zu tragen. Ramón hatte sich mit ihnen angefreundet. Sie lachten gerne über seine Witzeleien und ließen sich von ihm durch die Stadt zu verborgenen und manchmal auch verbotenen Orten führen. Ramón ähnelte vom Körperbau sehr seinem Vater. Auch er war groß und sehr kräftig. Sein braun gebranntes Gesicht und die blauen Augen ließen viele Marrakeschis im Ungewissen, ob er Berber war, sobald er die blaue Djellabah und den seidenen Turban trug, um sich unter das Volk zu mischen. Er nickte mir kurz zu und warf einen prüfenden Blick auf Ali. Wir fanden noch in der hintersten Reihe Platz.

»Liebe Studenten, bevor wir das Debattieren üben, möchte ich euch einen neuen Kameraden vorstellen. Ali, würdest du bitte nach vorne kommen?«, bat Ibn Alim unseren neuen Schützling.

Dieser zögerte einen Moment, und ich spürte, dass er ängstlich wurde, als sich die Augen aller Anwesenden auf ihn richteten. Ich nahm ihn an seiner zitternden Hand und führte ihn nach vorne. Als wir neben Ibn Alim zum Stehen kamen, warf er mir ein dankbares Lächeln zu. Ich legte meine Hand beruhigend auf seine Schulter und spürte sein wild schlagendes Herz, das seinen ganzen Körper zu erschüttern schien.

»Wir heißen dich herzlich in unserem Kreis willkommen«, umarmte Ibn Alim den verschüchterten Hirtenjungen. Dann wandte er sich an die Studenten. »Ali ist zurzeit unser jüngster Student, und ich wünsche, dass er von jedem mit der entsprechenden Nachsicht und dennoch mit der notwendigen Härte behandelt wird.«

»Wir heißen dich herzlich in unserem Kreis willkommen«, sagten die Studenten, kamen nach vorne und umarmten ihn, um sich wieder auf ihren Plätzen niederzulassen. Alis Wangen glühten rot. Als er endlich jeden Einzelnen begrüßt hatte, setzte er sich schnell wieder in die hinterste Reihe auf den Teppich.

»Heute wollen wir über etwas debattieren, das allgegenwärtig ist in unserer Stadt: die Sklaverei. Viele Karawanen treffen mit dem schwarzen Elfenbein hier ein. Menschen wechseln ihren Besitzer und ihr Schicksal. Familien werden auseinander gerissen und neu gegründet. Der Handel bringt der Stadt und ihren Bewohnern Geld ein. Es soll Sklaven geben, denen es bei ihren neuen Herren besser ergeht als zu den Zeiten, in denen sie als Bauer oder Jäger in ihren Dörfern gelebt haben. Es gibt also viele Argumente gegen die Sklaverei, aber sicherlich auch einige dafür. Wer will die moralisch schwierigere Position verteidigen, die für die Sklaverei spricht?«, eröffnete Ibn Alim die Diskussionsrunde.

»Ich, o ehrwürdiger Meister Ibn Alim«, meldete sich Ramón, ohne zu zögern.

»So sei es. Du hast ein wenig Zeit, dich vorzubereiten.«

»Ich denke, ich kann meine Argumente sogleich klar und deutlich darlegen«, erwiderte Ramón.

Ibn Alim schmunzelte ihm aufmunternd zu. Die Mitschüler warfen erwartungsvolle Blicke auf Ramón, der sich vor ihnen in die Brust warf, sie ruhig anschaute und nach einer spannungsgeladenen Pause seine Stimme erhob.

»Viele denken, es sei schändlich, Mütter und Kinder zu

trennen, Männer zum Arbeiten zu zwingen und Menschen fern ihrer Heimat zu bringen, wo sie weder die Sprache beherrschen, noch das Klima gewöhnt sind. Viele denken, es sei schändlich, andere als weniger wertvolle Menschen zu betrachten und sich deshalb das Recht herauszunehmen, sie zu versklaven. Doch schließt man sich dieser Meinung an, so muss man sich fragen, wie die Ägypter, Griechen und Römer diese Dinge gesehen haben und ob ihre Errungenschaften und Leistungen weniger wert sind, nur weil sie im großen Maße mit Hilfe von Sklaven erreicht worden sind. Sollten wir die großen Kulturen der Welt vielleicht mit anderen Augen sehen, weil sie, um diese zu erreichen, Sklaven benutzt haben? Schenkt man den Gegnern der Sklaverei Glauben, könnte man der Meinung verfallen, dass all die Meisterleistungen der ägyptischen Architekten beim Bau der Pyramiden nichts wert sind. Sollen wir alle Hochkulturen vor unserer Zeit, die ohne Ausnahme Sklaven gehalten haben, nicht mehr bewundern? Sind unsere geistigen Vorfahren weniger wert, weil sie durch die Hilfe vieler tausender helfender Hände ihre Kulturen aufgebaut haben?«
Auf einigen Gesichtern derjenigen, die mit Ramón sympathisierten, machte sich ein wohlwollendes Grinsen breit, denn sie schienen zu wissen, worauf Ramón hinauswollte.
»Wie kommt es, dass seit Anbeginn der Welt die Menschen in Sklaven, Diener und Herren unterteilt sind? Wenn es die Natur vorgibt, was soll Schlechtes daran sein?«
Zustimmendes Nicken ermunterte Ramón, in seinem Kurs fortzufahren. Insgeheim bewunderte ich seine Redekunst, mit der er Stück für Stück all die Argumente der Gegenposition für seine eigene Sache verwandte und sie somit für

seine Gegner unbrauchbar machte. Es schien ihm ein großes Anliegen, die moralische Position gegenüber dem Sklavenhandel in das Lächerliche zu ziehen.

»Geben wir uns also der Tatsache hin, dass Griechen, Römer und Ägypter Unrecht getan haben und mit schlechtem Beispiel vorangegangen sind, indem sie Sklaven gehalten haben, dann dürfen wir die Sklaverei verteufeln. Wenn wir aber ihre Kulturen achten, dann müssen wir unsere Position gegenüber der Sklaverei neu durchdenken. Also stimmt für oder gegen die Griechen«, forderte Ramón seine Mitschüler schmunzelnd auf.

Ein Teil von ihnen brach in schallendes Gelächter aus, auch die beiden Prinzen, neben denen Ramón gesessen hatte, amüsierten sich prächtig. Er hatte einen überzeugenden Vortrag gehalten, und es war ihm gelungen, die moralische Sicht auf die Sklaverei, die in unserer Gesellschaft ohnehin schon eine schwache Position hatte, zu entschärfen.

»Wer möchte für die Gegenpartei das Wort ergreifen?«, fragte Ibn Alim in die Runde. Die Angst davor, durch Ramóns rednerische Gewandtheit zum Gespött des Nachmittags zu werden, ließ viele schweigend zum Boden schauen, denn sie hatten Angst, dass Ibn Alim ihnen aufmunternd zunicken würde, so sie seinem Blick begegneten.

»Weshalb sollte jemand diese Position vertreten wollen?«, ließ Mohammed, der Sohn eines Elfenbeinhändlers, seine Stimme vernehmen, ohne sich die Mühe zu machen, nach vorne zu treten. Er war hoch gewachsen, schlank und hatte eine sehr lange, gerade Nase.

»Ist es nicht ein müßiges Thema, darüber zu debattieren? Solange die Leibeigenen von ihren Herren gut behandelt werden, gibt es nichts daran auszusetzen, ich denke,

darüber besteht Einigkeit«, versuchte er das Thema abzuschließen.
»Ich würde gerne gegen die Sklaverei sprechen«, widersprach ich Mohammed.
»Nun, dann sprich, Farid«, ermunterte mich Ibn Alim.
»Es ist richtig: Die Griechen töteten alle Männer einer im Krieg eroberten Stadt, warfen die Säuglinge von den Stadtmauern und nahmen sich allein die Frauen als Sklavinnen. Und nicht nur die Römer, die hier vor langer Zeit auf unsere Erde eingefallen sind, oder die Vandalen, die hier wüteten, hielten sich unsere Vorfahren als Sklaven, sondern auch die Einwohner jener entlegenen Inseln am anderen Ende des Meeres im fernen Westen tun dies ebenfalls, wie mir ein spanischer Seefahrer vor kurzem berichtete. Ja, einige von ihnen essen sogar ihre Gefangenen. Der Stärkere bezwingt den Schwächeren, so lautet das Gesetz der Natur, nach dem die Tiere leben – und offensichtlich auch die Menschen. Die Sklaverei ist also nur gut, solange wir die Stärkeren sind, solange wir die Herren der Sklaven sind. Nicht so, wie im gefallenen al-Andalus, wo die Ungläubigen fromme Moslems in Ketten gelegt und geknechtet haben. Also lasst uns jeden Morgen und jeden Abend unsere Gebete an Allah richten, dass unsere Kräfte nicht schwinden mögen, damit wir weiter über unsere Sklaven gebieten können und nicht selbst in Gefangenschaft geraten. Und lasst uns hoffen, dass die Gebete der Sklaven von Allah nicht erhört werden mögen«, erhob ich sarkastisch meine Stimme.
Betroffenes Schweigen legte sich über den Hof. Die Prinzen verloren den schadenfrohen Gesichtsausdruck. Ramón schien meine Rede als einen persönlichen Angriff zu verstehen, denn seine Gesichtszüge verhärteten sich, und er warf

mir einen bösen Blick zu, als er sich erhob, um das Wort zu ergreifen.

»Du sprichst von Gerechtigkeit, von Freiheit, und bedienst dich Allahs Namen, der gepriesen sei, für deine Argumente. Allah tut nichts Schlechtes auf der Welt, es sind die Menschen selbst, und am Jüngsten Tag werden sie in ihrem Buch ihre Taten lesen und dafür bestraft oder belohnt werden, weil, wer Gutes tut, dem wird Gutes widerfahren, und wer Böses tut, dem wird Böses widerfahren. Aber bei der Frage um die Sklaverei geht es nicht um die Frage Gut oder Böse, da sie bereits geregelt ist. Vielmehr sollten wir uns fragen, wie die Geschichte aussehen würde, hätte es die Sklaverei nicht gegeben. Wir sollten versuchen, uns vorzustellen, was es für Marrakesch bedeuten würde, wenn es von heute auf morgen keine Sklaven mehr gäbe. Wie viele Geschäfte müssten schließen? Wie viele Kinder müssten hungern, weil ihre Väter kein Brot mehr nach Hause bringen würden? Wie viele Karawanen würden nicht mehr zu uns kommen? Wir könnten jetzt beschließen, dass kein Sklave mehr gefangen genommen werden darf, dass auf unseren Märkten kein Handel mit den schwarzen Menschen mehr betrieben werden darf und dass alle Sklaven der Stadt freigelassen werden müssen. Doch was würden wir bewirken? Eine freie Stadt voller heimatloser, ehemaliger Sklaven, zum Betteln oder Rauben verdammt. Leere Märkte und Souks. Weniger Geld in unser aller Taschen und großes Elend. Denn sollte Marrakesch seine Tore vor den Sklavenkarawanen verschließen, dann würden sich andere Städte finden, die bereitwillig die Sklavenhändler zu sich einladen würden. Ist es da nicht ehrwürdiger, die Sklavenmärkte zu kontrollieren und darauf zu achten, dass die

Leibeigenen menschenwürdig behandelt werden und ihnen kein Unrecht widerfährt?«, endete Ramon siegessicher seine Rede. Er erntete zustimmendes Nicken und Murmeln, dann setzte er sich zufrieden auf seinen Platz.

»Tue niemandem das an, was du nicht selber erleiden möchtest. Wenn ihr also bereit seid, euch in Ketten legen zu lassen, zuzuschauen, wie eure Frauen und Töchter geschändet und eure Brüder ermordet werden, dann wendet weiter eure Augen von dem Unrecht ab, das den geschundenen Menschen aus dem Süden innerhalb unserer Stadtmauern widerfährt. Ihr braucht nicht zu glauben, dass ihr bessere Menschen seid, wenn ihr euren Sklaven eine gerechte und menschenwürdige Behandlung angedeihen lasst. Ihr kennt den Unterschied zwischen den freien Falken in den Bergen und denen, die eine Lederhaube auf dem Kopf tragen. Sie mögen noch so viele Leckereien zugeworfen bekommen, der stolze Glanz in ihren Augen ist für immer erloschen, ihre Federn werden stumpf. Es ist so wie mit allen Dingen in der Welt. Wenn wir unsere Gedanken nicht ändern, wird sich der Wind nicht drehen. Natürlich wird mit der Sklaverei auf der Welt nicht Schluss sein, wenn wir in Marrakesch den Sklavenkarawanen die Tore verschließen. Es geht vielmehr darum, Tore zu öffnen, und zwar jene Tore in den Köpfen derer, denen der Blick auf das Wesentliche der Dinge verwehrt ist.«

Anerkennende Blicke trafen mich und straften Ramón mit Missachtung. Er wusste, dass er an jenem Tag die Debatte verloren hatte und besser keinen Versuch unternehmen sollte, das Ruder noch einmal zu seiner Gunst herumzureißen, da er sonst sein Gesicht vollends verlieren könnte. Zerknirscht nahm er die Niederlage hin, aber nicht ohne mir einen versteckt boshaften Blick zuzuwerfen, denn es war das erste Mal, dass ihn jemand im Debattieren geschlagen hatte. Ich maß dem Sieg keine große Bedeutung bei, hatte ich doch die viel leichtere Position verteidigt. Ich vergaß Ramóns Blick wohlwollend, denn ich konnte verstehen, dass er sich des verletzten Ehrgeizes wegen dazu hatte hinreißen lassen.

Der Weg zum Zeltlager von Alis Vater führte uns entlang des Palmenhains. Ich begleitete Ali zu seinem Heim und genoss den uns umschmeichelnden Wind des milden Nachmittags. Wir waren eine Zeit lang schweigend nebeneinander gelaufen. Ali musste all die neuen Eindrücke verarbeiten, und ich wollte ihn dabei nicht unterbrechen oder davon ablenken.

»Man merkt, dass Ramón nicht dein wirklicher Bruder ist«, sagte Ali plötzlich unangemessen ernst, wie ich empfand.

»Er ist mein Bruder, auch wenn nicht dasselbe Blut in unseren Adern fließt«, widersprach ich.

»Kann es sein, dass er dich hasst?«, fragte Ali nachdenklich und blickte mich mit seinen runden, noch sehr kindlichen Kulleraugen an.

Wie konnte ein neunjähriger Junge mir solch eine Frage stellen? Ich blieb neben ihm stehen und warf einen Blick auf die weite Ebene vor Marrakesch, die spärlich vom abendlichen Dämmerlicht ausgeleuchtet war. Ramón war kein schlechter Mensch. Vielleicht ein wenig zu ehrgeizig, aber im Grunde war er gut. Ich richtete meinen Blick wieder auf den kleinen Hirtenjungen. Wir hatten noch keinen ganzen Tag miteinander verbracht, und schon sprach er mich auf einen sehr persönlichen Umstand an. Vielleicht hatte sein Vater mit der Aussage, dass Ali ein Heiliger sei, Recht gehabt.

»Ich liebe Ramón, er ist der Sohn meines Vaters«, beantwortete ich seine Frage.

»Ich habe dich nicht nach deinen Gefühlen, sondern nach seinen gefragt«, beharrte Ali.

»Nein, Ali, ich glaube nicht, dass Ramón mich hasst. Ich glaube, dass er sich selbst nicht liebt. Wie soll er irgendjemand anderen lieben, wenn er sich selbst nicht liebt?«

Ali nickte stumm, schien mit der Antwort aber nicht zufrieden.

»Hast du Brüder?«, fragte ich ihn.

»Drei, sie liegen alle unter der Erde bei meiner Mutter, die bei der Totgeburt meines letzten Bruders dahingeschieden ist.«

Tröstend legte ich meine Hand auf seine Schulter, doch an seinem Blick erkannte ich, dass der Schmerz über den Verlust seiner Mutter und seiner Geschwister nicht mehr in seinem Herzen brannte.

»Verzeih bitte, wenn ich dich erneut darauf anspreche. Du wirst es vielleicht als anmaßend empfinden. Vielleicht wirst du sogar böse auf mich sein. Und es liegt eigentlich gar nicht in meiner Natur, meinen Blick auf den Schatten zu richten. Aber es ist mein erster Tag in eurer Schule, und ich bin verwirrt darüber, denn ich habe nur Licht in dem Hof eurer Schule erwartet«, warf Ali mir einen entschuldigenden, aber auch verängstigten Blick zu.

»Sag nur, was du denkst, sagen zu müssen«, munterte ich ihn auf.

»Ramón hat dich voller Hass angeschaut, als er bei der Debatte gegen dich verloren hat. Ich habe ihn genau beobach-

tet. In seinem Blick sah ich nicht die Liebe und Güte, die sein ehrwürdiger Großvater ausstrahlt. Anders als du genießt er es, wenn er im Mittelpunkt steht. Dir geht es um die Sache, nicht um dich. Du stellst dich in den Hintergrund und gewinnst dadurch an Stärke.«
Verwundert lauschte ich dem Hirtenjungen. »Es stimmt, Ramón ist sehr ehrgeizig, aber ich glaube, du täuschst dich. Sein Blick entstand im Eifer des Gefechts. Warum sollte er mich hassen?«, fragte ich und ängstigte mich zugleich, die Antwort Alis könne für mich überzeugend sein.
»Ein Blick in seine Augen hat mir alles über ihn verraten«, beharrte Ali, und ich warf einen verwunderten Blick auf den Knaben an meiner Seite, der sich gab wie ein alter Mann, der einem Jüngeren mit seinem Rat einen guten Dienst erweisen will. Wir beließen es dabei und setzten unseren Marsch im Schatten der im Wind schaukelnden Palmenblätter schweigend fort.
Bald darauf erreichten wir das ärmliche Lager. Ein Dutzend halb verhungerter zotteliger Ziegen machte sich über alles Grün her, das sich in Reichweite der Stricke befand, an denen sie festgebunden waren. Das kleine Zelt, vor dem Alis Vater aufgeregt auf uns gewartet hatte, schien nur aus Lumpen und Flicken zu bestehen. Erfreut sprang der dürre Ziegenhirte auf, als er seinen Sohn und mich erblickte. Ein langer, dünner Kinnbart zierte sein ausgemergeltes und von Sorgenfalten durchfurchtes Gesicht.
»Wie ist es gewesen, Ali? Wer ist der junge Mann, der dich begleitet?«
»Geliebter Vater, das ist Farid, der Sohn des großen Meisters Xavier de la Valle. Es war wundervoll, Vater. Ich habe dir so viel zu erzählen, ich habe schon heute sehr viel gelernt.«

Der Ziegenhirte lächelte seinen Sohn glücklich an. Er teilte ohne jeden Vorbehalt die Freude seines Sohnes, ohne sich über die Opfer, die er dafür bringen musste, zu beschweren.
»Salam, Farid«, umarmte mich der gebrechliche Mann herzlich. Ich spürte seine spitzen Knochen, die unter der verstaubten, löchrigen Djellabah hervorstachen.
»Farid, das ist mein ehrwürdiger Vater, Ali Yussuf.«
»Salam«, begrüßte ich den alten Mann. Aus seinen stumpfen Augen sprach die unerschütterliche, eselsgleiche Geduld, mit der er das harte Schicksal, das Allah für ihn gewählt hatte, ertrug.
»Du musst zum Abendessen bleiben, Farid«, lud Ali Yussuf mich freundlich lächelnd ein, und ich wusste, dass ich seine Einladung nicht ausschlagen durfte, wollte ich ihn nicht beleidigen. Wir setzten uns auf raschelnde, löchrige Strohmatten, aßen wässrigen Ziegenkäse mit einem Kanten harten, mehrere Tage alten Brots und tranken mit Wasser verdünnte, lauwarme, mit einer Dattel gesüßte Ziegenmilch dazu. Ali berichtete seinem versonnen dreinblickenden Vater von seinen heutigen Erlebnissen.
»Schön, dass du heute mit uns isst, Farid«, freute sich Ali Yussuf. »Morgen werde ich mit den Ziegen wieder in die Berge ziehen, und ich freue mich, dass ich dich vorher noch kennen lernen durfte.«
Die Güte und die Gastfreundschaft dieses einfachen Mannes rührten mein Herz. Ich fühlte mich den Tränen nah, ohne zu wissen, was mir das Wasser in die Augen trieb. Plötzlich stellte ich erschrocken fest, dass die Sonne bereits untergegangen war und dass meine Familie schon zum Essen zusammensaß und sicher auf mich wartete. Ali bemerkte meine Unruhe.

»Vater, jetzt müssen wir unseren Gast aber gehen lassen. Ich denke, seine Eltern erwarten ihn bereits zu Hause, es ist schon dunkel.«
»Vielen Dank für den schönen Abend, ich werde mich immer wieder gerne daran erinnern.«
»Friede sei mit dir, Farid, du bist ein guter Junge, das sieht man auf den ersten Blick.«
»Friede sei mit euch«, verabschiedete ich mich und eilte nach Hause.

»Seid gegrüßt, Allah sei gepriesen ob der Speisen, die er uns aufgetischt hat, und er segne die heiligen Hände, die sie geerntet und zubereitet haben«, verbeugte ich mich vor der Familie, die um den niedrigen Tisch auf Kissen und Teppichen hockend versammelt war.
»Sei gegrüßt und Friede sei mit dir«, erwiderten meine drei Schwestern Ana-Maria, Cristina und Luz fröhlich lächelnd fast wie aus einem Munde. Sie kleideten sich traditionell in arabische Gewänder und verschleierten außerhalb des Hauses ihre Gesichter, so dass man sie, wenn man ihnen auf der Straße begegnete, nicht von den arabischen Frauen unterscheiden konnte. Das lag nicht zuletzt daran, dass sie die Sprache der Region perfekt beherrschten. Innerhalb der Mauern unseres Hauses enthüllten sie aber ihre Gesichter, wenn kein fremder Besuch zugegen war, und zeigten jedem ihr fröhliches Lächeln.
Meine Mutter stand auf und strich mir liebevoll durch das Haar. »Setz dich zu uns, das Fleisch ist noch warm.«
»Du hast Ali noch zu seinem Lager gebracht?«, fragte mein Vater.
Ich nickte.

»Du hast dich rührend um ihn gekümmert, Ibn Alim hat mir sehr erfreut davon berichtet. Ich bin sehr stolz auf dich.«
»Danke, Vater.«
Ramón warf mir nur einen flüchtigen Blick zu und nickte kurz zum Gruß, bevor er sich wieder dem Essen widmete. Auf dem Tisch stand ein großes, silbernes Tablett, auf dem ein riesiger Berg Couscous mit Hühner- und Lammfleisch aufgetürmt war. Ich sog den köstlichen Duft der Speisen ein. Ich eilte zum Brunnen, wusch Hände und Gesicht, zog meine mit dem Staub der Straßen überzogenen Schuhe aus und setzte mich zwischen Luz und Cristina auf ein weiches Kissen. Hastig formte ich ein kleines Bällchen aus dem Weizengrieß und stopfte es mir fast gierig in den Mund.
»Farid! Ramón! Ich möchte nach dem Essen mit euch beiden reden«, kündigte mein Vater uns an. Mein Bruder und ich wechselten fragende Blicke.

Die frisch gegossenen Pflanzen verbreiteten im Innenhof einen angenehmen Duft und eine belebende Frische. Xavier de la Valle breitete einen Teppich am Fuße des Brunnens aus, nahm darauf Platz und wartete, bis auch wir uns ihm gegenüber hingesetzt hatten.
»Der Moment der Entscheidung ist gekommen. Es wird eine schwierige Entscheidung. Doch dieser Augenblick kommt in jedem Leben eines Meisters, und ich wusste, dass auch ich eines Tages durch dieses Tor der Prüfung schreiten muss. Gott hat mich gesegnet, denn meine beiden Söhne sind vorbildliche und gute Studenten. Nicht nur, dass ihr beiden euch ehrwürdig in der Schule verhaltet, was sehr wichtig ist, denn ihr seid die Söhne und die Enkel der beiden Meister, und viele Augen und Ohren sind auf euch

gerichtet – auch eure fleißige Arbeit im Garten, im Stall und auf der Weide betrachte ich mit Wohlwollen. Ramón, du bist ein ausgezeichneter Redner. So gut, dass du mich manchmal das Fürchten lehrst, denn ich will dich nicht in den Diensten des falschen Herrn wissen. Aber auch deine Zielstrebigkeit, dein eiserner Wille und deine schnelle Auffassungsgabe sind bewundernswerte Tugenden. Du, Farid, warst als kleiner Junge bereits mit der Großherzigkeit eines Engels gesegnet. In deiner Bescheidenheit hast du dich ganz in die Dienste der Schriften und ihrer Weisheiten gestellt, um sie ohne Geiz an die Welt weiterzugeben. Das, was mir eine Prüfung ist, wird auch euch eine Prüfung sein.«

Ramón und ich betrachteten gespannt unseren Vater.

»Ihr wisst, wovon ich rede?«

»Du sprichst von deiner Nachfolgerschaft als Meister. Da Farid und ich in den Studien der Weisheiten ebenbürtig sind, fällt diese Entscheidung nicht leicht«, erklärte Ramón, so als hätte er sich schon diese Worte zurechtgelegt.

»Was sagst du dazu?«, fragte mein Vater mich.

Meine Lippen blieben stumm. In all den Jahren hatte ich niemals das Gefühl gehabt, in Konkurrenz zu Ramón zu stehen. Ich hatte mir in meinen Studien selber genügt, in keiner Sekunde hatte ich davon zu träumen gewagt, dass ich eines Tages Meister unserer Schule werden sollte. Ich fühlte mich zu unwissend, zu unerfahren. Ali war der erste Schüler, den ich einweisen sollte, und nun sollte ich schon als nachfolgender Meister auserkoren werden?

»Geliebter Vater. Ein langer Weg liegt noch vor mir, bevor ich die nötige Ruhe und Würde erreicht haben werde, um die Ehre zu verdienen, Nachfolger des Meisters genannt zu werden, wenn ich überhaupt jemals diesen Gipfel erreichen sollte. Wenn es also Euer Herz um eine schwere Entscheidung erleichtert, dann will ich gerne Ramón den Vortritt geben. Außerdem ist er Euer ältester leiblicher Sohn, ihm gebührt das Erbe. Ihr habt mir die Würde erwiesen, mich in Eurem Hause wie einen eigenen Sohn aufzunehmen, das soll der Ehre gereichen für meine Person.«

Ramón lächelte mich wohlwollend an, er schien mit meinem Vorschlag einverstanden, doch in den Augen meines Vaters las ich leisen Widerspruch.

»Ich werde deine Anregung durchdenken, Farid. Aber ich möchte dir zu bedenken geben, dass jeder werdende Meister an der Hand seines Meisters eine lange Reise zu seinem eigenen Ich zurückgelegt hatte, bevor er in die Fußstapfen seines Vorbilds treten konnte. Deshalb möchte ich dich bitten, deinen Standpunkt zu durchdenken und mir in den nächsten drei Tagen mitzuteilen, wie du zu dieser Frage stehst.«

Ich sah meinen Vater erschreckt an. Die Tragweite dieser Entscheidung erschien mir zu groß, als dass drei Tage Bedenkzeit mir ausreichen könnten. Ramón warf mir einen belustigten Blick zu, als er meine Unsicherheit bemerkte. Wir wünschten unserem Vater eine gute Nacht und zogen uns in unsere Zimmer zurück. Als ich mein Haupt auf das Kissen bettete, sah ich vor meinem geistigen Auge Ibn Alim und meinen Vater ihre Studenten in die mystischen Lehren einweisen. Ich empfand große Bewunderung für diese beiden Männer, und es erfüllte mich mit großem Stolz, dass sie in Erwägung zogen, mich als ihren Nachfolger auszuwählen. Verwundert dachte ich über den Umstand nach, dass Ramón sich schon lange mit dem Wunsch getragen zu haben schien, Nachfolger des Meisters zu werden, und dass ich bis zum heutigen Tage noch nicht den Mut gehabt hatte, auch nur daran zu denken. Vielleicht lag es an meinem Fernweh, das mich in die Sahara zog. Ich fragte mich, ob nicht genau diese Sehnsucht nach meiner verlorenen Heimat im Süden mich als zukünftigen Meister ausschloss. Ramón erschien mir in dieser Hinsicht viel reifer und zielstrebiger. Er wusste, wohin er wollte und wo er herkam. Ihn schien keine innere Unruhe in eine ungewisse Zukunft zu treiben. Unruhig wälzte ich mich von einer auf die andere Seite und schlief so lange nicht ein, bis mir die Augen vor Erschöpfung zufielen.

Ein furchtbarer Alptraum riss mich plötzlich aus dem Schlaf. Ich hörte schreiende Ziegen und sah rauchend auflodernde Flammen. Ali Yussuf lag rücklings mit seltsam verrenkten Gliedern am Fuße des Feuers. Im Halbdunkel konnte ich einen Messerschaft aus seiner Brust ragen sehen. Ali schlug verzweifelt um sich und wehrte Angreifer ab, deren Gesichter ich im Schatten nur erahnen, aber nicht erkennen konnte. Schweißgebadet erhob ich mich aus meinem Bett, kleidete mich eilig an und rannte, ohne nachzudenken, in den Stall. Ich schwang mich auf einen ungesattelten weißen Wallach und galoppierte voller Sorgen zum Nachtlager von Ali und seinem Vater. Aus der Ferne konnte ich schon das lodernde Feuer sehen. Hoffend, dass ich nicht noch weitere Bilder aus meinem Traum wiederfinden würde, trieb ich den Wallach zu größerer Eile an. Als ich näher kam, erkannte ich Ali über seinen liegenden Vater gebeugt. Das Lagerfeuer an ihrer Seite warf ein flackerndes Licht auf den sterbenden Vater und den verzweifelten

Sohn. Eine Gruppe dunkel gekleideter, verschleierter Berber zerrte die Herde von Ali Yussuf an den Stricken hinter sich her. Einer der Männer löste sich jedoch plötzlich aus der Gruppe und sprang mit einem Säbel in der Hand auf Ali zu. Ali schien seinen Angreifer nicht zu bemerken. Der Bewaffnete stellte sich hinter Ali und holte zu einem Hieb aus.

»Ali! Pass auf!«, schrie ich aus Leibeskräften.

Um Haaresbreite verfehlte die sirrende Klinge Alis Nacken, als er sich im letzten Moment zur Seite warf. Ali sah seinem Widersacher ins Gesicht, versuchte aufzustehen, kam ins Straucheln und fiel auf den Rücken. Der Berber holte zum nächsten Hieb aus. Ich lenkte den Schimmel auf Alis Angreifer zu, sprang vom Pferd und riss ihn zu Boden. Wütend über meine Attacke kniete sich der wuchtige Mann auf meine Brust und würgte mich mit seinen groben, kräftigen Händen, da er seine Waffe beim Sturz verloren hatte. Ich wehrte mich aus Leibeskräften, doch der brutale Griff des Berbers drückte unerbittlich meine Kehle zu. Plötzlich sackte der Mann, seine Augen verdrehend und laut stöhnend, zusammen. Ali hatte ihm mit einem schweren Stein einen harten Schlag auf den Kopf versetzt. Hustend rieb ich an den Würgemalen und strich vorsichtig über meinen empfindlich schmerzenden Hals. Ängstlich japste ich nach Luft, doch nach langem Ringen konnte ich endlich wieder frei durchatmen. Ali entdeckte den Säbel auf dem Boden, hob ihn auf und hielt zitternd vor Wut die Spitze der scharfen Klinge an die Kehle des bewusstlosen Berbers. Hass blitzte in seinen Augen auf.

»Nicht, Ali. Allah wird über ihn richten!«, ergriff ich ihn am Handgelenk und versuchte, ihm die Waffe zu entringen.

Verwundert über die Riesenkräfte, die Ali plötzlich entwickelte, rang ich mit ihm um die Waffe.
»Lass mich, sie haben meinen Vater getötet«, schrie er, gab schließlich auf und ließ sich weinend auf die Knie sinken. Den Säbel in der Hand, bereit, Alis Leben zu verteidigen, spähte ich nach den Gefährten des Ziegendiebes, konnte sie aber nicht ausmachen. Offensichtlich hatten sie ihn feige im Stich gelassen. Mit Fußtritten weckte ich ihn. Ängstlich hob er seine Hände schützend vor sein Gesicht und wand sich im Staub wie ein gestrandeter Fisch, der nach Luft schnappt.
»Tut mir nichts! Tut mir nichts«, bettelte er.
»Vater!«, erklang die klagende Stimme Alis laut in der Nacht. Er kniete an der Seite des schwer verletzten Ziegenhirten, dessen staubige Djellabah auf Brusthöhe mit Blut getränkt war.
»Vater!«
Ich warf einen kurzen Blick auf Vater und Sohn, wendete mich wieder dem Dieb zu und musste feststellen, dass er meine Achtlosigkeit genutzt hatte, um auf die Beine zu springen und sich flink wie ein Hase in die Büsche zu seinen Kumpanen zu schlagen. Ich eilte zu Ali und seinem Vater. Ein Messer stak in der Brust des sterbenden Ziegenhirten.
»Ali, Ali«, sprach er wie im Fieber.
Ich ließ den Säbel fallen, schob meine Hand unter den Nacken des Ziegenhirten und hob sanft den Kopf an, damit er besser seinen Sohn sehen konnte.
»Vater?«
»Ali! Mein geliebter Sohn. Nur Allah kennt den Weg, der vor uns liegt, wenn wir unsere Füße auf seine Erde setzen. Nur Allah weiß, warum sein muss, was ist. Zürne nicht den

Menschen, die seinen Willen ausüben, und wisse, wer Gutes tut, dem wird Gutes widerfahren im Paradies wie auf Erden.«
Mit letzter Kraft richtete er seine Worte an mich. »Nimm dich seiner an, er ist ein Heiliger!«
Zuckend schlossen sich seine Augenlider. Ich spürte das Leben aus seinem Körper weichen. Der Kopf wog schwer in meinem Arm. Vorsichtig bettete ich das Haupt Ali Yussufs auf den Boden. Sein Sohn ließ sich voller Schmerz in den Staub fallen und weinte bitterlich.
»Warum nur? Wegen ein paar Ziegen muss mein Vater sterben? Was ist das für eine Welt?«, schluchzte er.
Ich wollte Ali in den Arm nehmen, um ihn zu trösten, aber er stieß mich von sich. Ali hatte seinen Meister gefunden und seinen Vater verloren. Wenn das wirklich Allahs Wille war, dann war Allah hart mit dem Sohn des Ziegenhirten, dachte ich. Kühler Wind kam auf und trug dunkle, wassergeschwängerte Wolken über den Himmel Marrakeschs. In wenigen Minuten wurde die Erde in roten Schlamm verwandelt, und wir waren nass bis auf die Knochen. Ali und ich hielten Totenwache bis zum Morgengrauen. Durchfroren, mit blauen Lippen und verweinten Augen lag Ali zusammengekauert wie ein Säugling neben seinem toten Vater. In seiner Hand hielt er die kalte Rechte Ali Yussufs. Der Anblick des trauernden Jungen und des ermordeten Ziegenhirten erschütterte mich. Hätte mein Herz eine Stimme gehabt, es hätte sie laut erhoben, dass die Menschen Marrakeschs und der sie umgebenen Ebene von dem Unrecht, das dem Hirten widerfahren war, erfahren hätten. Doch die Spuren der Ziegendiebe und das Blut Ali Yussufs hatte das Wasser inzwischen mit sich gerissen. Im Rhythmus des rau-

schenden Regens hallten die Worte des sterbenden Ziegenhirten in meinem Kopf wider:
»Nimm dich seiner an, er ist ein Heiliger!«
Ich nahm die Leiche des Ziegenhirten auf meine Arme. Jetzt erschien er mir leicht wie ein Kind. Die aufgehende Sonne vertrieb die letzten Wolken am morgendlichen Himmel und begleitete Ali und mich auf unserem Weg zu meinem Elternhaus. Ali hatte sein Hab und Gut auf den Rücken des Pferdes geladen und führte den Wallach mit hängenden Schultern, meinen Fußspuren folgend, hinter mir her.
Meine Mutter war die Erste, die uns am Tor empfing.
»Was ist denn geschehen, Farid?«, fragte sie besorgt.
»Der Vater Alis hat das Leben seiner Ziegen mit dem seinen verteidigt und dafür bezahlt.«
»Bei Allah! Armer Ali!«, umarmte sie den Waisen und führte ihn durch das Tor.
Ich trug den Körper des Ziegenhirten in den Hof, bettete ihn auf ein eilig ausgebreitetes Tuch und ging in die Küche, um zwei Schüsseln mit Wasser und Tücher zu holen. In das Wasser gab ich etwas Lotusöl. Ali saß stumm in einer Ecke des Hofs neben meiner Mutter, die einen Arm tröstend auf seine Schultern gelegt hatte, und beobachtete, wie ich den Toten entkleidete und begann, ihn auf seiner rechten Körperseite zu waschen. Schluchzend erhob sich der Junge, nahm eines der nassen Tücher in seine zitternde Hand und half mir, seinen Vater für die letzte Ruhe vorzubereiten. Ramón erschien nichts ahnend im Hof.
»Was ist geschehen?«, fragte er schockiert.
»Ziegendiebe«, antwortete ich einsilbig.
»Ziegendiebe?«, fragte Ramón ungläubig, warf einen mit-

leidigen Blick auf Ali und half uns, die Leiche des Hirten zu waschen.
»Gehe die Klageweiber und den Imam holen«, befahl ihm meine Mutter.

»Siehe, Allah lässt das Korn und den Dattelkern keimen. Er bringt das Lebendige aus dem Toten hervor und das Tote aus dem Lebendigen. Derart ist Allah! Doch wie leicht wendet ihr euch ab! Anbrechen lässt Er den Morgen, und die Nacht hat Er zur Ruhe bestimmt und Sonne und Mond zur Berechnung der Zeit. Das ist die Ordnung des Mächtigen, des Wissenden. Und Er ist es, der für euch die Sterne geschaffen hat, damit ihr von ihnen mitten in der Finsternis zu Land und auf dem Meer geleitet werdet«, zitierte der Imam mit tiefer, eindringlicher Stimme aus der sechsten Sure des Korans. Der starre, eingeölte Körper Ali Yussufs lag in weiße Laken gehüllt auf einer Bahre. Ramón, mein Vater, Ali und ich trugen ihn auf der Bahre durch das Tor unseres Hauses. Der Imam, Ana-Maria, Cristina, Luz und meine Mutter folgten uns. Auch Ibn Alim und die Nachbarn schlossen sich dem Trauerzug an. Einige Männer trugen die Bahre mit uns. Der monotone Gesang der Klageweiber und die Trommelschläge begleiteten uns auf dem Weg zur Moschee. Die Gläubigen waren zum alltäglichen Gebet versammelt. Der Imam stellte sich an das Kopfende der Bahre und sprach:
»Allahu akbar, Gott ist groß! Im Namen Allahs, des Erbarmers, des Barmherzigen! Lob sei Allah, dem Weltenherrn, dem Erbarmer, dem Barmherzigen, dem Herrscher am Tage des Gerichts! Dir dienen wir, und zu Dir rufen wir um Hilfe. Leite uns den rechten Pfad, den Pfad derer, denen

Du gnädig bist, nicht derer, denen Du zürnst, und nicht der Irrenden …«
Ich warf einen Blick auf Ali, der tapfer den Worten des Imams folgte und sie leise mitsprach. Er war ein Hafis, ein Bewahrender, und konnte als solcher den Koran auswendig rezitieren. Ich hoffte, dass die Worte Allahs ihm den nötigen Trost und die nötige Kraft spenden würden, um die schwere Last, die ihm aufgebürdet war, auf seinen schmalen Schultern tragen zu können. Ich fühlte meine große Verantwortung für ihn in mir wachsen und fasste den Entschluss, mich von diesem Moment an um Ali zu sorgen, als sei er mein jüngerer Bruder. Er schien zu spüren, dass meine Augen auf ihn gerichtet waren, drehte sich um und sah mich dankbar an. Noch am selben Abend nach der Beerdigung wollte ich meinen Vater um Erlaubnis bitten, Ali in unserem Hause aufzunehmen.

Als wir heimkehrten, drang mir bereits auf der Straße der Geruch des Weihrauchs in die Nase. Die Nachbarn hatten einen Hammeleintopf vorbereitet, dessen Geruch sich auf für mich ungewohnte Weise mit dem des Weihrauchs vermischte. Die Trauergäste versammelten sich im Hof und nahmen, sich leise unterhaltend, die Speise ein. Ali verzichtete auf das Essen, zu schwer lag der Schrecken über das Geschehene noch in seinem Magen. Nachdem die Schalen und Teller leer waren, verabschiedeten sich die Gäste. Ich bat meinen Vater um eine kurze Unterredung im Garten, da ich ihn von meinem Vorhaben unterrichten wollte.

»Nun, ich respektiere deinen Willen, ich hätte genauso gehandelt und gefühlt, wie du es tust. Ali kann in deinem

Zimmer schlafen. Du wirst dich in der Schule seiner annehmen, und du wirst ihn betreffend der Pflichten in unserem Hause, was den Stall und die Weiden anbelangt, einweisen«, entschied mein Vater, als ich ihm meine Bitte vorgetragen hatte.

»Vielen Dank, Vater«, sagte ich, erleichtert darüber, Ali die gute Nachricht überbringen zu können.

»Du brauchst dich nicht zu bedanken. Ich bin sehr stolz auf dich, du hast richtig gehandelt. Hast du, was unsere andere Unterredung anbelangt, schon eine Entscheidung getroffen?«

»Nein, geliebter Vater, ich benötige noch etwas Bedenkzeit, um meine Gedanken ordnen zu können.«

»So sei es. Kümmere dich jetzt um Ali, er braucht dich«, umarmte er mich herzlich.

Ali hatte sich in den Stall zurückgezogen. In der hintersten Ecke hatte er sein kärgliches Hab und Gut verstaut und sich auf dem Stroh zur Ruhe gelegt.

»Ali, schläfst du schon?«

»Nein, ich glaube, ich werde nie wieder schlafen können«, blickte er mich mit Tränen gefüllten Augen an.

»Ich habe mit meinem Vater gesprochen. Du kannst für immer bei uns bleiben, wenn du möchtest. Ich teile mein Zimmer mit dir.«

Ali schien verlegen. »Vielen Dank, das ist wundervoll, aber ich kann doch hier im Stall schlafen«, antwortete er bescheiden.

»Dieser Platz ist aber für die Pferde und Esel bestimmt, nicht für einen einsamen Jungen, der gerade seinen Vater verloren hat«, widersprach ich.

»Es ist schön hier, das Stroh raschelt, die Pferde schnaufen, ich fühle mich nicht allein«, versuchte er auszuweichen.
»Gut, wie du möchtest. Falls du es dir anders überlegst: Mein Zimmer ist das erste auf der rechten Seite im ersten Stock, wenn du die Treppen erklommen hast«, lenkte ich ein.
»Habt ihr das Licht angelassen?«, fragte er, und ich hatte zum ersten Mal das Gefühl, dass er wirklich ein kleiner Junge war.
»Welches Licht?«, fragte ich.
»Das Licht im Hof, damit mein Vater sich auf dem Weg ins Paradies nicht verirrt«, antwortete er.
»Ja, wir haben bereits dafür gesorgt«, beruhigte ich ihn.
»Danke.« Stumme Tränen überschwemmten seine Augen. Ich trat an seine Seite, kniete mich zu ihm und hielt seine Hand. »Ich werde von nun an für dich da sein, Ali. Ich werde versuchen, dir Mutter, Vater und Bruder zu sein. Bitte habe Nachsicht mit mir, wenn ich niemanden von deiner Familie jemals wirklich ersetzen kann, aber ich werde mich redlich bemühen.«
Ali klammerte sich schluchzend an meinen Hals. Die Trauer schüttelte den kleinen Körper durch wie die wilden Winterstürme die Dattelpalmen der Stadt. Ich legte meine Hände auf seinen Rücken und drückte ihn fest an mich. Die unendliche Trauer des kleinen, einsamen Jungen übertrug sich von seinem Körper auf meinen, so als sauge ein trockenes Tuch Feuchtigkeit auf. Wir verharrten einige Augenblicke in der Umarmung, und ich spürte Ali etwas erleichterter durchatmen.
»Du wirst sicher ein großer Meister sein«, flüsterte er mir zu und löste sich aus der Umarmung.

»Wie kommst du denn darauf?«, sah ich ihn verwundert an.
»Dein Herz ist so groß und offen, dass alles Leid der Welt darin Platz finden könnte.«
»Macht das einen Meister aus?«
»Wer sich von dem Leid der Welt abwendet, weil er es nicht ertragen kann, der verschließt sich auch vor der Weisheit«, sagte er.
Ich schüttelte ungläubig den Kopf ob der Wahrheit, die der Hirtenjunge gerade ausgesprochen hatte. Bewundernd betrachtete ich Alis kindliches, rundes Gesicht. Woher sollte ein neunjähriger Junge so viel Wissen haben, wenn er nicht wirklich ein Heiliger war, wie sein Vater beteuert hatte?
»Wirst du mein Meister sein?«, fragte Ali.
»Ich weiß es nicht, Ali. Schlaf gut.«
»Gute Nacht, Meister«, rief er mir hinterher, als ich den Stall verließ.
Nachdenklich betrachtete ich das im Wind flackernde Licht in unserem Hof. Wankelmut ergriff Besitz von mir. Sollte ich dem Begehren Alis und dem Rat meines Vaters nachgeben und meine Bereitschaft erklären, das Erbe der Meisterschaft Ibn Alims und Xavier de la Valles anzutreten? War meine Bescheidenheit in Wahrheit nicht ein Schild, der meine Angst vor der Verantwortung, die ich als Meister zu tragen haben würde, bedecken sollte? Ich wollte Rat bei meinem geliebten Großvater und Meister Ibn Alim suchen und machte mich auf den Weg in sein Haus, das nur einige Schritte entfernt von dem unseren lag.

Masud, Ibn Alims ältester Sohn, war ein Rosenmann. Seit seiner Kindheit war er diesen Blumen verfallen wie die Wölfe dem Mond und den Lämmern. Im Garten seines Vaters züchtete er die seltensten Rosen, die sonst nur noch in Damaskus, Kairo oder Peking zu finden waren. Der Duft der tausend und abertausend Blüten betörte fast meine Sinne, als Ibn Alim und ich am Teich Platz nahmen. Die steinernen Bänke waren um den Teich den Himmelsrichtungen nach angeordnet. Wir saßen auf der östlichen Bank, den Blick gen Westen gerichtet. Ibn Alim reichte mir ein Glas mit köstlichem süßen Melonenwasser und etwas Gebäck in einer hölzernen Schale. Ich dachte an den Sohn Ibn Alims, den gutmütigen Masud, der sein Leben den Rosen und der Dichtung gewidmet hatte. Wieso war er seinem Vater nicht auf dem Pfad der Weisheit gefolgt? Von allen Söhnen Ibn Alims erschien er mir wegen seiner Feinfühligkeit derjenige zu sein, der am ehesten den Weg an der Seite seines Vaters hätte einschlagen können. Warum hatte er sich den Dornen tragenden, duftenden, farbenprächtigen Blumen verdingt, anstatt den Weisheiten seines Vaters zu lauschen?

»Warum ist keiner Eurer Söhne in Eure Fußstapfen getreten, ehrwürdiger Meister?«, richtete ich meine Frage an Ibn Alim, der schweigend an seinem Melonenwasser genippt und ein Stück von dem Gebäck abgebissen hatte.

»Jeder hat seine Aufgabe im Leben. Sie zu finden und zu erfüllen ist der wichtigste Zweck jeder Reise.«

»Aber wie kann ich wissen, was meine Aufgabe ist, wenn ich denke, dass es andere gibt, die sie vielleicht viel besser erfüllen können?«

»Es gibt Zeichen.«

»Und wenn diese Zeichen mich trügen?«

»Ein Zeichen weist dir nur die Richtung. Gehen musst du kraft deines eigenen Willens auf den Sohlen deiner Füße.«

»Und wenn ich irre?«
»Dann wirst du an den Ausgangspunkt deiner Reise zurückkehren und einen anderen – deinen – Weg finden müssen.«
»Es gibt so viel Für und so viel Wider.«
»Wisse: Stehen die inneren Kräfte im Gleichgewicht, dann gibt es keine Bewegung. Solange also nicht eine Seite Überhand gewinnt, wird alles in Bewegungslosigkeit verharren, deshalb wägt der Zögernde immer vorsichtig alle Seiten so gut ab, dass sie immer im Gleichgewicht bleiben. Gibt es ein Für, findet er ein ebenbürtiges Wider und so weiter und so fort. Das Auftürmen so vieler Argumente versperrt die Sicht auf das Wesentliche. Sollte der vorsichtig Abwägende irgendwann endlich einmal einen Entschluss fassen, so kannst du sicher sein, dass er den Kern der Sache inzwischen aus den Augen verloren hat und nur noch zufällig die richtige Entscheidung treffen kann, wenn er überhaupt dazu imstande ist.«
»Also ist es besser, wenn ich mich schnell entscheide?«
»So, wie der Ängstliche sich in so viele Gedanken verstrickt, dass er das Wesen einer Sache nicht mehr bestimmen kann, nimmt sich der Hastige zu wenig Zeit, um die Dinge, auf die es wirklich ankommt, zu erfassen. Das Wichtige ist, zu erkennen, wann der Moment der Entscheidung gekommen ist, und ihn nicht zu eilig heranzusehnen oder über ihn hinwegzugehen.«
»Wann ist dieser Moment gekommen?«
»Jetzt weißt du, dass es diesen Moment gibt. Es gibt nur diesen einen, und du wirst wissen, wann es so weit ist. Übergehe ihn nicht, und sehne ihn nicht herbei.«
»Danke, Meister.«

»Ich danke dir, dass du dir die Zeit genommen hast, meinen Worten zu lauschen und dein Herz für sie zu öffnen.«
»Friede sei mit Euch, Meister!«
»Friede sei mit dir, Farid«, umarmte mich Ibn Alim.
»Du kannst schon gehen, ich werde noch ein wenig den Duft der Kinder meines Sohnes genießen. Sie sind wie meine Enkel, weißt du?«
Ich lächelte Ibn Alim dankbar zu und verließ langsamen Schrittes den Garten Marrakeschs, in dem die meisten Rosen blühten und von dem ein stärkerer und wundervollerer Duft ausging als von den Gärten des Sultans in Fes.
Auf dem Heimweg ließ ich mir viel Zeit, denn ich spürte, dass jener Moment, den Ibn Alim mir beschrieben hatte, kurz bevorstand. Ich wusste, dass ich nun die Ohren meines Herzens weit öffnen musste, um in diesem Augenblick die flüsternden Stimmen nicht zu verpassen. Die Bücher, das Wissen, die Studenten und die Schule – all das war mein Leben. Wie sollte es weitergehen, wenn ich allen Lehren gelauscht hatte, die die Lippen meiner Meister mir zu bekunden hatten? Ich beschloss, meinen Vater darüber zu unterrichten, dass ich bereit sei, den Weg des Meisters zu beschreiten, sollte er sich dazu entscheiden, mich als seinen Nachfolger auszuwählen. Ich begab mich vertrauensvoll in seine und in Ibn Alims Hände, so, wie Ali sich in meine Hände begeben hatte.

II.

Wenn du nicht weißt, was du suchst,
weißt du nicht, wann du es gefunden hast.

Ibn Alim

Marrakesch, im Jahr 1516

Ich suchte den Staub der Sahara nicht nur in meinen Träumen, wenn ich wie ein Falke über die Sanddünen schwebte. Ich konnte ihn schmecken, riechen und berühren, sobald ich in das verstaubte Fell der frisch eingetroffenen Kamele langte, die auf dem Markt feilgeboten wurden. In ihren Augen spiegelte sich der klare Sternenhimmel über den Sanddünen wider. Mit ihren schiefen Zähnen zerrieben sie stoisch Pflanzen, die sie noch in der Sahara zu sich genommen hatten, und ich konnte ihre Säfte riechen. Ihr störrisches Auftreten, ihr gleichgültiger Blick, ihre gestelzten Bewegungen – all das brachte mir die Wüste nach Marrakesch. In meinem Herzen machte sich das Gefühl breit, ich würde die Erde meiner Vorfahren betreten, wenn ich mich unter den Händlern und Kunden des Kamelmarktes tummelte und die Tiere inspizierte, um ein Sandkorn oder etwas Staub aus der Wüste auf meinen Fingerkuppen spüren zu können oder etwas vom Geruch der Sanddünen in meine Brust einzusaugen.

Es war wieder einer jener friedlichen Nachmittage. Ein sanfter Wind strich durch die Gassen und Häuser der Stadt und liebkoste das zerzauste Fell der stolzen Wüstenschiffe, als ich den Kamelmarkt mit jener Sehnsucht nach meiner unbekannten Heimat besuchte. Neugierige, Gelangweilte, Händler, Karawanenführer, Berber und Tuareg tummelten sich zwischen dutzenden von edlen Reittieren oder gutmütigen Lastenträgern. Sie begutachteten sie, tuschelten sich etwas zu und befragten die Verkäufer zu den einzelnen Tieren. Die Kamele straften die Menschen um sie herum mit unbeteiligten Blicken, so als sei ihnen all das Aufheben, das um sie gemacht wurde, gleichgültig. Sie schienen in einer eigenen Welt zu leben, getrennt von der unseren, und dennoch mussten sie sich mit uns abgeben. Oft, wenn ich ihre stolze, abweisende Haltung beobachtete, fragte ich mich, wie sie wirklich über uns denken mochten.
Plötzlich wurde die einträchtige Langeweile der hochmütigen Tiere von den schmerzgepeinigten Schreien eines Kamels getrübt. Ich wusste um den Umstand, dass sich diese Tiere gerne etwas lauter artikulierten, als es die Situation erforderte, und mir war schon viel theatralisches Gebrüll zu Ohren gekommen. Doch die Stimme dieses Kamels klang anders. Nackte Todesangst schwang in den panischen und schmerzerfüllten Tönen mit. Betroffene Stille stellte sich ein. Neugierige Blicke wandten sich in die Richtung, aus der die Schreie zu kommen schienen. Doch rot gefärbter, dichter Staub wirbelte auf,

so als wolle eine mitleidige Seele einen Schleier vor die entwürdigende Szene legen und den Beteiligten sowie auch den Betrachtern unnötige Scham ersparen. Dennoch vermochte ich zu erkennen, was sich dort am äußersten Rand des Marktes abspielte. Ein Berber schlug wie von Sinnen wild mit einem Stock auf ein geschecktes Kamel ein. Er traf es wahllos an Kopf, Rücken, Bauch und Beinen. Der Schecke wehrte sich nicht, sondern versuchte, den brutalen Schlägen auszuweichen und seinem Herrn das Hinterteil hinzuhalten, um die schmerzhaften Hiebe auf den Kopf abzuwehren. Doch der Berber zerrte wütend an dem Zaumzeug und verteilte gezielt Prügel, so als wolle er das Tier erschlagen. Die anderen Kamele, die offensichtlich zum Besitz des wütenden Berbers gehörten, da sie innerhalb des durch Seile abgetrennten Geheges verweilten, ließen sich von dem Geschrei des geschlagenen Kamels nicht sonderlich beeindrucken. Da sie als Karawanenkamele allesamt taub gezüchtet worden waren, konnten sie die Schreie ihres gequälten Bruders nicht vernehmen. Anders verhielt sich das mit den hochbeinigen weißen Reittieren, die auf dem Markt zugegen waren. Sie wurden zusehends unruhiger, schnauften, trippelten auf der Stelle und warfen ängstliche Blicke auf die Szene. Die Händler hatten alle Hände voll zu tun, die Tiere im Zaum zu halten. Langsam kam Unmut über den brutalen Berber auf, und laut erhoben sich anklagende Stimmen. Doch dieser ließ von seinem Tun nicht ab und traktierte weiterhin das schreiende Kamel. Plötzlich war ein lautes Knacken zu vernehmen, und das gepeinigte Tier zog das linke Vorderbein laut aufschreiend ein. Der Berber ließ endlich von dem Kamel ab. Wie aus einem bösen Traum erwacht, blickte er sich schulterzuckend und mit seinen Augen um Vergebung bittend um.

»Der böse Blick«, rechtfertigte er seine Tat. Der Staub senkte sich und gab den Blick frei auf das geschundene Kamel. Ein Augenlid blutete stark. Seitlich über dem Rücken verlief eine klaffende Wunde. Zitternd verharrte das Kamel auf drei Beinen und starrte seinen Peiniger an.

»Glotz nicht so blöd«, erhob er drohend seinen Stock, doch das Kamel schien seine Angst verloren zu haben. Irritiert näherte er sich dem Kamel und musterte seinen starren Blick, der unentwegt auf ihn gerichtet war. Langsam atmete das Tier ein und fixierte ihn.

»Was ist los, Mistbock?«, forderte er das Kamel heraus. Kaum hatte er den Satz ausgesprochen, schnellte der Kopf des geschundenen Tieres hervor, packte ihn an der Schulter, schüttelte ihn wütend durch die Luft und warf ihn in hohem Bogen in den Staub. Dann knickte das Kamel vor Anstrengung auf den Vorderläufen ein. Mit geübtem Blick erkannte man, dass das linke vordere Bein gebrochen war. Für einen Moment blieb der Berber bewegungslos auf dem Rücken liegen. Seine Schulter blutete stark und hinterließ eine große Blutlache auf dem staubigen Boden. Schon glaubten alle Anwesenden, Allah habe den Kamelpeiniger zu sich geholt, doch dann erhob er sich und blickte das Kamel hasserfüllt an.

»Du willst es nicht anders. Was soll ich auch mit einem dreibeinigen Kamel anfangen? Du gehst zum Schlachter«, packte er den Zügel und zog das Tier, das sich inzwischen wieder aufgerichtet hatte und auf drei Beinen mühsam hinter ihm her hüpfte, durch eine enge Gasse vom Markt. Er versäumte es nicht, sich immer wieder vorsichtig umzubli-

cken, um einer möglichen weiteren Attacke des Kamels rechtzeitig aus dem Weg gehen zu können. Ohne nachzudenken folgte ich den beiden. Schnell bemerkte dies der Berber, blieb stehen und sah mich fragend an.
»La´bas?«, begrüßte ich ihn unsicher.
»Mir geht es gut, Allah sei Dank«, antwortete er und wollte weitergehen.
»Warte, Bruder«, bat ich ihn.
»Was gibt es?«, fragte er ungehalten.
»Du bist öfter hier in Marrakesch und stattest Karawanen mit Kamelen aus, nicht wahr?«
»Doch, das ist richtig.«
»Ich habe dich schon letztes Jahr hier gesehen und auch das Jahr davor, glaube ich. Damals hast du einer sehr großen Karawane nach Timbuktu fünfzig Packkamele verkauft. Man war sehr zufrieden und sprach gut von dir und deiner Ware, als die Rückkehr erfolgte.«
Ein flüchtiges Lächeln huschte über seine Lippen. Das verletzte Kamel stöhnte leidend auf, schien die Laufpause aber gerne anzunehmen.
»Ja, das waren noch Zeiten. Doch das Blatt hat sich gewendet, Bruder. Der böse Blick verfolgt mich«, deutete er auf das schnaufende und zitternde Tier. »Ich habe es aufgezogen, ihm die Milch gegeben, es vor Steinstürmen und Schlangen beschützt, und als Dank beißt es mich in die Schulter und wirbelt mich durch die Luft.«
Ich nickte zustimmend, mich fragend, was den Mann wohl dazu gebracht haben mochte, in solch unbändiger Wut auf das arme Tier einzuschlagen.
»Es war vor sieben Monden, als diesem Tier ein böser Geist eingehaucht wurde«, umklammerte der Berber ängstlich

ein ledernes Amulett, in das ein Auge eingeritzt war, das ihn vor bösen Geistern schützen sollte. »Seit jenem Tag habe ich kein einziges Kamel mehr verkauft. Ich war auf vielen Märkten, aber das Pech verfolgte mich wie der Schatten Satans.«

»Und was hat dein Unglück mit diesem Kamel zu tun?«, fragte ich neugierig.

»Nicht mit dem Kamel, Unwissender, sondern mit dem Geist, der jetzt in seinem Körper wohnt«, korrigierte mich der erregte Berber. Angstschweiß glänzte auf seiner Stirn, und ich begann den Mann zu verstehen, auch wenn ich deshalb seine Tat nicht gutheißen konnte.

»Nun, wie erreicht es denn dieser Dschinn, dass du kein Kamel mehr verkaufen kannst?«

»Er erschreckt die Käufer, indem er ihnen schreckliche Dinge zuflüstert. Mitten in der Verhandlung laufen sie plötzlich weg und werfen einen ängstlichen Blick auf das Kamel. So ist es auch heute Morgen geschehen, und ich konnte es nicht mehr ertragen. Ich hoffte, ich würde den Geist aus dem Leib des Kamels prügeln können, aber er lachte mich nur aus. Je mehr ich schlug, desto schallender wurde sein Gelächter. Warst du nicht auch auf dem Markt? Hast du nicht seine hässliche Stimme vernommen? Das war seine Stimme, er ist sehr böse.«

»Du kennst also den Dschinn«, schlussfolgerte ich.

Der Berber zögerte, bevor er antwortete. »Ich glaube, es ist mein verstorbener Schwiegervater«, gab er betroffen zu.

Ich nickte. Wieso sollte sein verstorbener Schwiegervater solch einen Groll gegen ihn hegen, fragte ich mich, wusste aber, dass es sich nicht geziemte, dem Berber diese Frage zu stellen.

»Du fragst dich sicher, woher ich wissen will, dass es mein Schwiegervater ist. Nun, das kann ich dir sagen. Er hat mich Zeit seines Lebens gehasst, und just eine Woche nach seinem Tod fuhr sein Geist in dieses Kamel.«

»Was gedenkst du nun, mit dem Tier zu tun?«, wollte ich wissen.

»Ich bringe es zum Schlachter.«

»Hast du keine Angst, dass der Geist das Kamel verlassen und in dem Körper eines anderen Tieres deiner Herde oder gar in deiner Brust Platz finden könnte?«

Der Berber sah mich verblüfft an, offensichtlich hatte er bisher noch nicht so weit gedacht.

»Da hast du Recht! Was rätst du mir, Bruder?«, fragte er Hilfe suchend.

»Verkauf mir das Kamel«, schlug ich vor.

»Aber das Bein ist gebrochen, ich gebe dir besser ein anderes aus meiner Herde.«

»Nein, ich will dieses.«

»Und der Dschinn, hast du keine Angst vor ihm?«, fragte er ehrfürchtig.

»Nein.«

»Wieso nicht? Du siehst gar nicht aus wie ein Schmied.«

Schmiede hatten den Ruf, vor dem bösen Blick gefeit zu sein und die Macht zu besitzen, unbequeme Geister vertreiben zu können, weil sie mit bloßen Händen das als schlecht geltende Metall Eisen zu berühren vermochten, ohne dass ihnen etwas Schlimmes widerfuhr.

»Ich bin kein Schmied, habe aber dennoch keine Angst vor den Dschinns«, erklärte ich.

Der Berber sah mich skeptisch an. »Wahrscheinlich geht es dir gar nicht um das Kamel, sondern um den Dschinn, den

du für deine schwarze Magie benutzen möchtest. Du bist ein Zauberer«, mutmaßte er.
»Vielleicht.«
»Nun, dann wird es sehr teuer für dich«, antwortete er frech, und seine dunklen Augen funkelten mich habgierig an.
»Ich gebe dir den halben Preis, den du vom Schlachter für das Tier bekommen hättest, und du solltest mir dafür dankbar sein, denn ich werde dich davor bewahren, dass der Dschinn deines Schwiegervaters dich verfolgen wird.«
Schnell war er davon überzeugt, dass er ein gutes Geschäft machte, wenn er auf mein Angebot einging. Ich gab ihm das Geld und wünschte ihm gute Geschäfte, in der Hoffnung, dass er in Zukunft seinen Tieren nicht wieder solch brutale Behandlung angedeihen lassen würde. Daraufhin verschwand der Berber wieder auf dem Markt.
Nachdem ich jahrelang den Kamelmarkt besucht hatte und die edelsten Reittiere bewundern durfte, war ich schließlich Besitzer eines tauben, dreibeinigen Tizerrafin, wie die Tuareg ein geschecktes Kamel zu nennen pflegten. Vorsichtig näherte ich mich dem verletzten Tier und untersuchte das gebrochene Bein. Der Bruch war zum Glück glatt, mit einer Schiene, heilenden Kräuterverbänden und ein paar Wochen Ruhe würde er wieder sauber verheilen. Stolz lächelte ich das Kamel an. Und wenn mich meine Sinne nicht völlig täuschten, erkannte ich einen dankbaren Glanz in den zuvor stumpfen Augen meines Tizerrafin. Ich stimmte ein fröhliches Lied an und führte das arme Geschöpf, ihm viele Pausen gönnend, langsam zu seinem neuen Heim.

»Wie ich sehe, bereitest du dich auf deine große Reise in die Sahara vor. Das war sicher das beste Kamel, das du auf dem

Markt hast finden können«, begrüßte mich Ramón, einen verächtlichen Blick auf das Kamel werfend, das angestrengt vom beschwerlichen Weg schwer schnaufte und vor dem offenen Tor verharrte.
»Wieso machst du dich über dieses Tier lustig? Siehst du nicht, dass es leidet?«, entgegnete ich.
Ramón lachte überheblich und kehrte in den Garten zurück, um mit seiner Arbeit fortzufahren. Mein Vater und Ibn Alim kehrten aus der Schule zurück. Sie waren in ein intensives Gespräch vertieft. Aber als sie das Kamel vor dem Tor stehen sahen, staunten sie nicht schlecht und hielten mit ihrem Gespräch inne, um es genauer betrachten zu können.
»Es ist ein besonderes Tier«, bemerkte Ibn Alim, nachdem er es eingehend untersucht hatte.
»Ja, das ist es, es kann auf drei Beinen laufen und ist absolut taub«, antwortete ich verschmitzt lächelnd.
»Nein, das ist es nicht, was ich meine«, entgegnete Ibn Alim lachend.
»Was willst du mit dem Kamel machen«, fragte mein Vater.
»Ich dachte, es im Schutz unserer Mauern im Garten genesen zu lassen, bis der Bruch verheilt ist, und dann, wenn es wieder zu Kräften gekommen ist, auf eine der Weiden zu den Pferden zu stellen, wenn Ihr es erlaubt«, schlug ich vor.
»So sei es, mein Sohn«, willigte mein Vater ein, legte seine Hand auf Ibn Alims Schulter und wandte sich zum Gehen.
»Ibn Alim und ich haben noch etwas zu besprechen, Farid. Sag deiner Mutter bitte, dass ich nicht zum Essen nach Hause kommen werde.«
Kaum waren sie einige Schritte entfernt, als sie ihr ernstes Gespräch fortführten, das sie mir und unserem neuen

Kamel zuliebe unterbrochen hatten. Die Wortfetzen, die der Wind zu mir herübertrug, verhießen nichts Gutes. Sie sprachen vom Sus, jenem fruchtbaren Landstrich zwischen dem Hohen Atlas und dem Antiatlas südlich von Marrakesch, in dem sich nun der arabische Stamm der Saadier angesiedelt hatte, der für sich beanspruchte, in direkter Linie vom Propheten abzustammen. Sie gewannen immer mehr an Macht, denn die Stimmen gegen die Ungläubigen aus Portugal, die alle wichtigen Handelsstädte an den Küsten Marokkos besetzt und es sogar gewagt hatten, Marrakesch anzugreifen, mehrten sich. Auch der Unwille über die Friedensverhandlungen zwischen dem Sultan und den Spaniern wuchs immerfort, wobei das Volk die Bereitschaft ihres Herrschers zum Frieden als Schwäche auslegte. Die christlichen Eroberer hielten ebenfalls an der Mittelmeerküste wichtige Häfen besetzt. Das Volk wollte die Ungläubigen aus dem Land vertreiben, und die Saadier schürten die Hoffnungen der Gläubigen, dass dies im heiligen Krieg gelingen könne. Schon oft hatten wir in der Schule über diese neue Macht im nahen Süden Marrakeschs gesprochen, denn sie schien die Kraft zu haben, das zersplitterte Reich bald neu zu einen und die Christen von unseren Küsten zu vertreiben. Noch hielt der Hohe Atlas die Saadier von Marrakesch fern, aber Ibn Alim und mein Vater befürchteten wohl, dass die Araber nur warten würden, bis sie ausreichend Kräfte gesammelt hätten, bevor sie beginnen würden, mit Feuer, Eisen und dem Koran die umliegenden Siedlungen zu erobern. Ibn Alim und mein Vater wussten aus eigenen schmerzlichen Erfahrungen nur zu genau, welch verheerende Auswirkungen ein Krieg oder gar ein Machtwechsel mit sich bringen konnte.

»Farid, weißt du, wann dein Vater nach Hause kommt?«, riss meine Mutter mich aus meinen Gedanken. Verwundert betrachtete sie das Kamel, das sie erst jetzt entdeckt hatte.
»Vater hat noch etwas mit Ibn Alim zu besprechen, er meinte, es könne später werden und wir sollten nicht auf ihn warten.«
»Und wen hast du uns da mitgebracht?«, fragte sie.
»Das ist …« Ich dachte einen Moment nach, um einen passenden Namen zu finden. »… Fliegender Fuß, man hat ihm ein Bein gebrochen, ich werde mich um ihn kümmern.«
»Es ist ein schönes Kamel«, lächelte meine Mutter Fliegenden Fuß freundlich an und streichelte sanft über seinen Hals. »Ich werde ihm eine Paste zubereiten, damit der Knochenbruch schneller heilt«, sagte sie und eilte in den Garten.
Ich baute eine Schiene aus starken Ästen, die ich mit alten Lumpen polsterte und mit starken Lederriemen um das Bein wickelte, nachdem die rasch zubereitete Paste meiner Mutter aufgetragen war. Fliegender Fuß ließ alles geduldig über sich ergehen und legte nicht das klassische Verhalten seiner Artgenossen an den Tag, die bei solchen Gelegenheiten laut schreiend Bisse und Tritte zu verteilen pflegten. Offensichtlich wusste er sich bei uns in guten Händen. Es war von diesem Moment an, als hielten wir stumm Zwiesprache. Statt Worte tauschten wir Blicke.
»Ich sehe, du hast einen neuen Freund gewonnen«, bemerkte meine Mutter.
»Ein Kamel habe ich schon, fehlt mir nur noch ein Zelt und eine Frau dazu«, scherzte ich.
Lachend begaben wir uns in den Garten, um mit der Familie zu Abend zu essen. Ali und meine drei Schwestern saßen bereits um den gedeckten Tisch.

»Was hast du mit dem humpelnden Kamel vor? Willst du jetzt jeden Morgen damit zur Schule reiten?«, gesellte sich Ramón zu uns.

»Er hat es zunächst einmal vor dem Schlachter gerettet, alles Weitere wird sich ergeben«, erklärte Ali.

»Der heilige Ziegenhirte und der barmherzige Kamelhirte, ich frage mich, was ihr beiden aus der Schule meines Vaters machen werdet, wenn er einmal nicht mehr sein wird.«

»Ramón!«, ermahnte meine Mutter meinen Bruder.

Die Entscheidung meines Vaters gegen ihn als seinen Nachfolger hatte einen verbitterten jungen Mann aus ihm werden lassen. Jener versteckte Hass gegen mich, den Ali als Neunjähriger auf den ersten Blick erkannt hatte, kam jetzt offen und ungeschönt zutage. Ramón bemühte sich nicht, seine große Enttäuschung und seine Missgunst mir gegenüber zu verbergen. Er sprach offen aus, was sein verletztes und von Neid zerfressenes Herz seit jenem Tag, da die Entscheidung gefallen war, fühlte, und spuckte nicht selten bittere Galle in unser aller Herzen. Seine Studien führte er einsam in seinem Zimmer durch. Seit sich unser Vater für mich als seinen Nachfolger entschieden hatte, hatte Ramón aus verletztem Stolz und Scham die Schule nicht mehr betreten.

»Zeigst du uns dein Kamel?«, fragte Luz, der schlechten Laune ihres Bruders überdrüssig.

»Ja, gerne.«

»Dann lasst uns schnell essen, bevor es dunkel wird«, schlug Cristina vor.

Fliegender Fuß erholte sich sehr schnell, seine klaffende Wunde auf dem Rücken verheilte gut, und sehr bald konnte ich den Stützverband von seinem Bein entfernen und meinen neuen Freund in den Abendstunden, nach getaner Arbeit, in den Dattelhainen spazieren führen. Rasch bemerkte ich, dass ich keinen Strick an seinem Nasenring zu befestigen brauchte, um ihn zu führen, da er mir auf Schritt und Tritt folgte. In seiner Anhänglichkeit erinnerte er mehr an einen Hund denn an ein Kamel. Wir gewöhnten uns aneinander und lernten, uns ohne Sprache zu verständigen. Wenn ich ihn in den Abendstunden zu unseren täglichen Spaziergängen abholte, gurgelte er erfreut und stupste mich neckend mit seiner Nase an der Schulter an. Weil wir uns so gut verstanden und sein Bein vollends verheilt war, wagte ich, einen Sattel von den Nachbarn zu leihen und einen ersten Reitversuch zu unternehmen, obwohl ich zuvor nur im Umgang mit Pferden Erfahrung gesammelt hatte. Als wollte er mich das Reiten lehren, ließ er sich geduldig auf den Bauch nieder, damit ich aufsitzen konnte, und erhob sich langsam und vorsichtig, um mich nicht aus dem Sattel zu werfen. Zum ersten Mal in schwindelnder Höhe auf einem Kamel, klammerte ich mich an dem kreuzförmigen Sattelknauf fest. Grunzend setzte sich Fliegender Fuß in Bewegung und tat seinem Namen alle Ehre. Bald hatte ich mich an das Schaukeln gewöhnt und genoss die Aussicht. Ich bekam Gefallen am Kamelreiten und sattelte Fliegenden Fuß immer häufiger, um nächtens auszureiten. Schnell erkannte ich, dass nur die pure Absicht, die Gangart oder Richtung zu wechseln, reichte, damit Fliegender Fuß meinem Willen folgte. Angetrieben vom Ehrgeiz, ohne Zügel zu reiten, übte ich jede Nacht mit ihm die verschiedenen Befehle, und schon nach ein paar Wochen brauchte ich den Zügel nur noch zum Anbinden, obwohl selbst das nicht nötig gewesen wäre, denn das treue Kamel blieb immer in Sichtweite, wenn ich es laufen ließ. Fliegender Fuß und ich waren in der kurzen Zeit zusammengewachsen wie zwei langjährige Freunde. Unsere Mutter war die Wüste, und ohne darüber nachzudenken, wusste ich, was Fliegender Fuß brauchte und was ich tun musste, damit er sich wohl fühlte. Sicher hatte ich einiges Wissenswerte über den Umgang mit Kamelen gelesen und mir manches bei meinen Besuchen auf den Märkten angeeignet. Doch erschien es mir oftmals, als ob ich mich vieler Einzelheiten erinnerte, die ich weder aus den Büchern noch vom Markt kannte. Die Weisheit der Wüste war tief in meinem Herzen verborgen, und durch die Anwesenheit von Fliegender Fuß kam sie jeden Tag ein Stück mehr zum Vorschein. Ich berichtete meinem Vater von diesen Erfahrungen.

»Bald wird die Zeit kommen, da du reisen wirst, um deinen eigenen Schatten zu verfolgen, damit er dich zu der Höhle führen möge, in der sich dein Innerstes verborgen hält«, erklärte er lächelnd.

Mir wurde ein wenig bange zumute bei der Vorstellung, die Vorhersage meines Vaters würde eintreffen, aber ich wusste, dass jeder Meister diese Reise auf die eine oder andere Weise zurücklegen musste. So auch ich.

»Wie gerne würde ich mitkommen«, warf mir Ali einen sehnsüchtigen Blick zu, als ich an jenem kühlen Morgen Fliegenden Fuß sattelte. Der Hauch unseres Atems schien die verschneiten Gipfel des Atlas zu streifen, so klar war die Luft.

»Es sind nur vier oder höchstens fünf Tage, die ich weg sein werde, und ich bin sehr stolz auf dich, dass du dich um die neuen Schüler an meiner statt kümmern wirst. Es ist eine sehr verantwortungsvolle Aufgabe, und ich weiß, dass du sie sehr gewissenhaft übernehmen wirst.«

»Ich werde auf dich und die Karawane vor der Stadtmauer warten.«

»Es wird sicher ein gewaltiger Anblick sein, wenn sich 500 Kamele auf die Stadt zubewegen und vor den Mauern rasten.«

»Wirst du mich das nächste Mal mitnehmen?«

»Ich weiß es nicht, Ali«, blickte ich den jungen Ziegenhirten für einen Moment verwundert an. Was mochte in seinem Herzen und seinem Kopf vorgehen, dass ihm mein kurzer Ausflug so viel Schmerz bereitete?

»Ich wünsche dir eine angenehme Zeit, Farid«, setzte Ali ein gewinnendes Lächeln auf, um meine Gedanken zu zerstreuen.

»Dank, Ali, ich dir auch. Allah sei mit dir.«

»Allah sei mit dir«, winkte Ali mir hinterher, als Fliegender Fuß sich kraftvoll in Richtung Süden in Bewegung setzte. Auch er schien sich nach dem Geschmack der Wüste zu sehnen, den die Reisenden nach Marrakesch in den Norden trugen. Ich fieberte dem Augenblick entgegen, da ich endlich die erschöpften Reisenden und die lange Kette von Kamelen zu Gesicht bekommen würde. Es war das erste Mal, dass ich die Karawane auf einem Kamel begrüßte. Die Male zuvor war ich zu Pferde zu den Lagerstätten gekommen, und ich verspürte anfangs einen gewissen Neid und eine gewisse Abneigung. Fliegender Fuß würde sicher die Herzen der Berber vom ersten Augenblick an erobern, dessen war ich mir gewiss. Der schnelle Schritt meines Reittieres ermüdete bis zum Abend nicht. Nur einmal hielten wir an einer Tränke, dann trugen uns seine fliegenden Füße weiter gen Süden. Wir verließen die Ebene von Marrakesch und erreichten die ersten Ausläufer des Atlas. Wie eine Feder vom Wind in den Himmel getragen, flogen wir bergauf, und Fliegender Fuß ließ keinen Laut von Anstrengung oder Missfallen aus seiner Kehle weichen. Es schien, als sei das strenge Tempo, das ich ihm abverlangte, keine allzu große Herausforderung für ihn. Fast hatte ich das Gefühl, er liebte es, ununterbrochen zu rennen, seine Muskeln spielen zu lassen und eine so lange Strecke in so kurzer Zeit zurückzulegen, dass jeder, dem ich sagen würde, wann ich von Marrakesch losgeritten sei, mich einen Lügner schimpfen würde. Je höher die Füße meines treuen Kameraden mich trugen, desto kühler und grüner wurde es. Gutes, saftiges Weideland erstreckte sich seitlich der Karawanenroute, viel grüner und reichhaltiger als die Weiden im Norden Marrakeschs, auf denen unsere Pferde standen. Doch diese waren einfacher und schneller zu erreichen. Mein Vater hielt es für keine gute Idee, seine edlen Pferde in Sichtweite der Karawanenstraße weiden zu lassen. Es dämmerte bereits, als ich das widerwillige Gurgeln dutzender Kamele vernahm. Offensichtlich befand sich die Karawane direkt hinter der nächsten Anhöhe. Die Reiter zwangen ihre Tiere in die Knie, damit sie absitzen konnten. Obwohl Fliegender Fuß das Ächzen und Stöhnen seiner Artgenossen nicht vernehmen konnte, so konnte er riechen, dass sie in unmittelbarer Nähe waren, und erhöhte freudig grunzend das Tempo. Als wir die Anhöhe erreichten, eröffnete sich uns ein wundervoller Anblick. Ein langes, schmales Tal, eingefasst von prächtigen Laubbäumen, erstreckte sich vor uns. So weit das Auge reichte, sah ich schwer bepackte Kamele, die aneinander gebunden waren. Für einen Moment verweilte ich reglos auf der Anhöhe und betrachtete bewundernd, wie die lange Kette von Kamelen langsam zum Stehen kam und sich versammelte, während die ersten Reiter, vier Berber, in lange, bunte Tücher gehüllt, schon abgesessen waren und begonnen hatten, eine Kochstelle einzurichten. Selbst hier, in diesem wirtlichen Tal, erschien es mir eine sehr schwierige Aufgabe, diese Karawane mit so vielen Tieren, Menschen und Besitztümern zu führen. Welch große Herausforderung mochte dies erst in der Sahara darstellen? Ein Tuareg auf einem zierlichen, aber eleganten weißen Kamel überholte die Lastentiere und erreichte die vier Berber an der Spitze der Karawane, die gerade dabei waren, Wasser zu erhitzen. Ich bewunderte sein flatterndes tiefblaues Gewand und den kunstvoll gewickelten weißen Turban. Der Sattel war reich verziert und trug verschiedene Taschen und ein Gewehr, dessen Silberbeschläge auf dem Kolben in den letzten Strahlen der Abendsonne strahlten. Seine dunklen, fast schwarzen Augen erschienen mir selbst auf diese Entfernung stechend. Er spürte, dass ich ihn beobachtete, warf mir einen flüchtigen Blick zu, gab den Berbern, die grimmig dreinschauten, ein paar Anweisungen und steuerte dann, ohne eine Antwort von ihnen zu erwarten, sein Kamel auf mich zu.

»Friede sei mit dir«, begrüßte er mich. Er trug ein prachtvoll verziertes Schwert und ein Gewand aus teurem Stoff, was auf seine gute Herkunft schließen ließ.

»Und Friede sei mit dir«, antwortete ich und fragte dann: »Was macht die Müdigkeit?«

»Keine Müdigkeit.«

»Ist die Kälte erträglich?«
»Es ist angenehm kühl«, antwortete er.
»Wie geht es zu Hause?«
»Danke, es geht gut.«
»Wie geht es der Familie?«
»Danke, sehr gut.«
»Ist niemand krank?«
»Keiner ist krank, Allah sei Dank«, antwortete er.
»Allah sei Dank«, bekräftigte ich.
»Du siehst aus wie ein Tuareg, du redest wie ein Tuareg. Du kleidest dich wie einer von uns. Aber ich spüre, dass du keiner der unseren bist. Wieso ist das so?«, musterte er Fliegenden Fuß und mich.
»Es ist mein Blut und Herz, die mich zum Tuareg machen. Ich bin in Marrakesch in dem Haus eines Gelehrten aufgewachsen, der mir viele Weisheiten hat verraten können, doch der Staub und der Wind der Sahara erklären mir mehr über meine Ahnen und mich, als gesprochene und geschriebene Worte es je vermögen.«
»Also bist du uns entgegengekommen, um mit uns am Lagerfeuer einige Worte auszutauschen und etwas über die Sahara zu erfahren«, mutmaßte er.
»So ist es. Aber es ist nicht die erste Karawane, die ich hier in den Bergen willkommen heiße. Ich bin gut informiert über meine Stadt und kenne die Antworten aller Fragen, die ihr mir stellen mögt, damit euer Aufenthalt in Marrakesch so angenehm und befriedigend wie möglich für euch und alle Karawanenmitglieder sein wird.«
»Also sollst du unser Führer durch die Stadt sein. Ich bin Tarek und habe die Karawane von Timbuktu bis hierher geleitet. Es freut mich, dass du uns jetzt schon in deiner Stadt

willkommen heißt, obwohl uns noch zwei Tagesmärsche vom schützenden Schatten der Palmenhaine trennen. Willkommen in unserer Karawane, folge mir zu unserem Zelt. Wie lautet dein Name?«

»Ich bin Farid.«

Tarek nickte und trieb sein Kamel an, um wieder zur Karawane zu reiten. Ihm entgingen nicht der leichtfüßige Gang meines Schecken und sein freudiger Wille, mir zu dienen. Aus den Augenwinkeln beobachtete er uns verwundert, behielt aber seine Gedanken für sich.

»Seid ihr vielen Räubern begegnet?«, fragte ich ihn.

»Du weißt, Wölfe greifen lieber eine schutzlose Herde an, als dass sie versuchen, anderen Wölfen die Beute zu entreißen«, lächelte er mich an, trieb sein Kamel zu größerer Eile an und ritt davon, um den Reisenden beim Abladen zu helfen.

»Salam, wohin des Weges, Fremder?«, sprach mich einer der Berber an und warf mir ein für diesen Moment zu freundliches Lächeln zu.

»Salam. Ich bin gekommen, um euch sicher in die Stadt zu bringen«, lautete meine Antwort.

»Ach so?«, warfen mir die Berber überraschte Blicke zu.

»Meinst du denn, dass es auf dem Weg in die Stadt noch irgendwelche Gefahren geben könnte? Komm, trink einen Kaffee mit uns, und berichte uns«, winkten sie mir zu.

Ich folgte ihrer Einladung aus Höflichkeit und nicht, weil ich mich mit großer Freude zu ihnen ans Feuer setzte.

»Kennst du Tarek schon länger?«, fragte der älteste unter den vieren, als er mir eine Tasse des frisch aufgebrühten Kaffees reichte.

»Nein, wir sind uns heute zum ersten Mal begegnet.«

Der Berber sah mich überrascht an. »Und gehört hast du auch noch nichts über ihn«, mutmaßte er.
Ich schüttelte den Kopf.
»Dann hast du die westliche Sahara bisher noch nicht oft bereist«, stellte er fest.
Ich fühlte mich unwohl in der Gegenwart dieser Männer und fragte mich, was ihre wahren Absichten seien. Nachdem ich den Kaffee schneller getrunken hatte, als es die Höflichkeit gebührte, erhob und verabschiedete ich mich.
»Sei vorsichtig. Tarek ist ein guter Mann, aber er ist auch sehr gefährlich«, gab mir der alte Berber mit auf den Weg.

Viele müde und gerötete Augen lächelten mich freundlich an, als sie mich erblickten. Die schweren Lasten wurden von den Rücken der Kamele gehoben, die Vorderfüße der Tiere zusammengebunden, damit sie sich in der Nacht bei ihrer Suche nach Futter nicht zu weit vom Lager entfernten, und die Zelte aufgeschlagen. Ich vernahm die klopfenden Geräusche der hölzernen Mörser, mit denen die Hirse gemahlen wurde, um daraus die alltägliche Mahlzeit der Karawanenmitglieder zu bereiten. Vermischt mit etwas Wasser, Ziegenkäse und Datteln, wurde ein sättigendes Gericht daraus. Tarek stand vor seinem bereits aufgeschlagenen Zelt, aus dem das Geräusch eines Mörsers tönte.
»Komm, nimm Platz«, deutete er auf einen Teppich vor seinem Zelt. Ich setzte mich zu ihm, und er füllte ein kleines, rundliches Glas mit köstlich duftendem, stark gesüßtem Kaffee.
»Wer reist mit dir?«, fragte ich Tarek, auf das Zelt deutend.
»Meine Schwester.«
Ich nickte ihm verwundert zu, denn ich hatte bisher keine

Frau in der Karawane gesehen, und fragte mich, weshalb seine Schwester ihn auf dieser Reise begleitet haben mochte. Ich hielt es aber für ungebührlich, meine Neugier allzu offen zu zeigen, weshalb ich es vorzog, für einen Moment zu schweigen.

»Komm, ich werde sie dir vorstellen. Schließlich bereitet sie unser Mahl vor«, erhob er sich.

Ich folgte ihm an den Eingang des Zeltes und wartete, dass er es öffnen würde, damit ich eintreten konnte. Doch er blieb stehen und sah mich erwartungsvoll an. Fragend erwiderte ich seinen Blick.

»Dein Gesicht«, deutete er mit seiner Hand auf den Schleier vor seinem Gesicht. Ich bemühte mich, mit dem halb aufgewickelten Turban mein Gesicht zu verdecken. Zufrieden nickte er mir zu, bückte sich und schlüpfte durch den niedrigen Eingang in das Innere des Zeltes. Es war das erste Mal, dass ich ein Tuaregzelt betreten durfte.

»Arub, ich bringe Besuch mit«, kündigte Tarek mich an. Ich folgte ihm. Mein Atem stockte. Am liebsten hätte ich in meine Wangen gekniffen, um zu prüfen, ob ich wachte oder träumte. Auf einem roten Teppich mit langen Fransen saß das wundervollste Mädchen, das meine Augen je erblickt hatten. Sie trug ein weißes Gewand, das sich sanft an ihren wohl geformten Körper schmiegte und von ihrer hellbraunen Haut abhob. Ihre lebhaften grünen Augen leuchteten förmlich im Halbschatten des Zeltes wie zwei funkelnde Diamanten. Die volle blauschwarze Haarpracht hatte sie zu einem Zopf zusammengebunden, was ihre hohe, leicht nach außen gewölbte Stirn hervorhob. Die feinen, aber nicht zu dünnen Augenbrauen waren vornehm. Die vollen Lippen erschienen kraftvoll und weich zugleich. Ihr Haupt trug sie aufrecht. Jede ihrer Bewegungen war grazil. Es fehlten nur noch die Flügel, und ich wäre dem Glauben erlegen, sie sei ein Engel – so schön und zugleich unnahbar erschien sie. Sie hatte inzwischen das Korn in der Schüssel gemahlen und vermengte es mit Wasser und den anderen Zutaten. Ich spürte den kaum zu überwindenden starken Drang, aus dem Zelt zu stürzen, den kalten Schweiß von meiner Stirn zu wischen und mich auf meinen Atem zu konzentrieren, damit ich wieder zur Ruhe käme. Ich lehnte mich rücklings an die Zeltwand und versuchte, Fassung zu gewinnen und meine Gedanken zu ordnen. Wieso brachte der Anblick dieses Tuaregmädchens mich derart durcheinander? Wer waren die geheimnisvolle Fremde und ihr Bruder? Was sollte ich jetzt tun? Fieberhaft überlegte ich, was ich sagen sollte, doch alle Worte, die mir in meiner Aufregung in den Sinn kamen, erschienen mir kindisch oder banal. Also beschloss ich, vorerst nichts zu sagen und einfach ihre Fragen zu beantworten.

»Arub, das ist Farid. Farid, das ist meine Schwester Arub«, stellte Tarek uns einander vor.

Sie betrachtete mich stumm. Mit jedem Lidschlag winkten mir ihre langen und dicht gewachsenen Wimpern zu, als wollten sie mich einladen, näher zu kommen. Ich blickte in ihre grünen Augen, und es war, als öffnete sich mir ein Fenster zu ihrer Seele, und ich sah Bilder von der roten Sahara, einem strahlend blauen Himmel und einem weinenden Mädchen, das seine geöffneten Handinnenflächen flehend gen Himmel richtete. In der Zeit, in der ein Sandkorn durch die Finger auf den Boden rieselt oder in der ein Regentropfen von einer Rosenblüte auf die Erde fällt, sah ich durch die Augen Arubs hunderte Bilder wie in einem endlosen Traum. Zwischen zwei Lidschlägen zog ihre Kindheit an mir vorüber. Das seltsame Gefühl, als würden Arub und ich uns aus einer anderen Welt kennen, ereilte mich. Das erschreckte mich, und ich zog den Schleier vor meinem Gesicht noch ein wenig höher, so dass ich nur noch durch einen kleinen Schlitz lugen konnte, damit allein das mein Herz erreichen könnte, was mir keine Angst einflößen würde.

»Herzlich willkommen, Farid, und Friede sei mit dir«, begrüßte mich Arub mit seltsam zitternder Stimme. Auch sie schien mein Gefühl zu teilen.

»Friede sei mit dir, Arub«, antwortete ich, mich fragend, wie lange ich den zauberhaften Augenblick unserer ersten Begegnung wohl noch auskosten dürfte. Es war, als würde sich mein Herz über alle Grenzen hinweg ausweiten und die kühlen Sterne berühren. Ich fühlte mich beklommen und glücklich zugleich.

»Was führt dich zu uns, Farid? Bist du auf dem Weg in den Süden und möchtest Erkundigungen bei uns einholen, was dich dort erwarten wird?«, fragte mich Arub mit inzwischen festerer, wenn auch noch leicht vibrierender Stimme. Ich war überrascht, wie genau sie meine Absicht erraten hatte.

»Du hast Recht. Nur dass ich nicht heute und nicht morgen in den Süden aufbrechen werde, sondern dass es sicherlich noch eine längere Zeit dauern wird, bis meine Augen zum ersten Mal die weiten Sanddünen der von mir heiß ersehnten Sahara erblicken werden.«

Arub sah mich überrascht an.

»Ich dachte, du seist ein freier Wüstenritter.«

»Er ist in Marrakesch aufgewachsen«, erklärte Tarek.

»Wieso kleidest du dich wie einer der unseren, und weshalb sprichst du unsere Sprache so gut?«
»In meinen Adern fließt euer Blut, mein Herz schlägt im Rhythmus eurer Trommeln, ich liebe die würzige Luft der Sahara, und bald wird mein Kamel mich dorthin tragen.«
Arub sah mich eindringlich an. »Ich habe dich in der Wüste schon einmal gesehen.«
»Du musst mich verwechseln, ich bin niemals dort gewesen – leider.«
»Ich irre mich wohl«, zuckte sie mit den Schultern, ein wenig enttäuscht.
Ich dachte an meine nächtlichen Ausflüge auf die verbotenen Dächer Marrakeschs. War es Arub gewesen, die ich bei diesen Streifzügen durch die Wüste gesucht hatte? Ich konnte diese Frage nicht beantworten. Allerdings war ich mir gewiss, dass es mich in ihrer Gegenwart nicht in die Ferne zog und ich, solange es der Anstand und ihr Bruder mir erlauben würden, in ihrer Gegenwart verweilen wollte.
»Hast du für diese Nacht schon ein Lager?«, fragte Tarek.
»Nein«, antwortete ich und spürte, wie mein Herz schneller schlug, als Fliegender Fuß seine Hufe zu bewegen vermochte.
»Gut, du bist unser Gast bis zur Ankunft in Marrakesch, wenn du dies wünschst.«
»Gerne nehme ich diese Einladung an«, ließ ich fröhlich-überschwänglich verlauten. Fast zu spontan und erfreut erschien mir meine Reaktion, als ich den leicht skeptischen Blick des Tuareg erhaschte, der nur für einen kurzen Augenblick in seinen Augen zu lesen war, bis wieder der gastfreundliche, liebevolle Glanz sein Gemüt eroberte.

»Hast du schon gegessen?«, erkundigte sich Arub, die den kurz angespannten Moment überbrücken wollte.
Ich schüttelte den Kopf, für einen Moment lang überwältigt von dem Glücksgefühl, das mich überkam, weil ich bei diesen beiden Menschen verweilen durfte, wofür ich Allah dankte. Wieso war ich nicht schon früher gen Süden aufgebrochen, um auf den Spuren meiner Vorfahren zu wandeln? Mein Meister und Vater hatte mich bereits vor einiger Zeit dazu aufgefordert:
»Fühle dich frei, wann immer du möchtest, deiner Reiselust nachzugehen. Es ist wichtig, dass du den Sehnsüchten deines Herzens folgst, damit deine Seele eines Tages jene innere Gelassenheit spürt, die den mächtigen Bergen des Atlas innewohnt. Denn ohne jene Harmonie des Pendels, das sich in absolutem Gleichgewicht mit sich und seiner Umwelt befindet und in sich ruht, wirst du den steilen Weg zum Meister nicht beschreiten können. Nutze jede Bewegung des Pendels, damit die Kräfte sich aufheben.«
Fast schien es, als sei Arub jene Anziehungskraft, die das Pendel zum Stillstand brachte. Ich genoss mit großer innerer Freude die Ruhe, die ich an ihrer Seite verspürte. Unsere Blicke trafen sich immer wieder wie zwei turtelnde Tauben auf den Dächern Marrakeschs. Tarek schienen unsere fast liebkosenden Blicke nicht zu entgehen, aber er entschied uns allen zuliebe, so zu tun, als bemerke er sie nicht. Während des Essens vereinte uns ein vertrautes Schweigen, so als würden wir uns seit sehr langer Zeit kennen. Nachdem ich die Geborgenheit und Stille für einige Momente genossen hatte, verspürte ich den Wunsch, mehr über meine beiden Gastgeber in Er-

fahrung zu bringen. Mir erschien es ungewöhnlich, dass Arub ihren Bruder in der Karawane begleitete, auch wenn mich dieser Umstand sehr erfreute.

»Ich fürchte, dass meine Neugier zu weit führen könnte, weshalb ich nicht sicher bin, ob ich wagen soll, die Frage zu stellen, die mir auf den Lippen liegt«, brach ich unser Schweigen.

»Nun, du wirst es nie erfahren, wenn du die Worte, die du in deinem Kopf bereits formuliert hast, nicht über deine Lippen kommen lässt«, munterte Arub mich lächelnd auf.

»Erlaubst auch du mir eine sehr persönliche Frage, Tarek«, richtete ich mich an den Bruder Arubs.

»Ich schätze deine Ehrlichkeit und Offenheit und werde mich bemühen, mit genau derselben Einstellung auf deine Frage einzugehen. Und wenn mir deine Neugier zu gewagt erscheint, dann werde ich dir dies auch offenen Herzens mitteilen«, erklärte Tarek.

»Gut, dann werde ich wagen, diese Frage zu stellen, ohne euch zu beleidigen oder zu nahe zu treten.«

Arub reichte mir eine hölzerne Schale mit köstlicher Kamelmilch. Ich nahm einen Schluck und befeuchtete meine Lippen, bevor ich den beiden Geschwistern, die mich mit freundlich offenen Augen ansahen, meine Frage stellte.

»Ich freue mich sehr, dass ich die Gelegenheit habe, deine Schwester kennen zu lernen, aber mir erscheint es ungewöhnlich, dass sie dich bei deiner gefährlichen und anstrengenden Arbeit begleitet.«

»Ich würde sie auch lieber im Schoße der Familie sehen. In ihrem Zelt, bei ihrem Mann, bei ihrer Herde, zwischen den Dünen und Oasen, die keiner besser kennt als unsere Sippe, aber all das gibt es seit zwei Jahren nicht mehr«, warf Tarek

seiner Schwester einen traurigen Blick zu und ergriff ihre Hand, um sie zu trösten.
»Es ist gut, dass du uns darauf ansprichst, Farid. Es zeigt, dass du ein ehrliches Interesse an uns hast und dass du dich nicht scheust, mit der gegebenen Vorsicht einen tiefen Blick in unsere Herzen zu werfen«, sah Arub mich dankbar an.
»Unsere Familie war im Besitz einer wundervollen Oase. Wir verteidigten sie vor der Habgier der neidvollen Nachbarn und bekamen im Tausch dafür die Früchte von den Bauern. Wir setzten unser Leben für das Wasser und die süße Ernte dieser fruchtbaren und schattigen Erde ein. Doch es kamen Stärkere. Auf einen Krieger von uns kamen vier von ihnen. Sie waren hungriger, sie waren durstiger, sie waren voller Hass und voller Neid. Sie brannten alle Hütten nieder, töteten meine Eltern, Onkel und Tanten, Cousins und Cousinen und alle Untertanen. Die Blätter der Palmen färbten sich rot, als das Blut meiner Familie in den Boden sickerte und sie es über die Wurzeln in sich aufnahmen.«
Arubs Züge verhärteten sich und ihre zuvor so liebevollen Augen strahlten eine unerwartete Melancholie aus.
»Allah hat seine schützende Hand über Arubs Haupt gehalten und sie vor den Klingen der Feinde bewahrt«, erklärte Tarek.
»Seitdem bin ich Arubs Familie und beschütze die Karawanen, anstatt sie zu berauben.« Er machte eine Pause in seiner Rede. Dann fragte er: »Weshalb blickst du so nachdenklich drein? Wundert es dich, dass ich Karawanen beraubt habe?«
»Nicht der Umstand dessen, sondern die ehrliche Art und Weise, in der du es beschreibst, überrascht mich. Schließlich werden die Tuareg als die Ritter der Wüste und nicht als die Räuber der Wüste bezeichnet.«

»Aber wir sind keine Ritter, wir kämpfen nicht für einen König oder eine gerechte Sache, wir kämpfen ums Überleben. Die Wüste ist unser Herr, und wir nehmen von jedem, der durch unser Land zieht, was die Wüste von uns verlangt. Doch wie sollte man das anders bezeichnen als rauben?«

»Ich danke dir für deine ehrlichen Worte. Würdest du fortfahren mit deinen Erklärungen?«, bat ich Tarek.

»Ja, gerne, mein Freund. Seit ich Karawanen sicher durch die Sahara geleite, ist Arub tagaus, tagein auf dem Rücken eines Kamels und findet kein Lager, an dem sie länger als ein paar Nächte verbringen kann. Sie wird des Reisens müde und ich des Kämpfens«, resümierte Tarek mit melancholischer Stimme.

»Ich bin euch sehr dankbar, dass ihr einem Fremden eure Herzen so sehr öffnet«, wandte ich mich an Tarek.

»Nun bist du kein Fremder mehr«, bemerkte Arub.

Angesichts des großen Leids, das die beiden erfahren hatten, fühlte ich mich seltsam berührt, da in meinem Leben mich bisher nur das Licht eines glückspendenden Sterns begleitet hatte. Der Schatten solchen Unheils hatte mich bisher noch nicht berührt, und ich fühlte mich dumm und unwissend ob der fehlenden Erfahrung. Dies war auch der Grund, weshalb ich keine weiteren Worte fand, um die Unterhaltung fortzuführen.

»Das Leben eines Karawanenführers ist hart«, erklärte Tarek. »Viele Schwerter und Speerspitzen trachten danach, den Karawanen das Leben und ihre Reichtümer zu rauben. Viele Brüder aus meinem Stamm sind durch meine Klinge gestorben, und es stimmt mich traurig, dass ich meine Waffen gegen sie erheben muss, da ich mich doch vorher im Schutze der Dunkelheit an die Karawanen geschlichen und sie dessen entledigt habe, was sie nicht imstande waren zu verteidigen oder vor meinen Augen zu verbergen. Nun habe ich plötzlich die Rolle gewechselt und kann die Schritte der Räuber und Wegelagerer im Voraus erkennen. Ich kenne die besten Orte für einen Hinterhalt, ich kenne die Listen und Vorgehensweisen meiner Brüder, und ich weiß, wenn sie nicht durch meine Klinge sterben, dann sterbe ich durch die ihre. Und dennoch gelingt es ihnen immer wieder, uns das eine oder andere Lastentier zu entwenden oder eine unserer Wachen in das Reich der Toten zu schicken. Jetzt, da ich beide Seiten dieses Krieges kenne, mag ich für niemanden mehr streiten. Wie gerne würde ich ohne Schwert und Lanze zwischen den Dünen mein Leben führen, ohne es vor dem Giftzahn des Neids und der Habgier verteidigen zu müssen«, schloss Tarek seine Gedanken, lehnte sich in seine Kissen zurück und betrachtete gedankenverloren seine Hände, mit denen er wohl schon unzählige Männer getötet hatte.

»Die Herren der Karawanen sind immer sehr zufrieden mit der Arbeit von Tarek. Er ist einer der besten Karawanenführer in der Sahara, sagen sie. Und das, obwohl er erst seit zwei Jahren Menschen und Tiere mit ihren Schätzen durch das Sandmeer führt«, sagte Arub nicht ohne Stolz, um etwas von Tareks Melancholie aus dem Zelt zu vertreiben.

Tareks Schweigen verriet mir, dass das Gespräch für ihn nun beendet war. Da er nicht unhöflich sein wollte, sprach er es nicht aus.

»Ich danke euch für eure große Offenheit. Ihr verzeiht hoffentlich, wenn ich mich jetzt zum Schlafen zurückziehe. Morgen liegt ja auch vor euch wieder ein anstrengender Tag«, entschuldigte ich mich, legte meine rechte Hand auf mein Herz und verbeugte mich vor meinen beiden Gastgebern. Arubs und meine Augen fanden sich, um sich zu liebkosen. Ihr Blick strahlte eine solche Wärme und Vertrautheit aus, dass mein Herz noch in den Morgenstunden, nachdem ich mich zum Schlafen gebettet hatte, wilde Freudensprünge vollführte. Mir war danach, zu tanzen und zu jauchzen ob des Glücks, das ich empfand. Weder das Gestern noch das Morgen bereitete mir Sorge, ich war dem Pochen meines Herzens ganz nah, den Blick in den Sternenhimmel gerichtet und keinen Moment meine Lider schließend.

Die aufgehende Sonne ist jeden Morgen dieselbe, und doch ist sie eine andere. Die Orte, von denen aus wir sie betrachten, sind nicht dieselben, das Licht, das sie auf die Erde schickt, ist das Licht von Heute und nicht das von Gestern oder Morgen, und die Farben, die unsere Augen einfangen, sind immer ein wenig anders. Deshalb sehe ich die aufgehende Sonne jeden Morgen so, als hätte ich sie noch nie zuvor erblickt, und ich erfreue mich an dem Anblick wie ein Neugeborener, dessen Augen zum ersten Mal von ihrem sanften Licht berührt werden. So verfolgte ich auch an jenem Morgen die langsam aufsteigende Sonne, die für die Teilnehmer der Karawane das Zeichen gab, mit den Vorbereitungen für den Aufbruch zu beginnen. Ich half beim Verladen der schweren Ware auf die Rücken der Kamele und verfolgte bewundernd die vielfältigen Anweisungen Tareks, der mit sehr viel Routine und Ruhe den großen Tross für den Abmarsch vorbereitete.
»Die vier Berber sind verschwunden«, teilte er mir mit.
»Wieso? Jetzt, da wir die Stadt beinahe erreicht haben?«

»Es ist gut, dass sie uns nicht mehr begleiten«, ließ er sein Kamel in den Galopp springen und preschte an die Spitze der Karawane. Bald darauf gab er das Zeichen zum Aufbruch.

Arub führte in der Mitte der Karawane vier Lastkamele, auf deren Rücken sich ihr und Tareks gesamtes Hab und Gut befanden. Zunächst ritt ich nur gelegentlich, wie zufällig, für einige Minuten neben ihr her, weil ich dachte, dass es sich nicht ziemte, sie anzusprechen.
»Warum bist du so schweigsam?«, fragte sie mich, als ich ihr einen verlegenen Blick zuwarf. Verwundert über den Umstand, dass Arub ein Gespräch begann, ohne dass ihr Bruder oder eine andere Person zugegen war, die den Anstand hätte wahren können, suchte ich einen Ausweg. Vielleicht sollte ich so tun, als hätte ich ihre Frage nicht gehört, und davonreiten? Nein, das könnte Arub beleidigen, und das wollte ich unbedingt verhindern, denn im Grunde wünschte ich mir in diesem Moment nichts sehnlicher, als mit ihr zu reden.
»Wir sind nicht allein«, deutete sie mein nachdenkliches Schweigen. »Sieh dich um«, zeigte sie mit ihren schlanken und kerzengeraden Fingern vor und hinter uns, wobei die silbernen Ringe in der Sonne glitzerten. »Unzählige Augen und Ohren sind auf uns gerichtet, und sie alle werden darüber wachen, dass wir den Anstand wahren«, schmunzelte sie, weshalb ich verunsichert darüber war, ob sie die unzähligen Kamele meinte.
Noch immer ein wenig unschlüssig, erwog ich, dass der Anstand bei dem Volk meiner Ahnen in vielerlei Hinsicht anders gedeutet wurde, als ich es von Marrakesch

kannte. Schließlich verschleierten sich bei den Tuareg die Männer und nicht die Frauen. Auch hatten die Mädchen, die verheiratet werden sollten, das letzte Wort, ob ihnen ihr Bräutigam zusagte oder nicht. Und sie trugen die wundervoll verzierten Schlüssel zum Zelt an ihrem Gürtel und waren die Herrin über ihr Heim. Sie hatten das Recht, ihren Angetrauten aus dem Zelt zu verstoßen, wenn er sich in ihren Augen allzu viel zu Schulden hatte kommen lassen.

»Farid, bist du stumm geworden?«, sah mich Arub fragend an.

»Nein«, schwang ich mich aus dem Sattel von Fliegendem Fuß, landete neben Arub mit beiden Füßen sicher auf dem Boden und lief neben ihr her. »Hier bin ich, und wie du hören kannst, kommen Laute aus meiner Kehle.«

»Ich bin froh, dass du so mutig bist«, sagte sie.

»Wieso?«, fragte ich ein wenig erschrocken und dachte an die Warnung der vier Berber, die heute Morgen unangekündigt die Karawane verlassen hatten.

»Während der ganzen Reise hat sich aus Angst vor Tarek niemand getraut, mich anzusprechen, geschweige denn mit mir zu reden. Ich bin die einzige Frau in der Karawane und hatte niemanden, mit dem ich reden konnte außer Tarek. Aber er war so beschäftigt, dass er sich oft einfach nur erschöpft hat in die Kissen fallen lassen, ohne meine Fragen zu beantworten. Also habe ich begonnen, mit den Kamelen zu sprechen, aber ihre Antworten gefallen mir nicht.«

»Wieso, was sagen sie?«

»Eine Frau soll das Zelt bewachen und die Ziegen hüten.«

»Ich frage mich, was dir die Ziegen gesagt hätten, hättest du den Rat der Kamele befolgt«, antwortete ich.

Arub lächelte mich an. »Hast du keine Angst vor meinem Bruder?«
»Ich respektiere ihn und eure Gesetze, soweit ich sie kenne und einzuschätzen weiß. Ich denke, dass du das auch tust.«
»Trägst du deshalb den Schleier?«
»Vielleicht.«
»Was suchst du in der Wüste?«
»Ein Sandkorn. Ich bin aufgewachsen in einer berühmten Mystikerfamilie. Viele Lehren haben meine Ohren, mein Herz und meinen Verstand erreicht. Wenn ich meinen Weg gegangen sein werde, trage ich eines Tages die große Verantwortung, jene Ohren auszuwählen, die meine Worte empfangen werden, um sie wiederum an die zu richten, die sie erwarten und brauchen. Doch obwohl ich voller Glück und Liebe aufgewachsen bin, habe ich immer dieses kleine, kaum sichtbare Loch in meinem Herzen gespürt, das genauso groß ist, dass jenes Sandkorn, das ich einst in der Wüste verlor, hineinpasst.«
»Was, wenn du es gefunden hast?«
»Dann werde ich solches Glück verspüren, wie ich es empfinde, wenn ich an deiner Seite mein Kamel führe und mit dir spreche.«
Für einen Moment wollte ich mir auf die Lippen beißen ob meiner Kühnheit, doch das geschmeichelte Lächeln Arubs ließ in mir die Gewissheit wachsen, dass auch sie meine Gegenwart genoss und ich für sie nicht nur ein etwas besserer Gesprächspartner als eines ihrer Kamele war.

Arub und ich marschierten den ganzen Tag nebeneinander her. Das Schweigen und die Schritte im gleichen Rhythmus verbanden uns genauso wie die zärtlichen Blicke oder die respektvollen Worte, die wir wechselten. Tarek beobachtete uns aus der Ferne, hielt aber Distanz, was für mich bedeutete, dass er unser Gespräch duldete. Zunächst erfreut darüber, schlichen sich nach und nach Zweifel über das freizügige Verhalten Arubs und Tareks in mein Herz. Tarek hatte mich kaum ein paar Minuten gekannt, als er mich bereits seiner Schwester vorstellte. Arub sprach einen fremden Mann, den sie gerade seit einem Tag kannte, an und forderte ihn zu einem Gespräch auf, als wäre er ihr Cousin. Und Tarek wiederum schien das nicht zu kümmern. Der Verdacht lag nahe, dass Tarek im Schilde führte, seine Schwester in Marrakesch gut zu verheiraten. Die beschwerlichen Karawanen erwiesen sich auf Dauer als zu gefährlich für seine Schwester. Welcher Ort wäre daher besser geeignet als ein Geborgenheit bietendes Haus hinter den Stadtmauern von Marrakesch, das Arub vor den neidvollen Blicken ihrer Feinde und vor den Sandstürmen schützte? Ein anderer Umstand verwirrte meine Sinne: In nur ein paar Stunden hatte ich mich unsterblich in dieses Mädchen verliebt, so dass sich mir die Frage stellte, ob ich einem geheimen Zauber verfallen war, denn die Gefühle, die ich für die Frau, die nun an meiner Seite Richtung Marrakesch marschierte, hegte, erschienen mir höher als das Atlasgebirge und weiter als die Sahara. Doch woher sollte dieses Empfinden rühren, wenn nicht von Magie? Und nun nagte die Ungewissheit an mir, ob die Gefühle, die sie mir gegenüber vorsichtig zu erkennen gab, echt waren oder ob sie aus der Not heraus, ein neues Heim finden zu müssen, handelte und mir ihre Zuneigung nur vorgaukelte. Während ich diesen zweifelnden Gedanken nachging, spürte ich Arubs flüchtigen Blick aus den Augenwinkeln, und mir schien, sie könne den Zweifel hinter meiner Stirn lesen. Doch obwohl ich das Gefühl hatte, dass sie meine Gedanken erriet, schwieg sie und überließ mich meinen Zweifeln. Was hätte sie auch sagen sollen?

Am Abend zerstreuten sich meine dunklen Gedanken und wurden mit dem frischen Wind in den Süden getragen. Tarek hatte einen passenden Rastplatz am Ufer eines fast ausgedörrten Bachs ausfindig gemacht und erhob gerade die Hand, um den Reisenden zu bedeuten, dass der Marsch für diesen Tag beendet sei. In diesem Moment schwirrten vier Lanzen aus verschiedenen Richtungen surrend durch die Luft und drohten Tarek von allen Seiten zu durchbohren. Die erste Lanze streifte ihn von hinten an der Schulter. Die zweite verfehlte ihn knapp am Kopf, den er im rechten Moment nach unten drückte, die dritte wehrte er mit seinem großen Schild ab, den er in Windeseile von seinem Sattel gelöst hatte, und die vierte blieb knirschend zwischen den Füßen seines Kamels stecken. Erschreckte Rufe der Kameltreiber und das wütende Brüllen des weißen Kamels Tareks folgten. Tarek zog seinen Säbel aus der Scheide und wartete auf seine Gegner, die sich im Dickicht nahe dem schmalen Wasserlauf und abseits des Weges auf einer Anhöhe verborgen hielten. Ich war inzwischen hinzugeeilt, bereit, Tarek und die Karawane vor den Angreifern mit bloßen Händen zu verteidigen. Äste und Blätter raschelten, aber die feigen Lanzenwerfer zeigten sich nicht. Den Geräuschen nach zu urteilen schienen sie sich eher zu entfernen, weil sie ihr Ziel verfehlt hatten. Tarek ließ sich aus dem Sattel gleiten, zog die Lanze vor seinen Füßen aus der Erde und warf einen Blick darauf.

»Berber«, bemerkte er und reichte mir die Waffe. »In deiner Hand ist sie sicher mehr wert«, fügte er hinzu, sammelte die anderen Lanzen ein, verteilte sie an die Kameltreiber und machte sich in aller Ruhe daran, die allabendlichen Vorbereitungen für die Nacht zu treffen.
»Warum verfolgst du sie nicht?«, fragte ich Tarek.
»Weil sie feige sind. Sie würden versuchen, mich in einen Hinterhalt zu locken, oder sie würden abwarten, bis ich die Karawane schutzlos verlasse, um ihre Fährte aufzunehmen. Sie werden sich keinem offenen Kampf stellen. Sie werden immer den Schutz der Bäume und Sträucher oder der Dunkelheit suchen. Deshalb müssen wir heute Nacht sehr auf der Hut sein.«
»Es waren die vier Berber, die uns noch bis vor kurzem begleitet haben, nicht wahr?«, vermutete ich.
»Ich denke, du hast Recht. Als sie bei uns waren, sind einige seltsame Dinge geschehen. Aber wenn sie heute Nacht nicht mehr angreifen, dann werden sie aufgeben, da wir fast schon in der Stadt sind.«
»Was erhoffen sie sich von deinem Tod?«
»Sie haben versucht, die Besitzer der Karawane davon zu überzeugen, dass ich ein schlechter Führer sei, dass sie mit ihnen eine bessere Wahl treffen würden und dass ihre Waren unter dem Schutz von vier erfahrenen Berbern sicherer seien, als wenn nur ein Mann darüber wachen würde«, erklärte Tarek, schwang sich auf sein Kamel und ließ das Tier wie gewohnt aus dem Stand in den Galopp springen, um schnell das hintere Ende der Karawane zu erreichen.
Ich wog die eiserne Lanze prüfend in meiner Hand. Der breite Lederschaft und die kunstvoll angefertigten Orna-

mente aus Messing sollten den direkten Kontakt mit dem Eisen verhindern, denn die Berber waren abergläubisch. Sie dachten, Eisen sei ein schlechtes Metall, das man nicht mit der bloßen Haut berühren dürfte, da dies Pech bringe und den Teufel in den Körper treibe. Es war die erste Waffe, die ich in den Händen hielt. Zwar führte ich ein Messer mit, aber es war nicht für kriegerische Zwecke gedacht. Diese Lanze war noch vor ein paar Augenblicken durch die Luft geschwirrt, losgeschickt mit dem Wunsch, zu töten. Meine Hände begannen zu zittern.

»Allah schenkt Leben und nimmt Leben, heißt es. Aber ist es wirklich Allah, der das Schwert führt, an dem das Blut Unschuldiger klebt, oder liegen die scharfen Klingen in unseren Händen? Jeder Gläubige soll sich davor hüten, seine Missetaten mit dem Willen Allahs zu entschuldigen«, hatte sich Ibn Alim eines Abends beim Abendessen erzürnt, als er über die Gräueltaten der Palastwache des Sultans unterrichtet wurde, die unschuldige Bettler enthauptet hatten, weil sie vermuteten, sie führten ein Attentat gegen den Sultan im Schilde. Ibn Alim verabscheute jede Art von Gewalt und war der festen Überzeugung, dass man mit Waffen der Gewalt keinen Einhalt gebieten könne. Nur die Einsicht der Menschen und die Liebe seien stark genug, um gegen Schwerter und Kanonenkugeln anzukommen. Denn jeder Schwertstreich und jeder Schuss würden weitere nach sich ziehen. Derjenige, der als Erster seine Waffen strecke, sei in Wahrheit der Sieger eines Krieges, erklärte er. Die Tuareg waren berüchtigt und gefürchtet wegen ihrer Kriegslust. Ich fragte mich, ob das Blut in meinen Adern eines Tages über meine Fäuste herrschen würde, während ich die aufwändig geschmiedete Lanze in meinen Händen hielt und sie einem bisher noch unbewaffneten Jungen überreichte, der den Kameltreibern zur Hand ging.

»Verabscheust du das Eisen?«, fragte mich Arub, die plötzlich neben mir stand.

»Nur, wenn es geschmiedet ist, um den Tod zu bringen«, antwortete ich.

In der folgenden Nacht hielten Tarek und ich über die unruhig schlafende Karawane Wache. Ich kam gerne seiner Bitte nach, vor Arubs Zelt zu wachen, obwohl ich das Schwert, das er mir in die Hände legen wollte, nicht annahm. Ich begnügte mich mit einem schweren Knüppel, den ich mir aus einem starken Ast zurechtgeschnitten hatte. Ibn Alims Maxime, keine Gewalt anzuwenden, war die eines Heiligen. Ich wusste, dass die Liebe stärker war als jedes Schwert und jede Faust, aber ich wusste auch, dass ich in dieser Nacht und vielleicht auch zu anderer Gelegenheit noch nicht genügend Kraft haben würde, es dem heiligen Ibn Alim gleichzutun. Ich hatte von meinem Vater gelernt, dass die Würde und Liebe Ibn Alims groß genug waren, um hunderte Kanonen zum Schweigen zu bringen, aber auch, dass es in manchen Augenblicken im Leben von Vorteil war, sein Leben und das anderer mit den Fäusten zu verteidigen, da nicht alle so viel Liebe in ihrem Herzen wohnen hatten wie Ibn Alim, auch wenn sie es anstrebten. Ich wusste, dass Ibn Alim recht handelte, aber auch, dass ich noch einen weiten Weg vor mir hatte, bevor mein Herz so sehr gewachsen war, dass ich mit derselben Liebe allem Hass und aller Gewalt würde begegnen können. Ich wunderte mich über die Dreistigkeit der vier Berber, mit der sie versucht hatten, einen Keil zwischen die Teilnehmer der Karawane und Tarek zu treiben. Sie hatten sich derart dumm angestellt, dass ich nicht glauben konnte, dass sie mit diesem Vorgehen jemals Erfolg haben würden. Und dennoch: Ihre Saat des Misstrauens war sogar in meiner Brust aufgegangen, denn es war ihnen durch unser Gespräch gelungen, dass sich Zweifel in meinem Herzen über Arubs und Tareks Aufrichtigkeit eingeschlichen hatten. Offensichtlich sind die Herzen von Menschen für schlechte Nachrichten empfänglicher als für gute Neuigkeiten. Ich schämte mich dafür, dass ich für einen Moment schlecht über ihn und Arub gedacht hatte, und war wieder von ihrer Aufrichtigkeit überzeugt. Wir fühlten echte Zuneigung füreinander. Arub und Tarek folgten keiner Berechnung, wenn sie mich offenen Herzens empfingen. Es war vielmehr jene innere Verbundenheit, die wohl auch junge, verwaiste Wüstenfüchse verspüren mögen, wenn sie sich zusammenrotten, nachdem sie im Sandsturm ihre Eltern verloren haben.

Der Anblick der in Marrakesch einziehenden Karawane, die nach langen Strapazen endlich ihr Ziel erreicht hatte, war majestätisch. Ich war vorausgeeilt, um von einem Hügel nahe der Stadt das Bild, welches das Zusammenschmelzen des Südens und des Nordens bedeutete, besser überblicken zu können. Die unendlich lang erscheinende Reihe der Lastentiere und ihrer Begleiter wurde gesäumt von hunderten Neugieriger. Seit Jahrhunderten verknüpften die Märkte Marrakeschs das Land mit dem Süden. Die Kamele trugen nicht nur Gold, Elfenbein, Salz und andere wertvolle Güter hierher, sondern auch die Klänge, Gerüche und Seelen des schwarzen Afrikas. An den Häusern Marrakeschs klebte der Sand der Sahara, in den Augen der Bewohner lachte die

Sonne der Wüste, und auf ihrer Haut spiegelte sich die ganze Farbenpracht der Natur wider.

Ich eilte zurück an die Spitze der Karawane an die Seite Tareks. Stolz blickte ich auf die Marrakeschis, die uns herzlich empfingen, und ich wusste, dass sich auch Ali unter ihnen befinden musste, aber unter all den freudig lächelnden Gesichtern konnte ich seines nicht ausmachen. Tarek ließ sich von mir um die Stadtmauer zu dem Tor führen, an dem die Karawanen zu rasten pflegten und die Viehmärkte abgehalten wurden. Hier war ich der Führer der riesigen Karawane. Ich drehte mich um und warf einen Blick auf den überwältigenden Einzug. Eine dichte Staubfahne lag über dem Weg, den wir zurückgelegt hatten, und erhob sich über die Stadtmauern, um in die Häuser und Lungen Marrakeschs einzudringen. Ich führte die Reisenden zu ihren Lagerplätzen und half bei der Zuteilung der Zeltplätze, beim Kauf des Futters und der Verteilung des Wassers. Ich empfand große Freude darüber, dass ich von den Teilnehmern der Karawane gebraucht wurde und helfen konnte. Die ersten Händler erschienen, machten sich bekannt und begannen mit dem üblichen Geplänkel über gemeinsame Bekannte oder Orte, aus denen die Geschäftspartner stammten und die man auch zu kennen oder besucht zu haben vorgab. Feuer wurden entzündet, Datteln und starker, süßer Kaffee auf silbernen Tabletts vor den Zelten auf die ausgerollten Teppiche gelegt, um die erwarteten Gesprächspartner gebührend empfangen zu können. Bei einziehender Nacht trafen immer mehr Marrakeschis ein, die nach langen Gesprächen über dies und jenes schließlich vorsichtig die Ware begutachteten, obwohl sie vorgaben, eigentlich kein Interesse daran zu haben. Einige erklärten, dass sie wohl jemanden kennen würden, der vielleicht etwas kaufen wolle, aber sie würden natürlich nicht für ihn entscheiden können. Als das allgemeine Gefeilsche im Gange war, zog ich mich zum Zelt Arubs und Tareks zurück. Ich wollte mich von ihnen verabschieden und nach dem anstrengenden Abend meinen müden Körper in meinem Bett zur Ruhe legen. Ich trat an das Zelt, doch die Geschwister waren nicht zu sehen.

»Arub, Tarek. Seid ihr da?«, flüsterte ich leise. Das Zelt wurde von innen geöffnet. Arub lächelte mich fröhlich an.

»Komm rein, aber sei leise. Tarek schläft schon.«

Ich zögerte einen Moment, unsicher darüber, ob es sich wirklich gehörte, dass ich das Zelt betrat. Als Arub mir auffordernd zuwinkte, legte ich all meine Bedenken beiseite, bückte mich und schlüpfte in das Zelt. Tarek lag mit angewinkelten Beinen auf der Seite, sein Gesicht der Zeltwand zugewandt.

»Ich wollte nur gute Nacht sagen, es war eine sehr schöne Reise mit euch. Vielen Dank, dass ich euch begleiten durfte.«

»Wir haben dir zu danken, für die Ehre, die du uns erwiesen hast«, erwiderte Arub.

»Wann brecht ihr wieder auf?«

»Tarek wird einen Teil der Händler wieder in den Süden begleiten, wenn sie ihre Geschäfte abgeschlossen haben. Das kann einige Tage dauern.«

»Ihr solltet euch ein wenig ausruhen und nicht gleich wieder weiterziehen.«

»Du täuschst dich, Farid. Wir brauchen die Bewegung – so wie das Sandkorn in der Sahara, das, vom Wind angetrieben, jeden Tag seine Position verändert; und so wie die Sterne, die über das Himmelszelt wandern.«

»Nun, in der Natur gibt es das Kamel, das krank wird, wenn es gezwungen wird, lange an einem Ort zu verweilen, und es gibt den Baum oder den Berg.«

»Das stimmt«, nickte Arub mir zu.

»Aber auch der Baum ist ständig in Bewegung: Er streckt seine Wurzeln in die Erde, um seinen Durst zu stillen. Er reckt seine Blätter der Sonne entgegen, und jeden Tag ändert er sein Aussehen. Auch der Berg ist in ständiger Bewegung, im Inneren wie im Äußeren. Es gibt nichts in der Welt, das stillsteht, alles bewegt sich. Auch wenn du schläfst, fließen die Säfte durch deinen Körper, und du wendest dich von der einen Seite auf die andere.«

»Du hast Recht, Arub. Wahrscheinlich hat mich mein Wunsch, dich länger in meiner Gegenwart zu wissen, dazu verleitet, ein törichtes, unpassendes Gleichnis heranzuziehen.«

»Auch ich würde gerne noch länger hier verweilen. Du erscheinst mir wie ein Freund aus einer fernen Welt. Es befremdet mich sehr, dass du ein Marrakeschi und nicht in der Wüste aufgewachsen bist, denn die Eintracht zwischen dir und Fliegendem Fuß, deine würdige Haltung im Sattel, dein sicherer Umgang mit den Massen von Kamelen und Menschen, deine Selbstsicherheit, das Lächeln, das durch deinen Schleier mein Herz erreicht – all das erfreut meine Seele und hat für mich nichts mit einem Marrakeschi, sondern mit einem Tuareg zu tun«, lächelte Arub mich an. Verlegen warf ich einen Blick auf Tarek, in der Hoffnung, er würde nicht erwachen und uns bei dem Gespräch ertappen.

»Wenn du erlaubst, werde ich dir einen neuen Namen geben«, fügte sie hinzu. Ich nickte, meine unermessliche Freude hinter dem Schleier verbergend.

»Wüstensohn würde ich dich gerne nennen, denn du trägst mehr von der Wüste in deinem Herzen als viele ihrer Bewohner, die ich kenne.«

»Ich werde stets auf diesen Namen hören, wenn er über deine Lippen kommt«, lächelte ich Arub glücklich an, vergessend, dass mein Gesicht durch den Schleier verdeckt war.

»Zeigst du mir dein Gesicht?«, sah Arub mich verlegen an.

»Ich habe es nur deinem Bruder und dir zuliebe verdeckt. Denn ich pflege zu Hause die Bräuche unseres Volkes nicht.« Langsam ließ ich den Schleier bis unter mein Kinn gleiten. Arubs Körper vibrierte, als sie mein Gesicht zum ersten Mal betrachtete. Zärtlich strich sie mit ihrer Hand über meine Wangen. Jene Berührung ließ mir einen Schauder über den Rücken fahren. Ich umfasste ihre leicht zitternde Hand und sah lange in ihre tiefgrünen Augen. Dieser Moment war einer der schönsten in meinem Leben, und ich wollte für ewig mit Arub in diesem Zelt verharren und durch die Zeiten reisen. Arubs liebevoller Blick, ihre Hand auf meiner Wange, umschlossen von der meinen – dieses Glück sollte niemals enden. Unbändiges Verlangen, Arub zu küssen, ergriff mich. Sanft ließ ich meine Hand in ihren Nacken gleiten und drückte ihren Körper näher an meinen. Zitternd gab sie sich meinem Verlangen hin, als sich meine Lippen den ihren näherten und unsere begierigen Münder im ersten Kuss verschmolzen.

Benommen wie nach einem jener wilden Tänze der Mystiker aus dem Süden, der einen in tiefe Trance versetzt, verließ ich das Zelt und berührte mit den Fingerspitzen meine Lippen, die noch vor einigen Momenten den weichen und warmen Mund Arubs gespürt hatten. Fliegender Fuß hatte treu auf mich gewartet, kniete sich nieder, damit ich auf dem Sattel Platz nehmen konnte, und erhob sich lautlos, um mich dann fast schwebend vorbei an den Zelten der reisenden Händler Richtung Elternhaus zu tragen. Ich ließ meinen Blick zu dem majestätischen Atlas schweifen und atmete tief durch. Es war, als öffnete sich meine Brust, und ich sog mit diesem einen tiefen Atemzug den Himmel, die Berge des Atlas und die dahinter liegende Sahara ein. Ich empfand so viel Glück, dass ich die ganze Welt hätte umarmen mögen. Fröhliche Tanzmusik schallte zu mir herüber. Die eindringliche Stimme des Sängers, der dumpfe Bass der tiefen Trommeln und der peitschende Klang der hohen Trommeln vermischten sich mit dem wilden Klatschen der tanzenden Berber, die eine Hochzeit feierten. Ich hielt Fliegenden Fuß in gebührendem Abstand und beobachtete die Feier. Ich war mir meiner Sache sehr sicher. Meine Entscheidung stand fest, und ich wusste, dass es die richtige war.

III.

Lebe, als wäre jeder Tag dein letzter, und behandele Familie und Freunde, als würdest du unendlich leben.

Sprichwort der Tuareg

Ich sog den betörenden Duft der weißen Orangenblüten ein, lauschte dem beruhigenden Rascheln der Blätter im sanften Wind und dem Plätschern des Brunnens. In meinem Kopf hallten fröhliche Tanzlieder wider. Ihre überschwänglichen Melodien und treibenden Rhythmen trugen mich schlaflos bis zum Morgengrauen. Als die Sonne ihr Haupt über die Gipfel des Atlas streckte und ihre ersten warmen Strahlen meine Haut liebkosten, machte ich mich mit laut pochendem Herzen auf den Weg zum Souk der Schmiede. Die Straßen der Stadt füllten sich langsam mit Leben. Geschäftig verließen die Männer die Häuser, um ihrer Arbeit nachzugehen oder um Besorgungen zu machen. Als ich den Seidensouk erreichte, war ich überrascht von der Betriebsamkeit, die hier so früh am Morgen schon herrschte. Türen und Fenster wurden geöffnet, die bunt gefärbten Seidenbahnen an den Häuserwänden aufgehängt, Ballen auf Teppichen auf der Straße gestapelt. Aber auch im Souk der Schmiede wurde bereits fleißig gearbeitet. Der Lärm der unermüdlichen Hämmer der Lampenschmiede schwappte herüber. Ich erreichte den Eingang und blickte in die schmale Gasse voller Lampen in allen erdenkbaren Größen und wunderschönen Formen. Diese Gegenstände übten seit meiner Kindheit eine magische Anziehungskraft auf mich aus. Als kleiner Junge liebte ich es, die tanzenden Schattenmuster der Lampen, die von den flackernden Kerzen an Wände und Decken geworfen wurden, stundenlang zu beobachten.

»La´bas?«, erkundigte sich ein Lampenschmied nach meinem Befinden.

»La´bas al-hamdulillah«, bestätigte ich ihm mein Wohlbefinden und dankte Allah dafür. Er reichte mir seine Hand, um sie dann an sein Herz zu führen.

»Gefällt dir dieses Kunstwerk? Soll ich es herunternehmen, damit du es genauer betrachten kannst?«, deutete er auf eine Lampe, die an der Wand hing und die ich, während ich meinen Kindheitserinnerungen nachgegangen war, angestarrt hatte.

»Nein, danke, das ist sehr freundlich von dir, aber ich möchte keine Lampe kaufen. Ich bin auf dem Weg zu Ibn Abdul.«

»Richtest du eine Beschneidung aus?«

»Nein.«

»Dann sollen wohl böse Dschinns aus deinem Haus vertrieben werden.«

»Nein, auch nicht. Friede sei mit dir«, verabschiedete ich mich.

»Friede sei mit dir«, winkte der Lampenschmied mir zu und beobachtete, wie ich meines Weges ging.
Die Werkstatt von Ibn Abdul lag in einem versteckten Winkel des Souks. Man konnte sich leicht verirren, wenn man ihn nicht schon häufig besucht und sich den Weg sehr gut eingeprägt hatte. Hinter einer unscheinbaren, sehr niedrigen Tür hauste und arbeitete der grauhaarige Schmied. Vor dreißig Jahren war seine Frau bei einem Erdbeben drei Wochen nach der Hochzeit von einem herunterfallenden Balken erschlagen worden. Seither lebte er allein. Ich klopfte wie verabredet siebenmal an die Tür. Es dauerte eine Weile, bis sich im Inneren etwas regte und ich die schlurfenden Schritte Ibn Abduls vernahm, die sich langsam der Tür näherten. Er keuchte angestrengt, als er mir öffnete.
»La´bas?«, fragte ich ihn.
»La´bas al-hamdulillah«, antwortete er, ließ die Tür offen stehen, drehte sich um und schleppte seinen Körper in die dunkle Werkstatt.
Ich folgte ihm, mich vorsichtig nach vorne tastend, da sich meine Augen noch nicht an die Dunkelheit gewöhnt hatten und allerlei Kisten voller Metallstücke auf dem Boden verteilt waren. Konnte ich während der Nacht meine Ungeduld noch zügeln, so ergriff mich jetzt umso mehr eine ungestüme Begierde, endlich die Neuigkeiten aus Ibn Abduls Mund zu erfahren. Ächzend ließ er sich auf die Kissen sinken.
»Die Dinge haben sich verkompliziert. Es ist nicht so einfach, wie es sich zu Beginn dargestellt hat.«
»Wieso? Was ist geschehen?«
»Bevor wir uns weiter über die Details der Angelegenheit

unterhalten, müssen wir über den Preis sprechen, den wir für meine Dienste verhandelt haben. Er wird sich nämlich erhöhen, weil ich sehr viel größeren Einsatz für die Erledigung meiner Aufgaben zu leisten hatte, als ich anfangs glaubte.«

Zweifelnd blickte ich in seine Augen.

»Wie ich sehe, scheint Euch die Sache doch nicht so wichtig zu sein«, deutete er den Ausdruck in meinen Augen. »Ihr müsst nicht mehr zahlen, wenn Ihr nicht wollt. Wir können unser Gespräch gleich hier und jetzt beenden, damit Ihr Geld sparen könnt.«

Ich erkannte, dass es keinen Unterschied machte, ob er durch einen üblen Trick den Preis in die Höhe treiben wollte oder in ehrlicher Absicht zu mir sprach. Würde ich den Ausgang des gestrigen Gespräches erfahren wollen, so musste ich auf seine Forderung eingehen.

»Wie viel?«, fragte ich.

»Nein, so geht das nicht«, wehrte er beleidigt ab.

»Wieso nicht? Ihr nennt mir den Preis, und ich entscheide, ob ich willens bin, ihn zu zahlen oder nicht.«

»Ich muss Euch doch erst die Gründe erläutern.«

»Nein, das müsst Ihr nicht. Vielleicht könnt Ihr Euch vorstellen, dass mich eigentlich nur die Antwort auf Eure Frage interessiert. Jegliche Details könnt Ihr Euch vorerst sparen.«

»Ihr beleidigt mich«, brummte er mich an.

»Wieso?«

»Man könnte meinen, Ihr glaubt mir nicht und es sei Euch einerlei, ob meine Nachforderung berechtigt ist oder nicht. Aber ich nehme diese Angelegenheit sehr ernst, weil ich meinen guten Ruf zu verlieren habe. Also möchte ich Euch bitten, dies ebenfalls zu tun.«

Wie konnte ich mich nur so töricht verhalten? Natürlich hatte der alte Schmied Recht.
»Verzeiht meine Ungeduld! Es ist mein rasendes Herz, das mir seit gestern Abend ob der Ungewissheit keine Ruhe lässt.«
»Ich verstehe Euch sehr gut«, lächelte er mich versöhnt an. »Ich will Euch die Antwort nicht länger vorenthalten. Verzeiht meine Vorgehensweise, es war albern, ich denke, ich sollte Euch vertrauen.«
»Wie lautete nun die Antwort?«, platzte die Frage förmlich aus meinem Mund heraus.
»Die Antwort lautete – Ja!«
Ein glückliches und zufriedenes Lächeln ergriff zunächst meine Lippen und dann meinen ganzen Körper. Arub hatte eingewilligt! Ich hatte gemäß der Tradition der Tuareg einen Schmied als Mittelsmann damit beauftragt, sie zu fragen, ob sie meine Frau werden wollte. Wie sich im weiteren Gespräch ergab, wurde Ibn Abdul bei seiner Mission, Arub zu befragen, von zwei Gaunern überfallen und ausgeraubt. Ich schenkte ihm Glauben und beglich den ihm entstandenen Schaden. Jetzt, da Arub in unsere Heirat eingewilligt hatte, mussten nur noch meine Eltern und Tarek sich einverstanden erklären. Dann würde unserem Glück nichts mehr im Wege stehen.

Ali erwartete mich am Tor unseres Hauses, als ich vom Souk heimkehrte.
»Und? Was hat sie gesagt?«, fragte er aufgeregt.
»Sie hat eingewilligt«, antwortete ich stolz.
»Ich gratuliere dir«, umarmte er mich herzlich und strahlte mich glücklich an.

»Danke, Ali. Es ist sehr schön, dass du meine Freude teilst.«
»Ich werde alle Freude und alles Leid bis in die Ewigkeit mit dir teilen, geliebter Farid«, rollten Tränen über seine Wangen.
Ich wusste das Wasser aus seinen Augen nicht zu deuten. Verunsichert überlegte ich, ob es sich um den Ausdruck großer Freude oder um ein anderes, mir bis dahin völlig verborgenes Gefühl handelte.
»Ist es die große Freude, die dich so sehr überwältigt, oder gibt es da noch eine andere Regung hinter deinen Rippen, die du mir mitteilen möchtest?«, fragte ich Ali. Er löste sich aus unserer Umarmung und warf mir einen unsicheren Blick zu.
»Ich weiß, dass es mir bisher gelungen ist, dir meine wahren Gefühle zu verbergen. Doch dieser Moment, da du vom Schmied mit der frohen Kunde zurückkehrst, ist so überwältigend für mich, dass ich mit meinen Gefühlen nicht mehr hinter dem Berg halten kann. Es tut mir Leid.«
Ali war inzwischen zu einem jungen, hübschen Mann herangewachsen. Nicht selten beobachtete ich Mädchen, die ihm heimlich bewundernde Blicke hinterherwarfen. Nie hatte ich mir Gedanken darüber gemacht, weshalb er die ihn liebkosenden Augen stets ignoriert hatte. Jetzt ahnte ich, was der Grund gewesen sein mochte.
»Ich schäme mich so sehr, Farid. Ich sollte dir alles Glück der Welt wünschen, aber weißt du, was ich mir in meinen heimlichen Träumen ausgemalt habe? Arub würde dich als Bräutigam ablehnen und abreisen, und du würdest Trost bei mir suchen.« Aus den Augenwinkeln warf er mir einen prüfenden Blick zu. »Verzeihe mir meine schlechten und selbstsüchtigen Gedanken. Du hast mir das Leben gerettet,

mich aufgenommen in deinem Haus wie einen eigenen Bruder, mich eingewiesen in die Lehren eurer Schule. Keinen Augenblick lang hast du mich verraten, du warst mir stets treu. Ich wünschte mir, in der Erde würde ein Spalt aufgehen und mich für immer verschlucken, damit meine Begierde und unerwiderte Liebe für immer verglühe in den geschmolzenen Steinen und als Rauch von einem speienden Vulkan in alle Wolken verteilt werde, auf dass sie nie wieder eine Saat finden und aufblühen würde.«
Er warf einen betroffenen Blick auf den Boden, drehte sich abrupt um und eilte schluchzend ins Haus. Ich wollte ihm nachrufen, ihn in die Arme nehmen und trösten, aber ich wusste, es würde sein Leid nur noch mehr nähren, so als würde man versuchen, ein Feuer mit Öl zu löschen. In jedem Menschen kann es unterirdische, geheime Gänge geben, die man nie zu Gesicht bekommt, wenn er einen nicht eintreten lässt. Obwohl man jahrelang an seiner Seite wohnt, kann man plötzlich überrascht vor einer jener Türen stehen, die bislang verschlossen geblieben waren, und man blickt fassungslos in die gewundenen, lang gestreckten Gänge, die viel tiefer führen, als man es je vermutet hätte.

Alis verwirrtes Herz bereitete mir Kummer, denn ich liebte ihn wie einen Bruder und wollte einen guten Schüler nicht an die Launen der Natur und seines Herzens verlieren. Nachdenklich betrat ich den friedvollen Hof unseres Hauses.
»Weshalb bist du so betrübt, mein Sohn? Hat sie deinem Begehren etwa nicht nachgegeben?«, fragte mein Vater besorgt.
»Nein, das ist es nicht, geliebter Vater. Arub hat eingewil-

ligt, mich zu heiraten. Jetzt müssen wir nur noch meine Mutter und den Bruder Arubs in unseren Plan einweihen.«

»Was ist es dann, was deine Freude verdrängt und einen dunklen Schleier über dein Herz legt?«

Ich schwieg für einen Augenblick und wägte ab, ob ich meinem Vater die Gefühle Alis offenbaren sollte, wusste ich doch, dass er sich ihrer schämte. Ich entschied, dass mein Vater als weiser Mann gewiss Rat wusste und Ali in seiner Verzweiflung helfen könnte.

»Es ist Alis Herz, das mir völlig überraschend Sorgen bereitet, geliebter Vater.«

»Es ist gut, dass er die Kraft hatte, es dir zu sagen, Farid.«

»Also habt Ihr gewusst?«

»Gewusst, wie man weiß, wann uns der nächste Sturm oder der von der Dürre erlösende Regen ereilen wird, ja. Aber solange der Wind sich nicht erhebt oder kein Tropfen den Staub berührt, hat man nicht die Gewissheit, dass die Vorahnung sich erfüllen wird.«

»Ich fürchte, ich kann ihm nicht helfen, denn jede Bemühung meinerseits wird weitere Krieger in seine innere Schlacht schicken.«

»Du darfst deine Haltung ihm gegenüber nicht ändern. Du musst versuchen, dich so zu geben, wie du es immer getan hast, ohne die Kenntnis dessen, was er dir heute offenbart hat. Denn wenn die Nähe, die bisher zwischen euch bestanden hat, plötzlich verloren geht, dann wird er diese Veränderung auf sich und seine Gefühle beziehen und sich fürchterlich grämen. Die Wunde in seiner Brust wird noch eine Weile pochen und schmerzen. Aber er ist ein tapferer und kluger Junge, und ich bin mir gewiss, dass er dir eines Tages ein treuer Freund und Schüler sein kann.«

»Werdet Ihr ihm helfen?«
»Sicher. Wenn er das Gespräch mit mir sucht, werde ich meine Ohren und mein Herz so weit öffnen, dass alle bitteren Säfte aus seiner Brust rinnen können und er sich davon befreien kann.«
Beruhigt umarmte ich meinen Vater. Nun konnte ich mich wieder auf das bevorstehende freudige Ereignis konzentrieren. Als Nächstes galt es, meine Mutter von Arubs und meiner Ehe zu überzeugen.

»Und wieso bist du dir so sicher, dass sie die Richtige ist?«, fragte meine Mutter ein wenig ungläubig. Xavier de la Valle betrachtete uns schweigend. Wir hatten meine Mutter in der Küche aufgesucht und sie mit der frohen Kunde beim Kochen überrascht. Auf dem Herd köchelte leise brodelnd eine Fleischbrühe und verbreitete einen wundervollen Duft.
»Ja, Mutter. Ich weiß, es ist sehr überraschend für Euch. Ich war ja nur einige wenige Tage fort, und schon bringe ich Euch eine Braut ins Haus. Aber sie ist die Richtige, ganz gewiss. Es gibt keinen Zweifel.«
»Wie kannst du da so sicher sein?«, zweifelte meine Mutter und rührte trotzig in der Suppe.
»Wie war es denn bei uns, geliebtes Weib?«, warf mein Vater beruhigend ein und legte seine Hände auf ihre Schultern. Sie lehnte sich gegen seine starke Brust und konnte nicht umhin, verlegen zu lächeln.
»Nun dann, auch meinen Segen sollt ihr haben«, drückte sie mir einen Kuss auf die Stirn.
»Ich freue mich sehr für euch, nicht vielen Menschen wird so viel Glück zuteil.« Die Augen meines Vaters strahlten große Freude aus.

Meine Eltern und ich umarmten uns herzlich. Ich empfand unendliche Dankbarkeit für diese beiden liebevollen Menschen, die mich ohne Zögern in ihrem Haus aufgenommen und wie ihren eigenen Sohn aufgezogen hatten. Ich war mir gewiss, dass sie Arub ebenfalls wie ihre eigene Tochter lieben würden.

Am nächsten Morgen ritten mein Vater und ich zum Lager der Karawane, um mit Tarek den Brautpreis auszuhandeln. Der stolze Tuareg erwartete uns bereits vor seinem Zelt.
»Friede sei mit Euch«, begrüßten wir ihn.
»Und Friede sei mit Euch«, antwortete er.
»Was macht die Müdigkeit?«, fragte ich.
»Keine Müdigkeit.«
»Ist die Hitze erträglich?«, erkundigte sich mein Vater.
»Es ist warm«, antwortete er.
»Wie geht es zu Hause?«
»Danke, es geht gut.«
»Wie geht es der Familie?«
»Danke, sehr gut.«
»Ist niemand krank?«
»Keiner ist krank, Allah sei Dank«, antwortete er.
»Allah sei Dank«, bekräftigten mein Vater und ich. Wir stiegen von den Pferden ab.
»Tarek, darf ich dir meinen Vater vorstellen? Vater, das ist Tarek.«
Die beiden reichten sich die Hände und führten sie anschließend zu ihrer Brust.
»Wie ich Euch um den Luxus Eurer edlen Reittiere beneide«, wandte sich Tarek an meinen Vater. »Aber wie Ihr wisst, würden sie die Reise quer durch die Sahara nicht

überstehen. Und was wäre ich ohne die Wüste. Nehmt Platz!«, lud er uns ein und deutete auf ein Kissenlager im Schatten eines Sonnensegels.

Ich schlang die Zügel unserer Pferde um einen Pflock und folgte Tarek und meinem Vater zu dem Sitzplatz.

»Friede sei mit Euch«, warf uns Arub einen schüchternen Blick zu und brachte uns stark gesüßten Kaffee und erfrischendes Rosenwasser.

»Friede sei mit dir«, erwiderten wir und nahmen auf den hergerichteten Kissen Platz. Zwischen den Kissen stand ein silbernes Tablett voller köstlicher, in Wasser eingeweichter Datteln. Arubs und meine Augen suchten und fanden sich. Ihr Lächeln verzauberte mich binnen eines Augenblickes, und ich hätte am liebsten meine gute Erziehung vergessen, sie in die Arme genommen und geküsst, aber die Blicke Tareks und meines Vaters ermahnten Arub, sich wieder ins Zelt zurückzuziehen, und mich, meine Augen zu senken. Tarek schenkte uns den noch dampfenden Kaffee ein und reichte uns die Tassen.

»Greift zu«, deutete er auf die Datteln, steckte sich selbst eine in den Mund, ohne sie herunterzuschlucken, und nahm dazu einen Schluck Kaffee.

»Vielen Dank, dass Ihr uns empfangt. Wir wissen diese Ehre zu würdigen«, leitete mein Vater das Gespräch ein.

»Die Ehre ist ganz auf meiner Seite, erweist Ihr mir doch die Freude Eures hohen Besuches. Arub hat mich bereits darüber unterrichtet, dass sie und Farid gedenken, einander zu ehelichen. Für mich kommt diese Entscheidung genauso plötzlich, wie sie mein Herz erfreut, da mich die Sorge um die Zukunft meiner Schwester jede Nacht plagte, seit unsere Eltern verstorben sind.«

»Farid hat mir von dem Schicksal, das Eure Familie ereilt hat, erzählt, und wir möchten Euch hiermit unser größtes Beileid aussprechen. Ich weiß, wie schwer es ist, seine geliebten Eltern und Geschwister zu verlieren«, antwortete Xavier de la Valle.

»Es waren nicht nur die Eltern und Geschwister. Tanten, Onkel, Cousinen, Großeltern – einfach alle.«

»Das ist fürwahr ein schwerer Schlag. Allah möge den gepeinigten Seelen Frieden schenken.«

»Ich danke Euch für Euer großes Mitgefühl und freue mich, dass Arub bald wieder dem liebevollen Verband einer warmherzigen Familie angehören darf.«

»Schon einige einsame Herzen haben im Schoße der Familie Ibn Alims ihr neues Heim gefunden«, erklärte mein Vater und ließ eine süße Dattel auf seiner Zunge zergehen.

»Nun, ich denke, wir sind uns in der Sache einig«, bemerkte Tarek und lächelte meinen Vater freundlich an.

»Das sehe ich auch so, bleibt nur noch der Brautpreis zu bestimmen, den Ihr für Arub verlangt.«

»Die Tradition will es so, dass der Brautpreis nicht niedriger ausfallen darf als der, der für die Mutter bezahlt wurde«, erklärte Tarek.

Xavier de la Valle nickte mit dem Kopf. »Wie hoch war dieser Preis?«, wünschte er zu wissen.

»Fünf Kamele!«

Das war ein Vermögen! Mir stockte der Atem, und ich warf einen erschrockenen Blick auf meinen Vater. Ich wusste gar nicht, ob wir überhaupt so viel Geld zur Verfügung hatten, um den geforderten Brautpreis bezahlen zu können.

»Abgemacht, so soll es sein«, antwortete er, lächelte und reichte Tarek die Hand, um den Handel zu besiegeln.

»Allahu akbar – Gott ist groß! Der Sohn des ehrwürdigen Xavier de la Valle hat soeben die Tochter des großen Tuaregfürsten Ben Tarek geheiratet!«, ließ Ibn Abdul, der Schmied, vor der versammelten Gesellschaft laut und freudig verkünden. Ibn Alim und seine Gattin Jaida, deren Kinder Niba und ihr Gatte Tarik mit den beiden Söhnen, Akil, Masud, Tahir und seine Gattin mit ihren drei Töchtern, Ibn Ismael, der ehemalige Gutsverwalter, der Bruder Ibn Alims mit seiner über fünfzigköpfigen Familie, meine Eltern, meine Geschwister, Ali, die Freunde meines Vaters, Armando und seine Gattin Fátima sowie Ben-Levi, und zahlreiche Nachbarn hatten sich zu diesem feierlichen Anlass hier eingefunden. Gemäß der Tradition der Tuareg hatte ein Korangelehrter in Arubs und meiner Abwesenheit vor den Familienangehörigen den Brautpreis und die frohe Botschaft, dass Arub und ich jetzt Mann und Frau seien, verkündet. Masud hatte den Weg zu unserem Haus mit Rosenblüten bestreut. Eine bunte Kapelle spielte fröhliche Tanzmusik. Jaida und Maria hatten gemeinsam mit den Frauen des Hauses und der Nachbarschaft riesige Tafeln voller duftender Köstlichkeiten gezaubert, die sich ächzend unter der Last der schweren Teller und vollen Schüsseln bogen. Huhn in Pflaumen und Honig, Lammbraten, Couscous, süße Leckereien wie Mandelmilch, Butterplätzchen und Nussgebäck reihten sich neben unzähligen anderen all unsere Gaumen erfreuenden Speisen ein.
Die Frauen und Kinder hatten sich gemeinsam mit der Braut im Hof unseres Hauses eingefunden und schwatzten munter, während wir Männer uns im Garten versammelten. Ali saß in größtmöglicher Entfernung zu mir und unterhielt sich mit Masud, der sich offensichtlich seines betrübten Herzens an-

nahm. Er verstand den jungen Ziegenhirten nur allzu gut, denn auch er war den Männern und nicht den Frauen zugetan. Tarek hatte das Hochzeitszelt, das gleichzeitig als Aussteuer gedacht war, in unserem Garten errichtet. Er begleitete mich gemeinsam mit meinem Vater und Ibn Alim in das Zelt. In der Mitte befand sich ein aufgehäufter Sandhügel, auf dem ich Platz nahm. Beeindruckt blickte ich mich um. Tarek hatte darauf bestanden, Arub als Aussteuer das Zelt mit all den Gegenständen, die zu einem Tuareghaushalt gehörten, mit in unsere Ehe zu geben. Wertvolle Teppiche bedeckten den Boden. Ein silbernes Tablett mit silberner Kanne und reich verzierten Tassen stand auf einem niedrigen filigran gearbeiteten Tisch aus Zedernholz. Ein Bett mit wunderschönen bunten Decken, zahlreiche prachtvoll bemalte Schüsseln und Teller, liebevoll verzierte Ledertaschen und vieles mehr befanden sich im Zeltinneren. Ich freute mich über jedes Detail der liebevoll ausgesuchten Gegenstände in Arubs und meinem neuen Zelt.

Tarek und Arub hatten keine Gäste geladen. Wen hätten sie auch zu dieser Feier bitten sollen? Fern der Heimat und ohne Familie? Mein Vater und ich hatten eine Überraschung für sie vorbereitet. Tarek horchte verwundert auf, als die schrillen Trillerlaute der unbemerkt eingetroffenen Tuaregfrauen aus dem Hof herüberschallten. Sie stimmten das traditionelle Hochzeitslied an, mit denen sie der imaginären Brautmutter ihre Stimme verleihen wollten, und geleiteten die tief verschleierte Arub in Begleitung aller anwesenden Frauen zum Hochzeitszelt.

»Wir gehören Allah. Es gibt keine Kraft, es gibt keine Seelenregung, wenn nicht durch Allah.

Lasst uns siebenmal den Namen Allahs aussprechen.

Meine Tochter ist schön wie Gold.
So viel Reichtum ist in ihr, dass ich davon noch meinen Verwandten abgeben kann.
Farid hat meine Tochter zur Frau genommen.
Er hat sie auf ein Kamel gesetzt.
Mädchen ihrer Art sind voller Liebreiz, sie sind Kinder von Frauen, die das Schicksal begünstigt hat. Sie sind es gewohnt, dass ihre Wünsche erfüllt werden, schlechte Kamele verschmähen sie, nur Tiere von Rasse akzeptieren sie als Brautpreis.
Lauft zur Familie meines Vaters, lauft zur Familie meiner Mutter und sagt ihnen, dass unsere Tochter, die schön ist wie ein Stutenfüllen, verkauft ist.
In ihrem Zelt haben wir Samt aufgespannt, um ihr Schatten zu spenden, auf ihrem Bett ist Seide entfaltet.
Nun zu dir, Bräutigam, öffne dein Ohr und lausche, deine Schwiegermutter ist es, die zu dir spricht.
Sie grüßt dich und sagt dir, dass du dich ihrer Tochter annimmst:
Führe sie um ihretwillen zu den höchsten Höhen.
Achte darauf, dass sie weder durch die Sonne noch durch den Wind Schaden erleidet.«
Tareks mit Tränen gefüllte Augen glänzten im Halbschatten, und er sah uns dankbar an. Der Schmerz ob seiner verlorenen Familie und die Freude ob des warmen Empfangs im Herzen unserer Familie überwältigten ihn.
»Uns ist zu Ohren gekommen, dass es nicht der Cousin ist, der Arub zur Frau nimmt, deshalb fordern wir das übliche Sandalengeschenk, damit wir die Familie des Cousins von Arub entschädigen können«, klang die fordernde Frauenstimme einer Tuareg in das Zelt.

Mein Vater öffnete das Zelt und reichte der Frau einen ledernen Amulettbehälter, in dem sich Salz und silberner Schmuck befanden. Arub betrat das Zelt. Die Tuaregfrauen zogen mit dem symbolisch überreichten Sandalengeschenk trillernd aus unserem Garten. Tarek, Ibn Alim und mein Vater verließen das Zelt. Arub setzte sich zu mir auf den Sandhügel und sah mich erwartungsvoll an.

»Ich weiß, der gute Ton gebietet es, dass ich das erste Wort an dich richte, geliebte Arub«, lächelte ich meine frisch angetraute Gattin glücklich an.

»Weißt du auch, dass du dich in dieser Nacht wie eine Mutter, in der nächsten wie ein Cousin und erst in der dritten wie mein Gatte verhalten sollst?«

»Ja, das ist mir zu Ohren gekommen, aber auch, dass wir in dem Zelt unverschleiert sein dürfen«, wickelte ich langsam und vorsichtig den Schleier von Arubs Haupt. Sie tat das Gleiche mit meiner Gesichtsbedeckung. Gesang, Trommelschläge und fröhliches Lachen drangen von außen in unser Zelt.

»Ihr habt Tarek und mir eine sehr große Ehre erwiesen. Ich bin stolz auf dich, weil du unsere Tradition bewahrst, Farid.«

»Das Leben in der Stadt wird für dich ungewohnt und neu sein. Ich möchte dir den Beginn unseres Zusammenlebens so einfach wie möglich machen. Wir werden in einem lehmigen, für dein Empfinden stickigen Haus wohnen. Unter deinen Sohlen wird nicht der gewohnte weiche Sand, sondern der ausgedörrte, harte Boden Marrakeschs sein. In deinen Ohren und Haaren wird sich nicht der Wind der Sahara verfangen, sondern Lieder und Stimmen aus dem Norden. Nicht Kamele werden deine Lasten tragen, sondern Esel und Pferde. Und weil in unserem Haus andere Sitten herrschen, wirst du von den Nachbarinnen ob der Freiheiten, die du genießt, beneidet werden.«

»Geliebter Farid. An deiner Seite könnte ich die eisigen und verschneiten Gipfel des Atlas erklimmen. Die Erde könnte mich verschlucken und wieder ausspeien. Solange wir zusammen sind, wird mir jedes Schicksal recht sein, denn es gibt für mich kein größeres Glück, als in deine Augen zu blicken und deine Stimme zu vernehmen. Dein Blick ist meine Sonne, dein Atem meine Luft, deine Tränen sind mein Wasser. Es sind erst wenige Tage her, seit wir uns das erste Mal erblickt haben, aber mir scheint es, als zähle jeder Tag voller Glück und Frieden mit dir wie ein Jahr meines Lebens davor.«

Ich ergriff Arubs Hand und liebkoste sie sanft.

»Mir scheint, du willst mich beschämen mit deinen wundervollen Liebesbezeugungen. Mit welchen Worten soll ich dir meine Liebe noch erklären, nachdem du solch gewaltige Bilder benutzt hast?«

Arub war Dichterin und Philosophin, Freundin und Eheweib. Welch großes Glück war mir widerfahren, dass ich diese einzigartige Frau nun meine Gattin nennen durfte? Ein heißer Schauer voller fleischlicher Begierde ergriff meinen Körper. Meine lustvollen Gedanken abschüttelnd, küsste ich Arub auf die Stirn und führte sie bei der Hand aus dem Zelt zu meinem Lieblingsplatz am Brunnen bei den Orangenbäumen, um der Versuchung, sich ihrer weichen, duftenden Haut mehr zu nähern, als es sich als »Mutter« gebührt, nicht weiter ausgesetzt zu sein. Wir setzten uns auf eine steinerne Bank und blickten Hand in Hand auf die von der untergehenden Sonne rötlich gefärbten Gipfel des mächtigen Gebirges, das uns von der Sahara trennte. Ich spürte, wie mein erregter Puls die Halsschlagader nervös vibrieren ließ. Arub lehnte seufzend ihr Haupt an meine Schulter.

»Dein Lächeln wärmt mich in den kühlen Nächten Marrakeschs und bereitet mir in der sengenden Mittagshitze angenehme Frische. Ich wünsche mir, jeden Morgen mit deinem Lächeln und dem Duft deiner Haare aufzuwachen«, strich ich Arub zärtlich durch die Haare.

Ali kündigte seine Gegenwart durch ein leises und schüchternes Räuspern an.

»Ich wollte euch von ganzem Herzen zu eurem Bund fürs Leben gratulieren. Mögen Neid und Eifersucht niemals imstande sein, eure wundervolle Verbindung zu trüben.«

»Vielen Dank«, nickten Arub und ich Ali zu. Hoffnung keimte in mir auf, Ali mochte seinen Gram bereits überwunden haben. Doch es erschien mir zu früh, als dass meine Hoffnung sich tatsächlich erfüllen könne.

»Das ist Ali, einer unserer besten Schüler«, stellte ich Ali vor. »Seit dem Tod seines Vaters lebt er in unserem Haus und gehört zur Familie.«

»Also ist er faktisch einer meiner Cousins«, schlussfolgerte Arub und lächelte Ali fast frech an. Doch er erwiderte ihr Lächeln nicht, und ich wusste, dass sein gekränktes Herz noch über ihn herrschte.

»Farid, Masud hat mich eingeladen, von ihm die Kunst des Rosenzüchtens zu erlernen, und ich habe seine Einladung angenommen.«

»Was ist mit der Schule?«, fragte ich ihn fast ein wenig erschrocken.

»Was ich gelernt habe, das werde ich ewig in meinem Herzen tragen, dessen kannst du dir gewiss sein«, drehte er sich um und eilte hastigen Schrittes davon.

Arub sah mich verwundert an.

»Ist es, dass meine Phantasie mich zu tollkühnen Vermutungen verleitet, oder stimmt es, dass das Herz Alis eine unglückliche Liebe beheimatet?«

»Ich fürchte, dass es weder eine Phantasie noch eine tollkühne Vermutung ist.«

»Seit wann weißt du davon?«

»Seit jenem für mich so überglücklichen Moment, als ich ihm darüber berichtete, dass du meinen Antrag angenommen hattest.«

»Und bis dahin blieben dir seine Gefühle verborgen?«

»So, wie der schlummernde Skorpion oder die lauernde Schlange unter einem Stein, bis du ihn anhebst und das Tageslicht auf sie fällt«, seufzte ich.

»Wieso findest du solch hässliche Bilder, um mir zu erklären, wonach ich gefragt habe?«

»Weil das Gift der Enttäuschung sich in meinem Herzen ausbreitet wie nach dem blitzschnellen Stoß eines Skorpions oder dem Biss einer Schlange. Nichts hat mir dieses Leid zuvor angekündigt, oder ich habe die Zeichen nicht sehen wollen. Aber unser Glück soll so ungetrübt bleiben wie eine sternenklare, laue Nacht.«

»Ich liebe dich, Farid. Nichts soll uns trennen«, umarmte mich Arub und drückte ihre weiche Brust fest gegen die meine.

»Ich liebe dich«, hauchte sie erneut mit bebendem Atem in mein Ohr, und ein wohliger Schauder fuhr über meinen Rücken.

Die meisten Hochzeitsgäste hatten sich inzwischen zur Ruhe gelegt. Nur noch leises Gemurmel der standhaft Feiernden war zu vernehmen, und wir näherten uns ihnen. Ben-Levi und mein Vater blickten auf, als sie bemerkten, dass wir auf sie zukamen.

»Die beiden sind wirklich ein wunderschönes Paar«, sagte Ben-Levi zu meinem Vater. »Du hast allen Grund, stolz zu sein.«

Mein Vater blickte ihn mit Tränen in den Augen stumm an. Sie umarmten sich. Eine lange und tiefe Freundschaft verband die beiden. Verwundert stellte ich fest, dass es sich bei den Tränen in den Augen meines Vaters nicht um Glückstränen handelte. Was stimmte ihn so traurig in dieser wundervollen Nacht?

»Setzt euch zu uns«, schlug Ben-Levi vor, meine Verwunderung bemerkend. Arub zögerte, doch sie folgte meinem aufmunternden Lächeln und machte es sich auf dem ausgebreiteten Teppich bequem.

»Gelüstet es euch nach einer süßen Speise? Ein wenig Rosenwasser? Kamelmilch?«, erkundigte sich mein Vater, die Tränen aus den Augen wischend und einen zufriedenen Gesichtsausdruck mimend. Wir lehnten dankend ab.

»Wie gefällt es dir in deinem neuen Zuhause?«, erkundigte sich Ben-Levi bei Arub, um abzulenken.

»Es ist wunderschön. Diese liebevolle Familie, diese aufregende Stadt, das berauschende Fest.«

»Wirst du deine Heimat nicht vermissen?«

»Meine Heimat ist an der Seite Farids. Allah hat Länder voller Wasser geschaffen, damit die Menschen dort leben können, und Wüsten, damit sie dort ihre Seelen erkennen«, antwortete Arub.

IV.

Die Wüste gibt und die Wüste nimmt, so wie Allah.

Ibn Alim

In jener Vollmondnacht, als mein Vater mir offenbarte, was meine Ohren niemals zu hören wünschten und meinem Herzen einen stechenden Schmerz zufügte, so als ob kaltes Stahl in meine Brust eindränge, jährte sich Arubs und mein Hochzeitstag. Arub war guter Hoffnung. Noch nahm das keimende Leben in ihrem Bauch nicht allzu viel Platz ein, und nur die geschulten Augen einer Hebamme oder eines alten, erfahrenen Weibes konnten erkennen, dass ihrem Leib bald neues Leben entspringen würde. Uns zu Ehren wurde ein kleines Fest gegeben, und als sich alle Gäste in ihre Gemächer zurückgezogen hatten, lud mein Vater mich zu einem Spaziergang durch die Dattelhaine ein. Überrascht stellte ich fest, dass am Stamm einer sehr alten und gewaltigen Palme ein Windschutz aufgeschlagen war. Einige Teppiche waren auf dem Boden ausgebreitet, Kissen darauf verteilt. Xavier de la Valle bat mich, Platz zu nehmen. In seinen Augen las ich eine unbestimmte Angst, die ich von ihm nicht kannte. Ohne erklären zu können, woher dies kam, ergriff auch mich ein seltsam flaues Gefühl im Magen. Mit bebender Stimme richtete Xavier de la Valle sein Wort an mich. Ich spürte, dass das, was nun über seine Lippen kommen sollte, tiefe Narben in seiner Brust hinterlassen hatte und die Worte auf seiner Zunge brannten wie glühendes Eisen.

»Geliebter Sohn, nun, da endlich die Frau an deiner Seite steht, die du seit jeher geliebt und die dir seit dem ersten Mal, da du sie erblicktest, so seltsam vertraut erschien, so als würdest du sie aus deinen Träumen kennen, möchte ich dir die Geschichte von der Frau, die dir in all den Jahren eine Mutter und mir ein treues Weib gewesen ist, und von unserer Liebe erzählen. Denn sie ist, ähnlich der euren, unergründlich wie die Tiefen des Ozeans und wie die verschwiegenen Sterne. Ich werde versuchen, nichts auszulassen, was von Bedeutung wäre. Also lehne dich zurück, bette dich bequem in die Kissen, nippe an der Kamelmilch und ziehe an der Wasserpfeife. Lausche zusammen mit dem Vollmond meinen Worten, und lasse die kühle blaue Nacht und das Rauschen der Dattelpalmen unsere einzigen Zeugen sein. Denn was ich dir heute Nacht zu erzählen habe, wartet seit langer Zeit ungeduldig auf deine Ohren und ist nur für sie bestimmt. Wenn die Sonne wieder aufgeht, werden die letzten Silben meine Lippen verlassen haben, und du wirst verstehen, weshalb ich dir die Wahrheit erst in dieser klaren Nacht enthüllen konnte. Die Geschichte beginnt in meiner Kindheit in den Bergen der Pyrenäen. Wir schrieben 5244 nach Moses, 1483 nach Christus und 861 nach Mohammed. Zu jener Zeit existierte noch das letzte muslimische Königreich auf spanischem Boden.«

Gespannt lauschte ich den Erzählungen über seine schmerzvolle Kindheit, den Tod seines Vaters, die Grausamkeiten seines Onkels, seinen Weg nach Granada, seine erste Begegnung mit Ibn Alim, die Jahre seines Lebens flogen an meinem inneren Auge vorüber wie Sandkörner, die vom Wind getrieben über die Dünen tanzen. Die wohl gewählten Worte, mit denen Xavier de la Valle seine Erlebnisse beschrieb, ließen darauf schließen, dass die Sätze schon lange zurechtgelegt auf seiner Zunge lagen und nur darauf warteten, meine Ohren zu erreichen. Das ängstliche Gefühl schwand, Neugierde machte sich breit in meiner Brust, und ich lauschte den Ausführungen meines Vaters. Mondlicht fiel auf das Antlitz meines geliebten Meisters. Der weiße Turban, der Vollbart, die weiße Djellabah, seine Haltung und Wortwahl – all das ließ vermuten, dass er einer jener Märchenerzähler vom Marktplatz war. Niemand hätte in ihm einen Katalanen und Sohn eines jüdischen Pferdezüchters erkannt. Die eifersüchtigen Söhne Ibn Alims trieben meinen Meister in der Sahara in einen Sandsturm, weil er der Christin Maria den Vorzug gab, statt die Tochter seines Meisters zur Frau zu nehmen. Mein Meister berichtete darüber, wie er mit seinen letzten Kräften den Sturm überlebte, und ich wusste, dass die Erzählung über die Begegnung mit meinen Eltern in der Wüste nun kurz bevorstand. Angespannt lauschte ich seinen Silben. Und tatsächlich: Xavier de la Valle erzählte von seinem ersten Treffen mit meinem Vater:
»Plötzlich spürte ich einen stechenden Blick. Ich drehte mich um. In fünf Metern Entfernung stand ein großer, in blaue Tücher eingehüllter Mann. Sein Gesicht verbarg er hinter einem Schleier. Nur seine dunklen Augen konnte ich

erkennen. Stolz und aufrecht stand er da. Ich fragte mich, wie lange er mich wohl schon beobachtet hatte. Der schweigende Mann gehörte wohl zu einem der Stämme der Tuareg. Er blickte mich klar und ruhig an. Obwohl sein Gesicht verhüllt war, konnte ich erraten, wie ebenmäßig es geschnitten sein musste. Die schwarzen Augenbrauen waren in einem leichten Bogen nach oben geschwungen.

Ich versuchte, in seinen Augen zu ergründen, was er im Schilde führte. War er gekommen, um mein nur noch schwach flackerndes Lebenslicht auszulöschen? Oder wollte er einem Fremden in der Wüste helfen? Instinktiv umklammerte ich den Schaft meines Messers. Er schaute mich unverändert durchdringend an – so als würde er nichts denken oder fühlen. Sein Blick strahlte Stärke und Erhabenheit aus. Mir wurde heiß und kalt. Unsicher trat ich einen Schritt zurück und spürte die spitzen Felsen in meinem Rücken. Wieso sprach er nicht zu mir? Ich war bereit, mich zu verteidigen, sollte er mich angreifen. Meine Sehnsucht nach Maria hatte mich an die Klippe des Todes geführt. Der Tuareg bewegte sich noch immer nicht.

Plötzlich deutete er auf meinen Kopf, zog sein Messer, wartete einen Moment, zielte und ließ seine Waffe sirrend durch die Luft fliegen. Ich sah das kühle Metall auf mich zuschweben, warf mich auf den Boden und schickte gleichzeitig mein Messer los. Die Waffe des Tuareg verfehlte meinen Kopf nur knapp und schlug klirrend auf dem Felsen auf. Ich traf. Mein Messer durchbohrte die Brust des baumhohen Tuareg. Erschrocken blickte er mich an. Der Schleier vor seinem Gesicht verfärbte sich mit Blut und klebte an seinen Lippen. Torkelnd lief er auf mich zu und deutete auf den Felsen hinter mir. Er versuchte, etwas zu sagen. Ich drehte mich um. Sein Messer hatte den Kopf einer Viper abgetrennt. Der Kopf der Schlange zuckte im Todeskampf, rutschte vom Felsen und fiel um Haaresbreite in meinen Nacken. Im letzten Moment konnte ich beiseite springen und den Vipernkopf unter einem schweren Stein begraben. Ich zitterte am ganzen Leib. Nicht wegen des knapp entgangenen Todes, sondern wegen des Unrechts, das ich begangen hatte.«

Xavier de la Valle hielt für einen Augenblick mit seiner Erzählung inne. Schweiß stand auf seiner Stirn. Fest blickte er mich an und versuchte, meine Gedanken zu ergründen. Ich dachte nichts. Nur Schmerz spürte ich, tiefen Schmerz in meiner Brust, so als habe mich gerade eben in diesem Moment ein Messer getroffen und meine Brust durchbohrt. Aus Angst, die Spitze der Klinge könne durch zu starkes Heben und Senken des Brustkorbs mein Herz treffen, hörte ich auf zu atmen. Die Hand auf meiner Brust, warf ich Xavier de la Valle einen verwunderten Blick zu. Er reichte mir einen Becher mit frischer Kamelmilch. Dankbar blickte ich ihn an, setzte den Becher an die Lippen und leerte ihn mit einem Zug. Mich vergewissernd, dass wirklich keine Klinge zwischen meinen Rippen stak, atmete ich vorsichtig durch und stellte den leeren Becher auf ein silbernes Tablett.

»Geht es wieder?«, fragte mein Vater.

Ich nickte.

»Gut, dann werde ich fortfahren …«

Die letzte Silbe verließ seine Lippen, als die Sonne ihre ersten warmen Strahlen zu uns reckte und das blaue, kühle Licht des Mondes hinter dem Horizont verschwand. Aus seinen Erzählungen erfuhr ich, dass dieselbe Klinge und dieselbe Hand meinem Vater das Leben genommen und mir geschenkt hatte. Denn er hatte meinem sterbenden Vater versprochen, sich um dessen schwangere Frau, meine Mutter, Arub, zu kümmern. Sie starb bei meiner Geburt, und dasselbe Messer, das meinem Vater das Leben genommen hatte, befreite mich aus dem toten Leib meiner Mutter und rettete mir das Leben. Denn Xavier de la Valle hatte den unglaublichen Mut gefasst, den Bauch meiner verstorbenen Mutter, Allah habe sie selig, zu öffnen und mich ans Tageslicht zu holen. Mir fiel es schwer, die Fassung zu bewahren. Mein geliebter Adoptivvater und Meister war nicht nur mein Lebensretter, sondern zugleich der Mörder meines leiblichen Vaters. Auch wenn ein schreckliches Missverständnis dafür gesorgt hatte, so war er doch durch seine Hand gestorben. Ich wusste nicht, ob ich weinen oder laut schreien sollte, noch, ob ich wirklich schon reif genug war, diese Botschaft mit der angemessenen Haltung aufzunehmen. Doch ein Umstand erschien mir ungeheuerlich: Arub trug den Namen meiner Mutter und ich den meines Vaters. Als wir uns das erste Mal erblickten, erschien es uns, als würden wir uns bereits kennen. Die Geschichte Xavier de la Valles machte mir Angst, nicht nur, weil durch seine Klinge mein Vater gestorben war, sondern vielmehr, weil ich das Empfinden hatte, als habe er mich damals ums Leben gebracht. Etwas, das ich mir nicht erklären und das meinen Kopf im Schwindel drehen ließ, als ob ich mich hunderte Male um meine eigene Achse gedreht hätte.

»Was ist mit dir, Farid?«, fragte mein Meister besorgt.

»Kann man sein eigener Vater sein?«, war meine verworrene Gegenfrage.

»Es gibt Dinge, die weiß nur Allah, weil man sie nicht sehen, nicht berühren und nicht riechen kann. Aber sie existieren. Nicht nur in unseren Köpfen, sondern auch in unseren Herzen und in jedem unserer Atemzüge«, erhob er sich und schritt fast schwebend über den sandigen Weg in Richtung unseres Hauses.

Den Rücken an den Stamm der Dattelpalme gelehnt, verweilte ich wohl noch einige Stunden an jenem Platz, an dem Xavier de la Valle mir die erschütternde Wahrheit enthüllt hatte. Es schien, als sei ich zu einem jener Steine erstarrt, die Zeuge des unglückseligen Messerwurfs meines Meisters geworden waren. Ich konnte mich nicht mehr von jenem Fleck in der Wüste fortbewegen. Immer wieder sah ich die scharfe, unerbittliche Klinge des blitzenden Messers in die Brust meines Vaters eindringen, und eine seltsame Kühle ergriff Besitz von meiner Brust und gebar ein Empfinden in meinem Herzen, das mir bis zu jenem Augenblick so fremd war wie der Sonne die Kälte. Ich schämte mich dafür und wollte es niemandem enthüllen. Doch ich wusste, würde ich mit niemandem darüber reden, dann würde es meine Gedärme zerfressen wie die Würmer totes Fleisch, das in der Erde begraben liegt. Schweren Herzens erhob ich mich taumelnd und stützte mich am Stamm der Dattelpalme ab. Ich blickte hinauf in die Krone, wo die Palmenzweige fröhlich im Wind rauschten. Meine Augen wanderten zu den benachbarten Palmen, in den blauen Himmel, zur roten Stadtmauer – nichts hatte sich verändert. Jeder Stein und jeder Baum war an der Stelle, wo er am Tag zuvor auch gewesen war. Der Norden war weiterhin im Norden, die Erde unter meinen Füßen und der Himmel über meinem Kopf. Ich atmete tief durch und beschloss, Ibn Alim einen Besuch abzustatten, damit er mir Rat und Trost spenden könnte.

Als ich das Tor zu seinem Haus betrat, umgab mich eine ungewohnte Stille. Masud trat mir mit niedergeschlagenem Blick entgegen.
»Wie kann das Allahs Wille sein, dass er uns jetzt schon verlassen muss?«
»Wer?«, fragte ich erschrocken.
»Verzeih, Farid. Ich dachte, du würdest wissen, was geschehen ist, und wärst deshalb gekommen. Es geht meinem Vater und dem Meister deines Meisters sehr schlecht.«
»Ibn Alim?«
»Ja, dein Vater ist bereits bei ihm. Geh schnell zu ihm und verabschiede dich.«
Wie konnte das sein? Ibn Alim, der Meister aller Meister, der gütigste und weiseste Mann unter dem Sternenhimmel, sollte ohne jedes Vorzeichen von uns gehen? Wieder ergriff mich ein starkes Schwindelgefühl, es schien mir, als würde die Erde um mich herum beben. Ein lautes Nein wollte meiner Kehle entweichen und Allah und dem All ihren Todgeweihten entreißen. Doch ich verschluckte den lauten Widerspruch, kämpfte gegen den Schwindel und den schaukelnden Boden an und schritt mit tränenverschleierten Augen vorbei an den Säulen des kühlen Innenhofs. Jaida kauerte zusammengesunken vor der gekalkten Hausmauer, ihre Tochter Niba saß, sie tröstend, an ihrer Seite. Auch meine Mutter und meine drei Schwestern hatten sich eingefunden. Sie saßen stumm in einigen Metern Abstand von der werdenden Witwe an der Hauswand. Ich nickte ihnen, keines Wortes fähig, kurz zu und erklomm schweren Herzens die Treppe zum ersten Stock, in dem sich das Schlafgemach Ibn Alims befand. Ein kalter Schauder durchfuhr meinen ganzen Körper, als ich vor der verschlos-

senen Tür stand, hinter der Ibn Alim seine letzten Atemzüge tat.
»Tritt ein, Farid«, hallte die freundliche Stimme Ibn Alims von innen heraus. Meine Hand zitterte so sehr, dass ich kaum vermochte, die Tür zu öffnen.
»Komm her, setz dich zu mir«, forderte er mich auf. Mit wankenden Beinen näherte ich mich dem Bett und ließ mich neben ihm nieder. Ibn Alim ergriff meine Hand. Sieben flackernde, fast abgebrannte Kerzen erleuchteten das Kopfende des Bettes. Die Fensterläden waren zugeschlagen und ließen nur spärliche Sonnenstrahlen in das karg eingerichtete Zimmer.
»Du brauchst dich nicht zu fürchten. Wir werden uns gewiss nicht aus den Augen verlieren, Farid«, tätschelte er großväterlich meine Hand. Sein zuversichtliches Lächeln vermochte mich nicht zu beruhigen. Jetzt, da ich seinen Rat und seinen Beistand am dringendsten benötigte, ging er von uns. Mein Vater wusste meine große Aufregung zu deuten.
»Geliebter Meister, geliebter Sohn, entschuldigt mich für einige Augenblicke. Ich muss euch kurz verlassen.«
Ibn Alim nickte ihm lächelnd zu. Mein Vater verließ den Raum und zog leise die Tür hinter sich zu. Nun waren der Meister meines Meisters und ich allein. Nur noch der Tod saß in einer Ecke des Zimmers, griente uns lauernd an und wartete darauf, Ibn Alim an die Hand zu nehmen und aus dem Raum zu begleiten.
»Farid, gräme dich nicht. Ich habe es so entschieden. Jeder hat seine Aufgaben, und wenn die erfüllt sind, dann warten die nächsten auf einen.«
Ich nickte und schlug meine Augen nieder, denn ich fühlte Scham darüber, dass mich nicht nur sein kommender, son-

dern auch der vergangene Tod meines Vaters derart erschütterte.
»Hast du noch etwas auf dem Herzen, Farid, das du besprechen möchtest, bevor ich euch verlasse?«
»Geliebter Meister, wisst Ihr um den Tod meines Vaters?«
»Ja, Farid, ich weiß alles, und mir ist auch zu Ohren gekommen, dass dein Vater es dir in der vergangenen Nacht enthüllt hat. Er hat es mir gerade zugetragen. Es wird eine schwere Zeit für euch beide werden, und es tut mir Leid, dass es euch so hart trifft, da ich mich genau in diesem Moment dazu entschlossen habe zu gehen, aber ich habe diese Entscheidung bereits früher gefasst, und ich kann sie nicht mehr rückgängig machen. Ich weiß, dass die Muskeln eurer Herzen stark genug sind, um die lichtlose Zeit der dunklen Wolken, die über euch gezogen sein mögen, zu überdauern.«
»Wenn ich Euch recht verstehe, Meister, habt Ihr mir keinen Rat zu geben.«
Ibn Alim lächelte mich liebevoll an. »Mein lieber Enkel, Nachkomme meines Nachkommen, Behüter der Weisheit in der Wüste und in der ganzen Welt. Wie kannst du denken, dass ich dich und deinen Vater in solch einer schweren Zeit ohne Rat verlassen will? Nein, ich werde euch nach bestem Wissen und Gewissen beraten, denn ich liebe euch wie mein eigen Fleisch, und ich mag das Leid, das aus euren Augen sprüht, nicht in euren Herzen wissen. Allerdings müsst ihr beide verstehen, dass ich versuchen werde, dem einen genauso wie dem anderen beizustehen, damit sich keiner übervorteilt fühlen soll.«
Für einen Moment wog der Schmerz über den baldigen Tod unseres geliebten Meisters mehr als alle anderen Gedanken oder Gefühle. Überwältigt küsste ich seine Hand.

»Ich mag nicht, dass Ihr geht.«
»Ich weiß, Farid. Ich weiß.«
Plötzlich klopfte es ungestüm an der Tür. Ohne dass Ibn Alim jemanden dazu aufgefordert hatte, wurde die Tür geöffnet. Akil, Ibn Alims zweitältester Sohn, trat in den Türrahmen und blickte grimmig drein. Der Staub und Schmutz des langen Ritts von Fes bis nach Marrakesch klebten an seinen Stiefeln und an seinem Waffenrock. Er hatte einen silbern glänzenden Helm unter seinen Arm geklemmt. Den Brustpanzer hatte er halb geöffnet, an seinem breiten Ledergürtel baumelten klappernd zwei Säbel und ein spitzer Dolch.
»Vater«, seufzte er voller Schmerz auf.
»Akil, bitte warte draußen, bis ich mein Gespräch mit Farid zu Ende geführt habe.«
»Ihr schickt Euren eigenen Sohn von Eurem Sterbebett fort?«
»Nein, Akil. Ich freue mich, dass du da bist, aber ich habe etwas mit Farid zu besprechen.«
»Ihr zieht also das fremde Fleisch noch immer dem eigenen vor?«, fragte Akil erbost. Mein Vater erschien und stellte sich Akil tapfer in den Weg.
»Akil, warum hörst du nicht auf deinen Vater?«
»Allah sei mein Zeuge, dass mich dieser dahergelaufene Bauernjunge vom Sterbebett meines Vaters jagen will.«
»Niemand will dich davonjagen«, versuchte mein Vater ihn zu beschwichtigen.
Doch Akil schien blind vor Wut, zog seinen Säbel und fuchtelte zornig damit herum, während er sprach.
»Nur Allah und ich wissen, wie viele Häupter diese Klinge vom Rumpf getrennt hat. Lass mich jetzt in das Zimmer

eintreten, Xavier, oder Allah wird einen weiteren Kopf zählen müssen, der in den Staub rollt.«
»Akil, begehe keine Sünde vor Allah«, flehte Masud seinen Bruder von der Treppe aus an.
»Akil, was tust du da?«, schrie Jaida, Ibn Alims Gattin, und eilte die Treppe hinauf.
»Beug dich zu mir, ich möchte dir etwas sagen«, winkte Ibn Alim mich zu sich.
»Die Wüste gibt und die Wüste nimmt, so wie Allah«, flüsterte er mir ins Ohr, küsste mich auf die Stirn und schloss seine Augen ganz fest, um sie nie wieder zu öffnen. Die sieben Kerzen erloschen alle auf einmal, wie von dem Atemhauch eines Engels gelöscht. Die Augen der Anwesenden mussten sich erst langsam an die Dunkelheit gewöhnen.
»Was geht da vor?«, brüllte Akil außer sich vor Wut, schleuderte brutal meinen Vater zur Seite, trat mir in die Lenden und kniete vor seinem toten Vater, der ihm die Ehre verwehrt hatte, sich von ihm zu verabschieden.
»Er ist tot«, jammerte Akil.
Jaida brach in lautes Wimmern aus, stürzte zu dem leblosen Körper ihres geliebten Gatten und ließ sich zu seinen Füßen fallen.
»Geliebter Mann, wieso hast du uns jetzt schon verlassen müssen?«
Außer Atem erschien Ramón in dem Raum und starrte fassungslos auf den toten Meister.
»Verlasst das Haus, Ungläubige«, keifte Akil meinen Vater und mich an.
»Akil«, begehrte Jaida auf.
»Nein, Mutter. Du weißt, dass dieser jüdische Bastard und sein adoptierter Kamelhirte die Sinne unseres Vaters verwirrt

haben, so dass er sich vom wahren Glauben und Allah abgewendet hat. Seit dieser katalanische Hund damals in unser Haus gekommen ist, hat sich unser geliebter Vater mehr und mehr verändert. Wer weiß, ob er nicht schon heimlich den jüdischen Gott oder gar das Kreuz angebetet hat.«

Ich hatte schon viele Korangelehrte über uns Mystiker schimpfen hören, aber dass Akil so schlecht über seinen Vater sprach und dachte, erfüllte mich mit Trauer. Sein rasender Zorn, seine wilden Mutmaßungen, all das erschien mir so fremd, so unwirklich, dass ich mich fragte, ob er wirklich diese Worte ausspräche und ob die Klinge in seiner Hand tatsächlich aus Eisen sei oder ob das alles nur ein Traum sei und sich in Nichts auflöse, sobald ich die Läden öffnen und die Sonne in das Zimmer hineinlassen würde. Ich riss die Fensterläden auf, und die grelle Sonne warf einen hellen Streifen auf das friedlich lächelnde Antlitz Ibn Alims. Akil kniff seine geblendeten Augen zusammen und hielt sich schützend die Hand vor das Gesicht.

»Ihr solltet jetzt besser gehen«, wandte sich Akil an meinen Vater und an mich mit einem unmissverständlich drohenden Unterton.

Doch mein Vater erwiderte den hasserfüllten Blick Akils unbeeindruckt. Furchtlos blickte er in die kalten Augen seines Halbbruders.

»Sie werden nicht gehen, was bildest du dir eigentlich ein?«, mischte Jaida sich ein. Masud verbarg sich hinter ihrer Schulter und lugte ängstlich darüber hinweg auf seinen Bruder.

»Wenn Tahir hier wäre, würdest du dich nicht so aufführen«, schimpfte Niba.

Verwirrt blickte ich auf meinen Vater und auf Akil, die

sich wie zwei Schaukämpfer auf dem Marktplatz taxierten. Plötzlich erschien Ali, sprang zwischen meinen Vater und Akil und kreuzte eine Klinge mit der Akils. Als er den lauten Auftritt Akils vernommen hatte, hatte er sich unbemerkt zu den Nachbarn geschlichen, einen Säbel an sich genommen und war die Treppen zu dem Gemach Ibn Alims hinaufgeeilt, um meine Familie und mich mit seinem Leben zu verteidigen. Ich las in seinen Augen jene Todessehnsucht, die viele Krieger in die Schlacht treibt. Auch Akil wusste Alis Blick richtig zu deuten und schlug spielerisch mit seiner Klinge gegen den Säbel in Alis Hand. Das Metall begann zu singen.

»Akil, schämst du dich nicht, im Angesicht deines verstorbenen Vaters die Klinge zu führen? Wir alle wissen, wie sehr er Gewalt verabscheut hat«, flehte Jaida.

»Ihr habt Recht, Mutter. Verzeiht meine Unbesonnenheit«, warf er Ali ein überhebliches Lächeln zu und verwahrte seine Waffe in der speckigen Lederscheide.

»Wir gehen«, befahl mein Vater.

Ali und ich folgten ihm schweigend. Ramón blieb verwirrt an der Seite Akils stehen. So als wollte Akil meinem Vater demonstrieren, zu wem Ramón nun gehörte, legte er gebieterisch seine Hand auf dessen Schulter. Die Klagelaute der Frauen drangen auf die Straße und begleiteten uns auf dem tränengetränkten Weg in unser Haus.

»Er hat euch aus dem Haus getrieben?«, fragte Arub erschüttert, als ich heimkehrte und sie mich liebkosend in die Arme nahm.

»Wir sind gegangen, um Schlimmeres zu verhindern«, antwortete ich.

»Wollt ihr euch denn nicht von eurem Meister verabschieden?«
»Das haben wir bereits getan. Es ist nur noch die sterbliche Hülle, an der Akil festhält.«
»Und wie wird es jetzt weitergehen?«
»Ali hat sich entschieden, in die Schule zurückzugehen. Er wird den Unterricht der neuen Schüler übernehmen, bis wir von unserer Reise zurückkehren werden.«
»Unsere Reise? Von welcher Reise sprichst du?«
»Würdest du mich an den Ort begleiten, an dem die Seelen meiner Ahnen wohnen?«
»Du willst mit mir in die Wüste reisen?«
»Ich habe mit meinem Vater abgesprochen, dass ich die Stille der Sahara suchen werde, um all das, was geschehen ist, begreifen zu lernen.«
»Aber bist du sicher, dass du deinen Vater jetzt allein lassen willst?«
»Arub, es ist so viel geschehen seit letzter Nacht, meine Sinne sind verwirrt. Mir ist, als hätte ich keinen Meister mehr. Mir ist, als hätte ich kein Zentrum mehr, als säße ich auf einem schwebenden Teppich hoch oben über den Wolken und drohte, jeden Moment über den Rand zu rutschen und hinabzufallen in die tödliche Tiefe.«
»Was ist denn geschehen? Ist außer Ibn Alim noch jemand gestorben?«
»Mein Vater.«
»Was redest du da, Farid?«
»Mein Vater ist der Mörder meines Vaters. Seit er mir diese furchtbare Wahrheit offenbart hat, habe ich zwei tote Väter.«
Arub starrte mich ungläubig an. »Wie soll ich das verstehen?«

»Genau so, wie ich es sage.«
»Das heißt, dein jetziger Vater hat deinen leiblichen Vater getötet und dich dann adoptiert?«
»Ja, er hat ihm versprochen, für mich zu sorgen, als er im Sterben lag. Sein Name lautete Farid, so wie der meine. Der Name seiner schwangeren Frau und somit meiner Mutter war Arub.«
Arub blickte mich verwundert an. »Gut, ich folge dir«, sagte sie nachdenklich.
»Vielleicht finden wir noch die Spuren von Arub und Farid im Sand«, flüsterte ich ihr zu, dann nahmen wir uns bei der Hand.

V.

Die Spuren unserer Ahnen führen manchmal im Kreis.

Ibn Alim

Sahara, im Jahr 1517

Als ich in meinen Träumen wie ein Falke über die unendliche Weite der Sahara schwebte und den Verlauf der Sandkörner und des Windes verfolgte, war die Wüste unermesslich. Es schien mir keinen schöneren Platz zu geben als eine jener majestätischen Dünen, von denen aus man über das schier endlose Sandmeer blicken und die gewaltige Farben- und Formenpracht bewundern konnte: das Licht- und Schattenspiel des rötlich gelben Sandes, die gerippten Wellen, die Hand in Hand über den Wüstenboden tanzenden Sandkörner, die weichen, sich stets verändernden Formen der Dünen, die sternenklaren Nächte, die unermessliche Stille, die es erlaubt, dem Flüstern der fernen Sterne zu lauschen. Doch als Falke spürte ich nicht die unerbittliche Kälte der Nacht, nicht die gipserne Zunge der Verdurstenden, nicht das alles verzehrende Feuer der Sonne noch die allgegenwärtige Nähe des

Todes, der dem Wüstenreisenden näher ist als sein eigenes Lid. Jetzt, da ich die Wüste kannte, den feinen Sand aus meinen Augen gerieben und mein Zelt hier aufgeschlagen hatte, so wie es zuvor meine Ahnen getan hatten, war mir gegenwärtig geworden, dass ihr weites und stummes Sandmeer in Wahrheit nicht schön, sondern grausam war. Die Rauheit und die Härte der Wüste läuterten den Menschen, der überleben wollte, weil er sich auf das Wesentliche besinnen musste. Einige Schluck Wasser, Hirsebrei, qualvolle Märsche durch die unendliche Weite, Schlafmangel, Kälte und Hitze forderten die Reinigung der Seele von allen Gedanken. Sie schienen zu verrinnen wie vergossenes Wasser im trockenen Sand. Die Schönheit der Wüste entstand erst aus dem Inneren der Menschen. Wer die Wüste bewunderte, der mochte ein Stück von sich selbst bewundern, das er zuvor nicht gekannt hatte.

Wir hatten unser Zelt in der Senke einer mächtigen Sanddüne aufgeschlagen, die die anderen weit überragte und die der Wind in den letzten hundert Jahren nicht verschoben hatte. Nur Allah weiß, warum einige Dünen ihren Standort bis in die Ewigkeit gegen den Wind zu verteidigen vermögen und weshalb benachbarte Sandhügel von einem auf den anderen Tag wie auf Engelshänden davongetragen werden.

Keine Nacht verging ohne den lähmenden, dumpfen Schmerz kalten Metalls in meiner Brust, der mich quälte, obwohl ich mich bester Gesundheit erfreute. Es war, als empfände ich den vergangenen Schmerz meines Vaters im Todeskampf. Arub betupfte liebevoll meine mit Schweiß bedeckte Stirn und benetzte das Tuch mit einigen Tropfen

von dem wenigen Wasser, das uns nach dem langen Marsch verblieben war.
»Farid, wir sollten heimkehren.«
»Die Vorräte reichen nicht mehr für die Rückreise. Ich muss die Felsformation finden, wo meine Väter sich zum ersten Mal begegnet sind. Sie ist ganz in der Nähe, ich weiß es.«
»Wie willst du es wissen, wenn du noch nie hier gewesen bist?«
»Es ist die Stimme meines Vaters, die es mir zuflüstert.«
»Seit du seine Stimme hörst, schmerzt deine Brust, und ich fürchte jede Nacht, dass ich dich an sein Reich verlieren könnte.«
»Das Fieber hat mich ergriffen, Liebste, nicht der Tod.«
»Nicht nur das Fieber, es ist auch die Seele deines Vaters.«
»Du hast Recht, Arub. Ich will ergründen, wer ich bin, wo ich herkomme, wohin mich mein Weg führt.«
»Es macht mir Angst, Farid. Lass uns ein anderes Mal hierher zurückkehren, wenn wir wieder Kraft geschöpft haben.«
Eine tiefe Sorgenfalte durchfurchte Arubs sonst so ebene Stirn. Ich richtete mich auf, küsste sie darauf, umarmte sie und streichelte sanft ihren Rücken. Es missfiel mir, dass ich ihr solch große Sorgen bereitet hatte. In jenem Moment wog ihre Angst mehr als meine Begierde, der Vergangenheit auf die Spur zu kommen.
»Gut, Arub. Was schlägst du vor?«
»Wir kehren um. Zwei Tagesmärsche von hier entfernt liegt eine Oase. Wir füllen dort unsere Wasservorräte auf, dann ziehen wir gen Norden.«
Ich war verwundert darüber, dass Arub mir bisher verschwiegen hatte, dass wir so nahe einer Oase zelteten. Mir war dieser Ort sehr einsam erschienen, dabei wäre es ein

Leichtes gewesen, Reisenden zu begegnen, die von ihrer Route abgekommen waren, so wie einst Xavier de la Valle meinem Vater begegnet war. Ich hielt es aber für eine gute Idee, in der Oase zu rasten und sich für die Heimreise nach Marrakesch mit Proviant einzudecken.

»Einverstanden, Liebste, so werden wir es machen.«

Arub legte sich zu mir, presste ihren Körper gegen den meinen und umarmte mich fest, so als wollte sie verhindern, dass ich während der Nacht das Zelt verlasse. Auch ich umfasste sie mit festem Griff, ihrem tiefen Atem lauschend. Sie schlief schnell und zufrieden ein, davon träumend, bald heimzukehren, denn Marrakesch war zu ihrem neuen Zuhause geworden. Arub hatte sich kurz vor dem Zu-Bett-Gehen mit Sand gewaschen. Ihre Haut war sehr rein und duftete wundervoll nach ihr oder nach einer blühenden Rose, was für mich dasselbe war. Ich brauchte keinen Garten mit tausend Blumen und hundert Brunnen, ich war glücklich an der Seite dieser wundervollen Frau, die mir bald ein Kind schenken würde und der Quell all meines Glücks war. Entspannt seufzend lauschte ich dem Rhythmus ihres Herzens, das jetzt für zwei Menschenleben schlug. Was für ein Gefühl mochte es wohl für Arub sein, ein neues Leben in ihrem Bauch heranwachsen zu fühlen? Neugierig strich ich über meinen flachen Bauch, mir vorstellend, das Kind wüchse in meinem Körper zu einem kleinen Menschlein. Plötzlich spürte ich einen Stoß gegen meinen Bauch. Das werdende Leben in Arubs Leib hatte sich bemerkbar gemacht. Ich tastete vorsichtig Arubs gewölbten Unterleib ab und versuchte, das Füßchen, Köpfchen oder Händchen zu spüren. Es schien, als ob das Kind bewegungslos wartend in derselben Position verharrte, damit ich sein Füßchen berühren konnte. Kaum hatten meine Fingerkuppen es gefunden und sanft gestreichelt, zog es sich langsam zufrieden glucksend zurück in das Innere von Arubs Bauch. Ich lächelte glücklich. Es war die richtige Entscheidung, nach Marrakesch heimzukehren, um unserem Kind ein sicheres Zuhause geben zu können. Ich durfte Arub und unserem Kind nicht noch weitere Strapazen zumuten. Der schmerzhafte, kühle Druck von meiner Brust entschwand, so als wolle der Dschinn meines Vaters uns die Heimreise erleichtern. Ich freute mich darauf, meinen geliebten Meister und Vater Xavier de la Valle wieder zu umarmen. Die Stille der Wüste, der Anblick meiner schlafenden Gattin, die guter Hoffnung war, die große Nähe zu den Sternen – all das versöhnte mich mit meiner Vergangenheit, Gegenwart und Zukunft. Fast schien es, ich hätte jenes Sandkorn, das einst mein Herz hier verloren zu haben glaubte, wiedergefunden. Jenes Sandkorn flüsterte mir zu, dass das Schicksal meiner beiden Väter so eng mit dem meinen verwoben war, als wäre es mein eigenes. Ich brauchte Xavier de la Valle nicht zu vergeben, denn ich hatte ihm bereits vor langer Zeit verziehen, ohne mich daran zu erinnern.

Am nächsten Morgen verließ ich vor Sonnenaufgang das Zelt, setzte mich auf die Kuppe der mächtigen Düne, zu deren Füßen wir lagerten, blickte gen Osten und erwartete die aufgehende Sonne. Als die ersten roten Sonnenstrahlen flimmernd über den Horizont streiften, sog ich so viel Luft in meine Lungen, wie sie aufzunehmen vermochten. Fast erschien es mir, als atmete ich die ersten Sonnenstrahlen des Tages ein. Je größer und heller die glutrote Kugel am Hori-

zont wurde, umso mehr wuchs auch ich, so wie ein zuvor schlaffer Ziegenledersack, der sich am Brunnen prall mit kühlem, frischem Wasser füllt. Auf seltsame Weise fühlte ich mich mit meinem Vater verbunden – so als würde er in meiner Brust wohnen oder an meiner statt auf der Düne sitzen und die aufgehende Sonne bewundern, so wie er es stets zu tun pflegte. Seltsam berührt erhob ich mich leicht taumelnd und eilte hinab zum Zelt, in dem Arub noch immer tief schlief. Zärtlich strich ich über ihren während der Nacht deutlich gewachsenen Bauch und küsste ihn. Dann entfachte ich vor dem Zelt ein Feuer, um Wasser für die Zubereitung des allmorgendlichen Hirsebreis zu erhitzen. Ich nahm den Mörser und die hölzerne Schale an mich, gab zwei Hand voll Hirse hinein und begann leise, die Körner zu grobem Mehl zu mahlen. Mit kochendem Wasser, zerstoßenen zuckersüßen Datteln und etwas Ziegenkäse ergänzte ich unser Frühstück und vermengte es sorgfältig mit einem Holzlöffel. Arub erwachte sanft, wie auf einer Wolke schwebend, öffnete die Augen, rieb sich den Schlaf hinaus, wandte sich mir zu und lächelte mich glücklich an.
»Das ist doch eigentlich meine Arbeit, Liebster. Weißt du überhaupt, wie das geht?«
Ich reichte ihr die Schüssel mit dem frisch zubereiteten Mahl, damit sie davon koste. Sie nahm den Holzlöffel aus meiner Hand, tauchte ihn in den Brei und probierte davon.
»Hm, hm, hervorragend. Du machst es besser als ich«, lächelte sie mich an.
»Wirklich?«, fragte ich überrascht, denn ich war bei der Zubereitung meinen Eingebungen gefolgt und hatte nicht zu hoffen gewagt, dass das Gericht gut gelungen war oder gar köstlich mundete.

»Ja«, schloss sie die Augen und streckte mir ihre zum Kuss gespitzten Lippen entgegen.

Unsere Kamele hatten sich, obwohl ich ihre Vorderfüße zusammengebunden hatte, bei der Suche nach Futter weit von uns entfernt und zerstreut. Es dauerte fast den ganzen Morgen, sämtliche Tiere wieder einzufangen, das Zelt abzuschlagen, alles zu verpacken, auf die ächzenden Wüstenschiffe zu verladen und zu verzurren. Fast schien es, als seien sie sich ihrer edlen Abstammung bewusst und vermochten nicht zu verstehen, dass ein geschecktes, taubes Tier niederer Herkunft einen Sattel tragen durfte, während sie sich mit dem lästigen Gepäck abgeben mussten. Wie die Blicke neidvoller Weiber auf die erste Frau des Paschas trafen Fliegenden Fuß überhebliche und eifersüchtige Augen der wiederkäuenden Gesellschaft, während deren Mitglieder von mir beladen wurden. Fliegender Fuß entfernte sich niemals außer Sichtweite von mir. Er war in jeder Hinsicht ein ungewöhnliches Kamel. Geduldig wartete er, bis die Vorbereitungen für die Abreise getroffen waren und seine beladenen Kameraden sich stöhnend erhoben hatten. Dann näherte er sich mir, beugte seinen Hals und schleuderte mich in den Sattel, indem er seinen Hals wieder anspannte, nachdem ich mich an ihm festgehalten hatte. Arub ritt einen weißen Wallach, der sich voller Anmut und Würde bewegte. Tarek hatte ihn mit einem prunkvollen Sattel ausgestattet.
»Du hast das Frühstück zubereitet, also werde ich uns zum Brunnen führen«, scherzte sie.
Ich lächelte ihr glücklich zu und ließ sie gewähren, obwohl ich mir gewiss war, dass auch ich den Weg zu dem Brunnen

finden würde. Seit dem Sonnenaufgang spürte ich eine mir bis dahin unbekannte Energie meine Brust durchfließen, die mich eins sein ließ mit der Wüste.

»Macht es dir wirklich nichts aus, dass ich voranreite?«, fragte Arub.

»Führe uns zur Oase, Liebste«, forderte ich sie fröhlich auf, und ich war sehr stolz auf sie. Gerne folgte ich den Spuren jener Frau. Sie strahlte so viel Würde und Wissen aus, dass es eine Freude war, an ihrer Seite sein zu dürfen.

Wasser bedeutet Leben, sagen die Tuareg. Aber in der Wüste bedeutet es auch Tod und Leid. Dort, wo in der Wüste spärliches Wasser der Dürre trotzt, finden sich stets Räuber und Mörder. Keine noch so schattige Oase ist sicher vor feindlichen Übergriffen. Der Stärkere siegt und hat die Macht über den Brunnen, die Früchte der Palmen und die Bewohner der Oase, und er wird so lange ihr Herr sein, bis ein Stärkerer kommt, der ihn besiegt und sich zum neuen Herrn ernennt. Wegen des Sandes gäbe es keine solchen Kriege. Er gehört niemandem, noch nicht einmal dem Wind. Aber nicht nur Wasser, Salz und Datteln sind wertvolle Güter in der Wüste, auch Kamele und Menschen sind es.

Es war eine kleine Oase am Fuße eines außergewöhnlich hohen und steilen Felsmassivs, das am späten Nachmittag kühlen Schatten auf die im Sand verstreuten Palmen warf. Einige junge Palmen streckten einige Schritte von dem Dattelhain entfernt ihre Wedel unmittelbar aus dem Sand. Sie erweckten den Eindruck, als wären ihre Stämme im Sand vergraben. Fast schien es, sie hätten nicht ausreichend

Geduld gehabt, darauf zu warten, bis ihre Stämme in den Himmel gewachsen waren, bevor sie ihre Blätter in voller Pracht ausbreiteten. Drei kleine aus Palmwedeln gebaute Hütten lagen ruhig und friedlich neben dem tief gelegenen Brunnen, zu dem einige abgetretene Steinstufen führten. Fliegen waren die ersten Bewohner der Oase, die uns begegneten und uns laut summend in Schwärmen umkreisten, so als seien sie Boten mit dem Auftrag, uns zu begrüßen und zum Brunnen zu geleiten. Keine Menschenseele war weit und breit zu sehen. Kein Kamel, kein Esel, keine Ziege, kein Huhn. Verwundert blickten wir uns um. Die Stille der Wüste hatte auch diese Oase erobert, die eigentlich mit mehr Leben als einem Schwarm Fliegen hätte bevölkert sein müssen. Alarmiert von der ungewöhnlichen Ruhe sprang ich von Fliegendem Fuß ab und suchte den Boden nach Fußspuren ab. Entsetzt musste ich feststellen, dass der Wind die Abdrücke aller Füße, die jemals hier gelaufen sein mochten, verwischt hatte. Vor den Eingängen der drei Hütten hatten sich binnen der letzten Tage kleine Sandwellen gebildet.

»Arub, diese Oase ist verlassen.«

»Lass uns umkehren«, sagte sie ängstlich.

»Zu spät!«, vernahmen wir eine tiefe spanische Männerstimme und drehten uns erschrocken um. Ein hünenhafter, vollbärtiger Spanier, gekleidet in einer weiten, schwarzen Hose, Stiefeln bis zu den Knien und einer ledernen Weste, die knapp über seiner breiten Brust spannte, stand breitbeinig hinter uns. Auf jeder Seite flankierten ihn drei Tuareg mit gezogenen Krummsäbeln und einem kriegerischen Flackern in ihren Augen.

»Kennt ihr den?«, fragte der Spanier seine Begleiter.

»Das ist keiner von uns«, antwortete ein hagerer, hoch gewachsener Tuareg auf Temajeg.
»Gut, dann teilen wir die Beute. Die Kamele sind für euch, der Mann und die Frau für mich.«
»Die Frau ist sehr schön«, bemerkte der Hagere in der Sprache der Tuareg.
»Umso besser, dann wird sie auf dem Markt ein bisschen mehr bringen«, freute sich der Spanier. Ich trat an das weiße Kamel Arubs, zwang es in die Knie und half ihr aus dem Sattel. Tränen unterdrückend, blickte ich in ihre traurigen Augen.
»Tu jetzt genau, was ich sage«, flüsterte ich ihr zu, während ich sie zu Fliegendem Fuß führte und die beiden letzten Wassersäcke am Sattel festband.
»Was hast du vor, Farid?«, fragte Arub ängstlich.
»Ich liebe dich, Arub. Wir werden uns wiedersehen, ich werde dich wiederfinden«, versprach ich ihr, während ich Fliegenden Fuß durch ein leichtes Klopfen auf die Beine dazu veranlasste, sich niederzuknien, damit Arub aufsteigen konnte. Fliegender Fuß erhob sich, Arub sah mich verzweifelt an, während ihre Hand aus der meinen glitt.
»Du glaubst doch nicht etwa, dass deine Frau mir auf diesem hässlichen, kurzbeinigen Kamel entkommen kann, oder?«, lachte der Spanier schallend auf.
»Du schickst sie in den sicheren Tod«, versuchte der hagere Tuareg mich von meinem Vorhaben abzubringen.
»Besser in den Tod als in die Gefangenschaft«, rief Arub entschlossen und klammerte sich an dem kreuzförmigen Haltegriff des Sattels fest. Sie warf mir einen letzten liebevollen Blick zu.
Tiefer Schmerz ergriff mich und lähmte mich für einen

Moment. Noch vor einigen Augenblicken war meine Brust geschwollen voller Glück und Stolz gewesen, nun brannten salzige Tränen in meinen Augen und in meinem Herzen.
»Ich liebe dich, Farid. Ich werde auf dich warten, ich werde niemals aufhören, dich zu lieben, was auch immer geschehen mag.«
Ich zog mein Messer, schnitt einen kurzen Zweig voller Dornen von einem Busch ab und rammte ihn entschlossen zwischen die Weichteile meines treuen Freundes. Erschrocken und tief verletzt zugleich schrie Fliegender Fuß voller Schmerz laut auf. Sich kurz aufbäumend, sprang er mit allen vieren in die Luft und raste auf den Spanier und seine Waffenbrüder zu. Ängstlich verfolgte ich den Lauf von Fliegendem Fuß. Als ich Arub und Fliegenden Fuß davonstürmen sah, klaffte in meinem Herzen ein riesiges Loch. Mit erhobenen Armen versuchten die Räuber, Arub und das wild gewordene Kamel aufzuhalten, aber sie wichen geschickt aus und stürzten in einem Tempo, das an ein Wunder grenzte, vorbei an den Dattelpalmen auf die Sanddünen zu und hinterließen eine hohe, dichte Staubfahne.
»Schnappt sie euch!«, rief der Spanier wütend zwei der Tuareg zu, die sich geschwind auf ihre Kamele schwangen und sie zu höchster Eile antrieben. Der Spanier, die vier verbliebenen Tuareg und ich verfolgten für einen Moment das ungleiche Wettrennen. Fliegender Fuß war den beiden Verfolgern um ein Vielfaches voraus, und der Abstand zwischen ihm und den beiden Räubern vergrößerte sich zusehends, anstatt sich, wie von den Verfolgern erhofft, zu verringern. Ich war mir gewiss, dass die beiden Kamelreiter Arub und Fliegenden Fuß niemals einholen würden, aber ich fragte mich voller Bange, was aus Arub und dem heranwachsen-

den Leben in ihrem Leib werden würde, sollte ich dem spanischen Sklavenhändler nicht entkommen können. Mit der ganzen Kraft meiner Gedanken wünschte ich, dass Fliegender Fuß und Arub den Weg nach Marrakesch in Windeseile überwinden würden, damit mein geliebtes Weib in die schützenden Arme meiner Familie sinken könne.

»Das verrückte Kamel wird in ein paar Stunden tot umfallen, dann fangen sie dein Weib, glaube mir«, prophezeite der Spanier in überraschend gutem Temajeg.

»Wo hast du so gut unsere Sprache gelernt?«, fragte ich ihn.

»Warum willst du das wissen?«, lautete seine Gegenfrage.

»Es ist immer besser, seinen Feind zu kennen und zu wissen, wo er herkommt«, antwortete ich auf Spanisch.

»Du bist viel gereist und hast viel gesehen. Das freut mich, dann werde ich auch für dich einen guten Preis erzielen können.«

Das Messer in der Hand, richtete ich meinen Blick fest auf seine furchtlosen Augen.

»Und Mut hat er auch noch«, brummte er zufrieden anerkennend.

»Dass ihr ihn mir ja unversehrt lasst. Keinen Kratzer will ich sehen«, ordnete er den vier Tuareg an, die den Kreis um mich herum immer enger zogen.

Das hätte er nicht sagen sollen, denn nun wusste ich, dass sie die erhobenen Klingen nur mit der stumpfen Seite gegen mich richten würden. Ich ließ sie bis auf fünf Schritte näher kommen, warf zwei von ihnen mit der Fußspitze Sand in die Augen, zwängte mich zwischen ihren Schultern hindurch und rannte zu Arubs Kamel, das noch immer gesattelt auf dem Boden saß. Ich sprang in den Sattel und trieb es hastig an, sich zu erheben, doch schon hatte mich einer der

Tuareg am Knöchel gepackt und versuchte, mich wieder vom Sattel zu ziehen. Just in diesem Moment erhob sich das große Kamel und zog ihn mit in die Höhe. Unwillig und zunächst ziellos trabte das weiße Kamel zwischen den Hütten hindurch und schleifte den Tuareg mit sich. Mit dem Knauf meines Messers schlug ich gegen seine Schläfe, wobei das Messer in seinem Turban hängen blieb und mit ihm in den Sand gerissen wurde. Fluchend blickte ich zu meiner verlorenen Waffe, doch es blieb keine Zeit, mir lange Gedanken über deren Verlust zu machen, da bereits von der anderen Seite ein Angreifer mit schwingendem Säbel auf mich zueilte, um mich aus dem Sattel zu stoßen. Ein gut gezielter Fußtritt auf seine Brust schickte ihn strauchelnd zu Boden. Ich trieb das Kamel zu höchster Eile an und wunderte mich über den gemächlichen Antritt dieses edlen Tieres, der mir im Vergleich zu dem von Fliegendem Fuß unendlich langsam erschien. Nach langem Anlauf erreichten wir endlich eine ausreichende Geschwindigkeit, als wir vorbei an dem verwunderten Spanier und den beiden vom Sand erblindeten Tuareg auf die Dünen zurasten.
»Ihr seid nicht einmal die Sandalen wert, die ihr tragt. Unnützes Pack«, schimpfte der Spanier, während er sich auf sein Kamel schwang, um meine Verfolgung aufzunehmen.
Ich kreuzte die Staubfahne, die Fliegender Fuß und die beiden Tuareg hinterlassen hatten. Sobald ich den Spanier abgehängt hatte, wollte ich einen Bogen reiten, die Verfolger Arubs stellen und dann den Spuren von Fliegendem Fuß folgen, um Arub wiederzutreffen. Erschrocken stellte ich fest, dass ich kein Wasser mit mir führte. Ich warf einen Blick hinter mich. Der Spanier schien sich nicht sonderlich zu beeilen, mir auf den Fersen zu bleiben. Offenbar war

auch ihm nicht entgangen, dass ich mich ohne Wasser in die Wüste gewagt hatte. Ich hatte noch keinen einzigen Schluck des klaren, erfrischenden Wassers aus dem Brunnen zu mir genommen und verspürte schon jetzt nach der Anstrengung meiner Flucht beißenden Durst in meiner ausgedörrten Kehle. Die Mittagssonne brannte unbarmherzig auf unsere Häupter herab. Das laute Schnaufen des rennenden Kamels, das Knarren des neuen Sattelzeugs und das Aufwirbeln des Sandes seiner Hufe waren für lange Zeit die einzigen Geräusche meiner verzweifelten Flucht. Erneut blickte ich hinter mich: Der Spanier und seine Begleiter waren in einer Hügelsenke verschwunden und außer Sichtweite geraten. Es war also an der Zeit, die Richtung zu wechseln und die beiden Tuareg, die Arub verfolgten, abzufangen.

Der wilde Ritt dauerte bis in die Dämmerung an. Noch immer hatte ich die Spuren Arubs und ihrer Verfolger nicht gefunden. Das weiße Kamel rannte ohne Unterlass. Wir erklommen Sandhügel um Sandhügel wie ein kleines Fischerboot, das tapfer gegen die hohen Wellen des Meeres ankämpft. Die letzten Strahlen der untergehenden Sonne tauchten die nach Westen geneigten Flanken der Sandhügel in ein warmes Rot, während die nach Osten gerichteten Abhänge bereits schwarz waren wie die bevorstehende Nacht. Endlich erblickte ich die heiß ersehnten Fußabdrücke von Fliegendem Fuß im weichen, schattigen Sand einer Hügelsenke. Abrupt stoppte ich das Kamel und stieg ab. Erschöpft ließ ich mich auf die Knie fallen und küsste die Spuren meines treuen Kamels. Der trockene Sand klebte schmerzend an meinen ausgetrockneten Lippen. Sosehr ich mich in die Arme Arubs sehnte, wünschte ich mir ein paar Tropfen Wasser, um meine Lippen benetzen zu können. Schwerfällig erhob ich mich und schickte mich an, wieder den Sattel des weißen Kamels zu besteigen. Doch erschüttert musste ich feststellen, dass das geschundene Tier bewegungslos auf der Seite lag und keinen Atemzug mehr tat. Es hatte ohne zu klagen seine Gebeine für immer in den Sand gebettet.

»Ich danke dir für deine treuen Dienste, verzeih mir«, flüsterte ich in sein Ohr, wischte mir den Sand von den spröden, schmerzenden Lippen und machte mich daran, meine Sohlen in die Spuren von Fliegendem Fuß zu setzen. Nur noch ein Gedanke beherrschte mich und war stärker als der brennende Durst und die schmerzenden Glieder – ich musste Arub finden. Arub. Arub und das Kind. Wo seid ihr? Wo ist Fliegender Fuß? Wartet auf mich, ich komme, euch zu retten. Ich liebe euch. Wartet auf mich! Ich bin gleich bei euch. Wartet!

Mühsam setzte ich einen Fuß vor den anderen, die einbrechende Kälte abschüttelnd. Ich dachte an Arub, die nun der Kälte schutzlos ausgeliefert sein würde, und wünschte mir, ich könnte sie mit meinem Körper wärmen. Die Sorge um mein frierendes Weib ließ mich in einen wolfsähnlichen Trab fallen. Ich rannte über den kühlen Wüstensand, den Spuren meines treuen Kamels und meiner geliebten Frau folgend, und vergaß Hunger und Durst. Auf jeder Anhöhe, die ich erklomm, hoffte ich, endlich Arub und den Schecken zu erblicken, aber ich wurde jedes Mal bitterlich enttäuscht. Die unerbittliche Kälte und der blaue Mond begleiteten mich die ganze Nacht und waren Zeugen meines verzweifelten Wettlaufs gegen den Tod.

Als ich nach einer qualvollen Ewigkeit voller Sehnsucht die sanften Strahlen der aufgehenden Sonne meinen Rücken wärmen spürte, wusste ich, dass ich das Rennen gegen die Wüste verloren hatte. Meine Zunge war inzwischen taub und lag steif wie ein sprödes Holzstück in meinem Mund. Das stetige Laufen ohne Pause hatte mich sehr angestrengt, doch ich wusste, würde ich das Tempo verringern oder gar stehen bleiben, dann hätte ich die Stelle gewählt, an der mein Grab sein sollte. Ich bemühte mich weiterzulaufen, die Augen auf den Horizont gerichtet, noch immer hoffend, Fliegenden Fuß und Arub endlich zu erblicken und in ihre liebkosenden Arme fallen zu können. Ich verspürte einen stechenden Schmerz in den Achselhöhlen, der von dem scharfen, ätzenden Schweiß herrührte, der immer spärlicher aus meinen Poren drang. Ich lief immer weiter wie in einem nicht enden wollenden Traum auf den Spuren von Fliegendem Fuß, ohne zu wissen, wohin sie mich führen würden. Mein Kopf fühlte sich leicht und schwebend an, so wie fliegende Baumwollsamen in lauer Luft. Fast spürte ich meinen Körper nicht mehr und trieb ihn dennoch dazu an, immer weiterzulaufen.

»Arub, wo bist du?«, hörte ich die verzweifelte Stimme aus meiner Kehle dringen, bevor ich erschöpft zusammenbrach, mit geöffnetem Mund im Sand liegend, nicht mehr fähig, ihn zu schließen, den Kopf zu wenden, eine Hand oder geschweige denn einen Finger zu erheben. Willenlos fielen meine Augen zu. Es wurde schwarz und still. Vollkommen still.

Ich weiß nicht, ob es die stechende Mittagssonne war, die mich weckte, oder dieser eindringliche Blick. Mühsam öffnete ich meine Augen und sah direkt in das Gesicht des spanischen Sklavenjägers, der sich über mich gebeugt und mich auf den Rücken gedreht hatte, um zu überprüfen, ob ich bereits tot war oder noch lebte. Ich wusste nicht, wo ich war, noch, was ich hier tat. Wassertropfen fielen auf mein Gesicht. Gierig streckte ich die starre Zunge voller Sand aus dem Mund und benetzte sie mit dem lauwarmen, nach Ziegenleder stinkenden Wasser.

»Sie ist uns tatsächlich entkommen. Das hässliche Kamel ist nicht zusammengebrochen. Schade um das hübsche Kind. Sie wird spätestens in drei Tagen sterben, aber sie wird es in Freiheit tun, nicht so wie du«, spritzte er noch mehr Wasser auf mein Gesicht und wischte mir den Sand aus den Augen und von der Stirn.

»Wundere dich nicht, wenn deine geröteten Augen eines Tages mein geliebtes Weib und mich wiedervereint erblicken.«

»Vergiss sie. Du wirst sie niemals wiedersehen. Denn von dort, wo du jetzt hingehst, ist noch keiner zurückgekehrt!«

VI.

Gute Taten bedürfen keiner erklärenden Worte.

Ibn Alim

Meine rechte Schulter war wund gescheuert von dem schweren Holzklotz, der mit einer Eisenkrampe an meinem rechten Handgelenk befestigt war. Abwechselnd auf dem Kopf oder auf der Schulter hatte ich diese Last quer durch die Wüste bis an die Küste geschleppt. Nur der Wunsch, Arub wiederzusehen, hatte mich während des mehrwöchigen Marsches durch die erbarmungslose Wüste voller Schweiß und Blut am Leben erhalten. Dutzende Gefangene waren der Hitze, dem Hunger und den routinierten Stock- und Peitschenhieben zum Opfer gefallen. Es kamen immer wieder neue Leidensgenossen hinzu. Doch jeder Zweite ließ seine Gebeine am Rand unseres Weges liegen. Erschöpft setzte ich einen Fuß vor den anderen, das Gesicht meiner geliebten Frau vor Augen, um ein Ziel für diesen qualvollen Marsch zu haben. In der Ferne entdeckte ich die Küste. Seeluft stieg in meine ausgedörrten Nasenlöcher. Ganz schwach und leise konnte ich das Tosen der Brandung vernehmen. Eine kleine Holzfestung nahe dem Strand war unser Ziel. Ein hoher, aus langen Baumstämmen errichteter Zaun sollte ungebetene Gäste fern halten.

Mit Stockschlägen wurden wir durch das geöffnete Tor getrieben. All jenen, die noch einige Lumpen an ihren geschundenen Körpern trugen, wurden diese in Fetzen vom Leib gerissen. Nackt wurden wir in eine Reihe gestellt. Der Sklavenjäger sprach mit einem hageren, sehr großen Mann, der mit seinem gekrümmten Rücken, der langen Nase und seinen eckigen Bewegungen wie ein Storch wirkte. Er stelzte in kurzem Abstand an der Reihe vorbei. Vor jedem blieb er stehen, warf einen kurzen Blick auf ihn und schob ihn grob nach hinten oder ließ ihn dort stehen, wo er war. Ich fürchtete, dass seine willkürlichen Entscheidungen für unser aller Schicksal von großer Bedeutung sein würden. Als er vor mich trat und mich musterte, schlug mein Herz vor Aufregung laut und schnell. Nach einem kurzen inspizierenden Blick ließ er mich in der vorderen Reihe stehen und ging weiter zu meinem Nachbarn und Leidensgenossen. Als er mit der Vorauswahl fertig war, wurden die Gefangenen aus der hinteren Reihe wieder aus dem Lager geführt, und der Storch untersuchte jeden Einzelnen von uns eingehend. Wir mussten unsere Münder öffnen, ihm unsere Zungen zeigen, uns von ihm am Hals und Bauch abtasten lassen. Unangenehm brannten seine verschwitzten Finger in meinen Augen, als er wie ein Viehbeschauer meine Lider nach unten zog, um sich die Augäpfel genauer zu betrachten. Wieder wurden einige Gefangene von uns getrennt. Die Holzklötze an unseren Handgelenken wurden durch eng anliegende Eisenkrampen an unseren Füßen ersetzt, durch die später eine Kette gezogen werden sollte. Vier Tage und vier Nächte verbrachten wir im Ungewissen, was mit uns nun geschehen sollte. Die Nächte waren erfüllt von dem verzweifelten Schluchzen erwachsener, zum Teil baumgroßer Männer. Wer den grausamen Marsch durch die Wüste bis hierhin überlebt hatte, dem war das Leben lieber als die Freiheit, aber viele hatten den Verlust derselben nicht überwunden.

Am fünften Tag unseres Aufenthalts in der kleinen Festung war unsere Zeit gekommen. Bei Morgengrauen wurden wir unsanft durch laute Schreie geweckt und mit Schlägen an den laut tosenden Strand getrieben. In der Bucht ankerte eine spanische Karavelle. Drei Boote steuerten auf uns zu. Als sie anlegten, sprang der Kapitän aus dem ersten Boot und begrüßte den Sklavenjäger mit einem freundschaftlichen Handschlag.

»Willkommen, Kapitän Blanco«, brummte der Sklavenjäger. »Ich denke, dir wird gefallen, was ich mitgebracht habe.«

Kapitän Blanco machte seinem Namen alle Ehre, denn er war der weißeste Mensch, den ich je gesehen hatte. Fast wirkte er wie ein Fabelwesen aus einer anderen Welt. Die Haut seines frisch rasierten Gesichts und seiner Hände war blass wie frisch gewaschenes Leinen. Später erfuhr ich, dass seine Haut so weiß blieb, weil er tagsüber zu schlafen pflegte und in der Nacht über das Steuerruder seines Schiffes wachte. Seine wasserblauen Augen wirkten stumpf und durchsichtig, so als läge ein milchiger Schleier über ihnen. Das spärliche Haar, das unter seinem breitkrempigen Hut hervorlugte, war weiß wie die Gischt der Schaumkronen. An der rechten und linken Seite seines Gürtels baumelte jeweils ein kurzer Krummsäbel. Am linken Unterarm war ein schmaler Dolch in einer schwarzen, unauffälligen Scheide mit einem Lederband befestigt. Seine dünnen, blutleeren Lippen und das spitze Kinn unterstrichen seinen kalten, hasserfüllten Blick. Fast wirkte seine unheimliche Fratze wie die eines unbehaarten Affen. Als er sich näherte, vernahm ich ein seltsam rasselndes Röcheln, das wohl seinem Atem eigen war.

»Du hast sie schon wieder nicht markiert«, knurrte er unzufrieden. »Die Nächsten nehme ich nicht ohne ein Brandzeichen auf der Brust«, drohte er dem Sklavenhändler, dessen Lächeln unversehens gefror.

»Nun gut, wie du willst. Das nächste Mal sollst du sie durch Brandzeichen gekennzeichnet bekommen. Konzentrieren wir uns auf das heutige Geschäft: Du wolltest kräftige, junge Männer. Hier sind sie.«

Blanco musterte mich mit einem abschätzigen Blick, dann wanderten seine Augen über die Körper meiner Mitgefangenen.

»Und was ist? Gefallen sie dir nicht?«, wollte der Sklavenjäger wissen.

»Du hast sie zu sehr abmagern lassen. Über die Hälfte von denen wird mir auf dem Weg krepieren. Ich muss mehr mitnehmen, damit ich noch genügend zum Verkaufen habe«, schimpfte Blanco. »Du wirst mir zehn zusätzliche Männer geben müssen – zum vereinbarten Preis. Ich zahle kein bisschen mehr, oder ich nehme überhaupt keinen.«

Der Sklavenhändler biss sich stumm auf die Lippen. Voll ohnmächtiger Wut funkelten seine Augen.

»Ich sehe, du willst nicht. Fahren wir«, rief Blanco seinen Männern zu und schritt auf die Boote zu.

»Gut, der Handel ist besiegelt«, rief der Sklavenhändler Blanco mit einem verbissenen Lächeln hinterher, das seinen inneren Kampf nur allzu deutlich zeigte, um ihn aufzuhalten. »Du sollst alle, die du hier siehst, bekommen, aber ich suche mir drei aus, die ich behalten werde«, forderte er. Blanco überschlug im Kopf schnell ein paar Zahlen, lächelte zufrieden und nickte dem Sklavenjäger zustimmend zu. »Gut, such dir drei Männer aus, ich nehme die restlichen mit.«
Der Blick des Sklavenjägers fiel zuerst auf mich. Nachdenklich musterte er mich. Wenn Blanco Recht behalten sollte, dann würde wieder die Hälfte der Männer auf seiner geplanten Reise sterben. Ich betete zu Allah, der Sklavenjäger möge mich auswählen, in dem Lager zu verweilen. Es würde sich gewiss in den nächsten Tagen eine Möglichkeit zur Flucht ergeben, ich würde Arub finden und mich glücklich mit ihr wiedervereinen. Flehend blickte ich den Sklavenjäger an. Noch zögerte er. Dann wandte er sich plötzlich ab und deutete auf drei andere Mitgefangene, die er auswählte und die von zwei seiner Männer zurück zur Festung gebracht wurden. Blanco grinste zufrieden, überreichte dem Sklavenjäger einen Lederbeutel mit abgezählten Münzen und winkte seine Leute herbei. Ängstlich blickte ich zu dem Schiff, das in der Bucht vor Anker lag und mich in eine ungewisse Zukunft tragen würde. Plötzlich spürte ich den Lauf einer Pistole zwischen meinen Rippen. Unsanft drückte ein Seemann das kühle Metall gegen meinen Rücken und dirigierte mich zu einem der Boote. Unwillig stieg ich hinein. Ich warf einen letzten Blick auf mein geliebtes Land und fragte mich, ob ich es jemals wiedersehen würde. Unaufhaltsame Tränen schossen in meine Augen, die ich

vergeblich schloss, um meiner Trauer Einhalt zu gebieten. Meine Mitgefangenen ließen sich verzweifelt unter lautem Protestgeschrei in den Sand fallen. Sie wehrten sich mit Händen und Füßen dagegen, in die Boote getragen zu werden. Ihre angsterfüllten Blicke waren auf die hohen Wellen gerichtet. Offensichtlich fürchteten sie das Meer. Andere wiederum warfen sich auf den Boden und versuchten, sich verzweifelt im Sand festzuklammern, um ihre Heimat nicht verlassen zu müssen. Alle Schläge und Flüche der Seeleute konnten sie nicht dazu bringen, ihnen zu gehorchen. Ein verzweifelter Mann stürzte sich, angetrieben von der Aussichtslosigkeit seiner Lage, gurgelnd in die Fluten und versuchte gegen den Willen der Seeleute, seinen Kopf unter der Wasseroberfläche zu halten. Obwohl der Kampf sehr ungleich war, gewann er ihn und bezahlte den Sieg mit dem ersehnten Tod. Schulterzuckend ließen die Seeleute von seinem leblosen Körper ab, der schnell auf den Meeresgrund sank. Die anderen Mitgefangenen brachten sie mit roher Gewalt auf die Boote und legten ab. Auf halber Strecke zum Schiff stürzten sich zwei weitere Männer mit lauten Klagen in die Fluten. Auch sie zogen den Freitod der Gefangenschaft vor. Lieber frei sterben, als in Ketten gelegt zu leben. Die Seeleute konnten nur zusehen, wie die Männer ertranken, denn alle Versuche, sie wieder in die Boote zu ziehen, scheiterten an ihrem festen Willen, eher zu sterben, als an Bord des Schiffes gebracht zu werden und einer Zukunft entgegenzufahren, die ihnen schrecklicher erschien als der selbst gewählte Tod.

Modrig fauler Holzgeruch füllte den dunklen, stickigen Raum. Haut an Haut pressten wir uns auf der Suche nach einem freien Platz auf den schmierigen, verdreckten und bestialisch stinkenden Boden. Die Ketten an unseren Knöcheln rieben die Haut bis auf das rohe Fleisch blank. Hatte jemand einen Platz gefunden, der ihm genehm war, zerrte ein anderer an der Kette, so dass er wieder seine Position ändern musste. Es gab großes Murren und Fluchen. Jede Handbreit Boden schien besetzt zu sein. Einige hockten, andere legten sich hin, doch niemand konnte seine Glieder ausstrecken, ohne den Körper seines Nachbarn zu berühren. Wie zappelnde Fische in einem Netz rieben wir unsere Leiber aneinander, und der stinkende Angstschweiß klebte uns zusammen. Ein Gitter wurde krachend über der schmalen Ladeluke fallen gelassen, und sein Schatten fiel auf unsere Köpfe. Die Männer schrien verzweifelt unverständliche Worte in den Raum. Ich versuchte, dem bestialischen Gestank, meiner Atemnot, der Dunkelheit, den ängstlichen Schreien und dem Wimmern für einen Augenblick zu entkommen, indem ich mir ausmalte, wie es Arub inzwischen wohl ergangen sein mochte. Es gelang mir für einen Moment kraft meiner Gedanken, der grausamen Realität zu entfliehen. Ob Arub schon wohlbehalten in Marrakesch angekommen war, fragte ich mich. Sicher würde meine Mutter ihr jetzt eine starke Fleischbrühe zubereiten, und sie würden zusammen im Hof sitzen, von der köstlichen Suppe schlürfen und sich ausgelassen unterhalten. Vielleicht waren ein paar Nachbarinnen zu Besuch gekommen, und die Frauen musizierten gemeinsam, um Arubs dunkle Gedanken zu vertreiben und sie ein wenig aufzuheitern. Arub tanzte und sang sehr gern. Ich auch. Am liebsten mit ihr.

Das Schiff legte sanft ab. Das aufgeregte Geschrei der Männer verstummte. Ängstlich klammerten sie sich mit ihren Händen am Boden fest, als sie spürten, wie die Karavelle volle Fahrt aufnahm. Ich lauschte den vom Bug gebrochenen Wellen, die leise gegen die Planken schlugen, und fühlte mich in dem halbdunklen Raum, in dem keine Orientierung möglich war, verloren. Die Seeleute eilten geschäftig auf dem Deck umher, und ihre schweren Fußtritte hallten dumpf im Lagerraum wider. Der Wellengang wurde deutlich stärker, und das Schiff schaukelte nun über die Dünung tanzend auf und ab. Wie von einem unsichtbaren Chorleiter dirigiert, stimmten die Männer ein eintöniges Klagelied an und klatschten dazu. Der Gesang und das rhythmische Klatschen schwollen immer lauter an. Der Takt wurde von allen Männern gleichzeitig gehalten, während zunächst die einen und dann die anderen in ihrer jeweiligen Stammessprache eine Strophe zum Besten gaben. Fast schien es, als treibe unser Takt das Schiff an und übertrage sich auf jede einzelne Planke. Plötzlich wurde das Lukengitter aufgerissen, und das grelle Sonnenlicht blendete einige von uns.

»Ruhe da unten, sonst setzt es was!«, schrie der untersetzte Steuermann wütend und schüttelte drohend seine Faust in der Luft.

Niemand außer mir verstand ihn. Seine wütenden Gebärden schienen die Sänger nur noch zu lauteren Tönen zu ermutigen.

»Ruhe habe ich gesagt, Viehzeug, elendiges!«, brüllte er.

Der Rhythmus des Sprechgesangs wurde schneller, fast hektisch wie der Puls des Jägers beim Stellen der Beute. Schweißtropfen flogen, angetrieben von den schnellen rhythmischen Bewegungen, durch den Raum. Hasserfüllte Augen blitzten aus der Dunkelheit zu dem Steuermann hinauf, der für einen Moment Angst vor seinem eigenen Mut zu haben schien, sich dann aber besann und sich erhob, um die Klappe mit lautem Getöse fallen zu lassen. Der hektisch laute Gesang brach aber nicht ab; fast schienen sich die Beteiligten dadurch in Trance zu versetzen, wie ich es von einigen mystischen Riten in Marrakesch kannte: gläserne, verdrehte Augen, verschwitzte Haut, wild schaukelnde Köpfe und Oberkörper. Niemand schien sich mehr dem ekstatischen Gesang und Rhythmus entziehen zu können. Jeder wippte und klatschte mit oder bewegte seine Füße im Takt. Plötzlich wurde die Klappe erneut aufgerissen.

»Ich habe euch gewarnt«, tauchte der Steuermann eine hölzerne Schöpfkelle zischend in einen dampfenden Topf und goss siedendes Öl auf den Kopf eines der lauten Sänger, der sofort panisch und voller Schmerzen aufschrie. Der Gesang verstummte augenblicklich, doch der Steuermann hatte Gefallen gefunden an seiner Bestrafung und schüttete immer mehr siedendes Öl zu uns hinab. Empörte und wütende Schreie trafen ihn. Die Männer versuchten, dem Öl auszuweichen, zwängten sich gemeinsam an den Rand, bückten sich oder schrien laut auf, wenn ihnen die heiße Flüssigkeit die nackte Haut verbrannte und das rohe Fleisch freilegte.

»Genug jetzt!«, herrschte Kapitän Blanco seinen Steuermann an.

»Ich weiß nicht, ob sie wirklich schon genug haben«, entgegnete der Steuermann und schüttete den restlichen Inhalt des Topfes über unseren Köpfen aus. Einige Tropfen trafen mich am Schienbein und hinterließen eine hässliche, schmerzhafte Brandblase.

Blanco warf seinem Steuermann einen wütenden Blick zu,

wandte sich zum Gehen ab und drehte sich plötzlich blitzschnell um. Er trat seinem noch über der Luke knienden Steuermann mit dem Stiefelabsatz auf die Nase, die mit laut knackenden Geräuschen brach. Der Steuermann konnte im letzten Moment verhindern, dass er zu uns in den Lagerraum stürzte, was ihm sicher das Leben rettete, und flog laut polternd auf den Boden. Stöhnend richtete er sich wieder auf, und ich hörte, wie er schabend und vor Schmerzen stöhnend von Blanco wegrobbte.

»Wenn ich sage, dass sie genug haben, dann haben sie genug, Dummkopf. Willst du die ganze Ladung versauen? Meinst du, dass die vernarbten Brandwunden ihren Preis in die Höhe treiben, du Narr? Wenn sie das nächste Mal singen, bringen wir einen von ihnen an Deck, holen ihn Kiel und knüpfen ihn anschließend an der Rahe auf. Die anderen werden danach für den Rest der Reise schweigen«, belehrte der Kapitän seinen Steuermann und die Mannschaft kaltblütig. In seiner schnarrenden Stimme schwang keinerlei menschliches Mitgefühl mit.

»Jawohl, Kapitän«, hörte ich den nun verschüchterten Steuermann beflissentlich hervorstoßen.

Die erste Nacht in dem schaukelnden, viel zu engen Raum sollte denjenigen, die sie überlebten, für ewig im Gedächtnis bleiben. In den ersten Stunden unserer Reise hielt ich beschämt meinem starken Drang, Wasser zu lassen, stand. Doch in den Abendstunden bemerkte ich, dass ich nicht der Einzige war, der sich seiner Körpersäfte entledigen musste. Ich beobachtete einen jungen, schlanken Mann, der, ohne eine Miene zu verziehen, sitzend urinierte. Der gelbe Körpersaft floss auf den Boden und erreichte zuerst meine

Füße, dann meine Hände und meinen Rücken, bevor er zwischen den Ritzen der Bodenbohlen versickerte. Bald folgten andere dem Beispiel des jungen Mannes und entledigten sich verlegen des hohen Drucks zwischen ihren Lenden. Verwundert fragte ich mich, ob der Hohlraum unter den Balken all unseren Urin während dieser Reise aufzunehmen vermochte.

Die See wurde rau. Kräftige Wellen schlugen von der Seite hart gegen den Rumpf und ließen das Schiff taumeln, während es donnernd durch die steile Dünung stampfte. Eiliges Getrampel auf Deck und unruhige Rufe der Seeleute vermischten sich mit immer stärker werdenden, durch die Takelage pfeifenden Böen, die die gebrüllten Befehle weit hinaus auf die See trugen.

»Streicht das Rahsegel!«, schrie Blanco.

Kurz darauf ergriff eine riesige Welle den Bug, hob ihn steil gen Himmel und ließ ihn gnadenlos hinabklatschen. Kreischend und verzweifelt Halt suchend, fielen wir durcheinander. Die Spanten knarrten ächzend ob der hohen Kräfte, die auf sie einwirkten. Wieder hörten wir das laute Getöse einer sich über der Reling brechenden Welle. Schäumendes Wasser floss durch die Luke in den Lagerraum. Ohne den Blick auf den Horizont richten zu können, verursachte das Auf und Ab bei vielen Männern große Übelkeit, und sie erbrachen grüne Galle. Erneut erfasste uns eine mächtige Welle, hob das Schiff an und ließ es laut krachend wieder aus ihren Klauen fallen. Ein mächtiger Wasserstrahl brach durch den Spalt der Ladeluke und ergoss sich auf unsere Köpfe. Einige Gefangene begannen in panischer Angst zu beten, indem sie ihre Blicke und Hände gen Himmel richteten und ihre eindringlich flehenden Worte immer wieder aufs Neue wiederholten. Eine weitere mächtige Welle schüttelte das Schiff und uns derart durch, dass die Betenden ihre Stimmen noch lauter ertönen ließen. Auf dem Boden unseres Laderaums lösten sich einige Planken aus den Verankerungen und gaben große Spalte frei.

»Mann über Bord«, war der verzweifelte Schrei des Steuermanns zu hören.

»O Gott, sie hat ihn einfach weggespült«, jammerte ein Seemann. »Wir werden alle sterben.«

»Halt's Maul«, fauchte Blanco ihn an.

Wieder erfasste uns eine übermächtige Welle und schüttelte uns durch. Laut polternd kugelten wir ohne Halt durch den Raum. Zuerst lagen wir wie hilflose Käfer rücklings auf der einen Bordwand, dann rollten wir hinüber zur anderen Seite. Ich hatte das Pech, dass ich dort zusammen mit drei anderen Männern zuunterst lag. Die Gefangenen gebärdeten sich panisch und verteilten ungewollt Tritte und Schläge, um endlich wieder Halt zu finden. Ein Ellenbogen rammte mich heftig in die Rippen und presste alle Luft aus meiner Brust. Für einen Moment dachte ich, ich müsste ersticken, und fühlte einen starken Schmerz auf den Rippen. Wieder rüttelte das Meer das Schiff durcheinander. Endlich löste sich der Druck des Ellenbogens von meiner Brust, und ich konnte wieder atmen, doch nun traf mich die eiserne Fußkette eines Mitgefangenen an der Stirn. Blut rann über meine Augen und tropfte auf den Boden. Als das Schiff sich wieder zur anderen Seite neigte, purzelten die Männer über den Boden und versuchten, ihre alten Positionen wiederzuerlangen. Der hagere junge Mann, der als Erster den Mut bewiesen hatte, Wasser zu lassen, war einer derjenigen, die zuunterst gelegen hatten.

Er hatte schlimme Blessuren davongetragen, sein ganzer Körper war mit Prellungen übersät, sein rechtes Auge stark angeschwollen, so dass er es nicht mehr öffnen konnte. Wütend schlug er nach einem kräftigen Jungen, der auf ihm gelegen und ihn beinahe erstickt hatte. Ich hielt meine pochende Stirn über den Boden und ließ das Blut hinuntertropfen. Die nächste Welle traf uns nicht laut, aber sie hob den Bug so steil an, dass wir erneut durcheinander fielen. Wütende, ängstliche und hoffnungslose Schreie erfüllten den Raum. Ich fragte mich, ob der Sturm noch ewig dauern sollte und ob ich jemals wieder lebend diesem furchtbaren Inferno entkommen würde. Das Schiff verharrte fast eine Ewigkeit in dieser seltsamen Stellung.

Plötzlich vernahm ich lautes Poltern, hölzernes Rollen, dumpfe Schläge, splitternde Knochen, lautes Aufschreien, Jammern, ohnmächtiges Stöhnen und Bersten von Holz. Ich roch Blut und Angstschweiß. Dunkle Haut mischte sich mit weißen, panisch aufgerissenen Pupillen. Ich wusste nicht, was geschehen war. Laut klagende Schmerzensschreie erhoben sich und durchbrachen die plötzliche Stille der See. Das Schiff hatte seinen wilden Tanz beendet, und knarrend kamen die verbogenen Spanten zur Ruhe. Benommenes Stöhnen und leises, ängstliches Atmen der Anwesenden gesellten sich zu den herzzerreißenden Schmerzensschreien. Ein kleiner, etwa fünfzehnjähriger Junge hatte sich wie ein Fötus zusammengerollt und Zuflucht suchend gegen mich gelehnt. Vorsichtig schob ich ihn beiseite, doch er verharrte in genau derselben Position, so als ob er zu Stein erstarrt wäre. Langsam erhob ich mich und setzte vorsichtig einen Fuß vor den anderen. Plötzlich spürte ich etwas Warmes, Glitschiges unter meiner Fußsohle. Neben meinem Fuß lag leblos ein Mann mit verrenkten Gliedern. Blaues Mondlicht beleuchtete die grauenhafte Szenerie: Direkt daneben befand sich ein weiterer Toter, dessen Schädel von einem wuchtigen Fass zerschmettert worden war. Quer über ihm lag rücklings ein weiterer Mitgefangener und starrte mich mit offenen, aber leeren Augen an. Äußerlich war keine Verletzung zu erkennen, aber auch ihn hatte Allah offensichtlich in sein Reich geholt. Bestürzt blickte ich mich weiter um. In der Trennwand zwischen dem benachbarten Lagerraum und unserem Gefängnis klaffte ein riesiges Loch. Mehrere Wasserfässer hatten sich durch den starken Sturm aus ihren Verankerungen gerissen und sich ihren Weg durch die Wand gebahnt. Unser Transportraum sah aus wie ein Schlachtfeld: gesplittertes Holz, zerquetschte Körper, Blut und Seewasser vermischten sich. Ich entdeckte sieben weitere Tote und zahlreiche Verletzte, die mit schmerzverzerrten Gesichtern ihre gebrochenen Glieder oder Platzwunden betasteten.

»Teufel!«, rief der Steuermann entsetzt aus, als er das Unheil sah, das uns ereilt hatte.

Das Bein des hageren jungen Mannes war unter einem der Fässer eingeklemmt. Aschfahl war die Haut seines Gesichts, und er blickte mich Hilfe suchend mit trüben Augen an. Vorsichtig hob ich zusammen mit einem Mitgefangenen das schwere Fass hoch und stellte es beiseite. Der Anblick, der sich uns nun bot, forderte starke Nerven. Wade und Unterbein waren blutverschmiert, und ein Knochen des Unterbeins ragte aus der stark blutenden Wunde heraus. Plötzlich erschien wieder jemand an der Luke und warf einen langen Schatten auf uns. Ich blickte

auf, es war Blanco, der schweigend den erlittenen Schaden taxierte.
»Morales«, rief er wütend, und ich glaubte, erkennen zu können, wie seine Augenlider nervös zuckten. Der Steuermann kam angerannt und sah Blanco ängstlich an.
»Bring den Koch her«, befahl Blanco mit eisiger Stimme. Morales wieselte davon. Kurz darauf erschien das erschrockene, feiste Gesicht des Kochs an der Öffnung der Luke.
»Du hast also die Ladung vertäut«, zischte Blanco und deutete auf das heillose Durcheinander zu seinen Füßen.
Der Koch nickte ängstlich. Blitzschnell warf Blanco den Koch zu Boden, und wir sahen nichts mehr.
»Kapitän, bitte! Gnade! Ich habe mein Bestes gegeben. Wer hätte denn gedacht, dass wir so einen Sturm …«
Das zischende Geräusch des ersten Peitschenschlags und das laute Aufklatschen ließen den Koch beinahe seine Zunge verschlucken. War zuvor arbeitsames Gewusel und Gemurmel auf Deck zu vernehmen, so herrschte jetzt betroffenes Schweigen. Während wir die Peitschenhiebe Blancos und die Schreie des Kochs zählten, legten wir die Verwundeten vorsichtig auf den Boden und untersuchten ihre Verletzungen. Die meisten waren mit ein paar Schürfwunden und Prellungen an Armen, Beinen und Schultern davongekommen. Zwei hatten ebenso wie ich Platzwunden am Kopf erlitten. Am schlechtesten erging es dem Hageren mit dem zerschmetterten Bein. Die Ausdauer Blancos, mit der er auf den Koch einschlug, erschien mir schier übermenschlich. Das Stöhnen und das Jammern des Kochs waren schon längst verstummt, als Blancos Peitschenhiebe noch immer vom Deck zu uns herunterhallten. Noch zehnmal mochte er auf den stummen und wahrscheinlich bereits

toten Koch eingeschlagen haben, bis er seine nächsten Befehle erteilte.
»Füttert die Fische mit dem widerwärtigen Fettwanst«, knurrte er, näherte sich wieder der Luke und warf erneut einen Blick zu uns hinunter.
»Die Toten da werft ihr über Bord, flickt die Wand zum anderen Laderaum und vertäut die Ladung neu«, befahl er einem Seemann und wollte sich schon umdrehen, als er noch einmal zu uns heruntersah.
»Den da mit dem zerquetschten Bein, den werft ihr auch über Bord. Wenn er nicht an Wundbrand stirbt, so verliert er sicher sein Bein. Wer wird mir schon einen einbeinigen Sklaven abkaufen?«
»Das könnt Ihr nicht machen!«, schrie ich entsetzt auf.
Blanco warf einen verwunderten, aber dennoch arroganten Blick in den Laderaum. »Spricht da unten etwa jemand die Sprache Gottes?«, fragte er fast ein wenig spöttisch.
»Ja, ich«, antwortete ich und hätte mir am liebsten auf die Zunge gebissen.
»Nun, so zeige dich«, befahl er. Vorsichtig stand ich auf. Durch die Wunde an meinem Kopf hatte ich viel Blut verloren, und ich fühlte einen leichten Schwindel.
»Wie lautet dein Name?«, musterte er mich.
»Farid. Farid de la Valle.«
»Nun, Farid vom Tal«, machte er sich über meinen Namen lustig, und die Besatzung lachte schallend auf. »Bist du ein Ladino?«, fragte er, womit er in Erfahrung bringen wollte, ob ich einer jener schwarzen Sklaven aus Spanien war, die dort schon seit Generationen ihre Dienste taten.
»Nein, ich komme aus Marrakesch«, antwortete ich.
»Nun, es ist mir einerlei«, wendete er sich wieder von mir ab.

»Ihr dürft ihn nicht über Bord werfen«, brüllte ich ihm fast wütend hinterher.
»Wieso nicht? Er gehört mir, oder willst du ihn mir vielleicht abkaufen?«, winkte Blanco gelangweilt ab.
»Ja«, antwortete ich, ohne nachzudenken.
Ich erntete lautes Lachen der Mannschaft. Auch Blanco schien sich zu amüsieren, obwohl er dies nicht so deutlich zum Ausdruck brachte wie seine Mannschaft.
»So. Wie viele Maravedís kannst du mir zahlen, edler Ritter der Armen?«, fragte er erheitert. Er schien Gefallen zu finden an diesem Spiel.
»Wie viel ist er Euch denn wert?«, fragte ich und spürte eine bittere, nach Galle schmeckende Flüssigkeit aus dem Magen in meine Kehle kriechen.
»100 Maravedís musst du mir schon zahlen für ihn. Er hat zwar nur noch ein Bein, aber dafür sehr lange Arme«, sah er mich gespielt ernst an, als würde er eine wichtige Verhandlung mit mir führen. Seine Männer schütteten sich aus vor Lachen.
»Einverstanden. Das Geschäft ist abgeschlossen. Sobald wir an Land gehen, bekommt Ihr Euer Geld.«
Das Lachen schwoll noch mehr an, als die Seeleute meine Worte vernahmen.
»Willst du wirklich einen Handel mit mir eingehen?«, fragte Blanco ein wenig ungläubig, der das ganze Gespräch bisher lediglich als ein lustiges Spiel angesehen hatte.
»Ihr habt mir ein Angebot gemacht, und ich habe es angenommen«, erklärte ich.
Blanco sah mich plötzlich ernst und nachdenklich an. »Gut, ich gehe auf den Handel ein«, sagte er plötzlich.
Das Gelächter der überraschten Mannschaft verstummte.

»Aber wenn ich das Geld nicht von dir bekommen sollte, dann werde ich dich eigenhändig häuten, das schwöre ich hiermit vor der Heiligen Jungfrau«, lächelte er mich kalt und feindselig mit seinen wasserblauen Augen an.

Ich entdeckte eine sadistische Freude in seinem Blick und vermutete, dass sie von der Vorfreude herrührte, die er bei dem Gedanken verspürte, die mir angedrohte Strafe ausführen zu können. Das verwunderte mich sehr, denn ich dachte, das Geld, das er mit dem Verkauf von mir verdienen könne, müsse ihm wichtiger sein als die Freude an der Ausführung der von ihm ersonnenen Strafe.

Die Leichen der acht Gefangenen wurden von Hand zu Hand weitergereicht, auf Deck gebracht und über die Reling geworfen. Zersplittertes Holz und zerstörte Fässer wurden dem Zimmermann als Holzvorrat überreicht. Ich versteckte etwas Holz, um später das zertrümmerte Bein des Hageren zu schienen. Eilends machte sich der Zimmermann daran, die durchbrochene Bordwand wieder zu flicken, während die Schiffsjungen damit beauftragt wurden, den Proviant neu zu stapeln und zu vertäuen. Drei Seeleute überwachten die Arbeiten und zielten mit Gewehren auf uns, damit wir uns nicht trauten, in dem benachbarten Lagerraum zu verschwinden. Nach und nach wurde das Loch, durch das wir die schuftenden Schiffsjungen und den Zimmermann beobachten konnten, kleiner, bis das letzte Brett einen schmalen Spalt verschloss und wir wieder vollends von der Außenwelt abgeriegelt waren. Das Belauschen der Wortwechsel der Seeleute ließ mich wieder an der Welt teilhaben.

»Flickt das Lateinersegel und dann die anderen zwei«, ordnete Blanco an.

»Jawohl«, hörte ich mehrere Männer im Chor antworten.
Dicke Schweißperlen standen auf der Stirn des hageren jungen Mannes. Stöhnend biss er die Zähne zusammen und warf seinen Kopf von rechts nach links. Ich untersuchte seine Verletzung eingehend. Auf den ersten Blick sah das Bein schlimm aus, was wohl daran lag, dass viel Blut geflossen war. Aber es schien nur ein offener Bruch zu sein, was mich hoffen ließ, er würde bald wieder genesen. Mühselig richtete er sich auf und betrachtete voller Schrecken sein zertrümmertes Bein.
»Es wird wieder gut. Wir schaffen das schon«, versuchte ich ihn zu beruhigen, obwohl ich wusste, dass er mich nicht verstehen konnte. Der Klang meiner Stimme und mein zuversichtlicher Blick ließen ihn meine Botschaft dennoch begreifen.
»Mustafa«, reichte er mir mit schmerzverzerrtem Gesicht seine Hand.
Ich half ihm, seinen Oberkörper wieder sachte auf die Bohlen zu legen, doch die starken Schmerzen ließen ihn sich immer wieder hektisch aufbäumen. Langsam ließ der Schmerz nach, und er atmete für einen Moment erleichtert auf.
»Farid«, deutete ich auf meine Brust und lächelte ihm freundlich zu.
»Farid«, nickte er, schloss die Augen und fiel in Ohnmacht.
Morales, der Steuermann, erschien mit ein paar Lumpen und Eimern voller Seewasser, mit denen wir die Verwundeten versorgen sollten. Sorgfältig reinigte ich den für Mustafa bestimmten Stoff in dem salzigen Wasser. Das Salz brannte höllisch in den offenen Wunden der gepeinigten Männer, die voller Schmerz zusammenzuckten, als ihre

Wunden gesäubert wurden. Ich vermochte nicht zu ermessen, welchen Schmerz Mustafa würde ertragen müssen, sobald ich mich an die Reinigung seines offenen Bruches begeben würde. Vier Männer hielten ihn fest, während ich einen halben Eimer sauberes Meerwasser über seine Wunde goss, um den äußeren Schmutz abzuspülen. Dann richtete ich die Bruchstellen des Wadenbeins zueinander, damit sie wieder zusammenwachsen konnten. Mustafa erwachte aus seiner Ohnmacht und bäumte sich vor Schmerzen auf, obwohl acht kräftige Arme ihn hielten. Nachdem ich die Wunde erneut ausgespült hatte, benutzte ich zwei Stücke eines zersplitterten Holzfasses, um das Bein zu schienen, und umwickelte sorgfältig die Bruchstellen. Als ich mit meiner Arbeit fertig war, hielten wir Mustafa so lange fest, bis er unter starken Schmerzen erneut bewusstlos wurde und sich nicht mehr wehren konnte.

Die Nacht war vorüber, ein neuer Tag brach an. Die See schien ruhig wie ein Seerosenteich. Erschöpft rieben sich die Männer die von rostigen Metallbeschlägen wunden Knöchel. Manche schliefen ein. Ich stellte mir vor, wie sie sehnsüchtig von ihrer Heimat, von ihren Geliebten und von einem weichen Lager träumten. Ich sah Arub unter unserem Orangenbaum sitzen. Der süße Duft der weißen Blüten schmeichelte meiner Nase. Unser Blick war auf die untergehende Sonne hinter den verschneiten Gipfeln des Atlas gerichtet. Ihre zarte Hand streichelte sanft über meinen schmerzenden Rücken. Doch ich konnte den ersehnten Schlaf nicht finden. Eher verbittert als beschwichtigt ob meiner Phantasien grämte ich mich, weil meine Geliebte in unerreichbare Ferne gerückt war. Wie sollte ich sie je wieder in die Arme nehmen können? Aber auch mein geliebter Vater, meine Mutter und meine Geschwister fehlten mir. Wie gerne wäre ich jetzt in der Schule und würde Ali bei seinen Studien helfen. Mich dürstete nach dem Rascheln von Pergament, dem wissensbegierigen Blick Alis und seiner Mitschüler und nach meiner allabendlichen Lektüre. Diese Welt, die meine Heimat war, erschien mir so fern wie ein wunderschöner Traum, der niemals Wirklichkeit war.

Die Flaute nach dem Sturm hielt nicht lange an. Bald zerrte eine steife Brise an den frisch geflickten Segeln, und die *Trinidad* nahm wieder volle Fahrt auf. Noch immer mussten wir hungern. Die Wasserrationen, die uns zugeteilt wurden, waren äußerst gering, und die Kraft schwand zusehends aus unseren Körpern. Apathisch starrten wir die dunklen Bordwände an, vertrieben stoisch die lästigen Mücken und machten uns nicht einmal die Mühe, zu versuchen, uns miteinander zu verständigen. Über was hätten wir auch sprechen sollen? Dass wir unsere Frauen vermissten, dass wir die Spanier hassten? Dass wir fliehen wollten? Wohin mochte uns die *Trinidad* wohl tragen? Wer sollten unsere neuen Herren sein? Ob Sklave oder nicht, ich würde nach Marrakesch zu Arub, die mich sicherlich schon sehnsüchtig erwartete, zurückkehren. Ich getraute mich allerdings nicht, mir auszumalen, was alles hätte geschehen sein können, wenn sie und Fliegender Fuß den Weg nach Marrakesch nicht gefunden hatten. Das Belauschen eines Gesprächs von zwei Seeleuten ließ mich für einen Moment meine Besorgnis über Arubs Schicksal vergessen. Mir stockte der Atem, als ich die Worte der beiden Männer vernahm.

»Das war meine allerletzte Fahrt mit Blanco.«

»Wirklich? Willst du nach Spanien zurückkehren?«
»Nein, ich werde in Santo Domingo bleiben.«
»Das wird ihm nicht gefallen.«
»Mir doch egal. Seit dreizehn Jahren fahre ich schon mit diesem störrischen Kerl auf See, ich kann den Anblick dieser weißen Fratze nicht mehr ertragen.«
»So lange kennst du ihn schon?«
»Ich kenne ihn sogar noch länger. Er war vor zwanzig Jahren mit einer meiner Cousinen liiert.«
»Blanco und Frauen? Das hätte ich nicht gedacht.«
»Wieso? Auch er ist ein Mann und verspürt fleischliche Begierde.«
»Ich dachte, dass er seinen Hunger nach Fleisch mit seinen grausamen Schlachtereien stillt.«
»Pscht, sei ruhig! Willst du sein nächstes Opfer sein?«
»Ich habe keine Angst vor ihm, genauso wenig wie du.«
»Wer hat denn gesagt, dass ich keine Angst vor ihm habe? Ich sagte nur, dass ich in Santo Domingo bleiben werde, mehr nicht.«
»Was wirst du dort tun?«
»Bei meinem letzten Aufenthalt habe ich einen Dominikanerpriester kennen gelernt. Er glaubt, er sei ein guter Mensch, weil er die Indios, die von der Krone in seine Dienste gestellt worden sind, zu guten Christen machen und schonen möchte. Stattdessen lässt er schwarze Sklaven wie Ochsen auf seinen Plantagen und in seiner Mine schuften. Er ist ein sehr guter Kunde von Blanco, und er hat mich gefragt, ob ich nicht in seine Dienste treten möchte, um die Sklaven bei ihrer Arbeit zu beaufsichtigen.«
»Wieso bist du damals nicht gleich dort geblieben?«
»Ich hatte zu Hause noch etwas zu erledigen.«

»Pscht, der Steuermann …«, ermahnte der Seemann seinen Freund, und das Gespräch verstummte abrupt.
Unsere Reise ging also in den westindischen Ozean. Santo Domingo hieß der Zielhafen, den wir ansteuerten. Christopher Kolumbus hatte schon auf seinen ersten Expeditionen schwarze Sklaven aus Spanien mitgenommen. Wie sollte ich jemals wieder von dieser Insel entkommen, war ich doch für jeden Spanier als dunkelhäutiger Sklave erkennbar? Zwar war meine Haut nicht ganz so dunkel wie die meiner Mitgefangenen, und auch unterschieden sich meine Gesichtszüge deutlich von denen der Sudanesen und Afrikaner anderer Stämme, die als Sklaven auf diesem Schiff verladen waren; aber wenn schon der spanische Sklavenhändler keinen Unterschied gemacht hatte, wieso sollten dies dann seine Landsleute im westindischen Ozean tun? Jede Seemeile, die wir zurücklegten, entfernte mich weiter von meiner geliebten Frau und dem Kind, das in ihrem Bauch heranwuchs. In jenem Moment hätte ich mich, so wie die drei Männer an der afrikanischen Küste, in den Ozean stürzen, auf den Grund hinabsinken und zu Arub zurückmarschieren mögen. Ohnmächtige Wut ergriff Besitz von mir. Wie gerne hätte ich Blanco erwürgt und über Bord geworfen, um das Kommando über das Schiff zu übernehmen und dessen unverzügliche Umkehr anzuordnen. Mustafa las die innere Unruhe in meinem Gesicht und sah mich mit weit geöffneten ängstlichen Augen fragend an.
Bei all der Hoffnungslosigkeit gab es doch etwas Erfreuliches zu berichten. Mustafas schlimmes Bein heilte von Tag zu Tag besser. Blanco hatte wohlweislich angeordnet, dass jeden Tag frisches Wasser und Verbandszeug für die Ver-

letzten heruntergereicht würden. Er wollte nicht noch mehr von seiner wertvollen Ware verlieren, zu groß erwies sich bereits der Verlust, der durch den unvorhergesehenen Sturm entstanden war. Ich wechselte täglich Mustafas Verband. Die Wunde hatte sich bereits geschlossen, und das Bein war merklich abgeschwollen. Er lachte mich häufig mit einem dankbaren Blick an, und die Hoffnung wuchs, dass er sein Bein nicht verlieren würde. Er wuchs mir ans Herz, und ich empfand eine brüderliche Liebe für ihn.

Das Leben in dem modrigen, bestialisch stinkenden Loch, in das man uns eingepfercht hatte, wurde von Tag zu Tag unerträglicher. Der Mangel an Platz zwang uns, in Schichten zu schlafen. Der Boden war übersät mit Exkrementen, Erbrochenem und aufgeweicht von unserem Urin. Drei weitere Männer waren verstorben, sie hatten jedes Essen und Trinken verweigert. Dass sie den Freitod gewählt hatten, um der Gefangenschaft zu entkommen, nahmen alle Anwesenden zwar nicht gelassen, aber doch mit einer gewissen Lethargie hin. Vielleicht spielten einige von ihnen ebenfalls mit dem Gedanken, auf diese Weise die Freiheit zu erlangen, brachten aber nicht den nötigen Mut dazu auf.

Anders verhielt es sich bei dem nächsten Toten, den wir zu beklagen hatten. Er wollte leben. Es war ein halbwüchsiger Junge mit zuvor fröhlich lachenden Augen, die bei fortschreitender Krankheit immer mehr ermüdeten und ihren Glanz verloren. Seit wir vom Festland abgelegt hatten, musste er sich fast ununterbrochen übergeben. Er behielt weder feste Nahrung noch Wasser bei sich und wurde von Tag zu Tag schwächer. Verzweifelt stopfte er sich immer wieder etwas von den Ekel erregenden Essensresten, die die Seeleute nachlässig durch das Gitter warfen, in den Mund

und trank ein paar Schlucke Wasser. Kurz darauf spie er immer wieder alles aus und schlief erschöpft ein. Seine dunkle, frische Haut verfärbte sich zu einem hässlichen Grau. Seine Augen röteten sich und drückten pure Hoffnungslosigkeit aus. Wir alle wussten, dass es nur eine Frage von Tagen war, bis auch er sterben würde, sollten wir nicht bald anlegen und wieder festen Boden unter den Füßen spüren. Doch der arme Junge sollte nie wieder Land sehen. Eines Morgens, es war der zehnte Tag unserer Reise, erwachte er aus seinem tiefen, erschöpften Schlaf nicht mehr, so wie zuvor die anderen. Wir wechselten betroffene Blicke. Viele mochten sich, so wie ich, fragen, warum ausgerechnet der Jüngste von uns gegen seinen Willen von Allah ins Paradies gerufen wurde. Drei ältere Männer stimmten ein Trauerlied an, die anderen stampften im Takt mit ihren Füßen auf den Holzboden. Es war die Totenzeremonie einer von Tränen und Ketten neu vereinten Familie.

In den letzten Tagen unserer Reise waren wir uns trotz Sprachbarriere und verschiedener Herkunft auf eine seltsame Art sehr nahe gekommen. Auf engstem Raum zusammengepfercht, berührten wir uns tagaus, tagein, ob wir es wollten oder nicht. Die Gesichter der Anwesenden erschienen mir nach dieser langen Zeit sehr vertraut, lange genug hatte ich jedes Einzelne von ihnen studiert. Ich erinnerte mich an die Einweisung Alis in unsere Bibliothek und spürte, dass meine Mitgefangenen für mich wie all die Bücher unserer Schule für Ali waren. Ich warf einen Blick auf einen zuvor sehr stolzen Mann, den ich wegen seiner Haltung und der Würde, die er ausstrahlte, für einen Häuptling gehalten hatte. Seine Haare waren in den letzten Tagen ergraut. Er blickte mit stumpfen Augen auf die verdreckten

Schiffsbohlen zu seinen Füßen. Seine Haut war trocken wie Pergament geworden, und er schien um zwanzig Jahre gealtert. Er ließ seinen Kopf hängen, Brust und Schultern waren eingefallen wie die eines alten Mannes, der viele Jahre lang hart auf dem Feld gearbeitet hat. Unsere Blicke trafen sich, und ich verstand, dass die Geschichte, die er zu erzählen hatte, noch trauriger sein mochte als die meine.
Die Fahrt im Bauch der *Trinidad* ohne Sonnenlicht, ohne Mond, ohne Sterne und ohne Luft mutete für mich an wie eine Reise durch den Verdauungstrakt eines riesigen Ungeheuers. Durchgeschüttelt, durchgewalkt und mit stinkenden Verdauungssäften dem Sinn unseres Lebens entzogen, würden wir am Ende dieses dunklen Tunnels ausgespuckt werden in eine neue Welt. Dort würden wir ein fremdes Leben beginnen und unsere Herkunft und Liebe aus unseren Herzen verbannen, um zu überleben. Doch ich wollte Arub nicht vergessen. Ich konnte sie nicht vergessen. Ich musste zurückkehren zu ihr und zu unserem Kind, und um das zu erreichen, war mein erstes Ziel, diese Überfahrt unversehrt zu überstehen.
Ich beschloss, Geist und Körper in einen tiefen Schlaf zu versetzen, um die Strapazen der Reise besser zu überstehen und in Anbetracht des großen Elends nicht die Hoffnung zu verlieren. In Marrakesch hatte ich einen knochigen Sufi gesehen, der es vermochte, bei Wind und Wetter über Monate hinweg bewegungslos auf dem Marktplatz zu verharren. Gelegentlich nahm er einen Schluck Wasser, der ihm von einem Vorbeigehenden angeboten wurde. Dabei achtete er sehr darauf, die Position seiner Beine und seines Rumpfes nicht zu verändern. Lediglich den Kopf legte er in den Nacken und öffnete den Mund, damit das Wasser un-

gehindert durch seine Kehle rinnen konnte. Dann dankte er den ihm Wohlgesonnenen und fuhr mit seiner Übung, die glasigen Augen auf den Horizont gerichtet, fort. Kein Ausdruck des Leids huschte je über seine Gesichtszüge. Seine Lippen umspielte ein stets zufriedenes Lächeln, so als sei jener Flecken Erde auf dem Marktplatz das Tor zum Himmel. Ich hoffte, jene Ruhe und Zufriedenheit zu finden, die ich in den entspannten Zügen dieses Sufis hatte entdecken können. Bevor ich mich so bequem wie möglich im Schneidersitz niederließ und die Augen schloss, blickte ich mich noch einmal um. Mustafa schlief, seinen Körper auf die Seite gelegt und das geschiente Bein angezogen. Ein zwanzigjähriger kräftiger Sudanese hatte die Augen geschlossen und lauschte einem inneren Rhythmus, der ihn im Takt hin und her wippen ließ. Andere dösten flach atmend mit halb geschlossenen Augen und wichen meinem forschenden Blick aus. Niemand würde sich daran stören, wenn ich es dem Sufi gleichtat. Ich schloss die Augen, spürte die Holzbohlen unter meinem Körper, zog meine Schultern zusammen, um den Nacken zu entspannen, brachte meine Hände in eine bequeme Position auf den Knien, atmete tief ein und ließ mich fallen. Weiterhin in aufrechter Stellung, versuchte ich, alle Muskeln zu entspannen, und lauschte dem Atem und den alltäglichen Geräuschen meiner Mitgefangenen. Ich hörte ihren Atem, ihre Seufzer, das Klirren der Ketten, wenn sie ihre Position wechselten, und ihre stillen Gebete. Ich spürte, wie sich das Schiff bei jeder Welle sanft anhob und wieder sank. Wie tausend zarte Hände, die das Schiff weiterreichten, streiften die Wellen entlang der Planken. Bemüht darum, keine schlechten Gedanken zuzulassen, horchte ich auf das Ächzen des Holzes, das durch die

Kräfte des Wassers einmal in diese, ein anderes Mal in jene Richtung gebogen wurde, um dann wieder in seine Ursprungsstellung zurückzukehren. Meine Schultern begannen zu schmerzen. Obwohl die Augen geschlossen waren, tränten sie. Knie und Hände wurden taub. Ich fragte mich, wie der Sufi aus Marrakesch es wohl angestellt hatte, so lange in derselben Stellung zu verharren. Noch wollte ich nicht aufgeben. Was sonst blieb mir in diesem trostlosen Raum übrig? Meine Knöchel waren an die meiner Mitgefangenen gefesselt, aber mein Geist war frei. Warum sollte er diesen Raum nicht verlassen können, in den wir eingesperrt waren?

Ich versuchte mir vorzustellen, was sich unterhalb der Wasseroberfläche nicht nur vor unseren Augen, sondern auch vor denen der Seefahrer verbarg. Ich konzentrierte mich auf das tiefe Blau zu unseren Füßen. Nichts geschah. Wieder spürte ich nur meine tauben und schmerzenden Glieder. Verzweifelt seufzte ich auf.

»Wenn kein Gedanke über die Gegenwart, die Vergangenheit und die Zukunft euch mehr beherrscht, dann findet ihr neue Räume, in die ihr eintauchen könnt, so als wäre die Welt um euch herum nur ein kleiner Teil dessen, was zu erfahren ihr imstande seid«, hatte Ibn Alim einst zu uns gesagt, als wir eine Meditationsübung begannen. Nur wenige hatten damals verstanden, den Sinn seiner Worte in die Tat umzusetzen. Denn durch den Gedanken, nichts denken zu wollen, ließ sich das Herz nicht rein spülen. Ich versuchte erneut, mit dem Leben in den Tiefen des Ozeans Kontakt aufzunehmen, um meine Sorgen zu vergessen.

Plötzlich schien es mir, als ob die See mich in die Tiefe

zöge, und ich hielt ängstlich die Luft an, damit das Salzwasser nicht in meine Lungen eintrat. Am Meeresgrund angelangt, entdeckte ich vogelähnliche graue Lebewesen, die mir mit ihren langen, dunklen Flossen zuwinkten und wie im Fluge durch das Wasser schwebten. Bunte Fische verschiedenster Größen und Formen zwinkerten mir fröhlich zu. Seepferde ließen sich von der Strömung treiben und wackelten ein wenig ungelenk mit ihren Köpfchen und Schwänzchen. Ich genoss die unendliche Stille des Ozeans, die mich an die der Wüste erinnerte, obwohl es hier unten im Gegensatz zum Ozean des Sandes von Leben wimmelte. Ich spürte meinen Körper nicht, es war, als schwebte er in den tiefen Fluten des Meeres, das wir durchkreuzten. So also war es, wenn es gelang, alle Gedanken abzustreifen, dachte ich daraufhin und spürte ein wallendes Glücksgefühl mich wie eine weiche Wolke umgeben. Ich öffnete die Augen und betrachtete den spärlich ausgeleuchteten Raum, in dem wir schwitzend ausharrten, bis sich unser Schicksal im Hafen von Santo Domingo erfüllen sollte. Noch immer fühlte sich mein Körper an, als würde er in den wogenden Fluten schweben. Mir schien, als blickte ich von der Decke aus auf meine Mitgefangenen und ihr Leid. Erneut atmete ich tief durch, schloss die Augen und nahm voller innerem Frieden all die Eindrücke auf, die mich umgaben: das tiefe Atmen der Schlafenden, das traurig gesummte Lied eines vom Heimweh Geplagten, die knarrenden Geräusche der Spanten und Schiffsplanken, das Knirschen von sich dehnendem Segeltuch, das Klappern der Takelage, die Gespräche der Seeleute. Es war, als nähme ich mit meinem Wesen das ganze Schiff ein. Kein einziger Gedanke beherrschte mich, nur die Gegenwart war präsent. Ich wusste, mit dieser

Haltung würde ich die Reise überstehen, egal wie lange sie dauern sollte.

An Deck musste fast absolute Dunkelheit herrschen, denn durch das Gitter über der Ladeluke drang nicht der leiseste Mondschein zu uns. Ich nahm an, dass dicke Wolken den Neumond verdeckten. Das Schnarchen und müde Umherwälzen der Seeleute verrieten mir, dass sie sich zum Schlafen gelegt hatten. Nur Blanco wachte wie jede Nacht über das Steuer. Ich hörte seinen unregelmäßig röchelnden Atem. In all den Tagen hatte ich gelernt, seine Stimme und die Geräusche, die er machte, von denen der anderen zu unterscheiden. Ich erkannte ihn am Schritt, an der Art, wie er atmete, an den zurückhaltenden Reaktionen der anderen, wenn er sich ihnen näherte. Sobald er auftauchte, verstummten alle Gespräche, hörte ich fleißigere Hände und geschäftigeres Treiben. Blancos Röcheln wirkte in der Stille unheimlich, fast so, als seien wir alle in der Höhle eines Menschen fressenden Riesen eingesperrt, der uns bald alle verspeisen würde. In der Nacht herrschte Blanco über sein Schiff und die schlafende Mannschaft. Manchmal konnte ich ihn belauschen, wie er langsam über das Deck schritt, schwer atmend bei den schlafenden Seeleuten verweilte und sich so von Mann zu Mann weiterbewegte. Ich wunderte mich, was er dort tat. Ob er sie einfach nur ansah? Ich wusste es nicht. In jener Nacht, von der ich berichten will, hatte Blanco seine Runde auf dem Schiff bereits hinter sich gebracht. Er verharrte mit seinem furchtbar rasselnden Atem fern der Ladeluke. Der Rumpf lag ruhig im Wasser und glitt sanft, aber beständig durch die Wellen. Alle Mitgefangenen hatten ihren verdienten und seligen Schlaf gefunden. Nur Blanco und ich waren wach, dachte ich.

Plötzlich vernahm ich lautes Getrappel auf dem Deck. Von allen Seiten schien sich jemand wie auf ein geheimes Zeichen hin auf das Steuerruder zuzubewegen. Es passierte alles blitzschnell.

»Was ist, Männer? Habt ihr schlecht geschlafen?«, hörte ich Blancos verwunderte Stimme. Kein Funken Angst schwang in seiner Stimme mit. Es schien, als habe sich die gesamte Mannschaft um ihn versammelt und ihn eingekreist.

»Wir schlafen auf diesem Schiff jede Nacht schlecht«, antwortete der Steuermann Morales, dessen Stimme mir inzwischen sehr vertraut war.

»Also gut, dann legt euch verdammt noch mal wieder schlafen. In nur drei Tagen werden wir den Hafen erreichen, und dann bekommt ihr so viele Mädchen und so viel Rum, wie eure Herzen begehren.«

»Das ist nicht genug«, widersprach der Steuermann.

»Ich habe gesagt, ihr sollt euch schlafen legen. Das ist ein Befehl!«, brüllte Blanco aus voller Kehle, inzwischen seiner Sache sicherer.

»Wir nehmen keine Befehle mehr von Euch an«, erklärte Morales.

»Ihr wollt keine Befehle mehr annehmen? Das ist ja noch schöner«, rief der Kapitän.

»Erschlagt ihn«, zischte Morales.

Gespannt lauschte ich den leisen Schritten, die den Kreis um Blanco immer enger zogen.

»Was für ein feiges Pack!«, rief Blanco angewidert aus. »Du willst also das Schiff übernehmen, wenn ich tot bin?«, fragte er den Steuermann.

»Ich will nicht, ich habe es bereits übernommen, falls Ihr es noch nicht bemerkt habt«, antwortete der Gefragte.

»Wieso kämpfst du nicht wie ein Mann um das Schiff? Wieso lässt du dich dazu hinreißen, durch solch eine feige Tat das Schiff zu übernehmen? Glaubst du, die Männer werden dich achten, wenn du mich nicht eigenhändig über Bord schmeißt? Wieso machst du es dir so einfach? Bist du zu feige?«

»Erschlagt ihn! Macht schon!«, wiederholte Morales seinen Befehl.

Doch an Deck schien sich nichts zu rühren. Ich vernahm keine Schritte und keine Kampfgeräusche, noch war alles ruhig.

»Nun?«, hörte ich die siegessichere Stimme des Kapitäns. »Sieht so aus, als müsstest du das selber übernehmen.« Blanco zog seine beiden Krummsäbel aus den Scheiden.

»Was ist, Männer?«, rief der Steuermann schon fast verzweifelt. »Ihr sollt ihn erschlagen«, befahl er, befürchtend oder ahnend, dass seiner Anweisung nicht Folge geleistet werden würde.

Die angespannte Ruhe verriet mir, dass sich keiner der Seeleute an den Befehl Morales' halten wollte.

»Was seid ihr für ein feiges Pack«, schrie Morales wütend, und man hörte seinen Säbel mit einem lauten, metallischen Klingen auf die des Kapitäns prallen.

Angespannte Stille herrschte bei der Mannschaft. Wir Gefangenen im Lagerraum waren auf unsere Ohren und Vorstellungskraft angewiesen. Inzwischen waren alle Mitgefangenen wegen des Tumults an Deck erwacht und warfen ängstliche Blicke zu den Schiffsbohlen über ihren Köpfen, auf denen Blanco und Morales sich laut trampelnd einen verbitterten Kampf lieferten. Der ergraute Häuptling versuchte,

die Männer zu beruhigen, und sprach besänftigend auf sie ein.
»So sind sie, unsere Männer, mein Lieber! Groß mit dem Mundwerk, aber wenn es um Taten geht, dann werden sie plötzlich ganz klein. Du hingegen ergreifst mit dem Willen, der einem wirklichen Mann gebührt, den Säbel, obwohl du nicht die geringste Chance gegen mich hast. Aber ich werde dich wegen deines Mutes gelinde bestrafen. Es wird schnell vorübergehen«, erklärte der Kapitän überheblich.
»Das werden wir noch sehen, Blanco«, keuchte der Steuermann, der offensichtlich bereits angeschlagen war. Sein überraschter, spitzer Schrei folgte gleich darauf. Polternd fiel ein Körper zu Boden.
»O Gott!«, entfuhr es einigen Seeleuten, enttäuscht darüber, dass Blanco den Kampf gewonnen hatte.
»Gibt es noch jemanden, der mir die Führung des Schiffes streitig machen möchte? Dann soll er sich jetzt melden oder für immer schweigen«, zischte Blanco wütend.
Betroffene Stille herrschte. Die Meuterei war gescheitert. Langsam zerstreuten sich die Männer wieder, was sich an den sich vorsichtig entfernenden Schritten auf dem Deck erkennen ließ.
»Halt!«, herrschte Blanco. »Ihr bleibt hier und seht zu, was ich mit Meuterern mache, damit ihr wisst, was einem Verräter blüht.«
Ich hörte ein schabendes, kratzendes Geräusch.
»Vater unser im Himmel, gesegnet werde dein Name, dein Reich komme, dein Wille geschehe, wie im Himmel so auch auf Erden. Und führe uns nicht Versuchung wie auch wir nicht …«
Angesichts der Gräueltat Blancos verfielen einige der See-

leute in gedämpft gesprochene Litaneien, um das, was Blanco von ihnen verlangte mit anzusehen, besser ertragen zu können. Andere hörte ich ihrem Brechreiz nachkommen. Sie übergaben sich hustend und prustend an der Reling. Von anderen vernahm ich leises Weinen und Schluchzen, als wären sie Weiber. Erschrocken entdeckten wir, dass Blut durch die Luke zu uns heruntertropfte. Als Blanco mit seiner Arbeit fertig war, grunzte er zufrieden.

»Hängt das da am Mast auf, damit sich jeder von euch jeden Tag daran erinnert, wer der Herrscher über dieses Schiff ist. Das da gebt ihr den Fischen als Futter«, brummte er, ließ einen metallischen Gegenstand fallen, schritt mit festen, langsamen Schritten zum Ruder und schwieg die restliche Nacht, so wie es auch die betroffene Mannschaft tat.

So erschreckend diese Nacht für uns alle auch war, nun wussten wir doch, dass unsere Reise nicht mehr länger als drei Tage dauern würde. Ich bedeutete Mustafa, dass wir noch drei Nächte schlafen müssten, bis wir unseren Zielhafen erreichen würden. Er wusste nicht, ob er sich freuen oder ängstigen sollte, gab aber die Nachricht an diejenigen weiter, deren Sprache er beherrschte. Schnell verbreitete sich die neue Kunde in unserer kleinen Familie, und Funken der Zuversicht und Hoffnung flackerten in den bisher so stumpfen Augen meiner Kameraden auf. Mir war nicht ganz so wohl zumute, schließlich war ich mit Blanco einen Handel betreffend Mustafa eingegangen, und ich hatte noch keine Ahnung, wie ich mein Versprechen, Mustafa freizukaufen, einlösen sollte.

VII.

Ich war traurig, dass ich keinen silbernen Ring bekam,
aber dann sah ich jemanden, der keine Finger hatte.

Sprichwort der Tuareg

»Land in Sicht!«, schrie ein Bootsjunge erleichtert vom Aussichtskorb herunter, als die Küste der Insel Hispaniola endlich in Sichtweite lag. Die zuvor bedrückte Stimmung der Mannschaft schlug sofort in große Freude um, und die Männer begannen ausgelassen zu scherzen.

»Die Frauen werden dir gefallen. Sie laufen alle nackt, wie Gott sie geschaffen hat, durch die Straßen der Dörfer und wundern sich, wenn man über sie herfällt«, erklärte einer der Seeleute lachend seinem Kameraden, der wohl genauso wie ich zum ersten Mal im westindischen Ozean Land betreten würde.

»Ich kann es kaum erwarten, mein Freund. Und der Rum soll auch hervorragend sein, habe ich mir sagen lassen«, entgegnete er.

»Du wirst ihn lieben, und den braunen Zucker wirst du auch mögen«, lautete die Antwort darauf.

»Bringt die Sklaven an Deck«, befahl Blanco geschäftig.
Die Luke wurde aufgerissen, und das grelle Sonnenlicht blendete unsere Augen, die sich in den letzten Tagen so sehr an die Dunkelheit gewöhnt hatten.
»Herauf mit euch, Dreckspack«, fluchte der Bootsmaat und ließ laut krachend eine Leiter in den Raum fallen.
Verängstigte Blicke richteten sich auf ihn und dann auf mich, weil ich der Einzige war, der die Sprache der Spanier verstand. Ich zeigte mit dem Finger nach oben, doch keiner regte sich.
»Was ist los?«, schrie Blanco. »Ich habe doch gesagt, die Sklaven sollen alle an Deck.«
»Ja, Kapitän, ich habe ihnen die Leiter hinuntergelassen, aber sie kommen nicht«, verteidigte sich der Bootsmaat.
»Lebt der Ladino noch?«, fragte Blanco unbeteiligt.
»Ihr meint den, der Spanisch spricht?«, fragte der Bootsmaat.
»Ja.«
Er blickte sich suchend um, entdeckte mich und nickte dem Kapitän zu.
»Sag ihm, dass den Leuten nichts geschieht, ich will sie waschen, damit sie hübsch anzusehen sind, wenn wir landen«, ordnete Blanco an.
Der Bootsmaat nickte, richtete seinen Blick auf mich und holte Luft, um die Anweisung des Kapitäns zu befolgen und mir zu sagen, was er ihm aufgetragen hatte.
»Gut, ich habe es schon verstanden. Ich werde versuchen, es ihnen zu erklären.«
Mit Gesten verdeutlichte ich Mustafa, dass wir uns an Deck waschen sollten. Er lächelte mich glücklich an, offensichtlich war er stolz darauf, dass er der Erste war, dem ich die

Nachricht des Kapitäns vermittelte. Er schien es verstanden zu haben, erklärte es seinen Stammesbrüdern, die es wiederum an die anderen weitergaben, deren Sprachen sie verstanden. Mit argwöhnischen Blicken erklommen wir äußerst wachsam die Leiter und kniffen unsere Augen zusammen oder hielten die Arme schützend vors Gesicht, um von dem hellen Licht nicht zu stark geblendet zu werden. Wie kleine Jungen reihten wir uns nebeneinander auf und erwarteten geduldig die angekündigte Wäsche. Drei Schiffsjungen holten einige Eimer mit Salzwasser an Deck und reichten sie uns vorsichtig. Niemand langte nach dem Wasser, also tat ich den ersten Schritt, nahm einen Kübel und schüttete ihn mit einem Mal über meinen Kopf aus. Das erfrischende Nass weckte meine Lebensgeister. Die Glieder, die so lange in immer derselben Stellung hatten verharren müssen, rieb ich mit dem Wasser ab, und ich genoss die angenehme Frische, die sich über meinem Körper verteilte. Die frische Seeluft tat ihr Übriges dazu, so dass ich voller Lebenslust einatmete und mich auf das Festland freute. Ich warf gerade meinen Kopf in den Nacken, um das Wasser aus den Haaren zu schütteln, als ich die kläglichen Überreste der Leiche von Morales am Mast aufgeknüpft entdeckte. Blanco hatte ihn gehäutet und zur Abschreckung seine Haut in die Takelage hängen lassen. Die Möwen hatten sich inzwischen an des Steuermanns Hülle gütlich getan, und es war nicht mehr viel von ihm übrig geblieben, aber noch genug, um Morales' Gesicht zu erkennen, in dem noch immer der Schrecken über die Tat des Kapitäns geschrieben stand. Ich versuchte meinen Schauder so gut wie möglich zu verbergen, damit meine Kameraden den erfrischenden Moment weiterhin ungetrübt genießen konnten.

Trotz der großen Strapazen und der riesigen Angst vor den Seeleuten, die sie mit Pistolen im Anschlag keinen Moment aus den Augen ließen, begannen ihre Gesichter mit einem Anflug von Fröhlichkeit zu strahlen, und ich glaubte auf den einen oder anderen Lippen ein Lächeln entdeckt zu haben. Ich bewunderte diese Männer, die trotz all der Strafen, die Allah sich für sie hatte einfallen lassen, versuchten, einen Augenblick wie diesen mit Freuden zu erleben. Ich ließ meinen Blick über die Reling hinaus zum Horizont schweifen und entdeckte die Küste der grünen Insel. Bald würde der ersehnte Zeitpunkt kommen, da ich auf die mit Palmen bewachsenen Strände blicken und mich von der Insel wegbewegen würde, hin zu Arub, meiner Liebe, meiner Frau, meinem Kind und meinem Meister.

Blanco untersuchte jeden von uns eigenhändig und ausgiebig. Er schaute in unsere Münder, um sich zu vergewissern, dass wir auf der Reise wegen der schlechten Nahrung keine Zähne verloren hatten. Er überprüfte unsere Muskeln, unsere Augäpfel und fluchte, wenn die Wunden an unseren Knöcheln, die von den Eisenringen und den Ketten herstammten, nicht sauber verheilt, sondern entzündet waren und sich hässliche Narben oder dicke, nässende Geschwülste gebildet hatten.
»Jedes Mal dasselbe«, beschwerte er sich kopfschüttelnd. »Das nächste Mal nehmen wir einen anderen Schmied, ich glaube, der wird es nie verstehen. Er ist sein Geld nicht wert.«
Er warf einen verwunderten Blick auf Mustafa, der sich tapfer, wenn auch ein wenig schwankend, auf zwei Beinen hielt. Als er ihm bedeutete zu laufen, musste er über-

rascht feststellen, dass Mustafa zwar humpelnd, aber ohne größere Schwierigkeiten einige Schritte über das Deck machen konnte. Kaum war ich an der Reihe, blickte er mich mit seinen rot unterlaufenen, glasigen Albinoaugen kalt an, öffnete meinen Mund und sah hinein.

»Keinen Zahn hast du verloren. Vielleicht würde ich meinen Kunden einen Gefallen tun, wenn ich dir die Zunge aus dem Mund reiße. Was denkst du?«, fragte er und hielt noch immer meinen Unterkiefer mit seiner weißen, unglaublich kräftigen Hand fest.

Ich wusste, er war zu allem fähig. Für einen Moment ergriff mich eine unbeschreibliche Angst, und ich spürte, wie er seine Macht über mich genoss. Es schien ein großes Glücksgefühl bei ihm auszulösen, Angst und Schrecken zu verbreiten. Ich versuchte, meine Panik zu verbergen.

»Was denkt ihr?«, fragte Blanco seine Mannschaft.

»Warum nicht, Kapitän? Wofür braucht ein Sklave eine Zunge? Ihr habt sicher Recht«, pflichteten sie ihm lachend bei. Ein sadistisches Grinsen lag auf Blancos schmalen Lippen, als er sein Messer zog und es an meinen Mund führte. Immer näher brachte er die gefährliche Klinge an meine Zunge, ohne dass seine Hand auch nur im Geringsten zitterte, bis ich schließlich mit einem lauten Schrei gegen sein Handgelenk schlug.

»Nein!«

Das Messer flog in hohem Bogen aus seiner Hand, nicht ohne einen tiefen Spalt in meiner Unterlippe zu hinterlassen, aus der nun reichlich Blut hervorquoll.

»Wie soll ich beten, wenn Ihr mir die Zunge herausschneidet?«, fragte ich Blanco und schluckte das Blut herunter.

Blanco starrte mich abschätzend an. Zum zweiten Mal

hatte ich mich seinem Willen widersetzt. Ich war zu weit gegangen. Hätte ich ihn sein grausames Spiel treiben lassen, hätte ich es sicher überlebt und wäre in die Arme Arubs zurückgekehrt. Wahrscheinlich hätte er die Klinge nicht wirklich angesetzt, sondern nur so getan. Aber nun war alles vorbei. Er war sicher in Rage und würde mich vor den Augen der anderen vierteilen und dann den Haien zum Fraß vorwerfen. Ängstlich starrten meine Kameraden auf Blanco, der sein Messer aufhob, das Blut abwischte und es wieder in die Scheide steckte. Dann stellte er sich ganz nah vor mich hin, so nah, dass ich seinen Atem auf meiner Haut spüren konnte. Ich roch seinen Körper, der sauren gelben Schweiß aussonderte. Röchelnd atmete er tief ein.

»Wie soll ich dich bestrafen? Soll ich dir vielleicht doch die Zunge abschneiden?«

Blanco genoss eine lange, wortlose Pause, in der er mich einfach nur mit seinen wasserblauen, kalten Augen anstarrte. Das starke Pochen meines Herzens übertrug sich auf die Halsschlagader, ich spürte, wie sie in schnellen Abständen an- und wieder abschwoll. Ich versuchte, ruhig und tief zu atmen, unterdrückte meine aufkeimende Wut und ballte unmerklich meine Hände zu Fäusten zusammen. Der unbändige Kampfeswille meines Volkes loderte in mir auf. Hätte ich jetzt das Schwert meines Vaters in den Händen gehalten, hätte dies der erste Augenblick in meinem Leben sein können, in dem ich willens war, eine Waffe gegen einen Menschen zu erheben. Aber auch mit den bloßen Händen hätte ich ihn angegriffen, hätte ich nicht mein in Wallung geratenes Blut unterdrückt. Blanco schien mein innerer Kampf nicht zu entgehen, und er amüsierte sich offenbar köstlich darüber. Plötzlich verschwand der sadistische Ausdruck aus seinen Augen, wie eine Wolke, die von einer Böe plötzlich hinfortgeblasen wird und die Sonne freigibt. Er schaute nachdenklich in Richtung Land und warf mir dann einen boshaften Blick zu.

»Nein, ich denke, es ist besser, ich lasse deine Zunge da, wo sie ist, denn ohne Zunge bist du nichts wert«, griente er mich herausfordernd an, wohl wissend, dass seine Beleidigung mich mehr verletzen würde als ein Schnitt an der Zunge. Vielleicht hoffte er auch, dass ich ihn angreifen würde, damit er einen Grund hätte, mich zu töten und seinen sadistischen Vorlieben nachzugehen. Aber diesen Gefallen tat ich ihm nicht. Ich biss mir auf die blutende Unterlippe, schluckte erneut Blut und sah ihm, Ruhe und Gelassenheit vorspielend, direkt in die Augen. Für einen kurzen Augenblick erhaschte ich in seinen Augen so etwas wie Bewunderung für mich. Mein Mut schien ihm zu imponieren. Also gab es doch einen Funken Anstand in der Brust dieses grausamen Mannes. Er wendete sich von mir ab.

»Seht zu, dass ihr unsere Ware hübsch verpackt. Mit diesen stinkenden Lumpen werden sie bei unseren Kunden keinen guten Eindruck hinterlassen.«

Der Bug des Schiffes glitt durch das türkise, flache Wasser nahe der Küste. Wir hatten bei der Überquerung des Ozeans glücklich die Insel Hispaniola gefunden, doch der Hafen Santo Domingo schien noch weit entfernt. Blanco ließ uns auf dem Deck anketten, damit wir den Geruch des Lagerraums abstreiften und ein wenig Farbe bekämen. Die warme, feuchte Luft umgab uns wie eine zweite Haut. Ein wohliges Gefühl überkam mich, und ich vergaß für einen

Moment das Elend, das mich umgab und das mich erwartete. Ungläubig wie ein kleiner Junge betrachtete ich die feinen weißen Sandstrände im Schatten üppiger Wälder. Neben riesigen Kokospalmen, die an der Küste zuhauf hervorsprossen, entdeckte ich allerlei Büsche, Sträucher, Bäume und Blumen, die ich in meinem Leben noch nie zuvor zu Gesicht bekommen hatte. Ich stellte mir vor, dass dieser dichte paradiesartige Wald voller Früchte und Tiere die gesamte Insel überdeckte. Wer hier lebte, dem konnte es an nichts mangeln, dachte ich. Es schien mir genau das Land zu sein, das Allah für den Menschen geschaffen hat, damit er darin lebe, im Gegensatz zur Wüste, die Allah geschaffen hat, damit der Mensch sich darin finde. Das satte Grün und das klare Blau des Himmels bildeten einen mir bis dahin unbekannten Kontrast. Keine Oase, die ich je gesehen hatte, war vergleichbar mit dem Reichtum an Pflanzen und Tieren auf dieser Insel. Unzählige Vögel flatterten von Ast zu Ast, kreischten, schnatterten, sangen, gurrten und veranstalteten ein nicht enden wollendes Konzert, dessen Akteure in bunte Federn gekleidet waren. Einige kamen neugierig zum Schiff geflogen und begrüßten uns mit frechem Schnattern. Ich bewunderte ihre leuchtend gelben Schnäbel. Meinen Blick wieder auf die Küste gerichtet, entdeckte ich kleine Affen, die sich von Ast zu Ast schwangen. Verwundert verfolgte ich ihre flinken und geschickten Bewegungen. Ich konnte mich nicht satt sehen an all den Wundern, die diese Insel barg, aber der schnell hereinbrechende Sonnenuntergang legte ein dunkelblaues Tuch über das Land und seine Lebewesen, so dass ich mich damit zufrieden geben musste, den Geräuschen der Vögel zu lauschen und darauf zu warten, endlich an Land zu gehen.

Wir näherten uns dem Hafen Santo Domingos, dem Tor zur Neuen Welt. Seine dicken Mauern schützten die müden Schiffe aus spanischem Holz, die viele Seemeilen hinter sich gebracht hatten, vor den hohen Wellen, aber nicht vor den karibischen Holzkäfern, denen sie unweigerlich zum Opfer fielen. Viele meiner Leidensgenossen hatten den Hafen ebenfalls im Blick, und mir schien, als wüssten sie nicht, ob sie froh sein sollten, dass sie die Fahrt lebendig überstanden hatten. Was für uns der Hafen fern der Heimat war, war für die anderen die Straße zu Glück und Reichtum. Von hier wurden Zucker, Gold, Baumwolle und andere wertvolle Güter, bezahlt mit dem Schweiß und Blut der Schwarzen und Indios, gewinnbringend nach Spanien verschifft, weshalb die neuen Herren der Insel mit glücklich leuchtenden Augen jedes Schiff betrachteten, das auslief oder anlegte. Die menschliche Ware, das schwarze Elfenbein, das hier eingeschifft wurde, bedeutete im gleichen Maße eine Vermehrung ihrer Reichtümer wie die auslaufenden Handelsschiffe mit ihren wertvollen Ladungen. Als wir die Einfahrt zum Hafen durchschifften, säumte eine große Schar Neugieriger die Kais. Viele Weiße in eleganten Anzügen mit merkwürdigen Hüten erwarteten in Begleitung ihrer blassen Frauen unter riesigen bunten Schirmen das heiß ersehnte Sklavenschiff. Mit ihren gierigen Blicken versuchten sie, sich aus der Ferne einen ausreichenden Überblick zu verschaffen, um beurteilen zu können, ob es sich rentieren würde, zu warten, bis das Schiff angelegt hatte. Dabei waren sie allerdings sehr bemüht, ihren weißen Konkurrenten vorzugaukeln, dass sie alles ganz furchtbar langweilte und dass sie nur zugegen waren, weil sie gerade nichts Besseres zu tun hatten. Überrascht entdeckte ich in der Menge einen stol-

zen Indio auf einem braunen Wallach mit spanischem Sattelzeug. Er trug ein weißes Leinenhemd, dunkle Hosen und hohe Lederstiefel. Lediglich durch seine lange, glatt gekämmte Haarpracht und den indianischen Goldschmuck an Hals und Handgelenken gab er sich von der Kleidung her als Indio zu erkennen. Ein langes, dünnes Schwert hing an seinem Gürtel. Ich vermutete, dass er es weniger zum Kämpfen, sondern vielmehr als Symbol für seinen gesellschaftlichen Stand zur Schau trug. Er war gewiss einer jener Kaziken, die von den Spaniern mit vielen Rechten ausgestattet wurden, damit sie ihnen beim Regieren ihres Volkes bereitwillig zur Hand gingen. Verwundert beobachtete ich, wie er eine glimmende, aus Blättern zusammengerollte braune Stange in seinen Mund führte, daran saugte, genießerisch die Augen schloss und anschließend blauen Rauch ausatmete, der rasch über den Köpfen der Anwesenden abzog. Ich konnte mir seine Handlung nicht erklären, entdeckte aber einige schwarze Diener, die in gleicher Weise wie er Rauch einatmeten und mit gekräuselten Lippen wieder ausstießen. Die Leinen wurden ausgeworfen, der Steg ausgelegt. Die Neugierigen drängten sich um die besten Plätze, um die neu eingeschifften Sklaven besser betrachten zu können. Rasch ließ Blanco auf dem Kai leere Fässer aufstellen, die mit einigen Holzbohlen abgedeckt wurden.
»Schnell, stellt sie in einer Reihe dort oben auf«, befahl er geschäftig und versuchte, die Neugierigen in erste Verkaufsgespräche zu verwickeln.
»Guter Herr, treten Sie nur näher. Ich bringe frische Ware. Beste, widerstandsfähige, fleißige Sklaven aus Afrika.«
Die Ketten an unseren Knöcheln wurden gelöst. Ich spürte einen harten Schlag auf meinem Hinterkopf und drehte

mich erschrocken um. Ein Seemann hatte mir mit dem Knauf seiner Pistole einen schmerzhaften Hieb versetzt.
»Los, auf die Bohlen! Und glotz nicht so blöd!«
Unsicher trat ich über den schwankenden Steg. Ich trat auf den steinernen Kai – endlich wieder Boden unter den Füßen und den Himmel über dem Kopf. Ich hätte weinen können vor Glück, dass ich die Überfahrt überlebt hatte. Doch mein Herz füllte sich mit dunkler Vorausahnung, als ich daran dachte, dass ich die lange Reise über den Ozean wieder antreten musste, wenn ich zu Arub zurückkehren wollte. Als ich auf die schwankenden Bohlen trat, die über die Fässer gelegt waren, um mich in Reih und Glied neben die Mitgefangenen zu stellen und mich all den neugierigen Blicken der Betrachter auszusetzen, wurde mir mulmig zumute. Langsam bewegte sich die Menge mit gierigem Gesichtsausdruck immer näher auf uns zu. Einige Männer streckten ihre Hände aus, um unsere Muskeln zu befühlen. Eine junge Dame zwängte sich in die erste Reihe, warf einen verstohlenen Blick auf mich und strich, so als wolle auch sie die Güte meiner Muskeln prüfen, über meinen Oberschenkel. Doch ihre Berührung mutete fast wie eine Liebkosung an. Verdutzt schaute ich in ihre blassblauen Augen, umrahmt von einem marmorweißen Gesicht, dessen Teint sie mit einem aufgespannten Schirm vor der Sonne zu schützen wusste. Sie wich meinem Blick aus und zog schnell ihre Hand zurück, als sich auch ihr fettleibiger, nur noch mit schütteren Haaren ausgestatteter und um einige Jahre älterer Gatte näherte. Er warf einen kurzen kritischen Blick auf uns Sklaven und zog seine Frau an der Hand durch die Menge von der Bühne fort. Leider konnte ich nicht verstehen, was sie miteinander sprachen, aber sie

schien ihren Mann davon überzeugen zu wollen, mich zu kaufen, doch er schüttelte immer wieder vehement den Kopf. Bald verloren sich die beiden in der drängelnden Menge. Verschwitzte, raue Hände prüften meine Armmuskeln, zerrten grob an meinem Kinn, damit ich den Mund öffnete und sie die Vollständigkeit meines Gebisses überprüfen konnten, um sich zu vergewissern, dass ich nicht an Skorbut litt. Lodernder Stolz bäumte sich immer wieder in mir auf, und ich kämpfte darum, ihn zu beherrschen, ihn zu unterdrücken, damit ich die potentiellen Kunden Blancos nicht brüsk zurückstieß. Wer weiß, welche Strafe er sich dann doch noch für mich ausgedacht hätte. Jeder andere Besitzer wäre sicher ein besserer Herr als Blanco, dachte ich, also ließ ich die entwürdigende Behandlung über mich ergehen und versuchte, meinen wachsenden Missmut über die Situation damit zu mindern, dass ich mir in Gedanken ausmalte, wie Arubs und mein Wiedersehen wohl aussehen könnte. Doch bei all den abschätzigen Bemerkungen und respektlosen Berührungen wollte mir dies nicht so recht gelingen. Bald hatte die Menschenschar, die unser Schiff empfangen hatte, ihre Neugierde gestillt. Bis auf einen einzigen Plantagenbesitzer hatten sie sich zurückgezogen. Am Kai herrschte wieder normale Betriebsamkeit, einige Fischerboote legten an, und der frische Fang wurde in Empfang genommen. Blanco hatte keinen Einzigen von uns verkaufen können. Offensichtlich war niemand der Neugierigen ernsthaft an dem Erwerb eines Sklaven interessiert gewesen.

»Er sieht ein wenig mager aus«, beschwerte sich der Plantagenbesitzer, der gerade meine Armmuskeln begutachtet hatte.

»Das mag sein«, erwiderte Blanco. »Aber er ist äußerst zäh.«
»Nein, ich weiß nicht so recht, er gefällt mir nicht. Was ist mit dem da?«, fragte er und deutete auf den ergrauten Sklaven, den ich für einen Häuptling hielt.
»Den kann ich wärmstens empfehlen. Seht ihn Euch genau an: Aus seinen Augen sprüht geradezu die Kraft eines Löwen, dazu diese kräftigen Arme, die langen, aber stämmigen Beine. Den könnt ihr gut und gerne von Sonnenaufgang bis Sonnenuntergang auf dem Feld ackern lassen.«
»Sieht er nicht ein wenig alt aus?«, fand der Plantagenbesitzer einen neuen Einwand.
»Gott bewahre! Betrachtet ihn genauer. Sein Haupthaar mag ergraut sein, aber er ist noch nicht sehr alt und bei bester Gesundheit. Bei seiner Konstitution wird er die harte Arbeit mindestens fünf Jahre durchhalten, bis dahin habt ihr Euren Kaufpreis um das Zehnfache wieder erwirtschaftet. Ich möchte meinen Kunden wirklich nur gute Geschäfte anbieten. Ihr seht, ich achte bereits beim Einkauf auf Eure Bedürfnisse. Bei mir bekommt Ihr keine Kranken oder Schwachen. Nur gut gebaute, widerstandsfähige Ware biete ich Euch an. Sie sind heißes und feuchtes Klima gewöhnt, und sie arbeiten viel härter und besser als die Indios, das ist ja inzwischen hinreichend bewiesen.«
»Noch habe ich genug Sklaven. Vielleicht beim nächsten Mal«, schwang sich der Plantagenbesitzer auf den Sattel seines Pferdes und trabte davon. Blanco eilte ihm hinterher.
»Guter Herr, wartet! Ich habe Euch einen Vorschlag zu machen.«
Der Mann hielt sein Pferd an und ließ Blanco näher kommen. Wild gestikulierend verhandelte Blanco mit seinem Kunden.

Ein Pater näherte sich und warf einen schüchtern-neugierigen Blick zu uns herüber. Er war mit einer schlichten braunen Kutte und einfachen Sandalen bekleidet, seine Haare waren kurz geschoren. Sein Gesicht war sehr ausgemergelt, und seine breiten Wangenknochen standen seitlich hervor. Die Wangen wirkten eingefallen, obwohl er einige Jahre jünger sein mochte als ich. Seine Hände und Arme erschienen filigran, fast zerbrechlich. Ich hoffte, dass er ein ernsthafter Kaufinteressent sein würde, denn ich hatte die Vereinbarung zwischen Blanco und mir nicht vergessen. Jedes Mal, wenn ich die Überreste des Steuermannes am Mast baumeln sah, erinnerte ich mich an seine Drohung, was mir widerfahren könnte, wenn ich mein Versprechen nicht einhalten würde. Ich suchte den Blickkontakt mit dem Geistlichen und lächelte ihn freundlich an. In seinen braunen, warmen Augen schien sich etwas zu regen, und er kam auf uns zu, mich im Blick behaltend.

»Ich weiß, es ist recht unüblich, Herr, aber dürfte ich mein Wort in einer äußerst wichtigen Angelegenheit an Euch richten?«

»Du sprichst Spanisch?«, fragte er verwundert.

»Ja, ich bin in Marrakesch bei meinem Pflegevater aufgewachsen, er ist Spanier.«

»Und wie kommt es, dass du hier als Sklave feilgeboten wirst?«

»Ich wurde gefangen genommen.«

»Aber das geht doch nicht. Womöglich bist du auch noch getauft«, empörte sich der Geistliche.

»Nein, Herr, da kann ich Euch beruhigen, ich bin Moslem.«

»Dennoch, mir ist es unverständlich, wie man jemanden

deines Bildungsstandes als Sklave auf diese Insel verschleppen kann.«
»Allahs Wege sind unergründlich. Doch ich denke, dass auch die Männer an meiner Seite, die mein Schicksal teilen, solches nicht verdient haben, unabhängig von ihrer Herkunft. Nehmt Mustafa als Beispiel: Der Kapitän wollte ihn über Bord werfen, weil er sich bei einem Sturm das Bein zerquetscht hat und als Arbeiter wohl nicht mehr taugen wird.«
»Meinst du den mit dem geschienten Bein?«
»Ja, Herr.«
»Wer hat ihm die Schiene angelegt?«
»Das war ich. Er wird sicher bald wieder schmerzfrei laufen können, auch wenn er wohl den Rest seines Lebens humpeln wird.«
Der Geistliche nickte anerkennend. »Warum hat der Kapitän sich dann anders entschieden und Mustafa nicht über Bord geworfen?«, fragte er schließlich, worauf ich gehofft hatte.
»Weil ich dem Kapitän 100 Maravedís für Mustafa geboten habe, wenn er ihn leben lässt.«
Der junge Mann sah mich entsetzt an. »Aber du hast doch kein Geld.«
»Das stimmt, Herr.«
Er dachte einen Moment nach. »Gut, ich werde euch beide kaufen. Ich brauche Arbeitskräfte, die die Indios entlasten, sie werden von Tag zu Tag schwächer. Ich weiß zwar nicht, ob es eine geringere Sünde vor Gott ist, aber sei es drum«, seufzte er.
Ich empfand große Dankbarkeit für sein schnell entschlossenes Handeln und konnte mich der Tränen nicht erweh-

ren, die aus meinen Augen hervorquollen. Er gab vor, meine Tränen nicht zu bemerken, und warf einen Blick auf Blanco, der tatkräftig auf die Bühne zustiefelte. Freundlich lächelte er den Geistlichen an.

»Oh, werter Bruder. Noch ein Kunde. Wie schön, dass Ihr uns einen Besuch abstattet, Bruder«, rieb er sich die Hände, freudig ein weiteres Geschäft erwartend. »Habt Ihr Euch schon umgesehen? Für welche Zwecke benötigt Ihr die Sklaven, darf ich Euch beraten?«

»Meine Wahl ist bereits gefallen«, erklärte der Geistliche.

»Gut, gut. Das ist gut«, freute sich Blanco und warf einen erwartungsvollen Blick auf den Pater. »Wer soll es denn sein?«, fragte er.

»Dieser und jener«, deutete der junge Mann auf Mustafa und mich.

Blancos Gesichtszüge verhärteten sich, seine Augenlider zuckten für einen kurzen Augenblick. Dann rang er wieder um Fassung und lächelte den Pater, um einen freundlichen Ausdruck bemüht, an.

»Das geht leider nicht. Die beiden sind schon verkauft«, deutete Blanco auf den Plantagenbesitzer, mit dem er so lange verhandelt hatte.

»Aber unsere Abmachung«, wendete ich ein.

»Die hätte nur gegolten, wenn dein Kamerad auf der Reise gestorben wäre oder wenn er sein Bein verloren hätte und nicht mehr hätte laufen können«, erklärte Blanco mit einer festen Überzeugung, so als müsste bei dem Geistlichen und mir seine Einstellung völlig außer Zweifel stehen.

»Kann ich Euch vielleicht andere Ware anbieten?«, fragte der Kapitän.

»Nein, vielen Dank, ich habe speziell an diesen beiden Interesse.«
»Dann wünsche ich noch einen schönen Tag, Bruder«, zuckte Blanco mit den Schultern, stapfte über den Steg auf sein Schiff und ließ den Geistlichen am Kai zurück.
»Nun, dann scheint sich dein Problem ja auf wundersame Weise auch ohne dein und mein Dazutun gelöst zu haben«, lächelte der Mann in der Kutte erleichtert, nickte mir freundlich zu und ging seines Weges.
Ich blickte ihm hinterher und fragte mich, ob er das Kaufangebot nur gemacht hatte, um Mustafa und mich zu retten, oder ob er wirklich Verwendung für uns gehabt hätte. Aber ich wunderte mich noch viel mehr, wie Blanco es wohl angestellt haben mochte, Mustafa und mich an den Plantagenbesitzer zu verkaufen. Offensichtlich war ihm meine Präsenz nicht angenehm, und er hatte sich sehr bemüht, uns beide so schnell wie möglich zu verkaufen. Vielleicht hatte er uns ja auch besonders günstig angeboten, um uns so schnell wie möglich loszuwerden.

Blanco hatte uns an Señor Castell, den Besitzer einer Zuckerrohrplantage, verkauft. Er erschien kurze Zeit später mit einer wendigen Pritschenkutsche, die von nur einem Pferd gezogen wurde. Wortlos überreichte er Blanco den vereinbarten Kaufpreis und bedeutete uns, auf der mit Erde und einigen vertrockneten Blättern verdreckten Laderampe Platz zu nehmen.
»Bevor Ihr die beiden aufs Feld schickt, solltet Ihr ihnen noch ein wenig Wasser verabreichen«, riet Blanco seinem neuen Kunden zu, hoffend, dass der wegen des guten Geschäftes und der freundlichen Ratschläge bald wieder-

kommen würde. »Bei uns auf dem Schiff waren die Rationen knapp. Ihr wisst, bei so einer langen Reise. Auf bald!« Castell nickte Blanco zu, trieb sein Pferd schnalzend an und steuerte die Kutsche auf eine steinerne Tränke zu, die am Ende des Kais für die Arbeitstiere bereitstand. Während sein Pferd gierig das schlammige Wasser soff, deutete Castell auf die Tränke.

»Los, geht trinken«, ordnete er an.

Unwillig rutschten wir von der Laderampe, knieten neben dem Pferd an der Tränke nieder und schlürften das schale, brühwarme Wasser, das voll von unzähligen Insektenlarven war und über dem zahllose Fliegen und anderes Getier summten. Kaum hatten wir ein paar Schlucke hinuntergewürgt, unterbrach uns Castell unwirsch.

»Los, setzt euch! Wir fahren«, brummte er. Blanco winkte Castell gehetzt zum Abschied. Ich fragte mich, wie viele Maravedís der weiße Sklavenkapitän dem Plantagenbesitzer für uns beide abgeknöpft haben mochte.

War ich noch bei meiner Ankunft auf dieser Insel davon überzeugt, dass die Pflanzen- und Tierwelt dem Paradies glichen, so musste ich schnell einsehen, dass ich mich ähnlich wie bei meiner Liebe für die Sahara gründlich getäuscht hatte. Zwar erfreuten sich unsere Augen all der unzähligen Blumen und ob des schier unermesslichen Grüns, das uns umgab, aber die schmerzenden Stiche der Mücken, die sich schnell entzündeten und rot anschwollen, peinigten uns auf dem langen Weg zur Plantage Castells. Da wir nicht wie unser Besitzer mit langen Hosen und langärmligen Hemden bekleidet waren, sahen wir uns den zahlreichen Angriffen der Mücken schutzlos ausgeliefert. Ununterbrochen mussten wir uns ihrer Landungsversuche erwehren und wild mit den Händen wedeln und fuchteln. Wir bewegten uns holpernd auf einem schmalen Weg voller tiefer Pfützen in Richtung Osten. Erbarmungslos wurden wir auf der Laderampe der schlecht gefederten Kutsche durchgerüttelt, und bei vielen der unerwarteten harten Erschütterungen langte sich Mustafa mit schmerzerfülltem Gesicht an sein verletztes Bein. Dennoch las ich in seinen Augen eine fast kindliche Bewunderung, die er für die bunte Landschaft, durch die wir fuhren, empfand. Für einen Menschen, der wie ich aus der Wüste kam, erschienen der Überfluss an Pflanzen und die unglaubliche Üppigkeit und Größe, mit der Allah sie gesegnet hatte, fast unglaublich.

Nach einer anstrengenden Fahrt erreichten wir die Zuckermühle, umgeben von verschiedenen kleinen Gebäuden und Hütten. Das Herzstück der großen Mühle bestand aus zwei riesigen Holzwalzen und war mit einem weit überlappenden Dach vor den allabendlichen Regengüssen geschützt. Ein kleiner Wasserlauf trieb die Walzen an. Wagen, die genauso gebaut waren wie der, auf dem uns Castell hierher gebracht hatte, waren schwer beladen mit frisch geschnittenem Zuckerrohr und reihten sich hintereinander vor der Mühle ein. Hastig wurde das Zuckerrohr abgeladen und so schnell es die Hitze erlaubte, wurden die frisch geernteten Zuckerrohre durch die Walzen getrieben, der Saft aufgefangen und in riesige Behälter umgeschüttet, in denen die Masse zum Kochen gebracht wurde. Wohl drei Dutzend Arbeiter waren allein bei der Mühle und der Siederei beschäftigt. Es handelte sich zum größten Teil um Indios. Sie trugen nicht, wie der Indio vom Hafen, die Kleidung der

Spanier, sondern waren lediglich mit einem Baumwolltuch bekleidet, das ihnen als Lendenschurz diente. Einige trugen lederne Bänder an den Handgelenken, Oberarmen und über der Stirn. Im Gesicht, auf dem Oberkörper und am Nacken waren sie mit roter Farbe bemalt. Einige trugen metallene Ringe an ihren Nasen. Es waren die ersten Indios, abgesehen von dem reitenden Indio, denen ich auf der Insel begegnete. Und voller Mitleid stellte ich fest, dass sich in ihren Augen resignierte Hoffnungslosigkeit und tiefe Trauer widerspiegelten. Nichts an ihrer Haltung verriet, dass sie die alten Herren über dieses Land waren. Sie bewegten sich langsam mit hängenden Schultern und gesenkten Blicken. In jenem Moment fühlte ich großes Mitleid für diese Indios, deren Schicksal mir nicht minder hart als das meine erschien. Ich zählte fünf Schwarze, die ebenfalls fast völlig nackt, nur mit einem Lendenschurz bekleidet waren. Sie schienen von verschiedenen afrikanischen Stämmen zu kommen, da sie sich in Hautfarbe und Körperform voneinander unterschieden. Als sie ihre Augen auf uns richteten, trafen uns stumpfe, teilnahmslose Blicke. Auch sie schienen sich mit der Aussichtslosigkeit ihres Schicksals abgefunden zu haben.

Castell steuerte den Wagen direkt durch die arbeitende Menge, ohne sich darum zu scheren, ob er jemanden umfahren könnte. Ängstlich stoben die Indios auseinander, dabei fielen einige Zuckerrohre auf den Boden und wurden von den Holzrädern unserer Kutsche zermalmt, bevor die Walzen der Zuckermühle den süßen Saft aus ihnen quetschen konnten. Vorbei an saftigen Weiden mit einigen Rindern erreichten wir die riesigen Ebenen. So weit das Auge reichte, erstreckte sich ein Feld voller Zuckerrohr und wieder Zuckerrohr und nichts als zwei Mann hohes Zuckerrohr. Kein Baum, kein Strauch war beim Anlegen der Plantage stehen geblieben. In geraden Linien durchschnitten breite Wege mit je einer Fahrrille auf der rechten und der linken Seite das Feld in gleichmäßige Quadrate. Das flache Land erschien mir trostlos, traurig, ausgedörrt, geschlagen und gepeinigt – wüstengleich. Für den süßen Geschmack auf der Zunge derer, die es sich leisten konnten, wurde auf diesem Boden viel Blut und Schweiß vergossen. In wildem Galopp raste die von Castell gelenkte Kutsche durch die breiten Wege. Wir trafen auf einen in ein helles Leinenhemd und eine schwarze Hose gekleideten Schwarzen. Er trug hohe, dunkelbraune Stiefel und einen breitkrempigen Strohhut. Sein knöchernes Pferd knabberte am Wegesrand etwas Grün.

»Die beiden hier habe ich zu einem besonders günstigen Preis bekommen. Wenn sie nichts taugen, kann ich sie zurückgeben, hat der Sklavenhändler gesagt. Aber sie waren so günstig, es lohnt sich gar nicht, sie wieder den langen Weg nach Santo Domingo zurückzubringen. Also mach mit ihnen, was du willst, und wenn sie nicht spuren, gib dir keine große Mühe, sie zu erziehen«, wendete sich der Plantagenbesitzer an den Schwarzen und warf uns einen unfreundlichen Blick zu, der uns bedeuten sollte, die Ladepritsche der Kutsche zu verlassen. Mustafa verzog schmerzhaft das Gesicht, als er mit seinem verletzten Bein ungeschickt auftrat. Von mir gestützt, humpelte er einige Meter weiter, wischte sich den kalten Schweiß von der Stirn und warf einen ängstlichen Blick auf den Plantagenbesitzer und den Schwarzen, der ab jetzt die Aufsicht über uns innehatte.

»Was soll ich denn mit dem da anfangen? Der kann ja keine

drei Schritte tun«, beschwerte sich der Schwarze, der offenbar ein sehr vertrauensvolles Verhältnis zu seinem Herrn hatte.

»Wenn er nicht spurt, dann bestrafst du den anderen. Die beiden gehören zusammen wie Pech und Schwefel, hat mir der Sklavenhändler gesagt.«

»Wenn er dann plötzlich laufen kann, soll es mir recht sein«, knurrte der Schwarze.

»Keine Sorge, Joshua. Wie gesagt, ich habe sie sehr günstig bekommen, wir müssen nicht so sehr auf sie achten. Wenn sie es nicht überstehen, dann war es Gottes Wille«, brummte der Plantagenbesitzer und ließ die Zügel klatschend auf die Kruppe seines Pferdes fallen. Die Kutsche rollte, Staub aufwirbelnd, davon.

Joshua blickte uns nachdenklich an. Sein Gesicht war frisch rasiert. Die Hosen und das Hemd, das er trug, schienen frisch gewaschen. Sein Atem roch nach Alkohol, und seine Augen waren leicht gerötet. Ich fragte mich, wieso er versuchte, in die Haut eines Weißen zu schlüpfen. Offenbar belästigte ihn mein musternder Blick. Vielleicht erriet er auch meine Gedanken, was sicher nicht sehr schwer war, denn ein jeder in meiner Situation mochte sich dieselbe Frage stellen. Ohne das geringste Anzeichen in seinem gelassenen Gesicht schnellte plötzlich die Peitsche, die zuvor zusammengerollt in seinem Gürtel gesteckt hatte, aus der Hüfte auf mein Gesicht zu. Im letzten Moment konnte ich meinen Arm schützend vor die Augen halten. Und das zischende Leder zerfetzte die Haut quer über meinem Unterarm und meinem Ellenbogen.

»Wenn ich dir näher als fünf Schritte bin, dann hast du gefälligst deinen Blick auf den Boden zu senken, verstanden?«, fluchte Joshua und spuckte zwischen meinen Füßen aus. Ich richtete gehorsam meinen Blick auf den Boden und betrachtete den bräunlichen Schleim, den Joshua aus seinem Rachen geholt hatte.

Zuckerrohr ist eine harte Pflanze. Die Blätter schneiden die Handflächen auf, wenn man nicht Acht gibt. Die Stängel sind zäh, oft wollen sie beim ersten kräftigen Zuschlagen nicht umfallen, und es ist äußerst mühsam, sie knapp über dem Boden abzutrennen. Ließ man zu viel vom Stängel stehen, zerschnitt einem die Peitsche die Haut auf dem Rücken, der sowieso schon von der stechenden Sonne gepeinigt wurde. Die stehen gebliebenen, kurzen Stängel ragten gefährlich aus dem Boden hervor und durchbohrten so manchen Fuß. Müdigkeit ist der größte Feind des Zuckerrohrschneiders, denn wer müde ist, dem widerfahren schlimme Unfälle. Die scharfen Macheten trennen mit Leichtigkeit Hände oder Füße ab.

Joshua führte uns zu einer Gruppe Schwarzer, die einige Schritte entfernt arbeiteten. Schon von weitem konnte man die wütenden Schläge hören, mit denen die Sklaven auf das Erntegut eindroschen, als gelte es, Satan den Schwanz abzuschlagen. Wir hörten die Geräusche der zu Boden fallenden Pflanzen, angestrengtes Stöhnen und das Summen der allgegenwärtigen vampirartigen Insekten, die keine Gelegenheit ausließen, sich auf nackter Haut niederzulassen und sich an dem Blut ihrer Opfer zu laben. Grimmige Blicke empfingen uns, als wir die Gruppe von rund dreißig schuftenden schwarzen Sklaven erreichten. Ihre blanken, verschwitzten Oberkörper glänzten in der gleißenden Mittagssonne. Die Muskeln ihrer Oberarme schwollen bedrohlich an, als sie die Macheten erhoben, um das Zuckerrohr zunächst zu köpfen und dann nahe dem Boden abzutrennen. Lieblos entfernten sie die Blätter von den Stängeln und schmissen sie dann auf den Boden, der davon übersät war. Sie teilten die langen Zuckerrohre in zwei oder drei Stücke, warfen sie auf einen Haufen, den ein Kutschenfahrer dann sorgfältig auf der Laderampe seiner Kutsche verstaute. Um diese Plackerei bis ans Ende ihres Lebens zu verrichten, hatten sie den langen Marsch bis an die Küste und die Überfahrt bis hierher überlebt, dachte ich schweren Herzens. Doch warum sich mit diesem Schicksal zufrieden geben? Es gab gewiss viele Mitgefangene, die die Fäuste gegen ihre Unterdrücker erheben würden. Erschrocken ertappte ich mich bei diesem Gedanken, Gewalt anzuwenden. Doch angesichts des großen Unheils, das über die Sklaven hereingebrochen war, erschien es mir angemessen, sich mit der Waffe in der Hand zur Wehr zu setzen, solange unser Leben verschont blieb. Ibn Alim mochte in vielen Punkten Recht haben, aber wie sollte man sich sonst gegen die gierigen Eroberer verteidigen? Blieb nur noch der Freitod, den viele als letzte Möglichkeit des Widerstands gewählt hatten. Doch Arub und unser Kind warteten auf mich. Dies war der erste Moment, in dem sich Zweifel an der unermesslichen Weisheit Ibn Alims und meines Vaters einschlichen. Wie sollte selbst ein Heiliger in dieser Situation mit Liebe die Ketten der Gefangenen lösen und die Peitsche aus der Hand Joshuas lösen? Vielleicht hatten meine Meister nie gesehen, was ich jetzt zu sehen bekam. Vielleicht würden sie genauso denken wie ich, wenn sie erlebten, was ich erlebte. In jenem Moment beschloss ich, nicht mehr das Schicksal, das andere mir aufzwängen wollten, zu erdulden. Ich würde Mittel und Wege finden, mich zu wehren.

Lange, schlecht verheilte Narben auf Rücken und Armen und in den Gesichtern der Sklaven zeugten von dem nicht gerade zimperlichen Gebrauch der Peitsche in der Hand Joshuas. Erst jetzt bemerkte ich den kleinwüchsigen Weißen mit einer Pistole in der rechten Hand. Er saß gemütlich im Schatten des hohen Zuckerrohrs, kaute verträumt an einem zurechtgeschnittenen Stängel und beobachtete gelangweilt die Sklaven. Sein jugendliches Gesicht verbarg er hinter einem spärlichen Vollbart. In seinem Gürtel steckten drei weitere Pistolen. Zu seiner Rechten lag eine schwere Flinte auf dem Boden. Joshua bemerkte meinen Blick und nickte mir bedeutungsvoll zu. Er deutete mit dem Zeigefinger auf meinen Kopf und hob den Daumen in die Luft, als ob er eine Pistole in der Hand hielte.

»Puff, puff!«, sagte er und lachte uns feindselig an. Mustafa betrachtete mit großen ängstlichen Augen die Waffen des kleinwüchsigen Wächters.

»Señor Castell, Euer Vater hat mir diese beiden traurigen Gestalten anvertraut. Sie sind wohl nicht so wertvoll wie die anderen, sagt er.«

»Ist gut, Joshua«, nickte Señor Castell, ohne den süßen Stängel aus dem Mund zu nehmen. Joshua deutete auf eine Stelle im Feld, wo wir offensichtlich zu arbeiten beginnen sollten. Señor Castell schob uns lässig zwei Macheten mit den Füßen zu. Mustafa bückte sich, nahm eine der Waffen an sich und warf einen seltsamen Blick auf die breite und gut geschliffene Klinge. Seine Augenlider zuckten, so als ränge er mit sich selbst, die Machete nicht gegen den Wei-

ßen zu richten, dessen saurer Schweiß unangenehm in meiner Nase biss. Castell lächelte überheblich und zeigte seine hässlichen gelbbraunen Schneidezähne. Er schien den mordlüsternen Gedanken seines Sklaven zu erraten, und er nahm ihn gelassen hin. Fast schien es, als erwarte er überhaupt keine andere Regung als Hass ihm gegenüber und als genieße er es. Ich fragte mich, wie er wohl aufgewachsen sein mochte, dass ein derart kaltblütiger Sklavenwächter aus ihm geworden war. Was mochte in einem Menschen vorgehen, der andere als minderwertig genug betrachtete, damit er ohne Reue über ihre Arbeitskraft und ihr Leben verfügen konnte? Ich wünschte mir, dass ich eines Tages in das Herz eines solchen Menschen blicken konnte, damit ich lernen würde, was ihn dazu brachte, so zu denken und zu handeln. Ich fragte mich, ob Ramón bei unserer Debatte mit genauso viel Freude die Rolle des Sklavereifürsprechers übernommen hätte, hätte er erlebt, was mir in diesem Moment widerfuhr. Ein lauter Knall schreckte mich aus meinen Gedanken auf, und ich spürte einen brennenden Schmerz auf meinem Rücken. Joshua hatte mich erneut seine Peitsche spüren lassen, eine Sprache, die jeder Sklave, egal welcher Herkunft, verstand. Hastig nahm ich die Machete zur Hand und machte mich an die Arbeit.
Anfangs erschien mir das Niederschlagen der Zuckerrohre nicht allzu anstrengend, aber je länger der Tag voranschritt, desto zäher erschienen mir die Stängel. Bald brannte meine rechte Schulter, sobald ich die Machete erhob. Das Bücken wurde zur Qual, und der Rücken begann zu schmerzen. Ich warf einen sorgenvollen Blick auf Mustafa, der sich wacker neben mir hielt, den aber sichtlich die Schmerzen in seinem Bein peinigten. Wann immer es möglich war, stand er nur

auf einem Bein und stützte sich auf der Machete ab. Ich blickte in seine müden Augen, und er versuchte ein Lächeln aufzusetzen, was durch den starken Schmerz in seinem gepeinigten Bein missglückte. Ich warf einen vorsichtigen Blick über meine Schulter zu Joshua, der sich gerade mit Señor Castell unterhielt, und lächelte Mustafa aufmunternd zu. Der Schweiß brannte in unseren Augen, und wir köpften, zerhackten und rupften die Zuckerrohre, als wären sie unsere ärgsten Feinde und nicht der kleine, weiße Mann mit den vielen Pistolen und der Schwarze mit dem Strohhut. Plötzlich schreckten uns laute Rufe auf. Die Sklaven hatten ihre Macheten fallen lassen und sich um einen Mann versammelt, der reglos auf dem Boden lag. Joshua und der Sohn Castells näherten sich vorsichtig, ihre Waffen im Anschlag. Joshua ließ die Peitsche knallen und verschaffte sich und seinem Herrn Platz, damit sie einen Blick auf den am Boden Liegenden werfen konnten. Castell stieß mit seinen Stiefelspitzen in die Rippen des Leblosen, der sich jedoch nicht rührte. Wütend stürzte sich ein älterer Mann auf Castell, der geistesgegenwärtig herumwirbelte und seinen Angreifer mit einem gezielten Schuss niederstreckte. Von der Kugel mitten in die Stirn getroffen, stürzte der Sklave mit dem Gesicht zu Boden. Zum ersten Mal hörte ich Joshua in einer afrikanischen Sprache sprechen. Er ordnete an, dass vertrocknete Zuckerrohrblätter zu einem großen Haufen aufgetürmt wurden. Dann ließ er Holz darüber schichten, die beiden Leichen darauf legen und zündete die Blätter an. Als die Sonne bereits untergegangen war, loderte das Feuer noch immer. Der Gestank der verbrannten Körper lag über dem Feld. Wir wurden auf die Pritschen der schmalen Kutschen getrieben und von müden Pferden zu unseren Hütten gezogen. Meine geschundenen Glieder reibend, warf ich einen Blick auf das traurige Feld, das wir verließen. Der Wind stand still, und schwarzer Rauch schwebte über den Zuckerrohrpflanzen, die morgen unseren Macheten zum Opfer fallen würden. Der Himmel war in ein dunkles Lila getaucht. Das Knistern des Feuers und der leicht süßliche Geruch brannten sich für ewig in meinem Herzen ein, als der allabendliche Regenschauer das Feuer löschte und uns den Schweiß und die Tränen des heutigen Tages abwusch.

Erschöpft erreichten wir die windschiefen leeren Hütten. Die Dächer waren mit Palmwedeln gedeckt, die Wände bestanden aus morschem Holz und Strohmatten. Die Behausungen gewährten einen gewissen Schutz vor den Regengüssen, aber einem richtigen Unwetter würden sie nicht standhalten. Während sich einige Männer routiniert daranmachten, das Feuer an der Feuerstelle zu entzünden, kümmerten sich andere darum, Wasser vom Brunnen herbeizuschaffen. Man wusch sich, Wasser wurde gekocht, ein wenig Fleisch gebraten.

Mustafa und ich setzten uns an die Feuerstelle und warteten, ob man uns einen Platz zuweisen würde. Doch man schien von uns beiden Neuankömmlingen im emsigen Treiben keine Notiz zu nehmen. Etwas erschien mir seltsam an jenem Ort, der von rund fünfzig Sklaven bevölkert wurde und dennoch eine gewisse Leere ausstrahlte. Es waren das Hundegebell, das Gegacker von Hühnern, die Frauenstimmen und das Kinderlachen, was ich vermisste. Vier Dutzend Männer lebten hier auf engstem Raum wie eine Familie zusammen ohne jeden Zusammenhalt, ohne die Zuneigung ihrer Frauen, ohne dass sie den Anblick spielender Kinder oder den Gesang der Großeltern genießen konnten. Es war ein trister Ort. Ein Ort, an dem man sich zu Tode schuftete. Je schneller das Leid vorbei war, desto besser war es. Ein langsamer Freitod, denn die, die bis jetzt überlebt hatten, liebten das Leben zu sehr, um es in einem einzigen Moment von Schwäche oder Angst wegzuwerfen. Ein langsamer, unmerklicher Tod verbarg noch immer einen kleinen Funken von Hoffnung.

Dieser Ort war kein Ort zum Verweilen. Entweder fliehen oder sterben. Vielleicht auch kämpfen oder sterben, aber ich wollte nicht sterben, ich würde kämpfen, wenn es sein musste, um für Arub zu überleben und heimzukehren.

Joshua trat auf uns zu. Er hielt ein taubeneigroßes, hohles Gefäß aus Holz in der Hand, an dem ein Rohr angebracht war, das er immer wieder in den Mund steckte und an dem er, ähnlich wie der Indio am Hafen, saugte und Rauch aus dem Mund und der Nase blies. Neugierig betrachtete ich das seltsame Ding in seiner Hand. Zum ersten Mal sah ich einen menschlichen Zug in Joshuas Gesicht, als er es mir plötzlich reichte, damit ich es mir genauer anschauen konnte. Zerschnittene, getrocknete Blätter steckten in der Öffnung und glimmten. Eine angenehme Wärme breitete sich in meiner Handfläche aus.

»Was ist das?«, fragte ich Joshua und traute mich, in seine Augen zu schauen, obwohl ich mich ihm mehr als fünf Schritte genähert hatte.

»Du sprichst Spanisch?«, fragte er verwundert und schien sich nicht daran zu stören, dass ich ihn so offen angesprochen hatte.

»Ja«, nickte ich ihm zu, während ich weiter den seltsamen

Blätterverbrenner untersuchte. Aus den Augenwinkeln beobachtete ich sein Gesicht voller Zweifel. Er wurde unsicher, weil er es sich eigentlich nicht erlauben konnte, dass jemand anders beobachtete, wie er sich freundlich mit mir unterhielt.

»Das kommt von den Tainos, den Ureinwohnern dieser Insel. Wir nennen es Pfeife, man kann darin Tabak rauchen«, erklärte er mir.

Ich gab ihm dankbar lächelnd die Pfeife zurück. »Aber ich habe auch schon einige gesehen, die den Tabak ohne ein solches Gerät rauchen«, sagte ich.

»Ja, die einen mögen den Tabak lieber so, die anderen so«, steckte er die Pfeife wieder in den Mund.

Ich verspürte das große Verlangen, an der Pfeife ziehen zu dürfen, aber ich wusste, dass diese Bitte zu weit gegangen wäre. Vielleicht würde sich mir bald eine andere Gelegenheit ergeben, vom Tabak probieren zu können.

»Kommt mit, ich zeige euch eure Betten«, befahl er plötzlich mit dem bis dahin bekannten harten Ton und trat in eine der Hütten, ohne auf uns zu warten oder sich umzublicken und zu vergewissern, ob wir ihm folgten.

Ich half Mustafa auf seine wackeligen Beine. Wir fanden Joshua vor zwei Betten in der hintersten Ecke der Hütte. Sie bestanden lediglich aus zusammengenagelten Holzbrettern, auf denen eine dünne Schicht Baumwolle angebracht war. Zerknautschte, mit dem Flaum der Wollbäume gefüllte Leinensäcke dienten als Kopfkissen.

»Das sind jetzt eure Betten. Die beiden anderen brauchen sie nicht mehr«, sagte Joshua lapidar, wendete auf den Absätzen seiner hohen Stiefel und verließ wortlos die Hütte. Erschöpft ließ sich Mustafa auf dem ihm zugewiesenen

Bett nieder, schloss die Augen und fiel auf der Stelle ruhig atmend in einen tiefen Schlaf.
Ich setzte mich auf das Bett, das getränkt war vom Schweiß und den Tränen meines Vorgängers. Unter dem Kopfkissen entdeckte ich einen Frauenkamm und einen kleinen geschnitzten Holzelefanten.

In den nächsten Tagen erfuhr ich nach und nach aus verschiedenen Mündern die Geschichte des Mannes, in dessen Bett ich jetzt schlief und dessen Erinnerungsstücke unter meinem Kopfkissen lagen. Er kam aus dem südlichen Sudan. Sein Name lautete Narib. Er hatte eine Frau und einen dreijährigen Sohn. Als geschickter Jäger wurde er von seinem Stamm wegen seiner großen Jagdkünste und seiner Großmütigkeit geachtet. Sein Cousin war der jüngste Sohn des Stammesoberhauptes über einen rund dreihundertköpfigen Verband. Neid schürte Intrigen, und der Häuptling wurde gestürzt. Narib und sein Cousin flohen mit ihren Familien, wurden aber von einem feindlichen Stamm gefangen genommen. Ihre Kinder wurden getötet, die Frauen an die ledigen Männer des Stammes verteilt, und Narib wurde gemeinsam mit seinem Cousin an die Sklavenhändler verkauft. Sie wollten fliehen, nach Hause zurückkehren und ihre Frauen befreien, aber der Cousin Naribs wurde von Tag zu Tag schwächer, an eine Flucht war nicht mehr zu denken. Schließlich fiel er bei der Arbeit tot um. Narib verlor die Nerven, als er den Sohn Castells seinen geschundenen Cousin treten sah, und fand so selbst den Tod. Mustafa lag auf dem Bett des Cousins, ich auf Naribs. Seit ich für sein Leben gekämpft hatte, verband uns eine immer tiefere Freundschaft.

Die Wochen zogen fast unmerklich an uns vorbei. Der tägliche Kampf um das Überleben und die eintönige, aber harte Arbeit fesselten all unsere Aufmerksamkeit, ohne dass wir dazu imstande gewesen wären, die Wochen oder gar die Tage zu zählen. Wir lernten, uns dem unbarmherzigen Rhythmus Joshuas und der Castells anzupassen und nicht unnötig aufzufallen, um der zischenden Peitsche Joshuas und den Mündern der Pistolen Castells auszuweichen. Die elendige Schufterei und das wenige Essen und Trinken ließen mich jeden Abend erschöpft in das Kopfkissen Naribs sinken. Traumlos schlief ich bis zum Morgengrauen, um wieder von der grausamen Glocke geweckt zu werden, schlaftrunken auf die Pritsche einer der Kutschen zu klettern und den ganzen Tag unentwegt Zuckerrohr zu schneiden. Ich war so sehr mit dem Überleben beschäftigt, dass ich beinahe meine Fluchtpläne vergessen hätte. Schlimmer erschien mir, dass ich nach und nach mich selbst vergaß. Ich war die Machete, das zerschnittene Zuckerrohr, der hungrige und erschöpfte Körper in der Nacht, der sich nur nach Essen und Ruhe sehnte, alle anderen Bedürfnisse starben jeden Tag ein Stück mehr in mir. Ich war nur darauf bedacht, die schwere Arbeit, die Hitze und die Anfeindungen unserer Peiniger zu überleben.
Mustafa schienen die Strapazen weniger zu zeichnen als mich. Seine Augen funkelten voller Leben und Neugier, er hatte begehrlich einige Worte Spanisch von mir gelernt und glühte förmlich vor Eifer, wenn es uns gelang, in einem unbeobachteten Moment den Unterricht fortzuführen. Es erfüllte mich mit ein wenig Stolz, dass ich einen so guten und fleißigen Schüler hatte. Ich war Mustafa unendlich dankbar dafür, dass er meinen Geist durch sein Bestreben, Spanisch

zu lernen, am Leben hielt. Die spanischen Worte kamen zwar nur schwer und holpernd über seine Lippen, aber er verstand sehr schnell einfach gesprochene Sätze, so dass ich bald nicht nur einen neuen Schüler, sondern auch einen neuen Gesprächspartner gefunden hatte. So, wie ich damals auf dem Schiff sein Leben und sein Bein gerettet hatte, bemühte er sich jetzt um meine Seele, dass sie sich bei dem harten Überlebenskampf nicht selbst vergaß.

»Ich kann nicht zusehen, wie du langsam stirbst«, sagte er eines Abends, als ich mein müdes Haupt auf das Kissen Naribs bettete und die Augen schloss.

»Aber ich sterbe doch nicht, Mustafa«, widersprach ich.

»O doch. Wenn ich in deine Augen sehe, sehe ich, dass du jeden Tag mehr tot bist.«

»Ich bin todmüde, Mustafa. Lass mich schlafen.«

»Nein, ich will, dass du mir Sachen zeigst. Ich will nicht, dass dein Geist schläft.«

Angestrengt und ein wenig unwillig erhob ich mich wieder und setzte mich auf die Kante meines Bettes. Ich betrachtete Mustafa, dessen zäher Überlebenswille und unerschütterliche gute Laune mich beeindruckten.

»Du hast Recht: Ich träume nicht mehr von Arub, ich habe alle meine Schüler in Marrakesch vergessen, meinen geliebten Vater, meine Mutter, meine Schwestern, Ali, die Bücher, die ich noch einmal lesen wollte. Ich habe meinen Geist schlafen gelegt, um weniger zu leiden, damit er mir nicht im Wege steht bei meinem täglichen Kampf ums Überleben. Und dabei ist mir entgangen, dass das der sichere Tod ist. Auch wenn ich mich immer wieder unwillig zeige, ich kann dir versichern, dass ich dir sehr dankbar bin, dass du versuchst, mich an das wahre Leben zu erinnern.«

Mustafa lächelte mich zufrieden an und entschied, meine Worte im Raum stehen zu lassen und nichts hinzuzufügen.

Obwohl die Müdigkeit tief in meinen Knochen saß, beschloss ich eines Abends, Mustafa das Schreiben und Lesen zu lehren. Ich hoffte, dass wir eines Tages in den Besitz von einem oder zwei Büchern gelangen würden, mit denen wir üben könnten. Wir saßen an der erloschenen Feuerstelle, von der sich bereits alle Mitbewohner zum Schlafen zurückgezogen hatten. Ich kämpfte gegen den starken Wunsch an, einfach die Augen zu schließen und mich fallen zu lassen. Mustafa rieb sich die geröteten Augenlider und sah mich auffordernd an. Ich nahm einen Stock und ritzte den ersten Buchstaben des lateinischen Alphabets in den Staub. Ich hielt es für vergebliche Mühe, ihm die arabische Schrift beizubringen, jetzt, da wir auf dieser Insel gefangen waren. Spanisch würde ihm mehr von Nutzen sein.

»A«, erklärte ich. Mustafa nickte, nahm mir den Stock aus der Hand und ahmte sogleich den Buchstaben mehrere Male nach.

»B«, fuhr ich fort, und Mustafa zeichnete begeistert den Buchstaben in den Staub.

»B«, wiederholte er lächelnd. Ein warmes Glücksgefühl umspann mich. Ich spürte, dass ich endlich wieder etwas Sinnvolles tun konnte. Voller Elan und Freude fuhren wir mit dem Schreiben fort.

»Was zum Teufel tut ihr da?«, herrschte Joshua uns an, der plötzlich aus der Dunkelheit auftauchte.

»Ich bringe ihm Schreiben und Lesen bei«, erklärte ich.

»Was?«, zischte Joshua außer sich vor Wut. Verdutzt sahen wir ihn an. Hatten wir ein Verbrechen begangen? Er jedoch

blickte sich verstohlen um. Als er sich vergewissert hatte, dass uns niemand beobachtete, wendete er sich mit gesenkter Stimme an uns.
»Dieses Mal habe ich nichts gesehen, aber das nächste Mal kann ich es nicht durchgehen lassen. Lasst euch nie wieder dabei erwischen«, riet er uns, während er die verräterischen Buchstaben mit der Sohle seiner Stiefel im Staub verwischte. So plötzlich wie Joshua aus der Dunkelheit erschienen war, so schnell verschwand er auch wieder, und wir sahen uns verwundert an.
»Dann machen wir heute wohl besser Schluss, Mustafa«, erwog ich und spürte erneut die bleierne Müdigkeit von meinem Körper Besitz ergreifen.
»Ja«, nickte er.
»Ihr habt großes Glück gehabt«, trat ein älterer Sklave plötzlich auf uns zu. Er hatte sich uns unbemerkt genähert und offensichtlich das Geschehene verfolgt. Seine Schläfen waren bereits ergraut, aber sein Körper wirkte nicht alt, sondern sehnig und vor Kraft strotzend. Seine Augen funkelten frech und klug. Ich war ihm bereits mehrere Male auf dem Feld begegnet und erinnerte mich wohl an sein Gesicht, aber diese fröhlich glänzenden Augen waren mir bisher entgangen. Ich fragte mich, ob er am Tag für seine Herren einen anderen Blick aufsetzte als in der Nacht, wo die Dunkelheit sein wahres Gesicht vor den Blicken des Plantagenbesitzers und Joshuas verhüllte.
»Castell pflegt fünfundzwanzig Peitschenhiebe für Lesen und Schreiben anzuordnen.«
»Fünfundzwanzig Peitschenhiebe?«, fragte ich ungläubig.
»Fünfundzwanzig. Ich weiß es aus eigener Erfahrung«, schmunzelte der Mann und deutete auf seinen Rücken.

»Aber wieso?«, begehrte ich zu wissen.

»Wieso? Wieso verbieten die Spanier den Indios, sich zu waschen? Wieso verbieten sie ihren eigenen Leuten den Genuss von Tabak, aber erlauben es den Indios und Schwarzen? Wieso war der Import von schwarzen Männern auf die westindischen Inseln bis vor einigen Monaten offiziell verboten, wo es doch jeder getan hat? Wieso hat Karl I. es jetzt doch zugelassen? Wieso predigen die Dominikaner, dass die Indios Menschen seien, und vergessen uns Schwarzen dabei? Wieso erlaubt der Gott der Christen, dass in seinem Namen solche Gräueltaten begangen werden, wie sie hier und überall sonst auf dem von Christen eroberten Boden geschehen? Mit welchem Recht teilt der Stellvertreter dieses Gottes die entdeckten Länder zwischen den Portugiesen und den Spaniern auf? Haben die Indios keine Götter? Haben wir keine Götter? Sind wir keine Menschen?«, ereiferte sich der alte schwarze Mann.

»Nicht ihr Gott ist schuld. Nicht ihr Glauben. Die wahren Christen sind gute Menschen«, versuchte ich ihm zu denken zu geben.

»So? Dann zeige mir einen. Zeige mir einen einzigen guten Christen auf dieser von Gott verlassenen Insel, und ich werde mich sofort taufen lassen und nur noch ihren Gott anbeten. Nimm meinen Herrn als Beispiel, er war ein vorbildhafter, guter Christ, er hatte die priesterliche Weihe in Sevilla empfangen und reiste mit mir vor fünfzehn Jahren auf die Insel Hispaniola, um den christlichen Glauben in die Neue Welt zu tragen. Und weißt du, was er tat? Er schloss sich den Eroberern an und befriedete diese Insel, in der einen Hand die Bibel und in der anderen Hand das Schwert. Im Namen Gottes nahm er das Land in Besitz, das ihm zugesprochen wurde, ließ es von den Indios, die ihm zugeteilt waren, bewirtschaften, wurde reicher und reicher und vergaß seine Mission.«

»Wieso bist du nicht mehr bei ihm? Was ist geschehen?«

»Die Dominikaner predigten gegen Menschen wie ihn. Als ihn die Erkenntnis überkam, dass er Unrecht tat, verließ er von heute auf morgen seine Besitztümer und zog sich bis zum heutigen Tag ins Kloster in Santo Domingo zurück. Frei, aber ohne Herrn, flohen die Indios und ich, aber wir wurden gefangen genommen und unter neuen Besitzern aufgeteilt. Ich hatte drei weitere Herren, bis ich letztendlich hierher zu den Zuckermühlen und Plantagen von Castell verschleppt wurde. Ich kenne kaum einen Schwarzen oder Indio, der so eine lange Zeitspanne als Sklave unter dem Regime der Weißen überlebt hat. Ich habe viel gesehen. Unter ihren Händen sind seit meiner Ankunft auf der Insel unzählige niedergemetzelt, von Krankheiten niedergestreckt, ausgehungert, vergewaltigt, gefoltert, verkauft, verschleppt und gedemütigt worden. Große Teile der Insel waren von unzähligen Ureinwohnern, den Tainos, bevölkert, die hier friedlich lebten. Die Insel bietet reichlich Wasser, Früchte und Fleisch, um eine Vielzahl von Menschen zu ernähren. Nun schau dich um, wie viele noch übrig sind von ihnen. Wäre ein einziger guter Christ unter ihnen gewesen, er hätte sein Schwert erheben und den anderen untersagen müssen, in ihrem Blut- und Goldrausch fortzufahren. Er hätte sich vor die Indios und Schwarzen stellen müssen, um sie vor dem Wahnsinn zu retten, der hier geschehen ist«, ereiferte er sich, und seine Stimme bebte.

»Immerhin gab es Stimmen, wie du gesagt hast, die sich gegen dieses Unrecht erhoben haben. Nur ihre Worte haben nicht so weit getragen wie das Feuer und die blutgetränkten Schwerter derer, denen sie die Sünden gegen die Menschen dieser Insel vorwerfen.«

»Warum verteidigst du die Christen? Sie sind gottlos. Sie predigen zu uns von ihrem Gott. Sie sagen, wir sollen ihren Glauben annehmen, damit wir vor der Hölle bewahrt werden, und zugleich missbrauchen sie ihn als Rechtfertigung, sich als Herren über diese Länder und unser Leben zu stellen.«

»Ich bin als Moslem aufgewachsen. Wir handeln seit Jahrhunderten mit Sklaven. In Marrakesch, meiner Heimatstadt, ist einer der größten Sklavenmärkte. Ich habe das Treiben dort mit Trauer und Abscheu betrachtet. Aber bin ich schlecht, nur weil ich Moslem bin und andere Moslems mit Sklaven handeln?«

»Warum hast du nichts getan? Warum hast du das Schauspiel nur mit Trauer und Abscheu betrachtet? Was hat das an der Situation der Gefangenen verändert? Haben ihnen dein Mitleid und deine Verzweiflung geholfen? Hat jemand deinen Kummer als Anlass genommen, von seinen Geschäften mit den Sklaven abzulassen?«

»Ich habe dagegen gesprochen. Ich habe einen Stein geworfen.«

»Nun, offensichtlich hat es nicht genug bewirkt, um selbst dich vor der Sklaverei zu bewahren. Jetzt bist du selber in Ketten gelegt. Deine Lippe wurde gespalten, dein Körper ist bereits mit vielen Narben übersät, deine Seele und dein Herz auch. Ich sehe es in deinen Augen.«

Als er diese Worte aussprach, warf er mir einen fast entschuldigenden Blick zu, so als wollte er mir damit sagen, dass er mich verstehe und nicht verletzen wolle. Ich fühlte mich dennoch nackt in diesem Moment, denn mir war nicht bewusst gewesen, wie offen die Wunde in meinem Herzen klaffte und wie leicht man dort hineinblicken konnte. Mit einer Mischung aus erlebtem Schmerz und Dankbarkeit darüber, dass dieser Mann mich mit seinen Worten aus meiner stumpfen Lethargie weiter herausgerissen hatte, als Mustafa es vermochte, nickte ich und senkte meine Augen auf den Boden.

»Wie lautet dein Name?«, erhob ich wieder meinen Kopf und blickte ihn an.

»Mein Herr hat mich in Sevilla Jacob genannt.«

»Jacob, was tust du gegen das Unrecht, das auf dieser Insel und in der Welt begangen wird?«, fragte ich.

»Ich rede darüber, ich sage es denen, die es hören wollen, und jenen, die es nicht hören wollen. Etwas wird sich verändern durch meine Worte, ich spüre es – schon bald«, lautete seine Antwort, und sein Blick suchte das Weite im Abendhimmel, so als könne er dort erkennen, was die Zukunft ihm und uns bringen würde.

»Kann es sein, dass du dich noch in Gefangenschaft befindest, obwohl du schon längst hättest frei sein können?«, mutmaßte ich.

»Vielleicht«, wich er meinem Blick aus.

»Also kämpfst du für die Freiheit aller und nicht nur für deine eigene«, gab ich meiner Erkenntnis Ausdruck und bewunderte den alten Mann insgeheim für seine mutige Uneigennützigkeit, die ihn früher oder später sein eigenes Leben kosten konnte.

»Das habe ich nicht gesagt«, wehrte er bescheiden ab.

»Genau das macht dich so bewundernswert«, sagte ich anerkennend.

Jacob sah mich überrascht an. »Du bist ein seltsamer Kerl.«
»Mag sein«, lenkte ich ein.
»Wieso lässt sich ein Heiliger wie du als Sklave gefangen nehmen?«
»Zum einen bin ich nicht heilig und verstehe auch nicht, wie du zu diesem Schluss kommst, und zum anderen hatte ich in jenem Moment, als ich gefangen genommen wurde, nur den einen Gedanken: die Freiheit meines geliebten Weibes und die des in ihrem Bauch heranwachsenden Lebens zu bewahren.«
Jacob nickte verständnisvoll. Großes Mitgefühl flackerte in seinen Augen auf, als er mich für einen Moment schweigend und nachdenklich ansah.
»Und warum bist du nicht geflohen? Jetzt ist es zu spät.«
»Ich habe es versucht, und Allah hatte mir schon die Tore zu seinem Reich geöffnet, aber ich bin zurückgekommen, um bei meinem Weib zu sein, sobald ich wieder frei bin. Ich warte auf den richtigen Moment, und ich denke, es ist nie zu spät. Man darf nur nie aufhören zu glauben.«
»Betest du zu Allah?«
»Das ist eine schwierige Frage. Ich kenne Menschen, die sind erleuchtet, und wenn ich ehrlich bin, weiß ich gar nicht, ob sie überhaupt einen Gott anbeten.«
»Also bist du erleuchtet?«
»Nein, ich befinde mich auf einer Reise. Ich versuche noch den Sinn dieser Reise zu erfassen, um wieder heimkehren zu können«, sagte ich und wunderte mich selbst über diesen Gedankengang, den ich noch nie zuvor in meinem Kopf derart präzise formuliert hatte. Gespräche wie diese hatten mir in den letzten Wochen sehr gefehlt.
»Der Sinn von alledem ist, dass die Sklavenjäger, der Kapi-

tän des Sklavenschiffes und Castell sich an deinem Körper bereichern«, erklärte Jacob, wieder in seinen Sarkasmus verfallend, mit bitterer Stimme.

»Das mag das Denken der anderen sein, aber ich bin dir sehr dankbar für dieses Gespräch, weil ich nun erkenne, dass diese Reise dazu gedacht ist, aus einem Lehrling einen Meister zu machen«, antwortete ich.

»Ich sage ja, du bist seltsam, und ich mag dich. Wenn du möchtest, kannst du morgen zu uns in den Schuppen hinter der Zuckersiederei kommen. Wir treffen uns dort jede dritte Nacht mit dem Zuckermeister, um Gedanken auszutauschen und um Interessierten Schreiben und Lesen zu lehren. Deinen Freund kannst du auch mitbringen.« Er erhob seine rechte Hand und wandte sich zum Gehen.

»Einen Moment noch, willst du nicht unsere Namen wissen?«, fragte ich ihn.

»Farid und Mustafa lauten eure Namen. Wir sehen uns morgen um Mitternacht.«

Jacob wurde von der Dunkelheit verschluckt.

»Ist er ein Heiliger?«, fragte Mustafa.

»Im Grunde ist jeder von uns ein Heiliger.«

Mustafa und ich betrachteten den nächtlichen Abendhimmel. Das Gespräch mit Jacob hatte uns so viel Energie gegeben und derart aufgerüttelt, dass wir nicht an Schlaf denken konnten.

»Was bedeutet ›seltsam‹?«, fragte Mustafa mich.

»Komisch, anders, ungewohnt, schwer zu erklären oder schwer zu verstehen.«

»Jacob ist seltsam«, sagte er mit stockenden Worten und begann leise zu lachen. Ich ließ mich anstecken von seiner guten Laune. Unsere Heiterkeit strahlte der aufgehenden

Sonne entgegen, die uns erfreut anlächelte und zum Gruß ihre ersten sanften Strahlen des Tages zuschickte.

In der folgenden Nacht legten wir uns gemeinsam mit den anderen erschöpft zum Schlafen in die Hütte, obwohl wir vor Aufregung kein Auge zutaten. Als die Mitgefangenen eingeschlafen waren, schlichen wir uns zwischen den Hütten hindurch zur Zuckersiederei. Keiner der Sklaven schien mehr wach zu sein. Sie wälzten sich unruhig im Schlaf hin und her, ihre schlechten Gedanken abschüttelnd, Frieden in ihren Träumen suchend und sich selbst in der Nacht verlierend. Aber schlafend waren sie frei, niemand konnte ihre Träume in Ketten legen. Mit Musketen bewaffnete spanische Söldner bewachten das Nachtlager, und wir mussten uns oft eng auf den Boden pressen oder uns hinter der Ecke einer Hütte verstecken, um nicht entdeckt zu werden. Doch die Wächter unterhielten sich zu angeregt über ihren Zeitvertreib mit den indianischen Frauen, um uns wahrzunehmen.

»Ich habe drei Weiber, eine jünger als die andere. Und eine hübscher als die andere. Ich komme gar nicht mehr zum Schlafen, ich komme mir vor wie ein Hahn in einem vollen Hühnerstall. Sie sind unersättlich, sage ich dir«, grunzte der Fettere der beiden mit röchelnder Stimme.

»Ich lasse sie nicht bei mir ins Haus. Ich habe auch keine bestimmte, ich nehme gerade die, auf die ich Lust habe, an Ort und Stelle«, erklärte der andere.

»Ja, wirklich? Das sollte ich wohl auch mal ausprobieren, dann kann ich vielleicht mal ausschlafen.«

Unbemerkt schlichen wir an den beiden Wachen vorbei und gelangten zur überdachten Zuckersiederei voller Kessel und Feuerstellen. Das war das Reich des aus Spanien importierten Zuckermeisters Barroja. Selbst Castell respektierte das Hoheitsgebiet des kleinwüchsigen und stets lächelnden Barroja. Er war von gleich bleibender guter Laune, und es schien, als ob sich die Süße der dunklen Körner, die er produzierte, auch auf seine Seele übertragen hatte. Die Zauberkunst des Zuckerkochens wurde nicht von vielen verstanden. Wann der braune Saft zu welcher Temperatur aufgekocht, umgeschüttet, durchsiebt und in die Zentrifuge gegeben werden musste, all dies wusste nur einer: Barroja. Zuckermeister galten als Magier, und ihnen wurde nachgesagt, dass sie nicht nur aus den Säften des Zuckerrohres den braunen begehrten Süßstoff zaubern konnten, sondern auch allerlei andere Wunder vollbrachten. Deshalb wurden sie von ihren Herren, den Plantagenbesitzern, oft hoch geachtet und respektiert, und ihnen wurden allerlei Annehmlichkeiten bereitet und Vergünstigungen eingeräumt. Barroja bewohnte eine große Hütte ganz für sich allein, mit ein wenig Land drum herum, wo er Mais und Tabak anbauen konnte, Ziegen und Hühner halten und sich mit einer seiner Sklavinnen vergnügen durfte.

Vorsichtig schlichen wir um das Gebäude und erreichten die Hütte, in der das geheime Treffen in dieser Nacht stattfinden sollte. Spärliche Strahlen flackernden Kerzenlichts drangen durch die Ritzen der aus dicken Holzbohlen zusammengenagelten Tür. Leise klopfte ich an. Nichts geschah. Mustafa sah mich fragend und zugleich ängstlich an. Hatten wir uns im Tag geirrt oder in der Zeit?

»Keiner da?«, fragte er unsicher.

»Doch, es muss jemand da sein. Es brennt doch Licht«, wi-

dersprach ich. Mustafa nickte und blickte sich ängstlich um, ob sich auch kein Wächter näherte.
»Kommt rein«, öffnete Jacob uns die Tür. Mustafa schlüpfte eilig durch den engen Spalt, ich folgte ihm. Um einen runden Tisch saßen zwei Indios, drei Schwarze und Barroja.
»Ihr könnt mich unmöglich in diese Sache mit hineinziehen«, schüttelte Barroja heftig den Kopf.
»Wieso denn nicht? Verfolgen die Christen den Stamm Moses etwa nicht?«, wunderte sich Jacob.
»Pscht, sei bitte ruhig! Es müssen doch nicht alle wissen«, legte Barroja seinen Zeigefinger auf den Mund.
»Du brauchst dich deiner Herkunft nicht zu schämen, und du brauchst auch nicht zu fürchten, dass irgendjemand aus diesem Raum sie preisgeben wird«, versuchte Jacob ihn zu beruhigen.
»Ich will nicht, dass es große Kreise zieht. Ich will auch nicht mehr über eure Pläne unterrichtet werden«, wehrte Barroja ab und erhob wie zum Schutz vor weiteren Worten, die er seinen Ohren verwehren wollte, die Hände.
»Warum? Ich dachte die ganze Zeit, du bist einer von uns«, klagte Jacob ihn an. Barroja hielt sich die Kerze so nah vors Gesicht, dass die Flamme beinahe seinen Scheitel entzündete.
»Was siehst du hier?«, fragte er Jacob herausfordernd, ohne auf Antwort zu warten. »Ich bin weiß, und das werde ich mein Leben lang bleiben. Egal ob Jude oder Christ. Ich gehöre zu den Weißen, egal ob ich euch in der Siederei sanftmütig behandele oder nicht. Egal ob ich dir seit Jahren die Möglichkeit biete, hier ungestört zu tun, wonach es dich gelüstet. Für euch Schwarzen bin ich und bleibe ich einer dieser weißen Hunde, die für all das Elend verantwortlich sind,

das über euch gekommen ist. Meinst du, ich spüre die hasserfüllten Blicke in meinem Rücken nicht, wenn ich mich von euch abwende? Glaubst du, ich weiß nicht, wie die Sklaven über mich reden und denken?«

»Ich mache einen Unterschied«, beharrte Jacob.

»Vielleicht, aber was ist mit all den anderen?«

»Nun, das ist dennoch kein Grund, tatenlos zuzusehen, wie sie dahinsiechen und wie ihnen Unrecht angetan wird. Denn wisse, wer zusieht, wenn ein Unrecht geschieht und nichts dagegen tut, der macht sich selber schuldig vor den Augen Gottes. Das gilt auch für deinen Gott, glaube mir.«

»Was soll ich deiner Meinung nach tun? Mit Castell reden, dass er euch laufen lassen oder bezahlen oder nach Afrika zurückbringen soll? Oder dass ihr sonntags freibekommt, damit ihr die Messe besuchen könnt? Soll ich seinen Sohn gegen ihn aufwiegeln, damit er ihn erschießt und euch anschließend freilässt? Soll ich beim spanischen König vorsprechen und ein gutes Wort für euch einlegen? Meinst du tatsächlich, dass ich mich nicht schon längst schuldig gemacht habe?«, fragte Barroja aufgebracht. Sein Gesicht rötete sich zusehends, und seine dicken, runden Augen schienen noch mehr anzuschwellen, als sie es ohnehin schon waren, dünne, rote Adern traten in ihrem Weiß hervor. »Weißt du, wie oft ich weggeschaut habe? Weißt du, wie oft ich meine Ohren vor den Schmerzensschreien der sinnlos Bestraften verschlossen habe? Weißt du, wie oft ich die Worte, die mein Herz erfüllten, nicht über meine Lippen gebracht habe? Ich kann nichts tun, ich denke, es ist unrecht, aber ich kann nichts tun. Das Beste wäre, von hier wegzugehen, damit ich dieses Elend nicht länger anschauen muss«, schloss er resigniert und ließ seinen müden Körper erschöpft auf einen Stuhl sinken.

»Ja, sicher«, brüllte Jacob außer sich. »Das Beste wäre, du gehst nach Hause zurück und vergisst alles, was du hier gesehen und gehört hast. Nur schade, dass dir der Rabbi keine Beichte abnehmen kann, so wie bei den Christen. So was Feiges.« In seiner Stimme lag ein scharfer, anklagender Unterton, der plötzlich große Verachtung für Barroja ausdrückte, so als sei sie schon immer in seiner Brust beheimatet gewesen und breche jetzt wie aus einem Vulkan aus.

»So drückst du also deine Dankbarkeit aus?«, fragte Barroja, biss knirschend die Zähne zusammen und schlug blind vor Zorn mit der Faust auf die Tischplatte, dass die ganze Hütte mitsamt dem Dach zu wackeln begann.

Es klopfte an der Tür. Plötzlich starrten sich alle Anwesenden erschrocken an und schwiegen atemlos, einen ängstlichen Blick auf die Tür werfend.

»Was ist denn hier los, Señor Barroja. Braucht Ihr Hilfe?«, fragte der fette Wächter, den ich an der Stimme erkannte.

Barroja erhob sich, trat auf die Tür zu und öffnete sie weit, so dass der Fette uns alle im Inneren der Hütte erkennen konnte.

»Ich glaube, du kommst gerade recht, um Schlimmeres zu verhindern, mein Freund«, deutete Barroja auf Jacob, der ihn entsetzt und mit ungläubigen Augen anstarrte.

Die Mittagssonne prallte auf die großen, tiefen Pfützen voller Schlamm und verbrannte das Wasser. Die Schwüle dieses Tages war dicht wie Watte, die meinen ganzen Körper und vielleicht die gesamte Insel umhüllte. Ich spürte die einzelnen Glieder meines Körpers nicht mehr, unfähig, sie voneinander zu unterscheiden oder auch nur eines meiner schmerzenden Glieder zu bewegen. Der Rücken brannte, die Haut hing in Fetzen herunter. Mein Schädel brummte, Handgelenke und Knöchel waren geschwollen. Es verschaffte meinen Schmerzen eine gewisse Linderung, seit ich bäuchlings nackt in einer jener schlammigen Pfützen lag. Hätte ich mein Kinn nicht unter größter Anstrengung erhoben, ich wäre ertrunken, und niemand hätte sich darum geschert.

»Mit seinen diabolischen Worten hat er unser aller Sinne verwirrt«, lauteten die erklärenden Worte Barrojas, als Castell ihn zur Rede stellte.

Ich wusste nicht, ob ich ihn für seine feige Tat hassen oder bemitleiden sollte. Um uns herum waren alle Sklaven Castells versammelt, sie hatten dem grausamen Schauspiel beigewohnt. Mit Schrecken mussten sie dem Sohn Castells zusehen, wie er Jacob an den Füßen aufhängte und so lange auf ihn einschlug, bis kein Laut mehr aus seiner Kehle drang, bis kein Muskel mehr zuckte und bis kein Blut mehr aus den Adern rann. Gönnerhaft setzte sich Barroja für unser Leben ein, als es daran ging, uns eine gerechte Strafe angedeihen zu lassen.

»Sie waren verblendet von Jacobs satanischer Ausstrahlung. Keiner von ihnen würde je über Widerstand nachdenken, geschweige denn ihn propagieren«, erklärte er Castell, und ich erkannte in seinen Augen, dass er mit aller Inbrunst etwas Gutes tun wollte, damit er den Verrat gegen Jacob vor sich und den anderen wieder gutmachen konnte. Er vermied es, in meine Augen oder in die Mustafas zu blicken. Vielleicht aus Angst, die Feigheit würde erneut über ihn regieren und er würde sein Anliegen, uns zu retten, aufgeben.

Jacob, der Rebell, war tot. Farid, der Rebell, war geboren. Der Freiheitsgedanke Jacobs lebte in mir und mit mir weiter. Die kurze, aber intensive Begegnung mit diesem freiheitsliebenden und kritischen Mann hatte mich verändert. War zuvor mein einziges Ansinnen, zu entkommen und zu Arub zurückzukehren, so verspürte ich jetzt den tiefen Wunsch in mir, meinen Leidensgenossen ebenfalls zur Freiheit zu verhelfen. Würde ich nur danach trachten, meine eigene Freiheit zu erlangen, dann würde ich mich fühlen wie jener Verräter Barroja, der jahrelang mit Jacob philosophiert, ihm seine Hütte für geheime Treffen zur Verfügung gestellt hatte und nun plötzlich vorgab, nicht aus seiner weißen Haut schlüpfen zu können. Ich war kein Weißer. Zwar nicht so schwarz wie die anderen, aber eben dunkelhäutig. Vielleicht hell genug, um, ähnlich wie Barroja, auf einen imaginären bedeutenden Unterschied hinzuweisen. Aber seit dem Tod Jacobs wusste ich, dass ich nicht mehr imstande sein würde, mich mit meiner eigenen Freiheit zufrieden zu geben. Der Kampf gegen die Unterjochung und Sklaverei wurde zu meinem persönlichen Kampf, denn ich wusste, dass Jacob mit seiner Aussage richtig lag, als er sagte, dass jeder, der bei einem Unrecht nur zusieht und nichts tut, sich selbst Schuld auflädt.

Castell verschärfte aus Angst vor einem Aufstand die Vorsichtsmaßnahmen. Obwohl kaltblütig und herzlos, war er doch klug genug, zu wissen, dass Jacob ein sehr beliebter Mann gewesen war. Es war zu befürchten, dass die Sklaven sich gegen ihn erheben könnten. Mustafa und mir gelang es mit vereinten Kräften, die erhitzten Gemüter von unbesonnenen Handlungen abzuhalten, indem wir ihnen Hoffnung auf baldige Befreiung machten.

»Sobald es dunkel wird, dürft ihr eure Hütten nicht mehr verlassen. Wir werden jeden erschießen, der sich meinem Befehl widersetzt«, erklärte Castell.

Die Ketten wurden uns wieder angelegt und nur bei der Arbeit abgenommen. Die Anzahl der bewaffneten Männer, die uns bei der Arbeit überwachten, wurde verdoppelt. Castell blickte noch grimmiger drein, als er es ohnehin schon tat. Vielleicht dachte er an den geschmälerten Gewinn, der ihm durch die zusätzlichen Löhne der Wächter entstand.

Bei der Arbeit hatten Mustafa und ich nur noch selten Gelegenheit, miteinander zu sprechen. Die Wächter duldeten keinerlei Gespräche mehr zwischen den Sklaven während der Arbeit.

Doch in den Hütten konnten sie während der Abendstunden die flüsternden Gespräche zwischen uns nicht unterbinden.

»Die anderen erzählen sich, dass es vor drei Wochen zwei Dutzend Sklaven gelungen ist, von den Feldern ihres Herrn zu fliehen«, berichtete mir Mustafa aufgeregt.

»Wo sind sie hingegangen?«, begehrte ich zu wissen.

»Weg.«

»Weg wohin?«

»Ich weiß es nicht«, zuckte er mit den Schultern.

»Wenn wir fliehen, dann müssen wir genau wissen, wohin wir gehen. Die Insel ist sehr klein, und wir sind sehr viele, Mustafa«, erklärte ich und begann, mir Sorgen zu machen, dass das Aufbäumen der Männer auf der Plantage nicht mehr unter meiner Kontrolle stand. Ich spürte, dass sich durch den Tod Jacobs in den Herzen aller hier anwesenden Männer etwas gerührt hatte, das weder von Castells Wachen und Ketten noch von meinen beschwichtigenden Worten im Zaum gehalten werden konnte.

»Ich will nach Hause«, seufzte Mustafa mit einem sehnsüchtigen Blick.

»Das wollen wir, glaube ich, alle«, nickte ich ihm zu, und für einen kurzen Augenblick sah ich das lächelnde Gesicht Arubs vor meinem geistigen Auge.

»Also, wieso gehen wir dann nicht nach Hause?«

Eine große Melancholie ergriff mich plötzlich, denn ich fragte mich, wie siebzig schwarze Sklaven, sollten sie den Ketten entkommen, jemals wieder über den Ozean zu ihren Familien und Dörfern zurückkehren sollten. Auch die fünfzig Indios würden nicht heimkehren können, die Erde, die einst ihre Heimat war, war verbrannt, ihre Eltern, ihre Frauen und ihre Kinder waren tot. Was würde die wiedererrungene Freiheit für jeden dieser Männer bedeuten?

»Was denkst du?«, fragte Mustafa, als er meine Sorgenfalten entdeckte.

»Was bedeutet Freiheit, Mustafa?«

»Wie meinst du das?«, fragte er ein wenig verwirrt.

»Sind wir frei, wenn wir träumen? Sind wir frei, wenn wir die Ketten abstreifen und vom Zuckerrohrfeld fliehen? Sind wir frei, wenn wir zu unseren Familien zurückkehren? Oder fühlen wir uns gar immer gefangen von der Welt, die uns umgibt, von der Haut, die uns umgibt, von den Gedanken, die immer um uns herum sind?«

Mustafa dachte eine Weile nach. »Das ist eine interessante Überlegung, denn als ich frei war, habe ich mich kaum darüber gefreut. Ich habe gar nicht gewusst, wie gut es mir damals ging. Ich beschwerte mich über dieses und jenes, ohne zu verstehen, wie glücklich ich eigentlich war, und ich strebte stets an, mich von etwas zu befreien, das mich davon abhielt, zu fliegen wie ein Falke.«

»Weißt du, was die Tuareg in solch einer Situation sagen, in der man sich nicht mit dem begnügt, was man hat, oder sich immer nach mehr sehnt?«, fragte ich ihn.

»Nein.«

»Ich war traurig, dass ich keinen silbernen Ring bekam, aber dann sah ich jemanden, der keine Finger hatte.«

VIII.

Blut schreit nach Blut.
Feuer entfacht Feuer.
Hass streut Hass.
Liebe weckt Liebe, weckt Liebe, weckt Liebe.

Ibn Alim

Wie eine bleierne Decke legten sich die schwarzen Rauchschwaden über das Tal und verdunkelten es. Lodernde Flammen verzehrten alles mit höllengleicher Hitze und rasten über das Zuckerfeld so schnell wie der Wind. Gestank von verbranntem Fleisch lag in der Luft. Das Dach der Zuckersiederei stand in Flammen, Barrojas Leib auch. Schreiend stürzte er sich in eines der Becken und vereinte sich mit dem kochenden dunkelbraunen Sud, dessen Meister er noch bis vor einigen Momenten gewesen war. Die brodelnde Suppe verschluckte die Flammen, die Barroja umgeben hatten. Für einen Augenblick hielt er den Kopf in die Luft, so als habe er es sich anders überlegt und wolle dem tödlichen klebrigen Sud wieder entkommen. Ich blickte in seine vor Schreck stumpfen Augen, es schien, als lächele er mich an, doch dann versank

auch sein Haupt vollends mit einem kaum wahrnehmbaren erleichterten Seufzer darin.
Castell saß auf einem durchgeschwitzten Pferd. Umzingelt vom Feuer und ihn hetzenden Sklaven, trieb er sein Pferd ziellos an und ließ es einmal in die eine und dann wieder in die andere Richtung preschen, ständig von den lodernden Flammen oder blutgetränkten Macheten in die Schranken gewiesen. Joshuas verkohlte Leiche baumelte an dem inzwischen schwarzen Holzgerippe, das von dem großen Dach über der Siederei übrig geblieben war. Castells Sohn war von einem Machetenhieb, der den Kopf halb geöffnet hatte, niedergestreckt worden. Die Klinge steckte noch immer in der blutverschmierten, einen Spalt weit geöffneten Schädeldecke. Die blutrünstigen und rachehungrigen Blicke, die Castell verfolgten, erschienen mir heißer als das durch den Hass der sich befreienden Sklaven entzündete Flammenmeer. Auf ihren freien Oberkörpern klebte das Blut ihrer Unterdrücker. Arm- und Brustmuskeln waren stark angeschwollen vom Kampf und wirkten wie die aufgeplusterten Federn kämpfender Hähne. Der unbezwingbare Wille, sich jedem und allem zur Wehr zu setzen, sprühte wild aus ihren Augen. Über Nacht hatten sie sich verändert: Aus verängstigten Lämmern waren blutrünstige Wölfe geworden. Sie fühlten sich stark. Sie fühlten sich frei. Ich nicht. Ohnmächtig hatte ich dem Morden beigewohnt. Wog man die Taten der Ermordeten mit ihrer Strafe auf, so mochte das Leid, das ihnen angetan wurde, noch zu gering erscheinen im Vergleich zu ihren Sünden. Aber dieser Umstand ließ mich nicht erleichtert aufatmen angesichts der blinden Wut, die nun über der verbrannten Erde herrschte. Erschrocken musste ich feststellen, dass die

Menschen, mit denen ich zuvor noch das Schicksal geteilt und mit denen ich mich gemeinsam in die Freiheit gesehnt hatte, mir jetzt seltsam fremd erschienen. Die erschreckten glucksenden Laute Castells rissen mich aus meinen Gedanken. Rund ein Dutzend revoltierender Sklaven hatte ihn aus dem Sattel gerissen. Mit bloßen Händen schlugen sie abwechselnd auf ihn ein. Mustafa warf mir ein triumphierendes Lächeln zu, während er die Klinge seiner Machete in einem Wasserkübel reinigte. Als er bemerkte, dass ich seine Freude nicht teilte, blickte er enttäuscht drein.

»Was ist mit dir, Farid?«, fragte er und verwahrte die Machete in einer an seinem Gürtel baumelnden Lederscheide, die er einem der toten Wächter abgenommen hatte.

»Blut und Feuer können Ketten sprengen, aber unsere Seelen befreien können sie nicht«, sagte ich und blickte ihn traurig an. »Die Schuld, die wir uns aufladen, wird unseren Seelen neue Ketten überstreifen.«

»Nein! Nein! Lasst mich!«, schrie Castell in höchster Todesangst. Die Männer hatten seine Hände auf den Rücken gebunden, ein Seil über das nackte und verkohlte Gerüst des Daches der Siederei geworfen und eine Schlinge um seinen Hals gelegt.

»Was meinst du, wird sich ändern, wenn wir ihn am Leben lassen?«, deutete Mustafa auf Castell.

»Was werdet ihr verändern, wenn ihr ihn tötet?«

»Nein«, schrie Castell verzweifelt, als er den Boden unter seinen Füßen verlor. Sein panisches Röcheln und Gurgeln beeindruckte die Anwesenden, und sie traten einige Schritte zurück, um das Schauspiel aus einer sicheren Distanz beobachten zu können, als Castell sich im Todeskampf aufbäumte. Hektisch strampelte er mit den Beinen und versuchte, Halt zu finden. Dabei drehte er sich ständig schneller werdend um seine eigene Achse, und die Schlinge um seine Kehle zog sich immer fester zu. Noch ein verzweifeltes Zucken, ein letztes lautes Stöhnen, dann wich das Leben schlagartig aus dem baumelnden Körper, der sich nun nur noch langsam drehte. Castells blaue Zunge quoll aus dem halb geöffneten Mund hervor. Speichel hing an seinem Kinn. Die verdrehten Augen waren vor Schreck weit geöffnet. Ein kläffender Hund lief verwirrt um Castells Leiche und bellte sie wütend an. In den Augen der Henker Castells konnte ich keine Genugtuung lesen. Mit stumpfen Blicken verfolgten sie den seltsamen Tanz des Hundes um den ehemaligen Herrn des Gutes. Knurrend biss er in einen Stiefel Castells und zerrte vergeblich daran. Dann ließ er wieder von ihm ab, bellte böse, umkreiste ihn erneut und biss ihn in die Ferse. Dieses Spiel trieb der Hund immerfort, und ich fragte mich, welcher verrückte Dschinn ihn wohl antrieb, dies zu tun.

»Ein Teufel weniger«, erklärte Mustafa, einen zufriedenen Blick auf Castell werfend, so als hätten die Worte, die ich vor wenigen Momenten an ihn gerichtet hatte, sein Herz nicht erreicht.

»Für ihn werden hundert neue kommen«, antwortete ich, wendete mich ab und ging zu unserer Hütte, in der unsere Verletzten versorgt wurden, um dort zu helfen.

Ein zwölfjähriger Junge und sieben Männer lagen auf den harten Holzbrettern, die mit dünner Baumwolle ausgelegt waren. Der Junge war an der Schulter schwer verletzt, eine tiefe Wunde von einem Schwert- oder Machetenhieb klaffte im Fleisch. Fast wäre ihm der Arm abge-

trennt worden. Die Wunde blutete stark, das Gesicht des Jungen war aschfahl. Ibrahim, der Älteste unter uns, saß am Kopfende und betupfte die schweißbedeckte Stirn des Jungen.
»Wie geht es ihm?«, fragte ich.
Ibrahim zuckte verzweifelt mit den Schultern. In seinen Augen las ich die Angst, dass der Junge bald sein Leben verlieren würde. Ich warf einen Blick auf die anderen Verletzten. Ibrahim hatte ihnen Verbände am Kopf, den Beinen oder Armen angelegt. Teils mit geschlossenen Augen lagen sie auf den Pritschen und versuchten, den Schmerz und die schlechten Gedanken zu vergessen. Keiner schien mir ernsthafter verletzt zu sein als der Junge, der Ibrahim und mir einen Hilfe suchenden Blick zuwarf. Ich nahm das Messer an mich, das auf dem Boden neben ein paar Lumpen lag, schnitt ein paar Fetzen zurecht, tauchte sie in den Wassereimer, der nebenan auf dem Boden stand, und wrang sie aus. Die ängstlichen Augen des Jungen verfolgten jede meiner Bewegungen ganz genau.
Plötzlich vernahmen wir laute Salven aus Musketen. Die Schreie der Getroffenen ließen uns erschrocken auffahren.
»Tötet sie alle!«, hallte eine tiefe, grausame Männerstimme durch das Tal. »Lasst keinen entkommen!«
Wieder waren laute Schüsse aus unzähligen Gewehrläufen zu vernehmen. Der Junge sprang torkelnd von der Pritsche auf. In seinen Augen spiegelte sich die Angst eines gehetzten Tieres wider. Ohne Rücksicht auf seine blutende Wunde rannte er aus der Hütte, bevor Ibrahim ihn daran hindern konnte. Ein Schuss war direkt vor unserer Tür zu hören, und der erschrockene Schrei des Jungen tönte zu uns herein. Ängstlich winselte er um sein Leben, während sich

ihm laut klackende Stiefelabsätze auf den Holzdielen näherten. Ein älterer Mann, dessen Knie von einem Hieb beim morgendlichen Kampf steif geworden war, presste verzweifelt die Ohren mit seinen Händen zu, so als wüsste er, was jetzt folgen würde. Das Winseln des Jungen wurde lauter, dann vernahmen wir dumpfe Laute, die von Schwerthieben herzurühren schienen. Ein kurzes erschrockenes Schlucken, dann ließ der Junge keinen Laut mehr von sich hören. Die Geräusche des Schwertes, das immer wieder in das Fleisch des Geflohenen eindrang oder hart auf dessen splitternde Knochen prallte, war zu vernehmen. Ich nahm das Messer, das ich dazu verwendet hatte, die Stoffe für die Verbände zu schneiden, so an mich, dass die Klinge hinter meinem Unterarm versteckt war. Die Schwerthiebe hörten auf, und ein zufriedenes Grunzen drang unangenehm in unsere Ohren und Herzen. Die Tür wurde geöffnet. Ein riesiger spanischer Soldat trat in den Raum. Er musste sich bücken, um durch die Tür zu kommen. Seine Schultern waren so breit, dass er seitlich eintreten musste. Er trug einen dichten, schwarzen Vollbart, der fast bis zu seinen dunklen, stechenden Augen reichte. Auf dem Kopf saß ein Helm, der ein wenig zu klein aussah und wohl eher als Zierde oder Erkennungszeichen denn als Schutz diente. Unter seinen buschigen Augenbrauen loderten wilde, mordlustige Augen. In seinem langen, starken Arm hielt er das blutgetränkte Schwert und grinste uns wie ein hungriger, Lefzen ziehender Bluthund an. Zwei Pistolen steckten in seinem Gürtel. Ich las Spott in seinen Augen, als sie den angsterfüllten Blicken der Verletzten begegneten. Er rechnete nicht im Geringsten mit Widerstand und schritt ohne Angst durch die Reihen der Verwundeten, die ihre Körper panisch an die Wände drückten, um ihm auszuweichen. Plötzlich erhob er sein Schwert und ließ es auf den Hals des einzigen Indios, der unter uns weilte, hinabsausen. Dieser duckte sich im rechten Moment und konnte dem Hieb ausweichen. Erneut holte er zu einem Schlag aus. Ich wusste, er würde nicht eher ruhen, bis er uns alle getötet haben würde. Nun war es an der Zeit zu kämpfen. Ich hatte gewusst, dass dieser Moment in meinem Leben kommen würde. Meine Liebe war noch nicht stark genug, um diesen vom Teufel besessenen Krieger vom Morden abzuhalten. Ibn Alim hätte es vielleicht vermocht, kraft seines Herzens diesem Ungetüm Einhalt zu gebieten, aber mir blieb nur der Kampf.

»Hältst du dich für einen mutigen, starken Mann?«, fragte ich ihn.

Langsam wendete er sich von dem Indio ab, den er als sein erstes Opfer in dieser Hütte auserkoren hatte, und sah mich kalt an. Ich blickte furchtlos in seine Augen, umrahmt von den dichten Augenbrauen und dem schwarzen Bart, so dass sein Gesicht fast dem eines Affen glich.

»Ich halte dich für einen Feigling«, sagte ich mit hasserfüllter Stimme, als er mich schweigend und abschätzend anstarrte.

»Wenn du wüsstest, wie viele Häupter und Glieder diese Klinge abgetrennt hat, dann würdest du wohl kaum so sprechen«, sah er mich kaltblütig an, doch seine gereizte Stimme sprach eine andere Sprache als seine überheblichen Worte. Ich spürte ein vorsichtiges Abtasten in seiner nicht mehr ganz so harten und von sich selbst überzeugten Stimme. Offensichtlich wusste er meinen zu allem entschlossenen Blick richtig zu deuten, und er war schlau genug, einen mutigen Gegner ernst zu nehmen, auch wenn er nicht halb so breit und halb so stark schien wie er.

»Wenn du die Häupter wehrloser Kinder, Frauen, alter Männer und Verletzter meinst, dann wächst meine Achtung vor dir nicht im Geringsten«, fauchte ich ihn voller Verachtung an.

»Wie viele Menschen hast du schon getötet? Damit ich weiß, welch mutigen Helden ich ins Jenseits befördern werde«, fragte er überheblich mit einem sarkastischen Unterton. Er glaubte, mich mit dieser Frage beeindruckt zu haben, und fühlte sich für einen Augenblick stärker als ich. Das war der Augenblick, auf den ich gewartet hatte.

»Du wirst der Erste sein«, stürzte ich auf ihn zu und rammte ihm das Messer zwischen die Rippen, in der Hoffnung, mit dem ersten Stich sein Herz zu treffen. Überrascht sperrte er den Mund auf und schnappte hilflos nach Luft. Das Schwert fiel aus seiner Hand, und er klammerte sich verzweifelt an mir fest. Er schien unendlich schwer zu sein. Beinahe sank ich unter der Last seines Körpers, den das Leben verließ, zusammen und befürchtete, er würde mich mit in den Tod reißen. Ich sah in seine Augen, aus denen das wilde Feuer entwichen war, zog das Messer aus seiner Wunde und stieß es ihm bis zum Schaft in die Seite. Blut quoll aus seinem Mund, ich sprang zur Seite, und der mächtige Körper knallte mit einem klatschenden Geräusch schlaff auf den Boden. Schwer atmend kniete ich nieder, legte das Messer auf den Boden und stützte mich mit den Händen auf dem Boden auf. Der Kampf war kurz, aber sehr kräftezehrend gewesen. Ich schloss die Augen, konzentrierte mich auf meinen Atem und kam langsam wieder zu Kräften. Als ich die Augen erneut öffnete, wurde ich der

Leiche gewahr, vor der ich gekniet hatte. Der riesige Spanier lag rücklings auf dem Boden, ein Bein angewinkelt, so als sei er bereit, jeden Moment wieder aufzuspringen. Ein dünnes, dunkelrotes Rinnsal hatte sich seinen Weg von seinem rechten Mundwinkel bis in den Kragen gebildet. Ich hatte einen Menschen getötet! Noch vor wenigen Augenblicken hatte ich Mustafa seine und die Taten der anderen vorgeworfen und jetzt war ich selbst zum Mörder geworden. Ich suchte die Augen eines jeden Mannes in dem Raum, dem ich für diesen Moment durch meine Tat das Leben gerettet hatte. Ich wollte mir ihre Gesichter für immer einprägen, damit ich nicht vergessen würde, wofür ich meine Hände mit Blut besudelt hatte. Es war gewiss nötig gewesen, die wehrlosen Anwesenden vor dem mordlustigen Gesellen zu verteidigen. Auch mein eigenes Leben musste ich schützen, aber ich hegte Zweifel daran, ob es wirklich nötig gewesen war, ihn zu töten, um unsere Leben zu retten. Mit einer gewissen Genugtuung hatte ich ihm die Klinge des Messers zwischen die Rippen getrieben, und jetzt erinnerte ich mich mit schlechtem Gewissen an diesen Moment. Ich warf einen prüfenden Blick auf die Anwesenden, die der Tod des Spaniers offensichtlich gar nicht beunruhigte. Ich hatte viel über das Töten eines Menschen gelesen. Ibn Alim hatte darüber gesprochen und nicht nur den Koran bemüht, um uns deutlich zu machen, dass es eine Sünde sei zu töten. Doch die Worte aus dem Mund des Meisters meines Meisters und aus den mit liebevollen Händen geschriebenen Büchern waren anders als das, was ich erlebt hatte. Das Leben brachte mich dem Tod und dem Töten näher, als es irgendwelche Worte vermochten. Reuig dachte ich an meinen Meister und Vater Xavier de la Valle zurück, der im Ansinnen, sich zu verteidigen, meinen leiblichen Vater umgebracht hatte. Welch schlechtes Gewissen und welchen Schmerz musste ihm dieser tödliche Irrtum beschert haben? Und ich hatte nichts als ohnmächtige Wut und Unverständnis für ihn übrig gehabt. Wie gerne hätte ich ihm jetzt mitgeteilt, dass ich ihn endlich verstehen konnte, auch wenn es immer noch schmerzte, dass seine Klinge meinen leiblichen Vater, den ich niemals hatte kennen lernen können, niedergestreckt hatte.

Für den Toten zu meinen Füßen empfand ich kein Mitleid, obwohl mich ein seltsames Gefühl erfasste, als ich ihn betrachtete. Wer will schon gerne über Leben und Tod anderer Menschen entscheiden? Ich versuchte, einen tieferen Sinn in seinem Tod zu sehen. Vielleicht rettete sein Tod unser Leben, aber wie? Die Hütte konnte ich mit den Verletzten nicht verlassen. Sobald uns einer der spanischen Söldner sehen würde, würde das Morden und Abschlachten weitergehen. Der Befehl ihres Vorgesetzten, dessen Stimme ich nur kannte, war unmissverständlich. Aber auch im Inneren der Hütte zu verweilen war keine Lösung für unser Problem. Früher oder später würden uns die Spanier entdecken und niedermetzeln. Ich warf einen Blick auf den Helm, der vom Kopf des Toten gerutscht war. Ob mir seine Kleidung passen würde, fragte ich mich. Ich setzte den Helm auf, er saß perfekt: nicht zu eng und nicht zu locker. Seine Stiefel ließen sich nicht sehr leicht von den Füßen abziehen. Es kostete mich einigen Schweiß und Anstrengung, sie von seinen geschwollenen Füßen zu lösen, aber dafür konnte ich umso leichter in sie hineinschlüpfen. Ich riss ihm die Hose, das mit Blut getränkte, ursprünglich weiße Hemd und die Lederweste vom Leib. Nachdem ich die Stiefel wieder aus-

gezogen hatte, schlüpfte ich in Hose und Hemd, zog die Stiefel wieder an, schnallte den Gürtel um meinen Bauch und verwahrte das Schwert in der Scheide. Die Kleidung saß recht locker, aber es würde bei dem Getümmel, das draußen herrschte, niemandem auffallen, hoffte ich. Sorgenvolle Blicke begleiteten mich zur Eingangstür, die ich langsam einen Spalt weit öffnete, um vorsichtig hindurchzulugen. Direkt vor dem Eingang unserer Hütte entdeckte ich einen herrenlosen Erntewagen. Das schien mir eine günstige Gelegenheit zu sein. Vielleicht könnte ich die anderen vor den scharfen Klingen und glühenden Kugeln der Spanier bewahren. Direkt vor der Tür lag der Junge, der versucht hatte, zu fliehen. Er war völlig verstümmelt, Kopf, Arme und Beine waren vom Rumpf getrennt. Die riesige Blutlache um ihn herum war inzwischen versickert und hatte den lehmigen Boden rot gefärbt. Der nächste Regen würde das restliche Blut mit in den Schoß der Erde nehmen. Verbittert darüber, dass jede Rettung für ihn zu spät kam, schloss ich wieder die Tür und wandte mich an Ibrahim, der wie Joshua Spanisch zu sprechen gelernt hatte.
»Sag den anderen, dass ich eine Kutsche vor die Tür fahren werde. Sie sollen sich auf die Laderampe legen und so tun, als seien sie tot. Und brennt die Hütte nieder, damit sie ihn nicht finden und keinen Verdacht schöpfen können, bevor wir entkommen sind«, deutete ich auf die Leiche des Spaniers, bevor ich all meinen Mut zusammennahm und aus der Hütte trat.
Gespenstische Ruhe lag über dem Platz. Ängstlich blickte ich mich um, befürchtend, dass die Hütte inzwischen von unzähligen Augen beobachtet wurde und die Söldner nur darauf warteten, dass sich jemand zeigte, um loszustürmen

und alles niederzumetzeln, was sich bewegte. Vorsichtig machte ich ein paar Schritte auf die Kutsche zu, doch nichts tat sich. Weit und breit war niemand zu sehen. Ängstlich bemüht, die Stille nicht unnötig zu unterbrechen, schlich ich auf die Kutsche zu, nahm das Pferd am Zügel, führte es leise zur Tür der Hütte und öffnete sie behutsam. Inmitten des Raumes brannte ein kleines Feuer. Die Männer hatten aus zerschlagenen Möbeln in aller Eile Holzstücke aufgestapelt und angesteckt.

»Ihr könnt rauskommen«, flüsterte ich Ibrahim zu. »Aber leise!«

Ibrahim stützte den Mann mit dem verletzten Bein und führte ihn zur Laderampe. Der Indio folgte den beiden, er hatte seinen Hals mit dem Blut des Spaniers eingeschmiert, so als habe dieser ihn tatsächlich mit seiner Klinge getroffen. Die anderen folgten. Ibrahim positionierte sie auf der Kutsche, ließ sie teilweise übereinander liegen, damit tatsächlich der Eindruck entstünde, sie seien tot, gesellte sich zu ihnen und bedeutete mir, dass wir abfahren konnten. Ich schwang mich auf den Kutschbock, ergriff die Zügel und lenkte den Wagen entlang der niedergebrannten Siederei in Richtung des Zuckerrohrfeldes. Ich stoppte und drehte mich noch ein letztes Mal um, einen Blick auf den Ort des Schreckens werfend. Inzwischen hatten die lodernden Flammen von der Hütte, in der die Leiche des Spaniers lag, Besitz ergriffen. Verwundert fragte ich mich, wo all die Männer geblieben waren, verdrängte aber schnell alle dunklen Gedanken, atmete erleichtert durch und schickte mich an, die Kutsche unserer Freiheit entgegenzusteuern.

»Halt! Wohin des Weges?«, vernahmen wir plötzlich eine dröhnende Stimme. Erschrocken entdeckte ich drei Spanier. Sie traten aus der Tür einer Hütte, die neben derjenigen lag, in der wir uns versteckt hatten.

»Ich mache ein bisschen Hundefutter«, raunte ich ihnen mit dem tiefsten Bass, den ich aus meiner Kehle zu quetschen vermochte, zu. Ich bemühte mich, mit dem Schild des Helmes mein Gesicht zu verdecken. Sie waren weit genug entfernt, um nicht klar erkennen zu können, wer ich war. Der Kleinste von ihnen nahm dennoch seinen Helm ab und kratzte sich am Kopf, während er mit blinzelnden Augen aus der Ferne versuchte, auszumachen, mit wem er redete.

»Wer bist du eigentlich? Kennen wir uns?«, stutzte er, noch immer im Zweifel darüber, wer ich wohl sein mochte, da ihm offensichtlich auch meine Stimme fremd erschien.

»Meine Freunde nennen mich den Metzger«, antwortete ich gespielt rau lachend, ließ die Zügel klatschend auf die Kruppe des Pferdes fallen und galoppierte davon, ohne mich noch einmal umzudrehen. Ich wusste, würde ich mich ein einziges Mal umdrehen, um mich zu vergewissern, ob sie uns folgten oder nicht, würden sie sofort Verdacht schöpfen oder ihn bestätigt sehen. Also richtete ich meine Augen starr auf den Weg, der vor uns lag, und spürte ihre Blicke in meinem Rücken wie kleine Nadelstiche. Vielleicht war es, weil sie gerade kein Pferd zur Hand hatten oder weil sie mir mein Schauspiel abgekauft hatten: Die drei Soldaten verfolgten uns nicht. Mit lautem Gepolter rasten wir die Wege entlang, die uns in den letzten Tagen zu qualvollem Schuften geführt hatten. Hier gab es keine Arbeit mehr für uns. Das gesamte Feld war niedergebrannt. Schwarze, qualmende Erde säumte unseren Weg zur Freiheit.

Der Braune war vollkommen durchgeschwitzt. Schaum flog von der Schnauze durch die Luft, wenn er widerwillig gegen die schnelle Gangart, die ich ihm abverlangte, den Kopf schüttelte. Wir hatten die niedergebrannten Felder durchkreuzt und einen Weg erreicht, der uns durch dichten Urwald führte. Ich stoppte und ließ das Pferd verschnaufen.

»Wohin sollen wir jetzt nur gehen?«, fragte Ibrahim verzweifelt. »Werden sie uns nicht überall suchen?«, fügte er hinzu und warf einen ängstlichen Blick auf den Weg, den wir zurückgelegt hatten.

»Wenn sie wissen, wie viele wir waren, und wenn sie die Leichen zählen, ja. Aber wenn wir Glück haben, dann tun sie es nicht«, antwortete ich.

»Gut, vielleicht mögen sie uns nicht verfolgen, aber wo sollen wir uns verstecken? Wohin sollen wir gehen? Jeder weiß, dass wir Sklaven sind. Niemand wird uns einfach so über die Insel spazieren lassen.«

»Ich weiß«, sagte ich. Auch ich hatte mir diese Fragen gestellt, während wir in die ungewisse Freiheit ohne Ziel galoppierten. Sollte diese Reise im Nirgends enden? Jetzt, da ich endlich die Freiheit wiedererlangt hatte und die Zügel in meiner Hand hielt? Ich hatte sieben Menschenleben gerettet und eines beendet. Aber was sollte nun geschehen?

Die Geräusche eines galoppierenden Pferdes rissen mich aus meinen Gedanken. Ein einzelner Reiter näherte sich uns. Verzweifelt suchte ich nach einem Versteck für den Wagen, aber das Gestrüpp am Rand des Weges war zu dicht, als dass wir ihn dort hätten verstecken können. Außerdem musste uns der Reiter schon längst aus der Ferne gesehen haben. Es war also ein völlig sinnloses Unterfan-

gen, sich verstecken zu wollen. Ich beschloss, den Reiter zu erwarten und wieder den Metzger zu spielen.
»Stellt euch tot!«, rief ich Ibrahim zu. Die Männer ließen sich auf die Laderampe sinken und atmeten so flach, wie sie konnten.
Plötzlich stoppte der Reiter sein Pferd und warf einen zögernden Blick zu uns herüber. Er schien ein Geistlicher zu sein. Ich erkannte die braune Kutte. Er stieg vom Pferd ab und führte es langsam auf uns zu. Ich beschloss, ihm ebenfalls zu Fuß entgegenzugehen, sprang vom Kutschbock ab und schritt auf ihn zu. Auf halber Strecke erkannte ich ihn: Es war der Geistliche, der sich angeboten hatte, Mustafa und mich zu kaufen, um uns zu retten. Jetzt erst wurde mir bewusst, dass ich die blutverschmierte Kleidung des Spaniers am Leib trug, doch es war zu spät umzukehren, auch er hatte mich wiedererkannt. Lächelnd kam er auf mich zu.
»Ich hatte schon gedacht, ich würde zu spät kommen«, sagte er erfreut.
»Zu spät? Wofür?«
»Ich habe von dem Brand auf Castells Besitzungen gehört und wusste, was geschehen würde. Sie tun es immer, wenn ihr euch wehrt. Sie löschen alle aus, die sie finden können.«
»Ihr habt die Mühen des Rittes nur wegen mir auf Euch genommen?«, blickte ich ihn verwundert an.
»Wegen dir und deines Freundes. Wo ist er?«
»Ich weiß es nicht, vielleicht ist er mit der Machete in der Hand gestorben«, sagte ich bitter, traurig darüber, dass ich einen treuen Freund an den Hass verloren hatte.
»Wie ich sehe, hast auch du deine Hände in Blut getaucht«, warf der Geistliche einen Blick auf meine blutverschmierten Hände.

Ich erkannte kein vorschnelles Urteil in der Art, in der er mich ansah. Bei der Flucht in die Ungewissheit war mir bisher nicht aufgefallen, dass Hände und Arme über und über bis zu den Ellenbogen voller Blut waren. Beschämt versuchte ich, das Blut an den Hosen abzuwischen, aber es war schon lange getrocknet und ließ sich nicht so einfach wegwischen. Ich wusste, dass die Spuren sich nicht einfach beseitigen ließen, und das Blut, das ich vergossen hatte, würde für immer meinen Blick und mein Herz trüben, wie sauber meine Hände auch aussehen würden.

»Als es um das Leben dieser Männer und das meine ging, tat ich, was ich niemals zuvor getan hatte und was ich niemals wieder zu tun wünsche«, erklärte ich ihm und deutete auf die Kutsche.

Er warf einen verwunderten Blick auf die Kutsche, auf der die reglosen Körper lagen. »Was ist mit ihnen?«, fragte er.

»Sie stellen sich tot«, antwortete ich lachend. »Es ist alles in Ordnung, Ibrahim!«, rief ich zur Kutsche hinüber, und Ibrahims Kopf tauchte plötzlich auf.

Auch der Geistliche musste jetzt schmunzeln. »Gott gebietet, nicht zu töten, aber um zu leben, muss man Leben nehmen, das ist das Gesetz der Natur, selbst wenn wir uns wünschen würden, dass dem nicht so wäre. Das ist auch uns Franziskanern nicht unbekannt«, versuchte er die Schwermut aus meinem Herzen zu vertreiben.

»Wann gibt der Tod Leben, und wann folgen auf den Tod noch mehr Tod und noch mehr Hass? Ist es nicht die Liebe, die Liebe erntet, und der Hass den Hass?«

»Ich glaube, als du getötet hast, hat nicht der Hass deine Hände geführt, sondern die Liebe«, antwortete der Franziskaner.

»Woher wollt Ihr das wissen?«, sah ich ihn ungläubig an.
»Hätte der Hass dein Handeln geleitet, dann wärst du jetzt nicht so sehr im Zweifel. Der Hass hätte dir die Gewissheit gegeben, dass der Mensch, den du getötet hast, es verdient hat. Der Hass hätte deinem Herzen geschmeichelt, so dass es ruhigen Gewissens weitergelebt und in jeder Nacht einen tiefen, ruhigen Schlaf gefunden hätte. Aber dein Zweifel rührt daher, dass du selbst für deinen Feind Liebe empfindest und deshalb deine Tat bereust. Das mag für dein Herz und dich ein schwerer Weg sein, aber es zeigt mir, dass du den rechten Pfad nicht verlassen hast«, erklärte der Geistliche.
»Habt Dank für die warmen Worte«, lächelte ich ihn offen an. »Was ratet Ihr uns? Wohin sollen wir fliehen?«
»Ihr könnt mir folgen und auf meinem Gut euer neues Zuhause finden, wenn ihr wollt.«
»Wieso tut Ihr das für uns?«, begehrte ich zu wissen.
»Es ist Gottes Wille, dass wir allen Bedürftigen helfen«, sah er mich liebevoll an.

»Wieso vertraust du ihm?«, fragte Ibrahim und warf einen skeptischen Blick auf den Franziskaner, der in gebührendem Abstand wartete, damit ich mich mit Ibrahim und den anderen besprechen konnte.
»Vielleicht sind es seine Augen. Vielleicht ist es sein Lächeln. Vielleicht sein großes Herz.«
»Du redest über ihn wie über eine Frau. Das ist gefährlich«, sah Ibrahim mich abschätzend an.
»Gut, ich möchte nicht weiter darüber reden. Ich habe mich entschieden: Ich werde ihm folgen. Er hat uns zugesagt, dass wir frei sein werden und gehen können, wann immer

wir wollen. Es ist gewiss besser, von dort aus in aller Ruhe unsere nächsten Schritte zu planen, anstatt in ständiger Flucht auf der Hut zu sein und nicht zur Ruhe zu kommen. Wer mir folgen will, der folge mir, wer es nicht tun will, der gehe seines Weges.«

»Und wenn er uns verrät oder sein Versprechen nicht einhält?«, brachte Ibrahim seinen Zweifel erneut zum Ausdruck.

»Dann können wir aufs Neue fliehen. Es ist uns einmal geglückt, es wird auch ein zweites oder ein drittes Mal gelingen«, versuchte ich seine Zweifel zu zerstreuen.

»Wenn wir dann dazu noch in der Lage sind«, schüttelte Ibrahim voller Sorgen den Kopf.

»Schau dir die Männer an«, deutete ich auf die Ladepritsche. Mit stumpfen Augen verfolgten sie unsere Diskussion. »Sie sind müde, sie sind angeschlagen. Wie lange werden sie jetzt noch durchhalten? Wann werden wir den ersten Soldaten begegnen, die uns wieder gefangen nehmen oder gar töten wollen?«

Ibrahim betrachtete sich jeden Einzelnen seiner Gefährten genau. Der Indio ließ resigniert Schultern und Kopf hängen und richtete seinen müden Blick auf den Boden.

»Gut, ich werde sie fragen«, stimmte Ibrahim schließlich zu und richtete die Worte an seine Stammesbrüder, die ihm interessiert lauschten und ab und an zustimmend nickten. Ich las in ihren Augen Erleichterung und Hoffnung, woraus ich schloss, dass Ibrahim die passenden Worte gewählt hatte, um unsere Kameraden davon zu überzeugen, dem Franziskaner zu folgen.

IX.

Es sind Ideen,
die Worte formen,
denen Taten folgen.

Ibn Alim

Ein schmaler, teils zugewachsener Weg führte uns durch den dichten Urwald. Das Rascheln der Palmblätter und fröhliche Vogelstimmen begleiteten uns durch das schwüle und nicht enden wollende Pflanzenmeer. Ibrahim schritt voran und schlug mit der Machete den Weg frei. Er wirkte angespannt und warf Bruder Manuel, unserem neuen Herrn, immer wieder skeptische Blicke zu. Die fünf anderen Gefährten hielten sich an der schaukelnden Ladepritsche so gut fest, wie es ihnen möglich war. Ihre erschöpften Gesichter ließen die Sehnsucht nach Ruhe und einem Platz, an dem sie ihre müden Körper und Seelen zum Schlafen betten konnten, erkennen. Bruder Manuel führte sein Pferd hinter der Kutsche. Wann immer ich mich umdrehte und seine Augen suchte, lächelte er mir freundlich und zuversichtlich zu. Plötzlich öffnete sich der blaue Himmel hinter dem dichten Wald. Ibrahim blieb stehen, ließ seine Machete sinken und blickte in die Weite, die sich zu seinen Füßen ergoss. Ich stieg vom Kutschbock ab, stellte mich neben ihn und warf einen Blick über das weite paradiesische Tal, das sich im Besitz von Bruder Manuel befand. Er gesellte sich zu uns.

»Hier oben wohnen die Arbeiter und ich«, deutete er auf eine Reihe einfacher, aber robuster kleiner Hütten, die die Grenze zum Urwald auf der Anhöhe säumten. Rund um die Hütten waren niedrige Holzzäune errichtet, um das Gemüse, den Tabak und andere Pflanzen, die hier wuchsen, vor den Schweinen und Hühnern zu schützen, die hier frei umherliefen. Verwundert stellte ich fest, dass keine der Hütten einem Herrenhaus ähnelte.

»Wohnt Ihr wirklich hier, Bruder Manuel?«, fragte ich den Geistlichen.

»Ja, die Hütte in der Mitte ist meine«, antwortete er lächelnd.

Bei näherem Betrachten unterschied sie sich nur dadurch von den anderen Behausungen, dass in dem Garten rund um die Hütte nur Tabak wuchs und vor dem Eingang eine großzügige überdachte Holzveranda angebaut war. Durch seinen Garten lief ein klarer Wasserlauf, der in einem künstlich angelegten Becken mündete, zu dem der Geistliche uns nun führte. Die verletzten und erschöpften Kameraden waren inzwischen von der Laderampe der Kutsche abgestiegen und folgten uns.

»Hier könnt ihr euch den Staub und die Tränen eurer anstrengenden und leidvollen Reise abwaschen«, lächelte der Franziskaner uns liebevoll an.

Das Wasser war kühl und frisch. Als ich das Blut an meinen Händen und Armen damit abwusch, prickelte meine Haut angenehm, und ich spürte neues Leben in mir aufwallen. Noch am Wasserbecken kniend, blickte ich hinunter in das weite Tal: Neben Mais- und Maniokbepflanzungen, die sich so weit erstreckten, wie das Auge erblicken konnte, befanden sich zahlreiche Bäume am Rand der Felder und Wege. Sie trugen allerlei bunte Früchte, die ich während meines Aufenthaltes auf der Insel bisher noch nicht hatte kennen lernen können, weil auf dem Feld Castells nur Zuckerrohr und nochmals Zuckerrohr gewachsen war.

»Was sind das für Früchte?«, fragte ich Bruder Manuel, während ich auf die Bäume deutete.

»Sie sind allesamt süß und saftig, eine jede mit ihrem eigenen Aroma. Du wirst sie lieben, so wie die Damen der reichen Herren, die mir auf dem Markt von Santo Domingo allesamt viel Geld dafür bezahlen. Sie kaufen die Früchte lieber bei mir, weil sie keinem ihrer Indios oder Schwarzen trauen, aus Angst, dass die Früchte vergiftet sein könnten.«

»Da tun sie gut daran«, blickte Ibrahim grimmig drein.

Bruder Manuel ließ sich von seinem Kommentar nicht aufbringen. »Kommt, ich zeige euch eure Hütte. Der Indio kann bei euch bleiben oder zu seinen Stammesgenossen gehen, wenn er möchte«, ging er voran und führte uns zu einer leeren Hütte, die groß genug war, dass zehn Männer dort bequem Platz zum Schlafen fanden.

»Wieso ist diese Hütte verlassen?«, fragte Ibrahim skeptisch, während sich die angeschlagenen Kameraden erschöpft auf die Pritschen sinken ließen, ihre Augen schlossen und sich in den lang ersehnten Schlaf fallen ließen.

»Die Männer, die hier gelebt haben, haben sich dazu entschlossen, mein Gut zu verlassen«, erklärte Bruder Manuel.

»Ihr habt sie einfach gehen lassen?«, wunderte sich Ibrahim.
»Ja, leider. Denn sie wurden von einem meiner Nachbarn auf ihrer Flucht entdeckt, wie man mir berichtete. Er sieht sie nun als sein Eigentum an, sie arbeiten hart auf seinem Feld. Zwei von ihnen sind bereits verhungert«, erzählte Bruder Manuel.
»Wieso unternehmt Ihr nichts dagegen?«, beschwerte sich Ibrahim.
»Du beleidigst unseren Gastgeber«, mischte ich mich in das Gespräch ein.
»Lass ihn nur«, wehrte Bruder Manuel ab. »Er hat Recht. Ich habe mich anfangs, als mir die Arbeiter weggelaufen sind, darum bemüht, sie wieder aus den Händen derer zu befreien, die sie unrechtmäßig als ihren Besitz erklärt haben. Ich habe diese Männer wieder zu mir zurückgeholt und sie wieder gut behandelt, ohne Ketten, ohne Wächter, mit gutem und ausreichendem Essen und menschlichen Arbeitszeiten. Aber sie sind wieder und wieder davongelaufen. Seitdem erkläre ich jedem, der für mich arbeitet, dass ich ihn nicht halten kann, genauso wenig, wie einer meiner Nachbarn ihn mit Ketten, Bluthunden und Peitschen halten kann. Wenn ein Mann die Freiheit sucht, dann wird er sie finden, so oder so. Aber ich weise auch jeden darauf hin, dass eine Flucht von meinem Land in den meisten Fällen nicht in die ersehnte Freiheit, sondern in die Arme meiner habgierigen Nachbarn führt.«
»Ihr kauft also Sklaven auf dem Markt in Santo Domingo, um sie laufen zu lassen? Ist das nicht ein schlechtes Geschäft?«, wunderte sich Ibrahim.
»Im Grunde seid ihr alle frei, man kann die Seelen und die Herzen der Menschen nicht einsperren«, sagte Bruder Ma-

nuel, verließ die Hütte und ging hinunter in das Tal, um dort nach dem Rechten zu sehen.
Ibrahim blickte ihm gedankenversunken hinterher. »Ist er nicht ein seltsamer Kerl?«, schüttelte er ungläubig den Kopf.
»Er ist seiner Zeit weit voraus, deshalb mag er ein wenig seltsam erscheinen«, antwortete ich, bettete mein Haupt auf ein weiches Kissen, schloss die Augen und schlief lächelnd ein.

Die Verletzten erholten sich schnell unter Ibrahims und meinen pflegenden Händen. Der Indio gesellte sich zu seinen Stammesbrüdern, die ihn mit offenen Armen aufnahmen. Nach nur zwei Wochen hatten wir alle unsere Aufgaben zugeteilt bekommen und zahlten die Liebe und die Großzügigkeit von Bruder Manuel mit unserer Hände Arbeit zurück.

So wie an jedem Abend, saßen Bruder Manuel und ich nach getaner Arbeit auf seiner Terrasse, blickten der untergehenden Sonne entgegen, die die Felder in ein warmes Orange tauchte, und rauchten jene Tabakstängel, genauso als wären wir Indios. Warmer Wind berührte unsere Haut an jenem Abend sacht wie ein leichtes, schmeichelndes Seidentuch.
»Warum habe ich bisher keinen Weißen Tabak rauchen sehen?«, fragte ich Bruder Manuel.
»Meine Glaubensbrüder sind der Auffassung, dass diese Pflanze vom Teufel besessen sei und dass man sich, sobald man deren Rauch einatme, mit ihm vermähle.«
»Und habt Ihr keine Angst, dass Euch Derartiges widerfahren könnte?«, fragte ich.

Bruder Manuel sog zufrieden an seinem Tabak, in seinen entspannten Gesichtszügen war deutlich zu erkennen, dass er den Rauch, den er einatmete, sehr genoss.
»Nur weil ich es genieße, bin ich noch lange nicht des Teufels, glaube mir«, lächelte er mich an.
Ich empfand große Bewunderung für diesen jungen Priester, der den Mut hatte, den Worten seines Herzens größere Bedeutung beizumessen als den irregeleiteten Interpretationen seiner geistlichen Vorgesetzten. »Wie konnte es nur einen so freigeistigen Menschen wie Euch, Bruder, auf diese grausame Insel verschlagen?«
»Es muss Gottes Wille gewesen sein, der mich hierher geleitet hat. Manchmal gehen wir Menschen einen Weg, dessen Ziel wir noch nicht kennen. Genauso wie du, denke ich, oder weißt du, weshalb du hier bist? Ich glaube nicht, dass es Zufall ist. Seit dem ersten Mal, seit wir uns begegnet sind, habe ich das Gefühl, dass unserem Treffen ein tieferer Sinn innewohnt«, eröffnete er mir und zog erneut an seiner Tabakrolle, die rot aufglimmte.
Ich tat es ihm gleich, ließ den Rauch einen Moment in meinem Mund wirken und blies ihn dann in einer großen Schwade in den sanftblauen Abendhimmel, der am Horizont noch immer rötlich leuchtete.
»Wir begegnen Menschen, wir begegnen Orten, und wenn wir unsere Herzen öffnen, dann erschließt sich uns eine neue Welt, viel größer und reicher als die, die wir zuvor gekannt haben. Doch wenn uns Flammen, Blut und Tränen mit fürchterlicher Gewalt ins Gesicht peitschen, dann wenden wir den Blick ab, schließen die Ohren und die Pforten unserer Herzen und wünschen, an einem anderen Ort zu sein, in einer anderen Haut, in den Armen unserer Gelieb-

ten. Vielleicht ist eine der schwersten Lehren des Lebens, jene liebevolle Neugier und Offenheit in jedem Moment des Daseins aufrechtzuerhalten, um keinen der göttlichen Funken Allahs aus den Augen zu verlieren«, formulierte ich meine Gedanken.

Bruder Manuel sah mich überrascht, fast erschrocken an. Schweigend legte er die Tabakrolle auf den Boden, warf einen Blick in den Himmel und lächelte.

»Ich glaube, Guarocuya wird dich und deine unermessliche Weisheit auch mögen, er kommt uns morgen besuchen.«

Bruder Manuel hatte Ibrahim und mich mit der Aufgabe betraut, bei Morgengrauen von den Obstbäumen die reifsten Früchte zu pflücken, damit sie noch am selben Vormittag in Santo Domingo auf dem Markt frisch verkauft werden konnten. Er wies uns auch in die Kunst ein, die Bäume zu pflegen, die Äste zu beschneiden, wenn es nötig war, und sie so zu wässern, dass sie so viele Früchte wie nur möglich brachten. Als er die Mais- und Maniokfelder in seinem Tal hatte anlegen lassen, hatte er viele der wilden Fruchtbäume, die auf seinem Grund wuchsen, stehen lassen und sich in der Kunst ihrer Veredelung und Aufzucht geübt. Ibrahim und ich waren uns bewusst, dass es eine große Ehre war, dass Bruder Manuel uns auserkoren hatte, die Aufsicht über seine geliebten Bäume zu übernehmen. Obwohl Ibrahims Skepsis noch nicht vollends verschwunden war, ging auch er mit viel Freude an die ihm zugeteilte Aufgabe. Allerdings verhielt sich dies nicht so an jenem Morgen, als wir wieder unserer Pflicht nachkamen und die großen Körbe mit den reifen Früchten füllten.

»Du hast dich sehr verändert, seit wir hier sind«, bemerkte Ibrahim und warf eine der frisch gepflückten reifen Mangos achtlos in den Korb.
»So bekommen sie braune Stellen, Ibrahim. Du musst sie vorsichtig aufeinander stapeln, damit sie auf dem Markt einen guten Preis erzielen«, tadelte ich ihn.
»Was ist nur los mit dir, Farid?«, wunderte sich Ibrahim.
»Wieso? Was soll denn los sein? Ich frage mich eher, was mit dir nicht stimmt.«
»Du bist wie ein Weißer geworden«, blickte Ibrahim mich mit auflodernder Verachtung an.
»Und wenn schon, was wäre schlecht daran?«, zuckte ich mit den Schultern. Ich wollte Ibrahims dunkle Gedanken nicht in mein Herz lassen. Seit wir auf dem Gut Bruder Manuels Zuflucht gefunden hatten, kam ich endlich zur Ruhe und hatte einen Gesprächspartner gefunden, der meine Gedankengänge teilen konnte.
»Das fragst du noch?«, ereiferte sich Ibrahim kopfschüttelnd. »Dieser Franziskaner scheint ein Teufelskerl zu sein, wenn er so schnell deine Seele umfärben konnte.«.
»Woher willst du wissen, welche Farbe meine Seele hat?«, entgegnete ich trotzig.
»Ich erkenne deine Art von Menschen. Glaube nicht, dass mir auch nur die kleinste Regung deines Herzens entgeht. Oder meinst du, ich hätte Joshua nicht auf den ersten Blick ins Gesicht zusagen können, wessen Geistes Kind er eigentlich ist? Seit Joshuas und meiner ersten Begegnung wusste ich, dass er eines Tages unsere Rücken mit seiner Peitsche zerfetzen würde.«
»Du bist von Sinnen, Ibrahim! Niemals würde ich meine Hand gegen meine Leidensgenossen erheben.«

»Das hat Joshua auch gesagt, oder meinst du, dass er immer so war?«, ereiferte sich Ibrahim.
»Meine Seele hat keine Farbe, und die Farbe der Haut der Menschen ist mir einerlei, denn das Einzige, was zählt, ist das Herz, das in ihrer Brust schlägt«, entgegnete ich ihm und stellte beschämt fest, dass Wut in mir aufwallte.
»Du wirst dich noch wundern«, warf mir Ibrahim einen prophetischen Blick zu, der mich auf all das Böse, das mich in seinen Augen noch erwarten würde, vorbereiten sollte. Er wandte sich von mir ab, nahm einen der leeren Körbe und suchte die reifen Früchte an einem der Bäume, die so weit wie möglich von mir entfernt wuchsen.

An diesem Abend ging ich nicht zu Bruder Manuel, um zu rauchen. Nachdenklich legte ich mich auf meine Pritsche und versuchte, die dunklen Wolken, die Ibrahim über mein Haupt gebracht hatte, zu vertreiben. Was, wenn der alte Mann Recht behalten sollte? Schließlich waren Bruder Manuel und ich uns in den letzten Tagen wirklich sehr nah gekommen, viel näher, als ich jemals vermutet hätte, dass ich einem Plantagenbesitzer kommen könnte. Aber möglicherweise war es gar nicht so, dass ich zu einem Weißen wurde, sondern, dass der Franziskanerbruder zu einem Indio und einem Schwarzen geworden war, seitdem er hier auf der Insel verweilte. Wie ich es auch drehte und wendete, das Misstrauen, mit dem mir Ibrahim begegnete, verletzte mich und säte Zweifel in meinem Herzen.
»Farid?«, vernahm ich die fragende Stimme Bruder Manuels.
Ich erhob meinen Kopf, rieb die Augen und antwortete: »Ja.«

»Meine Freunde Guarocuya und seine Gattin Mencía sind auf dem Weg zu uns, ich habe sie eben am Fuße des Tales gesehen, sie werden in ein paar Minuten bei meiner Hütte sein. Willst auch du kommen, um sie kennen zu lernen?«, fragte er mit lauter Stimme und blieb höflich vor der verschlossenen Tür der Hütte stehen.
Ich erhob mich aus dem Bett und öffnete ihm die Tür. »Natürlich«, lächelte ich ihn an.

»Guarocuya, Mencía, darf ich euch einen neuen und sehr lieben Freund vorstellen? Das ist Farid, er kommt aus Marrakesch, dort wachsen tausende und abertausende von süßen Datteln. Sie schmecken köstlich. Ich wünschte, ich hätte eine, um sie euch zum Kosten zu geben.«
Freundlich reichten mir der Kazike, Stammeshäuptling der Tainos, und seine Gattin die Hand.
»Herzlich willkommen auf Haiti, so nennen wir Tainos dieses Land der Berge«, begrüßte mich der Kazike mit akzentfreiem Spanisch.
Überrascht stellte ich fest, dass er jener Indio war, den ich bei meiner Ankunft im Hafen von Santo Domingo gesehen hatte. Damals auf dem Pferd war er mir viel stolzer und aufrechter erschienen. Sein Blick erschien mir betrübt, und der seiner Frau strahlte ebenso gebrochenen Stolz und tiefe Verletztheit aus. Auch sie war so wie er nach Art der Spanier gekleidet, obwohl sie indianischer Herkunft war. Bruder Manuel stutzte und musterte die beiden mit sorgenvollem Gesicht. Offensichtlich war ihm zuvor bei seiner großen Freude, den Besuch endlich empfangen zu dürfen, entgangen, dass sie mit recht betrübten Mienen erschienen waren.

»Was ist geschehen, mein Freund? Ihr seht aus, als ob Euch etwas Schlimmes widerfahren sei«, fragte der Franziskaner den Indio, Böses ahnend.
Guarocuya biss sich auf die Lippen, so dass ich fürchtete, dass bald Blut aus ihnen hervorquellen würde. »Valenzuela«, stieß er in ohnmächtiger Wut zwischen zusammengebissenen Zähnen hervor.
Bruder Manuel blickte ihn verständnislos an. »Was ist mit ihm? Was ist mit Valenzuela?«
»Er …« Der Kazike biss sich erneut auf die Lippen, ohne die Worte, die seinen Schädel beinahe zum Bersten zu bringen schienen, aussprechen zu können.
»Was ist denn los, verdammt noch mal?«, hörte ich den Franziskaner zum ersten Mal fluchen, womit er seine Ungeduld und seine schlimme Vorahnung demonstrierte.
Mencía brach in lautes Schluchzen aus und bedeckte mit zitternden Fingern ihr Gesicht. Guarocuya legte seine Hand auf ihre Schulter, um sie zu beruhigen, aber sie schüttelte ihn widerwillig ab, sprang vom Stuhl auf und eilte leise weinend davon. Eine Indiofrau holte sie bei den Tabakpflanzen ein, umarmte sie und sprach ihr mit besänftigender Stimme zu. Ein lauter, verzweifelter Aufschrei Mencías erfüllte die Luft und ließ alle an ihrem erlittenen Unrecht teilhaben. Es schien, als schwiegen in jenem Moment alle Tiere des Urwaldes vor Betroffenheit.
Bruder Manuel betrachtete bestürzt die Szene, warf einen ungläubigen Blick auf den Kaziken und öffnete wie ein kleiner staunender Junge, der nicht wahrhaben wollte, was er sah, den Mund.
»Valenzuela hat tatsächlich?«, wagte er seinen Gedanken vor seinem Freund nicht zu Ende auszuformulieren.

Guarocuya nickte mit tränenüberströmten Augen und blickte betroffen auf den Boden.

»Dieser verdammte Hurensohn! Was fällt ihm denn ein?«, fluchte der Franziskaner so laut, dass seine wütende Stimme durch das ganze Tal hallte. »Was bildet sich dieser Kerl überhaupt ein? Was denkt er, wer er ist? – Er ist kaum drei Jahre auf der Insel und hat schon mehr Sünden zu beichten als die berüchtigtsten Verbrecher auf diesem Flecken Erde. Was denken sich denn die vom Festland, wenn sie uns solche Leute herschicken?« Außer sich unterstrich er seine Worte mit heftigen Faustschlägen gegen die wuchtigen Holzpfosten des Vordaches der Terrasse. Die Haut an seinen Knöcheln platzte auf, und Blut rann auf den Unterarm, während er seine Hände zum Gebet gen Himmel erhob. »Gott, welche Prüfungen willst du uns noch auferlegen?«

»Er hört dich nicht«, warf Guarocuya bestimmt ein.

»Was soll das heißen: Er hört mich nicht? Gott hat noch immer meine Gebete erhört.«

»Meine Gebete nicht«, bemerkte der Kazike und sah den Franziskaner während der folgenden Ausführungen trotzig und herausfordernd an. »Die Gebete meines Volkes hat Euer Gott auch nicht erhört. Wie viele sind denn übrig geblieben von meinen Leuten, seit der erste Christ diese Insel betreten hat? Wieso habt Ihr mich getauft? Wofür habt Ihr mich die Bibel lesen lassen, wenn Ihr Euch selber nicht an die Gebote Eures eigenen Gottes haltet? Was ist das für ein Gott, der Euch erlaubt, in seinem Namen solches Unrecht an einem ganzen Volk zu verüben? Haben nicht meine geliebte Mencía und ich vor Gott den Bund unserer Ehe bezeugt? Warum gilt diese Ehe in den Augen eines Andrés

Valenzuelas nichts? Wieso denkt er, sich an meiner Gattin schädlich tun zu können? Weil wir Indios sind? Oder weil er ein schlechter Christ ist?«

»Hör auf damit«, erhob Bruder Manuel die Hand, um ihm Einhalt zu gebieten. Blut tropfte von seinem Ellenbogen. »Valenzuela hat unsägliches Unrecht begangen, darin sind wir uns eins, aber er wird seine gerechte Strafe finden. Man wird Recht sprechen über diesen Frevler, dessen kannst du dir gewiss sein. Vergiss nicht, dass sein Vater ein gerechter Herr war.«

»Er hat mich vor den Augen meiner Untertanen schlagen lassen, als ich ihn dazu aufforderte, von Mencía abzulassen. Ich weiß nicht mehr, was ich glauben soll, Bruder«, umarmte Guarocuya den Franziskaner Trost suchend und schluchzte leise.

Bruder Manuel bedeutete mir mit einem liebevollen Blick, dass ich mich jetzt besser zurückzöge, was ich ohne Zögern tat.

Ohne den wohlverdienten Schlaf zu finden, wälzte ich mich unruhig auf der Pritsche hin und her. Das Unglück der beiden Indios hatte mir schonungslos vor Augen geführt, welch schlimmes Schicksal Arub ereilt haben könnte, wenn sie nicht, wie in meinen kühnen Träumen stets erhofft, glücklich nach Marrakesch gelangt war. Verzweifelt versuchte ich, die dunklen Gedanken aus meinem Kopf zu vertreiben. Aber es wollte mir bis in die Morgenstunden nicht gelingen, ein wenig Ruhe oder Schlaf zu finden. Ich flehte Allah an, dass es meinem geliebten Weib und dem Kind gut erginge, und ich fühlte mich so hilflos wie ein ausgesetzter Findling, der weder sprechen noch laufen konnte. Als der

Morgen anbrach, erwachte Ibrahim auf dem Bett zu meiner Rechten.
»Du bist schon wach?«, fragte er verwundert.
»Noch – ich habe die ganze Nacht nicht geschlafen«, antwortete ich.
»Siehst du, das weiße Fieber hat dich schon erwischt«, musterte er mich ohne Mitleid, schwang sich aus seinem Bett und machte sich auf den Weg zum großen Wasserbecken, um sein allmorgendliches Waschritual zu erledigen. Zu viele offene Fragen hatten mich in dieser Nacht gequält, als dass ich mich zu Ibrahim gesellen und der täglichen Routine nachgehen konnte. Ich beschloss, Bruder Manuel um Antworten zu bitten.

»Vielen Dank, dass Ihr mir etwas Zeit schenkt, Euch ein paar Fragen zu stellen«, sagte ich dem Franziskaner, der mir mit einem Handzeichen bedeutete, ihm gegenüber am Tisch Platz zu nehmen.
»Aber das ist doch selbstverständlich. Ich hätte mir eure erste Begegnung wirklich anders gewünscht, das kannst du mir glauben«, rückte er seinen Stuhl zurecht, als er sich setzte.
»Wer ist Valenzuela?«
»Er ist der Encomendero von Guarocuya. Sein Vater hat die Arbeitskraft aller Untertanen des Kaziken vom Gouverneur zugesprochen bekommen. Er ist ein Emporkömmling fraglicher Herkunft, so wie viele, die das Abenteuer eingegangen sind, auf diese Insel zu kommen, um ihr Glück zu suchen. Andrés Valenzuela hat vom ersten Tag, seit er den Besitz seines Vaters geerbt hat, Guarocuya mit Missachtung gestraft und ihm nicht den nötigen Respekt gezollt.«

»Woher kennt Ihr den Kaziken?«
»Wir sind im gleichen Kloster aufgewachsen. Ich würde sagen, dass er einer meiner besten Freunde ist, die ich auf der Insel habe. Ich achte ihn sehr für seine Fähigkeit, Fremdes zu lernen und zu verstehen. Er ist ein großer Philosoph, dies nicht zuletzt auch wegen des geistigen Erbes seines Volkes und nicht nur wegen der umfangreichen Lektüre, die ihm seitens der Mönche während seiner Ausbildung im Kloster auferlegt worden ist.«
»Wie kommt es, dass er in einem Kloster aufgewachsen ist und nicht bei seinen Eltern? Nicht in der Gemeinschaft seines Stammes? Fühlt er sich jetzt als Spanier oder Indio?«
»Langsam, Farid. Langsam. Nicht so viele Fragen auf einmal. Ich denke, es ist besser, du sprichst persönlich mit ihm darüber. Wenn du möchtest, kannst du uns begleiten. Wir werden Don Pedro Badillo aufsuchen, er steht im Rang über Valenzuela, und wir wollen ihn auffordern, die notwendigen Schritte gegen ihn einzuleiten.
Aber so viel will ich dir doch noch sagen: Guarocuya wurde von den Franziskanern aufgenommen, als seine Eltern einem Mordanschlag zum Opfer gefallen waren. Die Mönche haben ihn auf den Namen Enriquillo getauft und sich nach bestem Wissen darum bemüht, ihn in den christlichen Glauben einzuweisen, damit er seinerseits seine Untertanen in den Worten Gottes unterweisen kann. Ob er sich als Spanier oder als Indio fühlt, das vermag ich kaum zu sagen, aber ich weiß, dass es Tage gibt, an denen er Enriquillo ist, und andere, an denen er Guarocuya ist.«
Ich erinnerte mich an die Erzählungen meines Vaters, in denen er von dem letzten muslimischen Herrscher Granadas berichtete, der lange Zeit bei den katholischen Königen

gefangen genommen worden war und anschließend mit ihnen beim Fall Granadas Hand in Hand gearbeitet hatte. Auch wenn die Franziskaner sich mit bester Absicht dem verwaisten Kazikensohn angenommen hatten, so stand wohl doch ein weiterführender Plan dahinter, über den die Mönche selbst zum Teil in Unkenntnis geblieben waren.

Das Gackern aufgeregter Hühner, Lachen von Kindern und Frauen, Eselsschreie und das Schnaufen unserer Pferde mischten sich, als wir am Rande des matschigen Weges abstiegen und unsere Pferde anbanden. Badillos Haus war voller Leben und Geschäftigkeit. Er schien, ähnlich wie Bruder Manuel, mit Wohlwollen auf seine Untertanen zu blicken. Die ausgelassene Stimmung, die hier herrschte, erweckte in mir die Hoffnung, dass er sich unseres Anliegens mit der notwendigen Ernsthaftigkeit annehmen würde. Bruder Manuel führte Guarocuya und mich entlang der Gatter vorbei an unzähligen Schweinen und Rindern zum Wohnhaus Badillos. Drei barbusige Indiomädchen traten aus der Tür und kicherten verschämt, als sie uns erblickten.
»Lauft doch nicht weg, Kinder«, tönte Badillos Stimme aus dem Inneren. Die Mädchen tuschelten und rannten lachend davon. Badillo warf uns einen überraschten Blick zu, als er statt der erwarteten Mädchen uns drei erblickte. Sein Oberkörper war frei, und der dicke Bauch hing schlaff über dem eng geschnürten Ledergürtel, der die knielange Hose hielt. Wie ein dunkler Schatten lag sein seit Tagen nicht rasierter Bart auf seinen Wangen. Seine jungenhaften Augen leuchteten voller Lebensfreude und standen in großem Kontrast zu seiner Fettleibigkeit und den von vielen Schlachten gezeichneten Falten in seinem Gesicht.

»Bruder Manuel«, rief er ein wenig verdattert aus und versuchte, seiner Stimme einen Ton von Wiedersehensfreude zu verleihen. »Was verschafft mir die Ehre?«, fragte er nun schon fast förmlich, die Tatsache ignorierend, dass er uns nicht in standesgemäßer würdevoller Kleidung in seinem Diensthaus empfing.
»Wir haben Euch leider schlechte Nachrichten zu überbringen«, kündigte der Geistliche an.
Badillo warf einen Blick in unsere Gesichter und erkannte den Ernst der Lage. »Gut, ziehen wir uns zur Besprechung in das Haus zurück«, schlug er vor.

Badillo wirkte äußerst beunruhigt, nachdem Guarocuya und Bruder Manuel ihm das Geschehene erläutert hatten. Nervös griff er nach der Rumflasche, die er auf den Tisch in die Mitte zwischen uns gestellt hatte und die seitdem noch von niemandem angerührt worden war. Er entstöpselte die Flasche mit den Zähnen, spuckte den Korken auf den Boden und nahm einen großen Schluck des leicht bräunlichen Getränks, so als würde es sich um Wasser handeln. Mit dem Handrücken wischte er sich den Mund ab und reichte die Flasche an Bruder Manuel weiter, der dankend ablehnte. Auch Guarocuya und ich schüttelten freundlich lächelnd den Kopf, als Badillo uns mit der Flasche in der Hand fragend ansah.
»Das ist ernst. Wirklich sehr ernst«, brummte Badillo.
Wir nickten zustimmend.
»Und Andrés hat dich vor den Augen aller bestrafen lassen?«, vergewisserte er sich.
Guarocuya nickte gedemütigt.
Badillo blickte nachdenklich auf den Boden, schüttelte

den Kopf, nahm erneut einen Schluck aus der Flasche, stellte sie auf den Tisch und sah Bruder Manuel fest in die Augen. »Ich kann euch nicht helfen«, zuckte er mit den Schultern.

»Was?«, brauste Guarocuya auf. »Ihr seid doch der vom Gouverneur eingesetzte Verwalter über diese Region!«

»Ja«, gab Badillo zu. »Aber ich möchte mich in diese Angelegenheit nicht einmischen. Wenn es um Probleme dieser Art geht, dann halte ich mich besser zurück.«

»Warum?«, fragte Bruder Manuel.

»Hier geht es um ein sehr heikles Thema, nicht wahr? Guarocuya ist Kazike und getauft dazu. Andrés hat aber die uneingeschränkte Verfügungsgewalt über die Untergebenen von Guarocuya.«

Guarocuya erhob sich: »Mencía ist die Nachfahrin zweier ehrwürdiger und großer Kaziken! Was glaubt Ihr, wer wir sind? Was nimmt sich dieser aufgeblasene Valenzuela überhaupt heraus?«

»Es tut mir Leid, ich kann euch nicht helfen«, wiederholte Badillo.

»Was ratet Ihr uns?«, wollte Bruder Manuel wissen.

»Geht zur obersten Instanz«, lautete Badillos Antwort, bevor er erneut die Flasche ansetzte.

Bruder Manuel, Guarocuya oder Enriquillo, wie er von den Franziskanern getauft worden war, und ich bestiegen die breiten Treppen, die zu dem mächtigen Portal des blendend weißen Palastes führten. An jeder Seite der riesigen Türen wachten jeweils zwei Furcht einflößende Soldaten darüber, wer Zutritt zu den Empfangsräumen des Gouverneurs Diego Colon begehrte. Bruder Manuel war so zuvorkommend gewesen, mir für den Besuch des Gouverneurs ein weißes Leinenhemd, einen Anzug und ordentliche Lederstiefel zu geben, damit ich nicht halb nackt vor den Herrscher über die Insel treten musste. Es war ein absonderliches Gefühl, in der Kleidung eines Spaniers den Menschen meiner Rasse auf den Straßen entgegenzutreten. Ob Ibrahim Recht behalten sollte mit seiner Aussage, dass ich zu einem Weißen wurde? Nachdenklich blickte ich zu dem Kaziken, der wie ich auf seine traditionelle Kleidung, Sprache, Kultur und Götter verzichtet hatte.

»Halt, wer begehrt Einlass?«, fragte ein untersetzter Wachmann, dem man auf den ersten Blick ansah, dass er sich in seiner Freizeit genauso wie Badillo voller Inbrunst dem Rum und der Völlerei hingab.

»Bruder Manuel, Enriquillo, der Häuptling über vierhundert Untertanen, und Farid, er gehört zu mir«, erklärte Bruder Manuel.

»Mit welchem Anliegen kommt ihr zum Gouverneur Colon?«

»Wir müssen beim Gouverneur in einer sehr wichtigen Angelegenheit vorsprechen. Er ist bereits unterrichtet«, antwortete der Franziskaner.

»Gut, wartet einen Moment«, öffnete er die schwere Tür einen Spalt und verschwand dahinter, um einige Augenblicke später wieder zu erscheinen.

»Der Schwarze ist nicht angemeldet«, deutete er auf mich.

»Gut, dann warte ich draußen«, lenkte ich ein, um möglichen Schwierigkeiten aus dem Weg zu gehen.

Bruder Manuel schob Guarocuya durch die Tür. »Nein, nein, du kommst mit. Es ist schon in Ordnung«, zerrte Bruder Manuel mich hinter ihm her.

»Einen Moment noch«, hielt der Wächter mich am anderen Arm fest.
»Ist der bewaffnet?«, fragte er Bruder Manuel.
»Warum fragt Ihr ihn nicht selber?«, wunderte sich Bruder Manuel.
»Also, was ist nun?«, wurde der Wächter ungeduldig.
»Nein, er ist unbewaffnet«, versicherte ihm der Geistliche.
Der Wächter lockerte seinen Griff um meinen Arm, und wir betraten die Eingangshalle zum Palast des Gouverneurs. Ein marmorner Brunnen verbreitete plätschernd eine angenehme Kühle in der schattigen Vorhalle. Ich fühlte mich an den Innenhof unseres Hauses in Marrakesch erinnert. Der Raum strahlte Frieden und Ruhe aus, fast hätte man meinen können, dass es sich nicht um das Regierungsgebäude des Gouverneurs dieser grausamen Insel handelte, sondern vielmehr um den Palast eines Märchenprinzen. Das Krächzen von zahlreichen Papageien, die sich im Innenhof auf den unzähligen Palmen und exotischen Bäumen tummelten, schallte herein.
Ein schwarzer Bediensteter trat uns entgegen. Er hatte lichtes, graues Haar, war sehr hoch gewachsen und schlank. In seinem weißen Hemd und den schwarzen Hosen wirkte er sehr würdevoll.
»Die Herrschaften haben eine Audienz beim Gouverneur?«, fragte er uns in akzentfreiem Spanisch, was mich darauf schließen ließ, dass er als Ladino nach Hispaniola verschifft worden war.
»Genau so verhält es sich«, nickte Bruder Manuel.
»Wen darf ich anmelden? Bruder Manuel, den Kaziken Enriquillo und?«, sah er mich fragend an.
»Farid de la Valle«, antwortete ich und erhielt eine erhobene

Augenbraue und einen leicht abschätzigen Blick als Antwort.
»Nun gut. Wenn die Herrschaften mir bitte folgen wollen«, schritt er die geschwungene Treppe voran, um uns zum Büro des Gouverneurs zu führen.
»Einen Moment bitte«, wandte er sich an uns, als er dreimal leise an die Tür klopfte, sie öffnete und schnell dahinter verschwand.
»Wenn die Angelegenheit nicht so ernst wäre, könnte ich mich über diesen lustigen Kerl ein wenig amüsieren«, schmunzelte Guarocuya für einen kurzen Moment, um dann sofort wieder jenen verbissenen Gesichtsausdruck anzunehmen, der wohl seinem unterdrückten, ohnmächtigen Zorn Ausdruck gab und der ihm seit jenem Vorfall mit Andrés Valenzuela eigen war.
Der Bedienstete öffnete weit die Tür und lächelte uns freundlich an. Der riesige Empfangsraum war mit dunklen, geölten Holzbohlen ausgelegt, die alten Schiffsbohlen glichen. Entlang der Wände erstreckten sich lange, hohe Bücherregale, bei deren Anblick mein Herz unwillkürlich höher schlug. Der Raum war abgedunkelt, das spärliche Sonnenlicht gelangte lediglich durch die angelehnten und nicht vollends geschlossenen Läden hinein. In der hintersten Ecke befand sich ein Tisch, hinter dem der Gouverneur grübelnd Platz genommen hatte. Sein schulterlanges, fettiges Haar hing in Locken wirr über seiner hohen Stirn. In seinem ausgemergelten Gesicht wirkte die lange, dünne Nase noch größer, als sie es sowieso schon war. Ein gezwirbelter, langer, schwarzer Schnurrbart verlieh dem Gouverneur Diego Colón das Aussehen eines Katers.
»Mein Herr erwartet die Herrschaften«, machte der Be-

dienstete eine einladende Handbewegung. Vorsichtig näherten wir uns dem seltsamen Mann, der in sich versunken in völlig andere Gedanken verstrickt und nicht wirklich auf unseren Besuch vorbereitet zu sein schien. Plötzlich richtete er sich mit einem Ruck auf, so als wäre er aus einem Tagtraum erwacht.

»Bruder Manuel! Welch Freude, Euch empfangen zu dürfen. Wen bringt Ihr mir da mit? Ist das Enriquillo? Mein Gott, wie lange haben wir uns denn nicht mehr gesehen, Häuptling?« Seine Stimme klang gebrochen und überschlug sich fast wie die eines Knaben, dessen Stimme sich änderte, damit er zum Mann heranreifen konnte. Vor seinem Tisch befanden sich keine Stühle, so dass er uns keinen Platz anbieten konnte.

»Fünf Jahre«, antwortete Guarocuya fast kalt.

»Wir sind gekommen, um eine äußerst unangenehme Angelegenheit mit Euch zu besprechen«, nahm Bruder Manuel einleitend das Wort an sich.

»Nur zu«, wischte Gouverneur Colón sich mit dem Handrücken kleine, braune Brösel Schnupftabak aus seiner offensichtlich juckenden Nase und brachte sie achtlos mit der anderen Hand auf den Boden. Guarocuya setzte an, etwas zu sagen, aber Bruder Manuel hielt ihn mit vorgehaltener Hand davon zurück.

»Wir haben Euch äußerst wichtige Neuigkeiten zu überbringen. Wie Ihr sicher wisst, haben sich unser guter Freund hier, Enriquillo, und seine Gattin Mencía kirchlich trauen lassen. Sie sind gute, gläubige Bürger, die jeden Sonntag die Kirche besuchen und ihrem Herrn Andrés Valenzuela sicherlich keine Schwierigkeiten bereiten wollen.«

»Das ist gut«, schniefte der Gouverneur eine Prise dunklen Schnupftabaks in seine Nase und begann sofort prustend zu niesen, wobei die Hälfte des inzwischen feuchten, klumpigen Tabaks sich im Raum verteilte.
»Nun verhält es sich aber leider so, dass Herr Valenzuela die Ergebenheit, Frömmigkeit und den Stand des Paares nicht gebührend zu achten scheint«, fuhr Bruder Manuel mit seinem Bericht fort.
»Oh, das ist aber schade«, bemühte Colón jetzt ein blütenweißes Taschentuch für seine Nase und streifte damit auch über seinen Schnurrbart, an dem einige Krümel des Tabaks hingen, um diese zu entfernen.
»Weshalb so viele erklärende Worte?«, platzte es aus Guarocuyas Brust plötzlich heraus, seine Augen quollen vor Wut förmlich hervor.
»Enriquillo!«, versuchte Bruder Manuel seinen Freund vergeblich zu beschwichtigen.
»Nein, es reicht«, erhob Guarocuya seine Stimme laut.
Der Gouverneur blickte ein wenig irritiert mit seinen leicht geröteten Augen zu dem aufbrausenden Kaziken herüber.
»Was reicht?«, begehrte Colón zu wissen.
»Valenzuela hat sich meiner Frau bedient, Gouverneur. Der Frau des Kaziken. Gegen ihren Willen. Ungeachtet unseres Standes. Und er lacht uns auch noch ins Gesicht und lässt mich vor den Augen meiner Untergebenen mit Schlägen dafür bestrafen, dass ich fordere, dass er von ihr ablässt«, schäumte Guarocuya wutschnaubend auf.
»So? Und was soll ich deiner Meinung nach dagegen tun?«, fragte der Gouverneur gelangweilt.
»Ihr müsst dem Ganzen Einhalt gebieten, Hochwürden. Ihr müsst Valenzuela zur Vernunft bringen«, mischte sich

Bruder Manuel vermittelnd ein und versuchte, seiner Forderung eine überzeugende Betonung zu geben, die jeden möglicherweise aufkommenden Zweifel im Keim ersticken sollte.

»Nein«, protestierte Guarocuya. »Ihr müsst ihn bestrafen. Ich bin einer Eurer loyalsten Bürger mit allen Rechten und Pflichten, und ich habe ein Anrecht darauf, dass Valenzuela sich für seine Taten vor dem obersten Gericht verantworten muss«, fauchte der Kazike.

»Weil er ein bisschen Spaß mit einer Indiofrau gehabt hat?«, fragte der Gouverneur ungläubig. »Deshalb wollt ihr ihn vor Gericht sehen? Nein, das ist lächerlich«, wehrte er ab und schnäuzte sich mit dem Taschentuch die Nase. »Wenn es sonst nichts zu besprechen gibt, könnt ihr gehen. Meine Zeit ist zu kostbar, um sie mit solchen Banalitäten zu vergeuden. Ich habe viel wichtigeren Pflichten nachzugehen.« Er bedeutete uns mit einer Handbewegung, mit der man lästige Hunde verscheucht, dass die Audienz beendet sei.

Ungläubig starrte ich diesen dekadenten Herrscher über die Insel Hispaniola an und fragte mich, ob der viele Schnupftabak sein Gehirn aufgeweicht hatte, um derart nachlässig mit solch wichtigen Fragen umzugehen.

»Aber Ihr verkennt den Ernst der Lage, wenn ich mir dieses Urteil erlauben darf«, versuchte Bruder Manuel den Gouverneur zur Einsicht zu bringen.

»Darfst du nicht! Ihr sollt jetzt gehen«, ordnete dieser gereizt an und verzog seinen Mund zu einer Schippe wie ein beleidigtes Kind, das keine Lust mehr hat zu spielen.

»Ich werde beim Gericht vorsprechen, mit oder ohne Euer Einverständnis«, brüllte Guarocuya außer sich und machte

mit drohender Gebärde einige Schritte auf den Gouverneur zu.
Eilig packte ich ihn an den Schultern und zerrte ihn gemeinsam mit Bruder Manuel aus dem Raum. Die Energie der sich entladenden Wut und Enttäuschung vibrierte in meinen Händen, als ich ihn berührte.
»Wartet«, erhob sich der Gouverneur aus seinem Stuhl und sah Guarocuya hasserfüllt an. »Wenn du Valenzuela beim Richter anzeigst, dann wirst du bis ans Ende deines Lebens im Kerker landen, und ich werde Valenzuela dazu auffordern, sich um dein Weib zu kümmern. Das schwöre ich dir hiermit feierlich«, zischte der Gouverneur.
Erschrocken starrten wir ihn an.
»Ihr wollt mich ins Gefängnis stecken, weil meiner Frau und mir Unrecht getan wurde?«, brüllte Guarocuya aufbrausend, wurde aber sofort von Bruder Manuels warnendem Blick gestoppt, seinen Gefühlen weiterhin freien Lauf zu lassen. Denn dass sich der Gouverneur aus seinem Stuhl erhoben hatte, war bereits ein Zeichen dafür, dass er zu allem bereit war, würde Guarocuya ihn weiter reizen. Schweigend verließen wir das Büro des Gouverneurs, ich warf noch einen kurzen Blick auf all die Schätze, die sich in den Bücherregalen befanden. Sie wären bei den Feldarbeitern von Bruder Manuel sicher viel besser aufgehoben gewesen als bei diesem unwürdigen Vertreter der spanischen Krone.

Aus dem dichten Regenwald hinter den Hütten der Siedlung von Bruder Manuel drangen bunte Geräusche von Vögeln und vielerlei anderen Tieren hervor. Ich fragte mich, ob unter dem Sand der Sahara eine ebenso fruchtbare Erde verborgen war, die einer derartigen Vielfalt an Pflanzen und

Tieren Mutter sein konnte wie hier. Und ich wünschte mir, dass der Sand Herr über die Wüste bleiben sollte, falls dies der Fall sei. Denn ich sehnte mich zu den einsamen Weiten der Sanddünen zurück, zwischen denen ich mich weniger von Allah verlassen gefühlt hatte als auf dieser Insel, auf der es Wasser und Früchte in Hülle und Fülle gab. Mencía, Guarocuya, Bruder Manuel und ich saßen auf der Terrasse der bescheidenen Hütte des Franziskaners und Landbesitzers.

»Wir gehen in die Berge. Dein Gott hat versagt«, erklärte Guarocuya.

»Wieso hat er versagt? Was meinst du damit? Wieso ist er verantwortlich für das Unrecht, von dem du sprichst, und nicht wir selbst?«, fragte Bruder Manuel.

»Weil es in seinem Namen geschieht. Weil alle, die es verüben, sich auf ihn berufen. Er kann kein guter Gott sein, wenn man seine Worte so interpretieren kann, dass sie all die schlechten Taten rechtfertigen«, erklärte Guarocuya und erhob sich.

»Er ist gut, es sind die Menschen, die seine Botschaften falsch verstehen wollen. Denn sie sehen nicht, dass seine Worte und seine Liebe für alle Menschen bestimmt sind«, verteidigte der Franziskaner seinen Gott.

»Da hast du Recht«, pflichtete Mencía ihm bei.

»Du bist ein guter Christ. Einer der wenigen, die ich kenne. Aber es gibt leider nicht genug von deiner Art, weshalb ich mir die Schlussfolgerung erlaube, dass es mehr von den Herzen der einzelnen Personen abhängt, ob sie gut sind oder nicht, als von dem Gott, an den sie glauben. Wir hatten viele Götter, bevor wir euch Glauben geschenkt und die Worte der Bibel für unsere Götter einge-

tauscht haben. Es ist der Glaube, der uns entzweit, Bruder, nicht unsere Herzen.«
Guarocuya entfernte sich einige Schritte von uns, näherte sich einer Tabakpflanze und nahm ein Blatt prüfend in die Hand.
»Aber wie kannst du so etwas sagen? Du, der du so viel über die Bibel und den wahren Glauben weißt? Erinnerst du dich nicht mehr an die Weihnachtspredigt der Dominikaner? Sie haben, genauso wie du es tun würdest, gegen all das Unrecht gewettert«, erhob sich nun auch Bruder Manuel und folgte dem Indio zu den Tabakpflanzungen nahe der Hütte.
Mencía und ich blickten uns einen Moment lang traurig an, denn wir spürten, dass es einen nicht mehr zu überbrückenden Riss zwischen dem Franziskaner und dem Kaziken gab. In mir wuchs die Gewissheit, dass der Bruch in der Freundschaft dieser beiden Männer auch für mich von Bedeutung sein würde.
Guarocuya fuhr mit seiner vorwurfsvollen Rede fort. »Was nutzt es, wenn niemand auf sie hört? Was nutzt es, wenn ihnen der Mund verboten wird? Wenn sich die Plantagenbesitzer nach der Predigt erbost von den Kirchenbänken erheben und über die Geistlichen schimpfen? Was nutzt es, wenn der Papst und die Könige über solche Predigten nur lachen? Was nutzt es, wenn ungeachtet jener gewichtigen Worte viele tausende meines Volkes gestorben sind und weiterhin sterben werden?«
»Aber wir behandeln euch doch jetzt viel besser«, gab Bruder Manuel zu bedenken und strich zärtlich über ein reifes Tabakblatt.
»Zu spät. Bevor Cristobal Colón dieses Paradies entdeckte

und betrat, gab es hier so viele von uns Tainos, wie es Bäume im Regenwald und Fische im Meer gibt. Wir lebten glücklich, obwohl auch wir unsere Feinde hatten. Oft mussten wir uns gegen die Kariben wehren, die uns um diese fruchtbare Insel beneideten und sie uns abringen wollten. Aber in all den Jahren voller Kriege haben sie mehr Würde und Ehre bewiesen, als ein Spanier wie Valenzuela in seinem ganzen Leben in der Lage ist«, antwortete Guarocuya voller Bitterkeit.

»Du beleidigst mich. Ich stimme mit dir überein, dass es viel Böses gibt auf der Insel, aber es erheben sich doch immer wieder Stimmen dagegen. Der König hat Bartolomé de las Casas persönlich als Protektor der Indios ernannt«, führte der Franziskaner aus.

»Und was ist seither geschehen? Dieser de las Casas reist zwischen unseren Inseln und Spanien hin und her und versucht mit guten Worten und Engelszunge, Schwerter, Peitschen und Feuer zu zügeln. Der König lauscht ihm, so wie man einen Hofnarren zum Zeitvertreib zum Abendgelage einlädt und sich herzhaft über seine Scherze amüsiert. Niemand nimmt ihn ernst. Er kämpft mit reinem Gewissen für eine gute Sache, aber es ist vergeblich. Jetzt, da es kaum noch Überlebende meines Volkes gibt, besinnt man sich der alten Quellen für Sklaven im schwarzen Afrika. Ist de las Casas tatsächlich der Meinung, dass es besser ist, diese Menschen aus ihrer Heimat zu verschleppen und hier zu Tode arbeiten zu lassen, um die letzten Indios einer aussterbenden Rasse zu verschonen?«, sah Guarocuya Bruder Manuel herausfordernd an.

»Du weißt genau, dass die Afrikaner harter Arbeit besser standhalten als ihr«, verteidigte Bruder Manuel die

Position de las Casas' und ließ das Tabakblatt aus seiner Hand gleiten.

»Soll das tatsächlich die Rechtfertigung dafür sein, dass ihr tausende und abertausende über das weite Meer hierher verschleppt, um sie hier sterben zu lassen? Wie fühlst du dich auf dieser Insel, Farid? Bist du glücklich, dass du hier sein darfst?«, sah der Kazike mich fragend an.

All der Schmerz über den Verlust meiner Liebe, meiner Familie und meines bis dahin so freien Lebens wallte in mir auf. Ich schnappte nach Luft. Noch bevor ich antworten konnte, ergriff Mencía das Wort für mich.

»Sieh, was du angerichtet hast. Schämst du dich nicht? Behellige ihn nicht mit eurem Streit, Guarocuya«, forderte Mencía von ihrem Gatten, der mir leicht beschämt einen entschuldigenden Blick zuwarf. Offensichtlich bereute er seinen Übereifer. Wieder wandte er sich an den Franziskaner.

»Sie sind Menschen wie wir und ihr. Warum bringt ihr nicht einfach ein paar tausend Spanier hierher, die in ehrlicher Arbeit ihr Brot und Lohn verdienen?« Guarocuya löste sich langsam in Gedanken versunken von der Gruppe und schritt talabwärts auf die Obstbäume zu.

»Verzeih ihm, er ist manchmal ein wenig hitzköpfig«, richtete Bruder Manuel sein Wort an mich.

»Im Grunde hat er Recht«, lenkte ich ein, während wir dem Kaziken folgten, um das Gespräch fortzuführen. Bruder Manuel holte ihn ein und richtete sich mit fast lehrerhaften Gebärden an Guarocuya.

»Es ist in Afrika seit Jahrhunderten Tradition, mit Sklaven zu handeln. Es gibt Geschichten über Stammesälteste, die es auf das eine oder andere junge Mädchen in ihrer Sippe abgesehen hatten und einfach ihre Nebenbuhler an die Sklavenhändler verkauften, um sie aus dem Weg zu räumen«, erklärte Bruder Manuel.

»Jetzt verlierst du den Überblick, Bruder. Es wird nicht dadurch rechtens, weil es zuvor bereits Unrecht war, was diesen Menschen angetan wurde. Es macht auch keinen Unterschied, ob sich das eigene Volk an diesem Verbrechen beteiligt oder nicht. Es geht um die Taten, die ihr im Namen Gottes begeht.«

»Aber wieso im Namen Gottes? Diese Menschen sind gottverlassen, wie du selber festgestellt hast. Sie verraten Gott und seine Botschaft«, ereiferte sich der Franziskaner.

»Auch der Heilige Vater als der Vertreter Gottes auf Erden und der katholische König?«, fragte Guarocuya triumphierend und blieb stehen. Bruder Manuel zuckte resignierend mit den Schultern, denn er wusste, welches Argument Guarocuya jetzt anführen würde.

»Als ich die Abschrift jenes Briefes zum ersten Mal in den Händen hielt, konnte ich seinen Inhalt kaum glauben. Mir erschien es fast wie ein Hohn, kannte ich doch all die liebevollen Mönche aus dem Kloster, von denen nach meinem Dafürhalten keiner so dachte. Ich habe diesen Brief für ewig in meinem Gedächtnis verwahrt, damit ich mich zu jeder Zeit an ihn erinnern kann, sollte es einmal nötig werden. Ich habe an dich und deine Brüder geglaubt, denn ihr habt das wahre Wort Gottes gesprochen, die Mächtigen der Welt würden sich gewiss bald besinnen, war meine stete Hoffnung. Du weißt, wovon ich spreche, es geht um den Brief von König Ferdinand an mein Volk, die Tainos. Er ist mit dem Jahr 1493 datiert, Cristobal Colón überbrachte ihn bei seiner zweiten Reise.«

»Wegen mir brauchst du ihn nicht zu rezitieren«, wehrte Bruder Manuel ab. Ihm war nicht im Geringsten danach, die Worte König Ferdinands an die Tainos aus jener Zeit zu hören.
Bisher hatte ich geschwiegen, weil Bruder Manuel und Guarocuya über Dinge sprachen, von denen ich nichts wusste, doch nun verspürte ich den inneren Drang, mich gerade deshalb an dem Gespräch aktiv zu beteiligen. »Mich würde der Wortlaut dieses Briefes sehr interessieren. Und ich wage zu vermuten, dass auch Bruder Manuel nicht wirklich mit dessen Inhalt übereinstimmen mag«, sagte ich.
»Genau das ist das Problem in unserer Freundschaft. Er mag seine Augen und sein Herz nicht öffnen. Ich habe es zumindest versucht, mich auf seinen Gott einzulassen. Was weißt du schon über unsere Götter?«, fragte Guarocuya den Geistlichen.
»Weißt du wirklich mehr darüber als ich? Wir sind gemeinsam im Kloster unter der Obhut Gottes und seiner Diener aufgewachsen, schon vergessen?«, lautete die Gegenfrage des Franziskaners mit einem leicht beleidigten Unterton.
»Sei es drum, Farid möchte den Wortlaut des Briefes hören. Hier ist er. Das eine oder andere Wort mag nicht das sein, welches ich einst gelesen habe, aber der Sinn ist in keiner einzigen Silbe, die ich jetzt hier wiedergeben werde, verfälscht. Manuel, du wirst mich korrigieren, falls ich doch irre, oder?«, warf er dem Bruder einen Hilfe suchenden Blick zu. Bruder Manuel nickte und senkte angesichts dessen, was gleich über die Lippen des Kaziken kommen würde, betroffen den Blick.
»Im Namen König Ferdinands und seiner Tochter Johanna, Königin über Kastilien und León, Eroberer über barbari-

sche Nationen, möchten wir euch hiermit zur Kenntnis geben, dass unser Herrgott, der Ewige, Himmel und Erde und alle Männer und Frauen, von denen wir seit ewigen Zeiten in aller Welt abstammen, geschaffen hat. In den letzten 5000 Jahren seit der Erschaffung mussten sich die Menschen wegen der großen Vielzahl von Generationen trennen. Verschiedene Königreiche wurden in aller Welt gegründet, und Gott erwählte Peter, den Heiligen, als Führer der gesamten Menschheit, ungeachtet ihrer Gesetze oder ihres Glaubens. Er gab dem Heiligen Peter Rom als Regierungssitz, von wo aus er die gesamte Welt regieren sollte, aber er erlaubte ihm, seine Macht in der ganzen Welt auszuüben und über alle Menschen zu verfügen, egal ob Christen, Moslems, Juden oder andere Sekten. Er wurde Papst getauft, was bewundernswerter und größter Vater heißen soll, Herrscher über die Menschheit. Diejenigen, die zu diesen Zeiten gelebt haben, gehorchten Peter, dem Heiligen, als ihrem Herrscher und obersten König über das Universum. Und so haben ihre Nachkommen seinen Nachfolgern gehorcht und so weiter bis ans Ende der Zeit.
Der jetzige Papst gab diese Inseln und das Festland und alles, was dazu gehört, dem oben erwähnten König und der Königin. Dies ist ein Fakt, der auch geschrieben steht, und man wird denjenigen, die es wünschen, Einblick in die Dokumente gewähren. Daher sind die Hoheiten Herrscher und Meister über dieses Land, sie waren als solche bereits allerseits anerkannt, als dieses Schreiben aufgesetzt wurde. Man gehorcht ihnen überall voller Willen und ohne Widerstand, ihren religiösen Gesandten wurde und wird absoluter Gehorsam gehuldigt, und alle Menschen wurden bedingungslos aus freiem Willen zu Christen und werden dies

auch bleiben. Ihre Hoheiten haben diese Loyalität mit Freuden aufgenommen und angeordnet, dass ihre neuen Untertanen als gute und loyale Vasallen zu behandeln seien, und ihr seid in der Pflicht, dasselbe zu tun, was jene Vasallen taten.

Daher fordern wir, dass ihr diesen Text versteht, darüber in der notwendigen Zeit nachdenkt und dann die Kirche und ihren höchsten Priester, den Papst, als die Lenker des Universums anerkennt. Und in ihrem Namen sollt ihr den König und die Königin als Herrscher über dieses Land anerkennen, und unseren religiösen Vätern sollt ihr erlauben, euch unseren heiligen Glauben zu predigen. Wenn ihr bereit seid, dem König in der Pflicht zu stehen, werden wir euch mit Liebe und Wohltätigkeit empfangen. Wir werden eure Freiheit respektieren und die eurer Weiber und Kinder und eure Rechte auf Besitz. Und wir werden euch nicht dazu zwingen, euch taufen zu lassen, bis dass ihr euch selber über die Wahrheit informiert habt und wünscht, zu unserem heiligen, katholischen Glauben überzutreten, so wie es fast alle Einwohner der benachbarten Inseln getan haben. Im Gegenzug dazu werden Ihre Hoheiten euch mit Privilegien und Freiheiten bedenken.

Solltet ihr darin versagen, diesem Wunsch nachzukommen, oder mit bösem Willen es versäumen, dies rechtzeitig zu tun, dann versichern wir euch, dass wir mit der Hilfe Gottes Gewalt gegen euch anwenden werden. Wir werden den Krieg gegen euch erklären von allen nur erdenklichen Seiten und mit allen möglichen Bedeutungen. Wir werden euch und eure Frauen und Kinder versklaven, euch verkaufen oder über euch verfügen, wie es dem König beliebt. Wir werden euch euren Besitz nehmen und euch so sehr scha-

den, wie es uns nur möglich ist und wie ihr es als ungehorsame und widerspenstige Vasallen verdient habt. Und wir werden euch für die Toten und Verletzten schuldig erklären, Ihre Hoheiten aber, uns selber und alle, die uns begleiten, von dieser Schuld befreien.
Deshalb fordern wir hiermit, dass rechtsgültige Unterschriften unter diesen Text gesetzt werden und dass die Anwesenden beten mögen, um für uns den Beweis dieser Vereinbarung anzutreten.«
Guarocuya sah erschöpft aus, nachdem er diesen langen Text frei aus dem Kopf vorgetragen hatte. Schweiß stand auf seiner Stirn, und an dem angewiderten Gesichtsausdruck, mit dem er auf den Boden spuckte, als die letzten Silben seine Lippen verlassen hatten, erkannte ich, wie schwer es ihm gefallen war, diese Worte auszusprechen.
Bruder Manuel warf mir einen prüfenden Blick zu. »Wie denkst du über diese Sache?«, fragte er mich.
»Wenn die Mächtigen zu mächtig werden, halten sie sich für Gott«, antwortete ich.
»Das trifft es ganz gut, Farid. Wirft aber noch kein genügend helles Licht in die tiefen Gruften dieser Seelen«, sagte Guarocuya nachdenklich nach Worten ringend. »Es ist, als existiere Gott in ihren Köpfen und Herzen gar nicht, sondern mir scheint es vielmehr so, als spiegelten sie sein Abbild in die Seelen ihrer Untertanen, damit diese auf das Wort Gottes, das eigentlich das der Mächtigen ist, hören«, führte er weiter aus und bewegte sich nun wieder hangaufwärts in Richtung der Hütten.
»Das ist eine folgenschwere Behauptung, mein Freund«, kommentierte der Franziskaner die Bemerkung seines Freundes kritisch.

»Auch Gottesfürchtige können sich in den Dingen der Welt irren und müssen lernen, mit neuen Situationen zurechtzukommen. Wie kannst du dem Papst und den Königen solch boshafte Absicht unterstellen? Wo doch selbst unser geschätzter Bartolomé de las Casas aus seinen eigenen Fehlern hat lernen müssen?«, fragte der Franziskanerbruder vorwurfsvoll.
»Es liegt nahe«, antwortete Guarocuya lapidar.
Bruder Manuel blickte den Kaziken nachdenklich und mit verletztem Stolz in den Augen an.
»Er ist wütend, ich denke, er meint es nicht so«, versuchte Mencía zu vermitteln.
»Du hättest allen Grund, ebenso aufgebracht zu sein wie ich«, brummte Guarocuya, ließ uns stehen und stapfte in Richtung der Hütten davon.
»Wenn er Recht hätte, würde das heißen, dass all unsere Bemühungen vergeblich wären; dass Gott und wir, die wir den Glauben an ihn hochhalten, verraten und verloren wären in dieser Welt. Es würde bedeuten, dass die Funken Gottes nicht alle Seelen zu entzünden vermögen und dass unsere Hoffnung und Taten die teuflischen Pläne der Gottlosen auf trügerischen Engelsflügeln zur Vollendung bringen würden.« Bruder Manuel sah uns mit Tränen in den Augen an. Nicht nur der Glauben von Guarocuya schien erschüttert, sondern auch der des Franziskaners, der sich beschämt von uns abwendete, um seinen Hader und Zweifel mit Gott in seinem Herzen auszutragen.
Es folgte eine betroffene Stille, in der man die Tränen des Franziskaners auf den Staub fallen hören konnte. Nachdem er sich besonnen hatte, wendete er sich mit entschlossenem Blick an uns.

»Ihr wisst: Ich kann und will euch nicht halten. Jede Kette, jede Mauer entfernt uns Menschenkinder nur noch ein Stück weiter von Gott. Ich werde mich ins Kloster zurückziehen, um die Zweifel, die meine Brust ergriffen haben, mit mir selbst auszuhandeln. Wer mich begleiten mag, ist herzlich willkommen. Alle anderen sind frei, so wie ich euch immer sehen wollte. Ich weiß nicht, wie viel diese Freiheit auf dieser gottlosen Insel wert ist, aber ich werde jeden Tag dafür beten, dass ihr das Beste daraus macht.«

X.

Wie willst du den Flug des Papageis besitzen?
Wie willst du die Kraft des Wollbaums
in deinen Armen spüren?
Wie willst du den Wind in deinen Händen halten?
Wie willst du das Wasser, das uns umgibt, beherrschen?
Liebe, ohne zu begehren,
und die Götter werden dir wohlgesonnen sein.

Sprichwort der Tainos

Regentropfen dick wie Fäuste trommelten auf unsere Häupter, als wir im Schutz der Dunkelheit das versteckte Tal im Regenwald erreichten. Obwohl bis auf die letzte Faser durchnässt, verspürte ich nicht den Drang, mich vor dem warmen, wenn auch sehr ausgiebigen Regen zu schützen. Anders erging es mir beim Anblick der bedrohlichen Wolken, die sich über uns aufgetürmt hatten und mit bösem Grollen und flimmernden Wetterleuchten ein mächtiges Gewitter ankündigten. Ängstlich verfolgte ich während unseres Marsches die Bewegungen der in Wallung geratenen Wolkenmassen. Plötzlich entlud sich ein Blitz, grell wie die Mittagssonne der

Wüste, nur einige Schritte neben uns und erleuchtete Guarocuya auf gespenstische Weise. Fast schien es, als wollten seine Ahnen ihn in den geborgenen Armen des von den Spaniern unerforschten Berges empfangen heißen. Er blickte sich erschrocken um.
»Seht ihr sie auch?«, wendete er sich fragend an Mencía und mich.
»Wen?«, fragten wir.
»Meine Tante, da hinten. Das ist doch Anacaona«, rief er erschrocken aus.
Seine Untergebenen, die fünfundzwanzig Naborías, Männer, Frauen und Kinder, blickten ehrfürchtig in die Richtung, in die seine Hand wies.
»Sie trägt dasselbe Kleid wie an jenem Tag, als Gouverneur Ovando sie hängen ließ«, stammelte der Kazike, dessen Gesicht, von einem weiteren Blitz erleuchtet, so weiß erschien wie ein in der Sonne gebleichtes Laken. Der laute Donner grollte polternd durch den Wald und schreckte einige Vögel auf, die wild flatternd Schutz vor dem Regen und dem bedrohlichen Gewitter suchten.
»Ich kann sie nicht sehen«, antwortete ich.
»Ich auch nicht«, erklärte Mencía.
Guarocuya wischte sich das Regenwasser aus den Augen, blinzelte ein wenig und stellte überrascht fest, dass seine Tante sich wieder in einen Baum oder Vogel verwandelt haben musste, da er sie nicht mehr entdecken konnte.
»Sie ist weg«, stellte er teils enttäuscht, teils erleichtert fest.
»Es ist wegen dem Schwarzen«, brummte ein älteres Naboríaweib. »Sie hat sich erschreckt, als sie sein dunkles Gesicht gesehen hat, und jetzt wird sie uns seinetwegen nicht den richtigen Weg zeigen.«

»Schweig!«, ordnete Guarocuya an und setzte zielstrebig den Marsch fort, »ich weiß, wo es langgeht.«
Seine Gefolgschaft schritt stumm hinter ihm her. Mencía und ich blieben ein Stück in Sichtweite hinter der Gruppe zurück.
»Wer war Anacaona?«, fragte ich Mencía.
»Sie war die Frau des zweitmächtigsten Kaziken zu dem Zeitpunkt, als die Spanier auf unserer Insel landeten. Ihr Bruder Behechío war der größte Kazike in jenen Tagen.«
»Warum ließ der Gouverneur sie hängen?«, begehrte ich zu wissen.
»Sie wurde von ihren Untergebenen so sehr geliebt und respektiert, dass Ovando sie hinrichten ließ, weil er sich vor ihrer Macht fürchtete«, blickte Mencía mich traurig an.
»Und er hat ihr Erbe angetreten?«, fragte ich und hob den Zweig einer Palme an, damit Mencía darunter hindurchgehen konnte. Wir mussten unsere Schritte ein wenig beschleunigen, weil Guarocuya und seine Gefolgschaft uns bereits weit voraus waren.
»Als Guarocuya die Position seiner Tante übernahm, waren von ihrem Volk nur noch 109 Frauen, Kinder und Männer übrig geblieben.«
»So wenige!«, stieß ich erschüttert hervor.
»Ja. Und Jaragua, so hieß das Kazikenreich in jener Zeit, war dasjenige auf der Insel, das sich der größten Bevölkerungszahl erfreute«, bejahte sie.
»Wieso ist Guarocuya nicht in Jaragua geblieben?«
»Sie mussten ihre Heimat verlassen, weil man Guarocuya gezwungen hat, seine Männer für Valenzuela in der Goldmine arbeiten zu lassen. Und im letzten Jahr haben

die Pocken viele von ihnen und von den Untertanen der anderen 35 Kaziken in San Juan dahingerafft«, sagte sie bitter.

»Und welch tragische Geschichte verbirgt sich hinter deinen traurigen Augen?«

»Es ist nicht meine Geschichte, denn die ist nicht so wichtig. Es ist die Geschichte eines liebevollen, gutgläubigen Volkes, das auf niederträchtige Weise getäuscht, beraubt und gemeuchelt worden ist. Die Geschichte eines Volkes, das von denen, die kamen, um die Insel ihrer Reichtümer zu berauben, nicht als Menschen angesehen wurde, sondern als Werkzeuge, ungeachtet dessen, ob diese Werkzeuge die heilige Taufe erhalten haben oder nicht. Guarocuya ist gebildeter und besser im katholischen Glauben unterwiesen als die meisten Weißen auf dieser Insel. Seine Ausdrucksweise im Spanischen ist vornehmer, wortgewandter und ausgewählter als die des Gouverneurs. Und dennoch ist er kein Mensch in den Augen jener Räuber und Mörder, die tausende und abertausende seines Volkes haben sterben lassen. Kannst du mir das erklären?«

»Es ist ganz einfach: Es ähnelt dem, was mit den afrikanischen Sklaven passiert. Würden die Eroberer uns als Menschen anerkennen, wären sie nach ihrem Glauben schlechte Menschen. Da wir aber keine Menschen sind, bleiben sie in ihren Köpfen gut, und was sie tun, ist nicht schlecht. Die Afrikaner sind in ihren Augen schlichtweg Tiere«, resümierte ich.

»Und wir essen angeblich Menschenfleisch, beten die Götzen, unsere Zemis, an und unterhalten uns in der Nacht mit unseren Toten. Was wohl Grund genug ist, uns für so schlechte Menschen zu befinden, dass man uns ungestraft

vor Gottes Augen abschlachten darf«, ergänzte Mencía meine Ausführungen.
Schweigend liefen wir nebeneinander her und holten die Karawane, die quer durch den Regenwald zog, wieder ein. Einer der mächtigsten Kaziken dieser Insel floh mit ein paar Dutzend Untergebenen in die Berge, um sich vor den Menschen zu verstecken, die erst vor einer Generation dieses Land zum ersten Mal betreten und in so kurzer Zeit dieses Paradies zur Hölle gemacht hatten. Mir wurde bewusst, dass ich Zeuge nicht nur der Veränderung auf dieser Insel, sondern auf der ganzen Welt war. Das Leid, das ich am eigenen Leib erlebte und das ich mit so vielen teilte, war der Beginn einer neuen Zeit, die mit der Entdeckung dieser Neuen Welt angebrochen war.

Am nächsten Morgen führte uns Guarocuya bei Sonnenaufgang zum grünen Wasserfall – oder es waren seine Ahnen, die uns den Weg wiesen, wie uns das alte Indioweib weismachen wollte. Rauschend stürzten große Wassermassen in die Tiefe, klatschten laut und grollend auf mächtige Felsen und bahnten sich ihren Weg in ein großes, tiefes Becken, in dem das Wasser einen Moment lang ruhig verweilte, bevor es wieder seinen Weg in den breiten, geschwungenen Fluss fand und vorbei an dem dicht bewachsenen und zahlreich beseelten Ufer rauschte. Die Strahlen der aufgehenden Sonne brachen sich in dem niederstürzenden Nass, und ein Regenbogen wie das Tor zu einer anderen Welt entstand. Guarocuya nahm seinen Kopfschmuck, den Mao, ein den Kaziken vorbehaltenes rundes Kleidungsstück mit einem Loch aus Baumwolle, das die Schulter bedeckte, und den Lendenschurz ab. Er stürzte sich in die erfrischenden Fluten und wusch den Schweiß und die Tränen der beendeten Reise von seiner Haut. Zwei Indiofrauen machten sich alsbald daran, das für das Baden bestimmte Kraut *Digo* für ihren Herrscher zu sammeln. Während des Rituals rieb sich der Kazike mit den grünen, wohlriechenden Blättern am ganzen Körper ab.

»Hier werden wir bleiben«, sagte er glücklich lächelnd.

»Aber sie werden uns hier finden«, gab Mencía zu bedenken.

»Nein, das werden sie nicht«, gab Guarocuya überzeugt zurück, legte seine Kleidung wieder an und führte uns hinauf zu dem Wasserfall.

»Schließt für einen Moment die Augen, und öffnet sie dann wieder«, befahl er fröhlich.

Mencía und ich taten, was er von uns verlangte. Als wir die Augen öffneten, war Guarocuya wie vom Erdboden verschluckt. Verwundert blickten wir uns an. Wo hatte er sich in so kurzer Zeit vor unseren Augen verbergen können?

»Wo ist er hin?«, fragte mich Mencía, und ein wenig Angst schwang in ihrer Stimme mit.

»Ich weiß es nicht«, zuckte ich mit den Schultern und hob meine Stimme laut an, damit sie das Getöse des fallenden Wassers übertönen konnte. Die Gischt des aufgewirbelten Wassers traf mein Gesicht.

»Es gibt eigentlich nur einen Ort, den er in so kurzer Zeit hat erreichen können«, schlussfolgerte ich.

Mencía und ich blickten auf den Wasserfall. Ob Guarocuya sich hinter dem schäumenden Wasservorhang verborgen hielt? Ich fasste all meinen Mut zusammen, ging näher heran, hielt die Luft an, schloss die Augen und trat in den Wasserfall. Vorsichtig tastete ich mich mit den Armen nach vorne, doch außer dem Wasser fühlte ich nichts, also traute ich mich Schritt für Schritt weiter nach vorne, bis ich mich plötzlich unter einem Felsvorsprung wiederfand, der mich vor den herabstürzenden Wassermassen schützte. Hier war es sehr dunkel, und der ohrenbetäubende Lärm schien mir fast die Sinne zu rauben. Aber dennoch blickte ich mich genau um, jeden Moment darauf gefasst, dass Guarocuya hinter einem Fels erscheinen würde, um mich zu erschrecken. Doch nichts dergleichen geschah. Langsam gewöhnten sich meine Augen an die Dunkelheit, und ich blickte mich forschend um. Der Felsvorsprung war etwa zehn Schritte tief und so breit wie drei Schultern. Ich suchte nach dem Eingang zu einer Höhle oder nach einer Nische, in der sich der Kazike hätte verstecken können. Doch enttäuscht stellte ich fest, dass ich nichts Derartiges finden konnte, geschweige denn eine Spur von Guarocuya. Plötzlich stand Mencía neben mir. Sie schüttelte ihr nasses Haar und rieb sich das Wasser aus den Augen.

»Ist er nicht hier?«, fragte sie.

»Ich habe ihn nicht gefunden«, antwortete ich.

»Wo ist er dann?«

Plötzlich kam Guarocuya aus einer uns bis dahin verborgenen Nische zum Vorschein.

»Folgt mir«, sagte er lachend, nahm sein Weib bei der Hand und führte es in das Innere der Höhle, in der er sich versteckt hatte.

Ich folgte den beiden. Entgegen meiner Erwartung war es hier nicht dunkel und feucht, sondern Tageslicht, wenn auch spärliches, erleuchtete die Felswände in dem angenehm trockenen und warmen, aber nicht zu heißen Raum. Auf der Suche nach der Quelle für das Tageslicht blickte ich nach oben und entdeckte überrascht, dass die Höhle deutlich höher war, als ich erwartet hatte. Durch schmale Ritzen und Spalten ergoss sich das Licht der morgendlichen Sonne in die Höhle und verteilte sich bis in die hintersten Winkel auf fast magische Weise, so als würden unsichtbare Spiegel das Licht weiterleiten.

»Hier werden wir sicher sein«, erklärte Guarocuya.

»Hier werden sie uns niemals finden«, bestätigte Mencía zufrieden.

»Kommt, ich zeige euch die weiteren Räume, und es gibt auch noch einen anderen geheimen Eingang«, lud uns Guarocuya ein und führte uns durch die von seinem Volk verlassene und vergessene Höhle. Er wirkte munter und ausgelassen, seit wir San Juan verlassen hatten.

Mir schien, dass seine Entscheidung, gegen das Unrecht zu kämpfen, ihn aufblühen ließ. Auch wenn das bedeutete, dass er sein Leben in der Schlacht verlieren könnte. All die Lehren der Franziskaner hatten es nicht vermocht, das wahre Wesen dieses stolzen Kaziken zu ändern. Er zog es vor, in Freiheit und in der Nähe seiner Ahnen zu sterben, anstatt gedemütigt und in Gefangenschaft ein tristes Leben zu fristen und seiner wahren Verantwortung nicht gerecht zu werden.

Die Tage verstrichen. Fast vergaßen wir, dass wir uns auf der Flucht befanden, und wir richteten uns in der gastfreundlichen Höhle häuslich ein.

Für unser aller Wohl sollte der Zemi Buyabá sorgen. Mencía wies mich in die geistige Welt der Tainos ein: Die Indios erzählten sich, dass der hölzerne Götze, der von einem guten Geist beseelt sein sollte, zu Kriegszeiten beinahe verbrannt wäre. Nur noch der Rumpf sei übrig geblieben und Beine sowie Arme seien verbrannt. Man habe den Zemi mit dem Saft der Yuccapflanze eingerieben, um ihn zu säubern, woraufhin Arme und Beine nachgewachsen wären. Buyabá bekam einen Ehrenplatz in der Höhle auf einem Felsen, von dem aus er alles beobachten und bewachen konnte. Aber nicht nur er sollte uns beschützen, auch die Ahnen der Indios hätten geheime Kräfte und würden ihre schützenden Hände über uns halten, glaubten sie und bewahrten die Knochen ihrer Verstorbenen in Körben und anderen Gefäßen auf, die sie an Seilen an der Decke aufhängten. Die Seelen der Verstorbenen befanden sich nach ihrem Glauben in den Knochen. Es konnte vorkommen, dass aus den Knochen die verstorbenen Vorfahren der Indios sprachen und ihnen weise Ratschläge gaben. Die Geister der Toten erwachten in der Nacht zum Leben und konnten einem Lebenden wie ein echter Mensch erscheinen. Sie ernährten sich von Früchten, die tagsüber ungenießbar waren und sich nachts zu süßem Obst wandelten. Sie trafen sich zu Feiern oder anderen Zusammenkünften. In der Nacht konnten sie die Lebenden täuschen. Zum Beispiel dergestalt, dass ein Mann, ein Weib umarmend, einschlief und am nächsten Morgen beim Erwachen erschreckt feststellen musste, dass er einen Baumstamm in den Armen hielt. Aber man könne die Toten daran erkennen, dass sie keinen Bauchnabel haben, weshalb es ratsam war, den Bauch zu befühlen, wenn man sich unsicher war, ob es sich wirklich um eine lebende Person handelte, der man in der Nacht begegnete, oder um eine bereits verstorbene. Mencía berichtete mir all dies, ohne dem Erzählten ein besonderes Gewicht beizumessen und ohne es in dem Licht dastehen zu lassen, dass es Aberglaube sei.

»Auch die Moslems glauben daran, dass die Geister der Verstorbenen in Gestalt von guten oder bösen Dschinns sich in unser Leben einmischen können«, erklärte ich Mencía, weil ich das Gefühl hatte, sie wolle meine Sicht zu diesen Dingen erfahren.

»Aber die Christen glauben es nicht«, antwortete sie. »Sie halten uns für ungebildete Heiden, die den wahren Glauben nicht erkennen können, weil unsere Köpfe und Herzen die Botschaft Gottes nicht zu erfassen vermögen.«

»Mag sein. Mag aber auch sein, dass sie selber nicht in der Lage sind, die Botschaft ihres Messias voll und ganz zu ergründen«, entgegnete ich.

Der Regenwald erschien mir wie der reinste Gegensatz zur Wüste. Überall raschelte und pulsierte es voller Leben. Füllte man den Raum der Wüste mit seinem Sein, so erging man sich im Urwald mit der Betrachtung all der verschiedenen Wesen und Gattungen, die sich auf engstem Raum tummelten. Auf jedem Baum, hinter jedem Strauch konnte genauso gut eine lebensbedrohende Gefahr lauern, wie man etwas zu essen finden konnte. Unzählige Früchte hingen an den Bäumen. Man brauchte sich nur unter sie zu legen und den Mund zu öffnen, sie würden einem in den Schlund fallen. Viele kleine Tiere boten sich als Mahlzeit an. Vögel, Leguane und Fische gab es in Hülle und Fülle. Aber auch Schlangen lauerten auf den Bäumen und ließen sich auf ihre Opfer fallen, um sie zu Tode zu würgen. Blüten und grüne Blätter sammelten das Wasser der allabendlichen Regengüsse und boten es den Reisenden zum Trinken feil. Doch wer sich mit dem Kanu in einem reißenden Fluss nicht vorsah, der konnte an einem Felsen zerschellen oder von einem

Wasserfall mitgerissen werden. Der Urwald barst vor geheimnisvoller Pflanzen, deren verschiedene heilende Wirkung und Zauberkraft die Tainos zu nutzen wussten. Wer allerdings die Sorten nicht auseinander zu halten vermochte, der konnte sich schnell vergiften, wenn er zum falschen Kraut griff. Ich vermutete, dass jenes Digo, das die Tainos beim Baden zum Reinigen ihrer Haut verwendeten, dafür verantwortlich war, dass die Haut auch bei den Alten straff und jung blieb. Gamanacoel, ein alter Schamane, sagte, er kenne alle Pflanzen des Regenwaldes und es gäbe für jedes Leiden, das einen Menschen ereilen könne, das entsprechende Gegengift. Ich war versucht, zu fragen, ob es auch ein Mittel gegen unglückliche Liebe gäbe, fürchtete aber, er würde tatsächlich eines wissen und mit dessen Hilfe Arub aus meinem Herzen vertreiben.
So, wie wir Tuareg in Eintracht mit der Wüste lebten, wussten die Tainos den Überfluss und Reichtum ihrer Wälder zu respektieren und nahmen von der Natur niemals mehr, als sie zum Leben brauchten. Es erschien mir das Geheimnis ihres Glücks zu sein, das sie ausstrahlten, wenn sie allein mit sich und der Natur waren. Seit meinem Aufenthalt auf dieser Insel hatte ich noch keine so glücklichen Menschen gesehen wie die lachenden Kinder, die im Wasserbecken badeten, oder die Indiofrauen, die den Mais in ihren riesigen Mörsern zerstampften und sich dabei angeregt und fröhlich unterhielten. Ich versuchte mir bei diesem Anblick auszumalen, welch glückliches Paradies diese Insel wohl vor der Ankunft der Entdecker gewesen sein mochte.

Gamanacoel, der alte Schamane – von den Indios wurden diese Gelehrten *Buhuitihu* genannt –, hatte sich Guarocuya angeschlossen, um ihn in geistigen Fragen unterstützen zu können. Nicht nur ihm war bekannt, dass er in vielen Dingen seines Volkes nicht so belehrt war, wie es sich für einen wahren Kaziken gebührte, deshalb sah es der Buhuitihu Gamanacoel als seine Pflicht an, den jungen, rebellischen Kaziken in seinem Wissen zu unterweisen. Gamanacoel mochte rund sechzig Jahre alt sein, aber seine Haut sah noch immer sehr jugendlich und frisch aus. Er war kleinwüchsig und wirkte in seinen Bewegungen oft linkisch, was durch die vielen Zauberutensilien, die an seinem Gürtel um die Hüfte baumelten, verstärkt wurde. Er sprach einige wenige Brocken Spanisch, wenn auch sehr unwillig. Ich gesellte mich zu ihm, als er, eine Rolle Tabak schmauchend, am Ufer des Wasserbassins saß.

»Darf ich auch?«, fragte ich ihn.

Er warf mir einen argwöhnischen Blick zu. »Weshalb hat Guarocuya dich hier?«, fragte er zurück.

Ich setzte mich neben ihn auf einen der großen, runden, glatten Steine. Sehr gastfreundlich war der Schamane nicht.

»Weshalb hat er dich hier?«, fragte ich.

Wortlos reichte er mir eine Tabakrolle, die er an der Glut seiner bereits brennenden Rolle entzündete.

»Er hat den falschen Gott angebetet, er weiß das, deshalb hat er mich gebeten mitzukommen, denn ich kann die Zemis dazu bewegen, uns beizustehen«, erklärte der Schamane überzeugt.

Ich blickte ihn traurig an. Wäre es eine Frage der Götter gewesen, hätte es all das Leid auf dieser Insel nicht gegeben. Zemis, Gott oder Allah, wie wir ihn nannten, die Dschinns meiner dahingeschiedenen Ahnen und die Geister der verstorbenen Tainos würden sicher in Eintracht leben, hätten sie wirklich die Macht über diese Welt. Aber es waren die Menschen, nicht die Götter und guten Geister, die die Welt regierten. Wie sollte ich das dem Schamanen Gamanacoel nahe bringen?

»Du glaubst, alle Götter seien gleich? Du denkst, es gäbe keine guten und keine schlechten Götter, nur schlechte Menschen?«, fragte er mich, und ich blickte ihn überrascht an.

»Wie hast du meine Gedanken erraten?«, wunderte ich mich.

»Es ist dein offener, klarer Blick. Es ist deine reine Seele, die offenbar nichts zu verbergen hat und die zu mir ohne Worte spricht. Wahrscheinlich ist das der Grund, weshalb Guarocuya dich gerne an seiner Seite sieht«, antwortete Gamanacoel.

»Es sind die Menschen und ihre Taten, die die Welt verändern, zum Guten und zum Bösen. Es sind nicht ihre Götter.«

»Vielleicht hast du Recht, wir werden sehen«, wendete Gamanacoel seinen Blick auf das ruhige Wasserbecken und zog an seinem glimmenden Tabakstängel.

In der Höhle wurden Hängematten befestigt, die emsig aus Seilen geflochten wurden, die aus den Fasern von Palmen bestanden. Niedrige Holzstühle wurden aufgestellt, und bald verwandelte sich die vor langer Zeit von den Ahnen Guarocuyas verlassene Höhle in eine gemütliche Wohnstätte. Auch für das leibliche Wohl wurde gut gesorgt. Die Frauen bereiteten Brot aus den Knollen der Yuccapflanzen, indem sie diese raspelten, den giftigen Saft herausquetschten und das Fleisch der Wurzeln zerrieben und trockneten.

Das so gewonnene Mehl walkten sie mit Wasser vermengt zu einem Brotteig, den sie auf tönernen Backblechen rösteten. Das fertige Brot nannten sie *Casabi*, es war auch bei den Weißen sehr beliebt, denn es war äußerst schmackhaft und hielt sich über mehrere Tage lang frisch. Man kochte den Saft der Yuccaknollen so lange auf, bis er zu einer braunen dicken Suppe wurde, die mir zusammen mit ein wenig Vogelfleisch köstlich schmeckte. Und das, obwohl mir die Vögel, die die Männer im Wald fingen, oftmals Leid taten. Eine besondere Delikatesse für die Tainos waren Papageien. Ich fragte mich immer wieder, wie die Männer es wohl anstellten, all die zahlreichen Vögel ohne weitere Hilfsmittel zu fangen.

Bald gelang es mir, das Geheimnis zu lüften. Eines Morgens, als ich früher erwachte als gewöhnlich und auch früher als die anderen Mitbewohner der Höhle, freute ich mich auf ein Bad ganz allein im Bassin unterhalb des Wasserfalles und schlich mich leise davon. Als ich das Ufer erreichte und gerade im Begriff war, mich meiner Kleider zu entledigen und in das erfrischende Nass zu springen, entdeckte ich etwas Seltsames auf dem Wasser schwimmen. Ein wirres Knäuel von Ästen und Blättern bewegte sich entgegen der Strömung auf der glatten Wasseroberfläche. Verwundert betrachtete ich dieses seltsame Naturphänomen. Auch ein grüner Papagei flog neugierig über dieses schwimmende Objekt. Plötzlich schossen zwei kräftige Arme aus dem Wasser, das schwimmende Pflanzenknäuel erhob sich und entpuppte sich als Kopfbedeckung eines Indios. Noch ehe sich der zeternde Papagei versah, landete er in den unerbittlichen Händen des Indios, der dem flatternden Federvieh routiniert den Hals umdrehte, mich fröhlich anlächelte und

mir den überlisteten Vogel zuwarf, damit ich seine Beute sicher am Ufer verwahrte.
Noch überraschter war ich, als ich an einem anderen Tag genau diesen Mann mit Hilfe anderer Indios Fische mit der bloßen Hand fangen sah. Guarocuya näherte sich und lächelte angesichts meines erstaunten Blicks.
»Wie ist das möglich?«, fragte ich ihn.
»Es ist leichter, als du denkst«, erklärte er. »Siehst du diesen Krug dort?«, deutete er auf ein rotes tönernes Gefäß, das am Ufer stand.
Ich nickte.
»Wir benutzen den Saft von ausgepressten Blättern einer speziell dafür bestimmten Pflanze, den wir in das Wasser gießen und somit die Tiere betäuben. So kann man sich die dicksten Fische aussuchen; den anderen wird es in wenigen Augenblicken wieder gut gehen, sie werden erwachen und ihren Weg flussabwärts fortsetzen.«
Ich trat näher und warf einen Blick in das Wasser. Und tatsächlich: Ich entdeckte einen Fisch, der wie ein betrunkener Seemann durch das Wasser torkelte. Ich langte hinein und konnte ihn ohne Mühe ergreifen. Als er wild zappelte und ängstlich mit den Flossen um sich schlug, verspürte ich Mitleid mit ihm und warf ihn wieder ins Wasser. Die anwesenden Indios lachten herzlich darüber.
»Soll ich dir verraten, wie wir Schildkröten und andere große Meerestiere fangen?«, fragte Guarocuya.
»Ja, bitte«, antwortete ich.
»Wir binden an ein festes Seil einen Saugfisch, und sobald er sich an eine Schildkröte klammert, brauchen wir nur noch an dem Seil zu ziehen, und schon gibt es ein leckeres Mahl.«
»Das kann ich nicht glauben«, rief ich aus.

»Wenn ich es dir sage. Du wirst es sicher eines Tages sehen können«, beharrte Guarocuya, dessen gute Laune schlagartig verschwand, als er einen seiner Späher mit sorgenvollem Gesicht auf sich zueilen sah. Mit leiser, aber eindringlicher Stimme sprach er auf den Kaziken ein. Guarocuyas Miene verdunkelte sich mit jedem Wort mehr.

»Es ist so weit. Badillo und Valenzuela sind mit zwölf bis an die Zähne bewaffneten Männern ganz in der Nähe von hier gesehen worden. Wir müssen uns ihnen stellen«, kniff Guarocuya seine Lippen zusammen und blickte gedankenverloren in den dichten Wald, in dem wir uns bald eine Schlacht mit den Spaniern liefern würden.

Gamanacoel, Guarocuya und ich hatten uns in eine dunkle Hütte zurückgezogen, die eigens von den Indios für diesen rituellen Zweck aufgebaut worden war. Gamanacoel sprach eindringlich auf den Kaziken ein und deutete immer wieder mit abwertenden Gesten auf mich. Guarocuya schüttelte beständig den Kopf und schien sich von dem Schamanen nicht beeindrucken zu lassen.

»Was ist los?«, fragte ich die beiden.

»Gamanacoel möchte nicht, dass du hier bleibst. Er sagt, du gehörst nicht zu der oberen Kaste und du hättest kein Recht, an dem Ritual teilzunehmen«, erklärte Guarocuya.

»Und wieso soll ich dann daran teilnehmen?«, wunderte ich mich.

»Weil ich es will«, beharrte Guarocuya.

»So sei es denn«, knurrte Gamanacoel noch immer unwillig.

Ich konnte mir den Wunsch des Kaziken nicht anders erklären, als dass er dem Schamanen nicht sein volles Vertrauen schenkte und jemanden in seiner Nähe wissen wollte, dem all diese Riten genauso fremd waren wie ihm selbst. Gamanacoel reichte dem Kaziken einen etwa eine Elle langen Stock mit einer Verdickung an einem Ende. Guarocuya führte ihn in den Mund und stieß ihn so tief in seinen Rachen, dass ich fürchtete, er müsse ersticken. Bald darauf spuckte er in ein tönernes Gefäß, dessen Boden mit Wasser bedeckt und offensichtlich für diesen Zweck bereitgestellt worden war. Gamanacoel tat dasselbe mit einem anderen Stock, der neben ihm auf dem Boden gelegen hatte. Von mir schienen die beiden glücklicherweise nicht zu erwarten, dass ich meinen Körper und meine Seele auf die gleiche Weise reinigte. Nachdem sie sich erbrochen hatten, stellten sie die Gefäße beiseite, und Gamanacoel begann mit einem eintönigen Gesang, der mich an die Gesänge der mystischen Meister in Marrakesch erinnerte. Er wippte mit geschlossenen Augen vor und zurück, entzündete eine Zigarre und blies den Rauch in alle Richtungen in die Luft. Dann öffnete er wieder die Augen, steckte das eine Ende eines dünnen Rohres in eine kleine, aus Holz geschnitzte Dose und das andere in das rechte Nasenloch, hielt das linke Nasenloch zu und zog kräftig an dem Rohr, um dann denselben Vorgang mit dem linken Nasenloch zu wiederholen. Seine Augen wirkten glasig, sein Blick war trüb. Mit langsamen, vorsichtigen Bewegungen überreichte er Guarocuya das Rohr und die kleine, mit vielen Symbolen verzierte Dose, schloss wieder die Augen und verfiel in den Gesang, den er bereits zuvor angestimmt hatte. Guarocuya warf einen leicht zweifelnden Blick auf das Pulver, das von den Indios Cohoba genannt wurde, blickte Rat suchend kurz zu mir und ahmte dann die Handlung des Schamanen nach. Auch er begann, das traditionelle, einschläfernde Lied zu singen und seinen Kopf im Takt hin und her zu bewegen, so dass die Federn an seinem Stirnband heftig zu wippen anfingen. Ich wusste, dass Guarocuya bald die Zemis und seine Ahnen anrufen würde, um von ihnen den Ausgang der bevorstehenden Schlacht in Erfahrung zu bringen. Dennoch fühlte ich mich von diesem Schauspiel seltsam berührt. Das Pulver trug die beiden Würdenträger in eine andere Welt, das war ohne Zweifel erkennbar, aber ob sie tatsächlich in die Welt gelangten, zu der sie mit der Hilfe dieses Zaubermittels zu reisen wünschten, vermochte ich nicht zu ermessen. Mir wäre es sinnvoller erschienen, mit wachem Verstand den Geistern und Ahnen zu begegnen als in dem halb schlafenden Zustand.

Guarocuya und Gamanacoel verweilten recht lange Zeit in ihrer Trance, bis Guarocuya endlich seine Stimme erhob und sehr zum Missfallen des Schamanen in spanischer Sprache seine Prophezeiung, die ihm von seinen Ahnen vermittelt worden war, verkündete.

»Sie werden kommen, und wir werden sie besiegen. Sie werden nochmals kommen, und wir werden wieder siegen. Sie werden es noch viele Male und viele Jahre versuchen, bis sie endlich einsehen müssen, dass sie uns mit Waffen nicht besiegen können, dann werden sie andere Wege suchen«, schloss Guarocuya seine Rede, öffnete wieder die Augen und warf mir einen verwunderten Blick zu.

»Was habe ich da eben gesagt?«, fragte er ein wenig verwirrt.

Gamanacoel nutzte die gute Gelegenheit, seinem Kaziken die Prophezeiung in der Sprache der Tainos zu wiederholen. Der Schamane strahlte dabei über das ganze Gesicht, glücklich darüber, dass die Zemis und Ahnen mit ihm und seinem Herrn waren.

Guarocuya zählte an jenem Tag der ersten Schlacht siebenundzwanzig Krieger, zwanzig von ihnen waren Bogenschützen. Es hatte sich schnell herumgesprochen, dass der große Kazike Guarocuya sich in die Berge zurückgezogen hatte, und viele Krieger suchten und fanden uns, um ihm ihre Waffendienste anzubieten.

»Einst glaubten wir den Versprechungen, die Weißen würden uns helfen, die Kariben zu verjagen, und wir nahmen dankbar ihre Hilfe an. Heute würde ich jeden Kariben in unsere Armee aufnehmen, der bereit wäre, mit uns zusammen die Weißen von unseren Inseln zu vertreiben«, übersetzte mir Mencía Guarocuyas Rede vor den Kriegern.

Sie waren allesamt am Ufer des Wasserbeckens versammelt. Der Gruppe von Frauen, Kindern und Alten kehrte der Kazike den Rücken zu, während er seine Stirn den tapferen Kriegern zuwendete, die sich entschlossen hatten, gemeinsam mit ihm in den Krieg zu ziehen.

»Sie sind in der Überzahl und besser bewaffnet als wir. Sie haben Pferde, wir nicht. Aber wir werden siegen. Und wisst ihr, weshalb wir sie bezwingen werden? Alle Zemis dieser Insel und alle Ahnen sind mit uns. Zusammengenommen sind wir viel mehr als alle Weißen und ihr einer Gott. Wir sind mit der Hilfe unserer Zemis und Ahnen zehnmal so viele wie die Barbaren, die auf unserer Insel eingefallen sind. Also fürchtet euch nicht. Vertraut mir, denn ich habe mit unseren Verbündeten gesprochen. Wir werden heute siegen, und wir werden morgen siegen, und wir werden an dem Tag nach morgen siegen!«, rief Guarocuya seinen Leuten entgegen. »Aber wir müssen schlau sein. Wir dürfen uns nicht dazu verleiten lassen, uns auf einen offenen Schlagabtausch mit ihnen einzulassen. Wir müssen uns verstecken,

sie in den Hinterhalt locken, sie mit Pfeilregen überschütten und uns dann wieder zurückziehen. Wir dürfen sie niemals erkennen lassen, wo wir sind. Aber wir müssen zu jedem Zeitpunkt wissen, wo sie sind. Sie werden spüren, dass wir immer da sind, wo sie sind, ohne dass sie uns sehen können. So werden wir sie mürbe machen, sie werden lernen, uns zu fürchten und dass all ihre Bewaffnung und Kriegslist nichts gegen uns taugen.«
Die Krieger jubelten ihm voller Zuversicht zu.

Es war eine gute Sache, für die wir kämpften, und es waren schlechte Menschen, gegen die wir unsere Waffen führten. An den Händen eines jeden von ihnen klebte gewiss das Blut dutzender unschuldiger Frauen, Kinder, Alten und Männer. Niemand von ihnen mochte in der Nacht von Alpträumen geschüttelt erwachen und sich an die Gesichter derer erinnern, die sie ermordet hatten. Genauso wie es heute, an dem Tag, da wir zur Schlacht gegen diese Bestien aufbrachen, das erste Mal war, dass ich an das Antlitz jenes spanischen Soldaten zurückdachte, der sein Leben lassen musste, damit wir überleben konnten. Auch er war für eine gute Sache gestorben. Als ich die Klinge führte, tat ich das in der besten Absicht für all die anderen, die er zu ermorden trachtete, denn es wäre eine schlimmere Tat gewesen, tatenlos zuzusehen, wie er alle abschlachtete. Dessen war ich mir gewiss. Aber dennoch, etwas in mir sträubte sich gegen jenen blinden Hass, gegen die Selbstverständlichkeit, mit der ich in den Krieg zog, um Menschen zu töten. Denn sie waren Menschen; auch wenn sie vom wahren Glauben abgefallen waren, auch wenn sie nach unserem Leben trachteten und bereits viele Tote auf ihrem Gewissen hatten; auch wenn sie das Wort Gottes nicht für alle gelten lassen wollten, sondern nur für ihre Rasse und für ihre räuberischen Absichten. Es waren Menschen, und mich erschreckte die Selbstverständlichkeit, mit der ich die Absicht erklärte, gemeinsam mit den Tainos jene Menschen aus dem Hinterhalt zu überfallen. War ich wirklich besser als sie, deren Tod ich mir wünschte? Oder war ich auf dem Weg, genauso einseitig die Welt zu betrachten wie jene ehemaligen Bauernsöhne, die mit der Überfahrt zum westindischen Ozean zu Feldherren und Großgrundbesitzern geworden waren? Mir war viel Unrecht widerfahren, und ich wehrte mich zu Recht. Dennoch stellte ich mir die Frage, ob der Kampf der Tainos auch mein Kampf war und ob ich Recht tat, wenn ich tötete. Ich beschloss, nur im äußersten Notfall zu töten, den Tainos mit aller Kraft beizustehen und ihren Willen, frei zu sein, zu unterstützen. Ich wurde dessen gewahr, dass ich mich zu sehr in die Geschehnisse dieser Insel hatte verstricken lassen. Mein Innerstes war bedeckt von all den dunklen Wolken des Unrechts, das ich erlebt und gesehen hatte; bedeckt von all dem süßen und salzigen Wasser und dem unermesslichen Grün auf dieser Insel. Doch tief in meinem Herzen war Sand. Sand, auf den Arub ihre Füße gesetzt hatte und deren Spuren ich liebevoll vor dem Wind des Vergessens zu schützen suchte.

Valenzuela, Badillo und ihre Leute waren von den Pferden abgestiegen und führten sie durch das dichte Gestrüpp. Fluchend schlug Valenzuela mit seinem Schwert eine Schneise durch den dichten Urwald und spürte die fünfzig Augen, die auf ihn gerichtet waren, nicht. Vielleicht war es zu viel Leben, das ihn umgab, weshalb er gar nicht bemerken

konnte, dass wir ihm auflauerten. In der Wüste hätte ein jeder unsere Präsenz bereits aus viel weiterer Entfernung wahrgenommen. Aber hier kämpften die Soldaten mit Mücken und der Hitze, die unter ihrer dicken Kleidung und den Rüstungen noch viel stärker sein musste. Sie kämpften mit den niedrigen Ästen und Lianen, denn ihre Helme drohten hängen zu bleiben, weshalb sie immer wieder argwöhnisch nach oben schauten, vielleicht auch aus Angst, einer der dünnen Zweige könne sich plötzlich in eine zischende Schlange verwandeln, die sie in den Nacken beißen würde. Schon seit längerem beobachteten wir den Weg unserer verzweifelten Verfolger, die sich zwar schon recht nah bis an den Wasserfall herangetastet hatten, aber die fragenden Blicke, die sie austauschten, verrieten mir, dass sie weder den Weg aus dem Dickicht heraus kannten, noch jemals wieder hierher zurückfinden würden. Fast empfand ich Mitleid mit ihnen, aber ich wusste, jede Nachsicht ihnen gegenüber würden wir mit dem Leben oder mindestens der Freiheit bezahlen.
Guarocuya gab seinen Bogenschützen das Zeichen. Sirrend suchten die Pfeile ihr Ziel. Einige prallten laut klirrend an den Rüstungen ab, andere schlugen in Baumstämme ein, bevor sie die Gegner erreichen konnten, wieder andere streiften Helme oder Schultern, aber zwei trafen. Einer steckte mitten im Auge des Getroffenen, der kurz beide Arme in die Luft riss, um dann mit einem letzten Stöhnen leblos auf den Boden zu gleiten. Sein erschrecktes Pferd scheute, stieg und wirbelte panisch mit seinen Hufen in der Luft umher. Der andere Pfeil, der sein Ziel fand, landete in der Achsel des Soldaten, der direkt hinter Badillo sein Pferd führte und gerade mit dem linken Arm einen Ast nach oben

gehalten hatte, damit sein Pferd ihm leichter folgen konnte. Auch er sank auf der Stelle tot zusammen. Offensichtlich hatte die Pfeilspitze sein Herz durchbohrt. Ängstlich suchten die Soldaten Deckung hinter Bäumen, ihren Pferden und Sträuchern, ohne genau zu wissen, aus welcher Richtung sie die nächsten Pfeile zu erwarten hatten. Sie zogen ihre Schwerter, atmeten schwer keuchend und versuchten, in dem Gewirr von Ästen, Blättern, Blumen und aufgeschreckten Vögeln ihre Feinde auszumachen. Doch wir gaben uns nicht zu erkennen, wir blieben in Deckung, nachdem die Bogenschützen jeweils einen Pfeil abgeschossen hatten, und Guarocuya gab das Zeichen zum Rückzug. Nur vier Kundschafter blieben in der Nähe der Spanier, um ihre weiteren Bewegungen zu verfolgen und uns informiert zu halten.

»Genauso werden wir weiterhin vorgehen«, erklärte Guarocuya seinen Kriegern, die sich in einem Halbkreis auf einer Lichtung um ihn herum versammelt hatten. »Wir werden auf diese Weise keinen einzigen Mann verlieren. Sie verlieren hunderte.« Sein Blick strahlte unerbittliche Härte aus. Die Krieger nickten zustimmend.
»Wenn die Spanier sich daran gewöhnt haben, dass wir uns nach der ersten Pfeilsalve zurückziehen, werden sie sich unvorsichtig geben. Das wird der Zeitpunkt sein, wenn wir weitere Pfeile zu ihnen schicken werden, denn sie sollen sich niemals sicher fühlen. Sie sollen vor uns niederknien und ängstlich ihre Köpfe ducken, damit wir uns sicher zurückziehen können. Geht jetzt und ruht euch aus. Wir haben morgen einen anstrengenden Tag vor uns«, fügte der Kazike hinzu.

Die Männer legten sich im Schatten des Dickichts in ihre Hängematten, zwei von ihnen wurden als Wächter bestimmt und kletterten hoch hinauf in die Bäume, um eine bessere Übersicht zu haben. Ich verweilte mit Guarocuya in der Lichtung. Wir saßen eine Weile schweigend nebeneinander, ein jeder in seine Gedanken versunken. Ich erinnerte mich an die Zeremonie, in der Guarocuya seine Siege vorhergesehen hatte, und wurde neugierig.

Der Kazike spürte meinen Blick, den ich auf ihn gerichtet hatte, wendete sich lächelnd zu mir und sah mich freundlich an. »Du begehrst etwas zu wissen von mir?«, fragte er.

»Ja«, lautete meine Antwort. »Ich frage mich, was du an jenem Tag gesehen hast, als das Pulver in deinen Kopf gestiegen ist und dich deiner Sinne entrückt hat.«

Guarocuya nickte mir zu. »Es war ein seltsames Erlebnis. Obwohl ich einen großen Vorbehalt gegen das Pulver Cohoba hegte, hat es bei mir dieselbe Wirkung erzielt wie bei allen Schamanen und Kaziken. Zwar bin ich mir nicht sicher, ob es nicht auch andere Wege gibt, zu sehen und zu erfahren, was ich erfahren habe, aber es ist dennoch eine beeindruckende Erfahrung gewesen. Die erste Empfindung, die ich verspürt habe, war großer Schwindel, weshalb ich meinen Kopf aufstützte, in der Hoffnung, das schnelle Drehen würde dann bald ein Ende haben. Dem war auch so, aber was ich sah, erschreckte mich fast noch mehr als das wilde Drehen: Alles stand auf dem Kopf. Es schien, als hättet du und Gamanacoel auf der Decke gesessen und mit dem Kopf nach unten gehangen. Alles, was ich sah, war auf den Kopf gestellt. Da ich diesen Anblick nicht länger ertragen wollte, schloss ich die Augen, und es dauerte eine Weile, bis ich mich an diesen seltsamen Zu-

stand gewöhnt hatte und die fünfte Richtung erreichen konnte.«
»Was ist denn die fünfte Richtung?«, fragte ich ihn.
»Der heilige Wollbaum weist uns die Richtung«, erklärte Guarocuya. »Seine Blätter reichen so weit in den Himmel, dass sie die Sterne berühren, und seine Wurzeln gehen so tief, dass sie den Meeresgrund erreichen. Die fünfte Richtung führt uns in die andere Welt, die ober- und unterhalb unseres Seins existiert. Dort kann man mit den Geistern in Kontakt treten, die unsere Welt beherrschen. Sie bestimmen über die Pflanzen, die Tiere, die Steine, das Wasser, den Wind und über unser aller Leben.«
»Und die Spanier kommen hierher, suchen nach Gold und Edelsteinen in den Gedärmen der Berge und der Erde, ohne zu wissen, dass sie die größten Schätze schon längst gefunden haben. Und weil sie es nicht wissen, vergeuden sie diese Schätze, als gäbe es immer genug davon«, formulierte ich meine Gedanken.
»Von welchen Schätzen sprichst du?«, fragte der Kazike.
»Von dir und deinem Volk, von eurem Wissen, eurer Art zu leben und zu denken. All das lässt sich nicht mit dem Gold der ganzen Welt aufwiegen, und dennoch halten die Spanier all den scheinbaren Reichtum für wertvoll genug, auf Kosten deines Volkes Gold, Land und Zucker an sich zu reißen. Dabei vergessen sie die Worte ihres eigenen Gottes. Es scheint, sie hören nur noch auf einen neuen Gott, der ihre Gier nach Gold und Macht nährt.«
Guarocuya nickte zustimmend. »Ich denke, genau das ist es, was mich dazu bewegt hat, zu kämpfen, weil ich erkannt habe, dass es etwas gibt, für das es sich zu kämpfen lohnt. Das ist nicht nur unser Leben oder das Leben unserer

Frauen und Kinder, es ist vielmehr das Erbe unserer Ahnen. Das Wissen um das Universum und das Leben, für das es sich vielmehr zu kämpfen lohnt als um sein eigenes Leben oder die eigene Freiheit. Es geht um die Freiheit aller, die verloren geht, wenn wir mit unserem Wissen untergehen.«

»Mit jeder Schlacht, die die Eroberer gewinnen, mit jedem verbrannten Dorf verlieren sie unendlich viel mehr, als sie je mit Gold aufwiegen können. Jeder Sieg ist eine noch viel größere Niederlage, denn er nimmt viel mehr, als er gibt«, ereiferte ich mich.

»Du sprichst Recht, und zugleich machst du mir Angst, denn ich frage mich, ob nicht auch bei uns das Gesetz gilt, dass jeder Sieg mehr nimmt, als er gibt«, begann Guarocuya an seinem Vorhaben zu zweifeln.

»Deine Frage erscheint mir sehr weise, und ich selbst habe bereits mit mir gerungen, ob es rechtens ist, für eine gute Sache zu töten. Aber ich kam zu dem Schluss, dass in manchen Fällen die Frage, die man sich stellen muss, eher diejenige ist, ob es nicht eine größere Sünde ist, dem Unrecht, das geschieht, tatenlos zuzusehen, anstatt etwas dagegen zu tun, wenn man dazu in der Lage ist. Ich bin in einem Haus aufgewachsen, in dem es keinen Raum für die Idee von Gewalt gab, weil dort die Meinung vorherrschte, dass Blut weiteres Blut fordert und immer so fort, bis niemand mehr weiß, wofür all das gut war. Aber ich habe getötet, als ich wehrlose Menschen vor einem Mörder retten konnte. Das Leben ist eine Reise, die einen an fremde Orte zu fremden Menschen führt, und man ist nicht immer gewappnet für das, was einem mit diesen Menschen an jenen Orten geschieht. Manchmal muss man sich entscheiden, etwas anders zu tun, als man es jemals gewollt oder geplant hat. Ob es richtig oder falsch ist, das wird die Reise einem weisen, wenn sie zu Ende ist und man sich an jene Orte und Menschen zurückbesinnt und seine Schlüsse zieht«, antwortete ich.

»Ich denke, du hast Recht, und ich habe richtig entschieden. Ich möchte nur nicht in die Falle geraten, in der sich die Besetzer unserer Insel begeben haben, indem sie alle möglichen Gründe, Entschuldigungen und Abschwächungen für ihre schlechten Taten erfunden haben und nicht mehr Recht von Unrecht zu unterscheiden vermögen«, formulierte der Kazike seinen Vorbehalt.

»Wenn du erlaubst, werde ich versuchen, Wächter darüber zu sein, dass dir dies nicht widerfährt«, schlug ich vor.

»So sei es, mein Freund. Ich bin froh, dass du uns begleitet hast. Ich wusste vom ersten Augenblick, seit ich dich sah, dass du mich verstehen würdest, denn in deinen Augen spiegelt sich jene Weite wider, die man sonst nur in einer klaren Nacht am Sternenhimmel finden kann.«

»Nun, wenn du diese Klarheit siehst, dann hat das sicher nichts mit mir zu tun, sondern sie zeigt nur meine Erinnerungen an die Wüste, die tief in meinem Herzen vergraben sind«, gab ich dem Kaziken zurück, denn ich fühlte mich in diesem Augenblick alles andere als klar. Vielmehr hatte ich das dringende Bedürfnis, mir Klarheit über mich und mein Schicksal zu verschaffen.

Der Kazike verstand meinen Einwand und nahm ihn lächelnd zur Kenntnis. »Es ist wohl nicht nur die Wüste, die tief in deinem Herzen vergraben ist. Mir scheint, dass es dort auch eine Frau geben muss«, vermutete Guarocuya.

»Wie hast du das erraten?«

»Zum einen ist es nicht sehr schwierig, deinen Blick zu interpretieren, während du dich erinnerst und über die Wüste sprichst, und zum anderen scheint dir völlig entgangen zu sein, dass ein paar junge Frauen ein Auge auf dich geworfen haben. Ich habe dich beobachtet, du scheinst die verliebten Blicke gar nicht zu bemerken. Überhaupt kann ich mich nicht erinnern, gesehen zu haben, dass du eine Frau angeschaut hast, wie es wir Männer zu tun pflegen, wenn wir sie begehren. Dafür gibt es nur zwei mögliche Erklärungen. Die eine schließe ich bei dir aus, und die andere ist, dass du verliebt bist. Habe ich Recht?«

»Ja, dem ist so«, gab ich mit leiser Stimme ein wenig unwillig zu, denn eigentlich wollte ich nicht an Arub und ihr ungewisses Schicksal erinnert werden.

»Wie ist sie?«, begehrte der Kazike zu wissen.

»Sie ist die Frau, nach der meine Seele sich immer gesehnt hat und von der ich glaubte, dass es sie nicht geben kann, weil sie so ist wie die Zaubergärten in meinen Träumen: wunderschön und voller innerer Magie. Ihre Worte, ihr Lächeln und ihre Küsse trugen mich in den Himmel. Ich trug die Blüten ihres Herzens und ihrer Gedanken auf einem weichen Kissen, wässerte sie, wenn es sie dürstete, und gab ihnen Schatten, wenn es ihnen danach verlangte. Als sie ihr Zelt mit mir teilte, verflog die Zeit des Glücks so schnell, wie eine Sternschnuppe am Himmel vorüberzieht. Wir haben uns verloren, ich weiß nicht, wohin ihr Weg sie führte und ob ich sie und das Kind, das sie in ihrem Bauch trug, als wir entzweigerissen wurden, jemals wiedersehen werde. Ich weiß nur, dass ich sie einmal gefunden habe, ob ich sie ein zweites Mal wiederfinden werde oder ob ich jede Nacht aufs Neue davon träumen muss, damit der Schmerz unserer Trennung mein Herz nicht zermalmt, das weiß ich nicht.«

»Das tut mir sehr Leid«, bedauerte der Kazike aufrichtig. »Dein Herz scheint sehr zu leiden, aber wenn du meinen Worten lauschst und ihnen vertraust, dann wird dein Herz bald viel freier und leichter sein, als es bisher war«, fügte Guarocuya voller Zuversicht hinzu.
»Ich bin sehr interessiert an deinem Rat«, munterte ich den Kaziken dazu auf weiterzusprechen.
»Dein Herz hat sich entschieden, scheint es«, sah er mich fragend an.
Ich nickte und erwiderte neugierig seinen Blick.
»Gut, wieso verschließt es sich dann?«
»Aber es verschließt sich doch nicht«, protestierte ich. »Ich habe dich sehr in mein Herz geschlossen und auch Mencía und Bruder Manuel«, beharrte ich.
»Das ist richtig, und dennoch sehe ich, dass dein Herz nicht offen ist für jeden in der Welt«, widersprach er.
»Gib mir ein Beispiel«, forderte ich ihn auf.
»Jene Mädchen, die dich voller Liebe und Bewunderung anlächeln, berühren dein Herz nicht.«
»Das stimmt«, lenkte ich ein.
»Warum nicht?«, fragte er.
»Weil mein Herz einer anderen gehört«, antwortete ich.
»Also doch«, ertappte er mich.
»Wie meinst du das?«, wunderte ich mich.
»Wie kann dein Herz einer anderen Person gehören? Schlägt es in deiner oder ihrer Brust?«
»Ich, es …« Ich war verwirrt.
»Es ist gut, wenn du und dein Herz, wenn ihr euch für diesen einen Garten entschieden habt, wie du es formuliert hast. Du hast den Weg zu diesem Garten verloren, du weißt nicht, ob du ihn wiederfinden wirst, und deshalb grämst du

dich und wünschst dir nichts sehnlicher, als endlich wieder den Duft jener Blüten riechen zu dürfen. Ist das richtig?«

»Ja«, nickte ich.

»Vielleicht wirst du diese Blüten nie wieder riechen können, vielleicht wirst du diesen Garten wiederfinden, aber egal welche von diesen beiden Möglichkeiten deine Zukunft sein wird, es gibt noch ein Leben außerhalb dieses Gartens. Die Welt ist voller Gärten, Blumen, Schmetterlinge und süßer Früchte. Warum willst du deine Augen vor der Schönheit der Welt verschließen, nur weil dein Herz sich für einen speziellen Garten entschieden hat? Wieso gehst du nicht in andere Gärten und schaust sie dir an? Du musst ja nicht dort verweilen, aber vielleicht kannst du auch dort einen wundervollen Duft erhaschen«, sprach der Kazike.

»Vielleicht kann ich das, aber werde ich nicht die Hoffnungen und Erwartungen der Blumen enttäuschen, wenn ich nur kurz bei ihnen verweile und ihnen nur kurz zulächele, anstatt von dem Nektar ihrer Blüten zu trinken?«

»Woher willst du wissen, was sie von dir erwarten? Vielleicht erwarten sie gar nichts und wollen dich einfach nur mit ihrem Anblick und Duft erfreuen«, gab der Kazike zu bedenken.

Nachdenklich blickte ich ihn an. »Du meinst, sie erwarten gar nichts?«, legte ich meine Stirn in Falten.

»Ja. Erwartest du denn etwas?«

»Ich erwarte, dass sie sich wünschen, etwas zu bekommen, und dann enttäuscht sein werden, wenn sie es nicht erhalten können.«

Guarocuya nickte mich traurig an. »So seid ihr Menschen, die über das große Meer gekommen sind. Ihr erwartet im-

mer etwas. Ihr wollt immer etwas nehmen, anstatt einfach nur zu geben.«
»Du meinst also, ich soll mein Herz öffnen und ohne jede Erwartung in die Gärten gehen?«
»Ja, was kann dir schon geschehen? Was würdest du verlieren, wenn du dich ein weiteres Mal verlieben würdest, oder wenn du einen neuen Freund finden würdest, der dich liebt und versteht?«
»Ich weiß nicht«, sagte ich etwas ratlos. So hatte ich mir meine Liebe zu Arub noch nie angesehen. Guarocuya hatte Recht, ich ließ mich durch die Entscheidung meines Herzens und meine Haltung einschränken. Würde ich offen und ehrlich auf jene Mädchen zugehen, die mich anlächelten, hätte ich nichts zu verlieren. Im Gegenteil: Ich verlor etwas durch meine Verschlossenheit ihnen gegenüber. Ich wollte und konnte mich nicht neu verlieben. Guarocuya und ich wussten das, aber wieso sollte ich nicht offen auf freundliche Menschen zugehen?
»Du hast Recht, Guarocuya. Es scheint, wir Menschen aus der Alten Welt scheinen immer etwas zu erwarten, was uns blind macht für all die anderen Dinge, die wir empfangen könnten, würden wir uns dafür öffnen. Mir fällt wieder die unersättliche Goldgier der Entdecker und Eroberer ein. Was hätten sie nicht alles für Schätze auf eurer Insel finden können, wenn sie sich nicht vom Glanz des Goldes hätten blenden lassen?«
Laute, lang gestreckte und schmerzerfüllte Schreie voller Todesangst und das wütende, tiefe Knurren und Keifen mehrerer Hunde schreckten uns plötzlich aus der kurzweiligen Unterhaltung auf. Valenzuela und Badillo hatten ihre Bluthunde auf uns gehetzt. Wir sprangen auf und eilten zur

Quelle der Geräusche. Drei Hunde waren um eine Hängematte versammelt, auf der sich einer von Guarocuyas Kriegern ausgeruht hatte. Während der eine Hund den armen Indio am Knöchel packte und von seiner Schlafstätte zerrte, machten sich die anderen beiden an seiner Gurgel zu schaffen. Vergeblich versuchten vier kräftige Männer, die Hunde von ihrem Kameraden zu trennen. Doch bald verstummte sein verzweifeltes Gurgeln. Pfeile trafen die nach Blut lechzenden Bestien, die laut aufjaulend zusammensackten und den Blick auf die Kehle ihres Opfers freigaben – fast hatten sie den Kopf vom Rumpf abgetrennt, so tief hatten sie ihre Zähne in den Hals des unglücklichen Kriegers vergraben.

»Es heißt, die Spanier füttern sie mit Menschenfleisch«, stieß Guarocuya angewidert seine Fußspitze gegen einen der leblosen Bluthunde, um zu überprüfen, ob er wirklich tot war. Das Maul des Tieres war mit dem Blut des Indios verschmiert.

»Das nächste Mal müssen wir als Erstes die Bluthunde töten«, bemerkte Guarocuya und gab den erschreckten Männern, die sich inzwischen alle um den Toten versammelt hatten, die Anweisung, sich in den Bäumen zu verstecken.

»Wir werden Valenzuela hier erwarten«, erklärte er mir und deutete auf einen hohen Wollbaum, den wir erklommen, um in der Krone aus sicherer Entfernung den Platz zu überblicken.

Der Baum, den Guarocuya für uns ausgewählt hatte, war nicht so alt wie viele andere der Wollbäume und erreichte deshalb mit seinen Blättern noch nicht die Sterne, aber dennoch erschien mir der dicke Ast, auf dem wir saßen, äußerst hoch, und ich war sehr froh, dass Guarocuya keinen der benachbarten Wollbäume ausgesucht hatte.

Valenzuela und seine Männer ließen nicht lange auf sich warten. Fluchend nahm er Notiz von den niedergestreckten Bluthunden. Als sein Blick auf den toten Indio fiel, huschte ein leicht zuckendes Lächeln über seine Lippen, das ich selbst aus der Ferne noch zu erkennen vermochte.
»Wieso sind alle weggerannt, obwohl sie die Hunde getötet haben?«, wunderte sich Badillo.
»Vielleicht sind sie noch hier«, sah sich Valenzuela skeptisch um. Neugierig inspizierte er den Stamm des Wollbaumes, auf den Guarocuya und ich geklettert waren. Fast schien es, er könne unsere Spuren auf der Baumrinde erkennen. Er spannte den Hahn seiner Pistole. Die Männer, die ihn begleiteten, taten es ihm gleich und versuchten angestrengt, mit ihren Augen das Dickicht zu durchdringen. Plötzlich fiel etwas Langes, Dunkles auf den Rücken eines Soldaten. Erschrocken gab er einen Schuss in den Baum ab, von dem jenes Etwas heruntergefallen war.
Blätter und Äste versperrten mir die Sicht, und ich wollte bei dem Versuch, doch noch etwas zu sehen, die Aufmerksamkeit der Söldner nicht auf uns lenken. Deshalb versuchte ich, mir aus dem Wenigen, das ich erkennen konnte, ein Bild zu machen. Es schien mir, als ob sich eine Würgeschlange auf den Hals des Soldaten hatte fallen lassen. Sich wild drehend und laut nach Luft schnappend, versuchte der Mann, sich der Schlange zu entledigen, doch es schien ihm nicht zu gelingen. Je mehr er zerrte und zog, desto blauer lief sein Gesicht an, da die Schlange offensichtlich unerbittlich ihre festen Muskeln zudrückte, um ihr Opfer zu erwürgen. Ein weiterer lauter Schuss ertönte, und der Söldner fiel mitsamt der Schlange zu Boden. Seine Kameraden scharten sich um ihn, darum bemüht, die schwere Schlange

von seinem Hals zu lösen. Auf diesen Moment hatte Guarocuya offensichtlich gewartet. Er gab seinen Kriegern mit der Hand das Zeichen zum Angriff. Es war ein gefährliches Unterfangen, aus den Bäumen die Männer auf dem Boden zu attackieren. Jeder Pfeil musste sein Ziel erreichen, sonst waren wir verloren und auf den Bäumen dem Willen Valenzuelas ausgeliefert. Jetzt erst verstand ich, dass die Schlange Bestandteil des Planes von Guarocuya war, denn fast alle Söldner waren um das Opfer der Würgeschlange versammelt, so dass es ein Leichtes war, alle mit einem Pfeilhagel niederzustrecken. Valenzuela und Badillo hielten sich abseits ihrer Leute. Vielleicht aus Angst vor der Schlange oder weil sie die hinterlistige Falle ihres Feindes vorhergesehen hatten. Es war ein trauriges Bild mit anzusehen, wie die unzähligen Pfeile in die Körper unserer Feinde einschlugen, die panisch kreischend versuchten, Deckung zu finden, was ihnen aber nicht gelang, bevor der nächste Pfeilhagel auf sie niederprasselte, weil verletzte oder tote Kameraden auf sie stürzten und ihnen den Weg versperrten. Nach dem dritten Pfeilregen gaben die spanischen Söldner keine Lebenszeichen mehr von sich. Jubelnd ließen sich die Indios an Lianen von den Bäumen hinuntergleiten. Badillo und Valenzuela erschossen trotz der Aussichtslosigkeit der Lage feige drei Indios, die mit verrenkten Gliedern auf den Boden fielen. In einem wilden Handgemenge entrangen die Krieger Guarocuyas den beiden spanischen Gutsherren ihre Waffen.
»Komm schnell, bevor sie sie töten«, forderte der Kazike mich auf, ihm zu folgen, und kletterte eilig die Äste hinunter, seinen Männern beruhigende Worte zurufend, damit sie Valenzuela und Badillo am Leben ließen.

Doch diese schienen durch die feige Tat der beiden Weißen derart aufgebracht zu sein, dass die Worte ihres Kaziken sie nicht davon abhalten konnten, in blinder Wut auf Valenzuela und Badillo einzuschlagen und zu treten. Die beiden Jäger, die nun zu Gejagten geworden waren, lagen rücklings auf dem Boden und versuchten verzweifelt, sich vor den Attacken der Indios zu schützen, indem sie ihre Unterarme vor die Gesichter hielten und den Tritten hilflos kullernd auswichen. Schon hatten einige Indios ihre Messer gezückt und verfolgten mit kalten Augen das Geschehen, einen passenden Augenblick abwartend, um den beiden gehassten Feinden die Klinge zwischen die Rippen oder in die Gedärme treiben zu können, als Guarocuya gerade noch im rechten Moment seine aufgebrachten Krieger erreichte. Mit lauter Stimme gebot er ihnen, die Tritte und Schläge einzustellen und ihre Waffen zu verwahren. Verständnislos blickten sie ihn an, obgleich sie seinem Befehl zögerlich nachkamen. Er wies zwei seiner Männer an, Valenzuela und Badillo wieder aufzurichten.
»Dieses Mal bist du uns entkommen, aber glaube nicht, dass unser Tod nicht fürchterlich gerächt werden wird«, spuckte Valenzuela vor Guarocuya aus.
»Ich glaube nicht, dass euer Tod gerächt werden wird«, entgegnete der Kazike kalt.
Badillo und Valenzuela sahen ihn fragend an.
»Ihr seid frei. Meine Leute werden euch bis ins Tal hinunterbegleiten, damit ihr den Weg nach Hause findet«, erklärte Guarocuya.
»Wenn du denkst, dass deine verlogene Barmherzigkeit mich dazu bewegen wird, anders über dich und deine Leute zu denken, dann hast du dich gründlich getäuscht. Dein

Weibsbild war all diesen Ärger nicht im Geringsten wert, das kann ich dir versichern«, warf Valenzuela Guarocuya einen hasserfüllten Blick zu. Badillo blickte ängstlich zu dem Kaziken, in dessen Augen sich die Feindseligkeit seines Gegenspielers widerspiegelte.

Guarocuya trat an Valenzuela heran und verabreichte ihm zwei schallende Ohrfeigen in der Art, wie man seinen Sohn bestraft. »Deine liederlichen Versuche, mich zu provozieren, werden nicht fruchten. Ich werde dich nicht töten«, spuckte er in das Gesicht des Spaniers.

Badillo verfolgte voller Sorgen das Gespräch zwischen seinem Mitstreiter und dem Kaziken, die sich unversöhnlich anstarrten. Eine bedrohliche Stille herrschte über der Lichtung, und die Anwesenden hielten in Erwartung eines explosiven Wutausbruches der beiden Opponenten angespannt die Luft an. Doch Valenzuela schien sich nach einigen eingefrorenen Augenblicken, in denen nur der Atem der beiden zu hören war und die mir wie eine Ewigkeit vorkamen, zu besinnen.

»Gut, Häuptling, sag deinen Männern, dass sie uns in das Tal bringen sollen. Aber wir kommen wieder, das ist gewiss«, grinste er hämisch, wobei er seinen Mund schief verzog.

Guarocuya ließ den beiden Spaniern Tücher vor die Augen binden und verließ ohne weitere Worte die Lichtung. Ich sah dem Kaziken hinterher: In stolzer Haltung ging er seines Weges. Seitdem er sich entschieden hatte, gegen seine ihm angediehene Erziehung und Moral zu agieren, hatte er ein Stück weit mehr zu sich selbst gefunden und trug sein Haupt deutlich höher als zuvor. Es war offenbar gut, sich seiner Wurzeln zu besinnen, wenn man verpflanzt worden war.

Meine innere Unruhe, nach Marrakesch heimzukehren, um endlich wieder Arubs Lächeln sehen zu können, ohne die Augen schließen zu müssen, wuchs stetig an. Jetzt, da ich frei war, erschien mir der Gedanke, nach Marokko zurückzukehren, nicht mehr so fern wie noch in jenen Tagen, als ich das Zuckerrohr schnitt. Ich saß etwas abseits des Wasserbeckens auf einem riesigen, runden Stein und blickte versonnen in das grüne Blätterdach über mir, das unzähligen fröhlichen Vögeln ein luftiges und zugleich geborgenes Zuhause bot. Ich schloss die Augen und lauschte dem Singen, Zwitschern, Krächzen, Flügelschlagen und raschelnden Blättern. Zu den bunten Tönen gesellten sich lebendige Bilder in meinem Kopf: Unendlich viele Vögel der verschiedensten Formen, Farben und Größen sprangen von Ast zu Ast, flatterten von einem Baum zum anderen oder krallten sich in der Baumrinde fest, um mit spitzen Schnäbeln Insekten zu jagen und genüsslich zu verschlingen.
»Störe ich?«, vernahm ich plötzlich die zarte Stimme einer jungen Frau.
Überrascht öffnete ich die Lider und blickte direkt in große, runde, braune Augen. Die Tainofrau, die mir gegenüber auf dem Stein saß und sich mir genähert hatte, ohne dass ich etwas vorausgeahnt hätte, verblüffte mich durch ihr kindliches Gesicht, ihren weiblichen Körper und ihren tiefen, in sich ruhenden Blick. Sie erschien mir jung und reif zugleich, weshalb ich mich nicht entscheiden konnte, welches Alter ich ihr zuordnen sollte. Als ich in ihre kraftvollen Augen schaute, wusste ich, dass in jenem Moment ihr Alter keine Rolle spielte, genauso wenig wie der Umstand, dass ich zum ersten Mal, seitdem ich von Arub getrennt wurde, eine Frau

mit anderen Augen anschaute, als es sich für einen verheirateten Mann ziemt.
»Ich wusste nicht, dass du auch Spanisch sprichst«, entgegnete ich ihr.
»Es ist gut, seinen Feind besser zu verstehen, als er sich selbst kennt, dann kann man seine nächsten Schritte erraten, bevor er sich überhaupt entschieden hat.«
Unsicher ließ ich den Blick über den Fluss schweifen, denn der offene Blick meines Gegenübers beschämte mich. Ich erinnerte mich an die Worte Guarocuyas: »Was würdest du verlieren, wenn du dich ein weiteres Mal verlieben würdest, oder wenn du einen neuen Freund finden würdest, der dich liebt und versteht?«
»Ich störe dich wohl doch«, entschuldigte sich die Tainofrau und zog sich, ohne ein Zeichen von Gram oder Enttäuschung zu zeigen, langsam zurück. Sie glitt geschickt von dem Stein, auf dem ich saß, und sprang leicht wie eine Gazelle auf den nächstliegenden Felsen. »Ich wünsche dir noch einen schönen Nachmittag«, winkte sie mir zu, bevor sie behände ans Ufer kletterte.
»Warte!«, rief ich ihr hinterher.
Sie blieb stehen, drehte sich um und blickte mich erwartungsvoll an.
»Du störst bestimmt nicht. Ich würde mich gerne mit dir unterhalten«, rief ich ihr zu.
Sie sah mich einen Moment nachdenklich an, dann kehrte sie zu mir zurück und sah mich an.
Ich war neugierig darauf, dieses Wesen kennen zu lernen, mich ihm zu öffnen, und ich hielt es für eine törichte Idee, mich davon abhalten zu lassen, nur weil sie eine Frau war und mein Herz sich bereits für Arub entschieden hatte.

Guarocuya hatte mir die Augen geöffnet, es war keine Sünde, einem offenen Blick oder einem offenen Lächeln mit einem ebensolchen zu begegnen. Vielmehr erschien es mir inzwischen eher als Sünde, solche Wärme mit Verschlossenheit zu bestrafen.

»Es ist bestimmt nicht leicht für dich auf dieser Insel, fern deiner Heimat, ohne deine Familie, ohne Freunde«, schlussfolgerte die einfühlsame Indiofrau.

»Ich habe hier mehr Freunde als Feinde gefunden«, antwortete ich.

»Aber deine Seele sehnt sich fort von hier«, beobachtete sie treffsicher.

»Vielleicht ist es mein Herz, es klammert sich fest an den Dünen der Wüste, und langsam rinnen die Sandkörner zwischen seinen Fingern. Und je weniger Sand es in seiner Hand spürt, umso fester ballt es die Fäuste.«

»Sag ihm, es soll seine Handflächen Flügeln gleich öffnen und in die Luft spreizen, der Wind wird es in die Wolken tragen, und von dort wird es alle Sandkörner sehen und das Meer und andere Länder und andere Wüsten«, antwortete sie lächelnd.

»Und was passiert, wenn der Wind nicht die Kraft hat, es in die Wolken zu tragen, sondern nur die restlichen Sandkörner zerstreut?«

»Woher rührt die Angst deines Herzens? Fast scheint es mir, als wisse es nicht um seine ureigene Kraft, sondern als klammere es sich an einzelnen Sternen fest, anstatt mit seiner Liebe den gesamten Nachthimmel zu umfangen.«

»Wenn du es so formulierst, bleibt mir nur die eine Antwort, dass mein Herz krank ist, da es nicht imstande ist, alle Sterne zu umfassen.«

»Aber es muss doch einen Grund für diese Furcht oder Krankheit geben«, sah sie mich nachdenklich an.
»Vielleicht ist es keine Krankheit, vielleicht gibt es zwei Arten von Herzen«, dachte ich laut nach und verwarf meine Theorie, dass etwas mit meinem Herzen nicht stimmen könne. »Die einen lieben es, allein zu sein, weil sie mit sich allein für jeden und alles da sein können, die anderen entscheiden sich für einen Stern, dem sie alles geben wollen.«
»Das verstehe ich nicht, warum kann man seine Liebe nicht jedem geben?«, wunderte sie sich.
»Vielleicht ist genau jenes Unverständnis, das du in deiner Brust spürst, der Ursprung der Liebe, weil zwei Herzen, die grundverschieden sind, versuchen, sich zu verstehen und sich deshalb sehr nahe kommen.«
»Nein, nein, nein«, schüttelte sie vehement den Kopf. »Genau das sät keine Liebe, sondern zerstört sie: Das eine Herz sehnt sich nach dem anderen, während das andere frei sein will. Je mehr das eine sich dem anderen nähern will, umso weiter wird sich dieses entfernen wollen, um seine Freiheit und somit sich selbst wieder zu spüren.«
Verblüfft sah ich sie an. Mit ein paar Silben hatte sie mir den Quell so vielen Unheils in unserer Welt enthüllt.
»Du hast Recht«, sagte ich verwundert zu ihr. »Das, was ich eben beschrieben habe, das wäre keine Liebe. Es wäre …«, rang ich nach Worten.
»Etwas, das die Herzen der Eroberer regiert, weshalb es mich wundert, dass auch dein Herz davon betroffen zu sein scheint«, setzte sie meinen Satz fort. »Es ist dieser brennende Wille danach, etwas zu haben, was eigentlich keinem gehören kann. Diese unersättliche Gier nach mehr, die im-

mer größer anstatt kleiner wird, je mehr sie gestillt wird«, senkte sie betroffen ihren Blick.
Sollte mein Herz auch von diesem Leiden befallen sein, ohne dass ich bisher dessen gewahr geworden wäre?
»Verzeihe mir«, zog sie sich von unserem Stein zurück und schritt langsam durch das knöcheltiefe Wasser zum Ufer.
»Warte, bleibe noch einen Moment. Ich glaube, wir sind noch nicht fertig«, rief ich ihr hinterher.
Sie drehte sich zu mir um, einen traurigen Schimmer in ihren Augen. »Ich weiß.«

Die seltsame Begegnung mit jener Kindfrau fesselte mein Herz und meine Sinne. Ich verspürte das Bedürfnis, mit ihr zusammen zu sein, ihren Worten zu lauschen. Als ich sie am nächsten Morgen am Wasserbecken sah, lachte ich sie erfreut an und ging auf sie zu. Doch sie senkte ihren Blick auf den Boden und eilte zu einer Gruppe von vier Mädchen, um mit ihnen im Dickicht zu verschwinden. Verwundert über ihre Reaktion, aber auch über mein Verhalten zog ich mich wieder auf jenen großen, runden Stein zurück, um mich selbst zu finden und zu erforschen, welche Gefühle mein Herz bewegten, da es doch ganz und gar Arub gehörte. Obwohl ich weiterhin große Liebe für sie empfand und mir auf das Sehnlichste wünschte, sie wieder in meiner Nähe zu wissen, verspürte ich eine ehrliche Zuneigung für jene Indiofrau, die gemeinsam mit Guarocuya auf wundersame Weise meinem Herzen Zweifel beibringen konnte, die so tief gingen, dass es sich tatsächlich weiter zu öffnen vermochte. Doch kaum war dieses Wunder vollbracht, schien diese geheimnisvolle Frau mir auszuweichen. Ich konnte all das, was mir in den letzten Tagen widerfahren war, schwer verstehen. All die Monate des Leidens wegen der Abwesenheit Arubs waren mir einfacher erschienen, weil dieser Schmerz mich nicht dazu veranlasst hatte, an mir selbst und der Gesundheit meines Herzens zu zweifeln. Doch nun erschreckte ich mich vor meiner leichtsinnigen Freiherzigkeit, mit der ich sowohl Arub als auch mich selbst verletzen konnte.

»Du bist sehr nachdenklich geworden«, hörte ich plötzlich ihre Stimme. Schon wieder hatte sie sich unbemerkt herangeschlichen und neben mich auf den Felsen gesetzt. Erst jetzt wurde ich dessen gewahr, dass ich ihren Namen nicht kannte.

»Wie heißt du?«, fragte ich sie.

»Aranuya«, lautete ihre Antwort, und sie blickte versonnen in den Wasserlauf.

»Was bedeutet dieser Name?«

»Die mit dem Mond tanzt«, sah sie mir in die Augen.

Ihr offener, klarer Blick fuhr durch meine Knochen und mein Innerstes, als schlüge ein Blitz in meinen Leib ein.

»Was schaust du mich so erschrocken an?«, begehrte sie zu wissen.

»Das ist ein sehr schöner Name«, versuchte ich auszuweichen und dachte beschämt an Arub. Wie würde sie sich fühlen, wenn sie meine Reaktion beobachten könnte?

Aranuya sah mich traurig an, so als schiene sie meine Gedanken zu erraten, stieß einen leichten Seufzer aus und kehrte mir schweigend den Rücken zu. Wir verharrten so eine Weile. Ich fragte mich, ob ich sie ansprechen sollte, doch etwas in mir hielt mich davon ab. Ich wusste, dass es falsch sein würde und sie von selbst reden würde, wenn es an der Zeit wäre. Also schwieg ich, betrachtete ihren kleinen

Hinterkopf und wartete geduldig auf die Worte, die aus ihrem Mund kommen würden. »Die mit dem Mond tanzt« konnte lange schweigen und lange in einer Position verweilen. Plötzlich drehte sie sich wieder zu mir um und schaute mich an.

»Dein Herz spricht durch deine Augen«, sagte sie mit leiser Stimme, und ich wusste, dass sie meine Gefühle und Gedanken tatsächlich erraten hatte.

»Nun, wenn meine Augen das zu dir sagen, was ich fühle, dann sollten sie dir jetzt zu verstehen geben, dass ich dich um Verzeihung bitte.«

»Das tun sie«, lächelte Aranuya mich an.

»Mein Leben war ein stiller Fluss, der ruhig dahinglitt und die kommenden Tage und Wochen mit Gelassenheit hinnahm. Ich studierte und plante mein Leben, wusste, welches Buch ich wann lesen würde, wusste, dass ich am nächsten Tag und die Tage darauf die Schule besuchen würde. Mein Vater wählte mich zu seinem Nachfolger und zu dem des ehrwürdigen Ibn Alim, um als spiritueller Meister die Schule in ihrem Sinne fortzuführen. Ich lernte mich selbst kennen und lieben. Als ich mich meiner Herkunft, der Wüste, besann, traf ich die Frau, die mit mir ihr Zelt, ihr Herz und die Wüste teilen wollte. Alles war vorherbestimmt in wohl durchdachten Bahnen, die Ufer schienen ausreichend gefestigt, um jedem Hochwasser, das kommen mochte, standzuhalten. Alles war vorhersagbar. Doch bald sollte eine schwere Prüfung mich lehren, dass nichts sicher ist auf dieser Welt.«

Aranuya folgte gebannt meinen Worten. Es war das erste Mal, seit wir uns begegnet waren, dass ich offen und aus freien Stücken zu ihr sprach. Kein Vorbehalt, keine Vorsicht, kein schlechtes Gewissen, keine Angst lag zwischen uns. Ich genoss den ruhigen, konzentrierten Blick ihrer runden, kindlichen Augen und spürte, dass Aranuya bereit war, alles zu hören und zu verstehen, was ich zu sagen hatte. Ein Gefühl, das ich lange nicht mehr genießen durfte, seit ich in der Wüste in die Hände des Sklavenhändlers gefallen war. Ich führte meine Erklärung fort.

»Ich hatte viele Menschen, die mich umgaben, die mir wichtig waren und die ich aufrichtig liebte. Drei Menschen hatten in meinem Herzen einen besonderen Platz: Das waren Arub, mein Vater und unser von allen geliebter Meister Ibn Alim. An dem Tag, an dem er verschied, starb auch ein Stück jener Gewissheit in meiner Brust, die ich bis dahin voller Selbstverständlichkeit in mir getragen hatte. Dies trübte meine Liebe zu meinem Vater, aber was diese Liebe noch viel mehr verdunkelte, war der Umstand, dass er mir offenbarte, er habe einst in der Wüste das Messer gelenkt, das in den Brustkorb meines leiblichen Vaters drang. Ich sah mich mit der traurigen Wahrheit konfrontiert, dass er mich in seinem Hause aufgenommen hatte, weil er der Mörder meines Vaters war. Ich zweifelte an mir selbst und an der Ehrlichkeit seines Herzens, als er sich für mich als seinen Nachfolger entschieden hatte, und reiste mit Arub in die Wüste. Dort fand ich ein Stück von mir und meinem Vater wieder, aber ich verlor auf tragische Weise Arub, als ein Sklavenhändler mich gefangen nahm. Sie konnte entkommen. Und heute, da du meine Unfähigkeit, mit offenem Herzen auf die Welt zuzugehen, offenbarst, merke ich, warum mein Herz die Faust ballt, anstatt die geöffneten Handflächen in den Wind zu strecken. Gerade eben in diesem Moment, da ich darüber zum ersten Mal, seit mir das alles widerfahren ist, sprechen kann, wird mir bewusst, dass mein Herz verzweifelt versucht, die wenigen Sandkörner, die es noch auf seiner Haut spürt, festzuhalten, damit nicht auch sie noch verloren gehen. Sie werden zermahlen werden und dennoch verschwinden, dessen bin ich mir jetzt gewiss.«

Aranuya lächelte mich an, nahm meine Hand in die ihre und streichelte sie zart. Mir schien, als drücke jene Berührung mehr Nähe aus, als ich jemals zu einem Menschen empfunden hatte. Obgleich ich wusste, dass ich auch für Arub, meinen Vater und meinen Meister ähnlich gefühlt hatte, spürte ich, dass sich in meinem Herzen etwas gewandelt hatte, so dass jene Fingerkuppen auf meiner Haut ein Empfinden in mir auslösen konnten, das ich zuvor noch nicht gekannt zu haben schien.

»Deine Angst ist verschwunden«, stellte Aranuya erfreut fest.

»Ja«, sagte ich und blickte mich verwundert um, so als ob sich jene Furcht vielleicht hinter einem der zahlreichen Baumstämme verborgen halten würde, um jeden Moment wieder in mein Herz zu schlüpfen.

Zweiunddreißig bis zum Letzten entschlossene Krieger standen aufgereiht bis an die Zähne bewaffnet vor dem Wasserfall und blickten ehrfürchtig auf Guarocuya, der sie wild gestikulierend und mit lauter Stimme auf den bevorstehenden Feldzug einstimmte. Die bunten Federn an seinem Stirnband wackelten bei jeder seiner vehementen Kopfbewegungen hin und her. Die geschmeidigen Muskeln auf seinen Oberarmen tanzten auf und ab, als er drohend seine geballten Fäuste in die Luft erhob, um die Spanier, denen er und seine Krieger begegnen würden, schon jetzt zu beeindrucken.

»Aranuya und du, ihr unterhaltet euch recht oft in den letzten Tagen«, zwinkerte Guarocuya mir zu, als wir uns voneinander verabschiedeten.

Ich hatte beschlossen, bei den geplanten Angriffen Guarocuyas auf nahe liegende Plantagen nicht mitzuziehen. Ich würde jederzeit wieder die Waffen erheben, wenn es darum ging, Guarocuya und seine Leute zu verteidigen, aber ich wollte an den Überraschungsangriffen gegen Guarocuyas Feinde nicht teilnehmen. Der Kazike akzeptierte meine Entscheidung ohne Vorbehalt.

»Ich denke, du möchtest nicht mitkommen, damit du weiter mit Aranuya auf deinem Stein sitzen und dich in ihrem Blick baden kannst«, scherzte Guarocuya.

»Pass auf dich und die Deinen auf«, umarmte ich ihn herzlich und klopfte auf seine Schulter.

»Die Einzigen, die in diesen Zeiten aufpassen müssen, sind die Spanier. Glaube mir, mein Bruder«, blickte Guarocuya mich zuversichtlich an.

»Das will ich hoffen. Auf dass die Zemis euch auf eurem Weg begleiten und über euch wachen mögen«, wünschte ich dem Kaziken.

»Ich habe das Gefühl, die Zeit unseres Abschiedes ist bald gekommen«, löste sich der Kazike aus unserer Umarmung.

»Wirklich?«, wunderte ich mich, da ich in den letzten Tagen nicht daran gedacht hatte, wie ich endlich die Insel verlassen könnte.

»Ja«, nickte Guarocuya. »Du hast die Tore deines Herzens wieder für die Welt geöffnet, und deshalb wird sich bald ein Weg finden, auf dem du nach Hause zurückkehren kannst.«

»Das wäre schön und traurig zugleich, weil ich mich mit jedem Tag, den ich bei euch verbringe, mehr zu Hause fühle.«
»Nun, ich denke, das liegt weniger an unserer Gesellschaft als eher daran, dass du dich in deiner eigenen Haut immer mehr zu Hause fühlst. Und du kannst dir gewiss sein, dass diese dich in diesem Leben stets umgeben wird, also tust du gut daran«, lachte er.
Fröhlich schloss ich mich seinem Lachen an. Er winkte zum Abschied und führte seine Männer, ein zufriedenes Grinsen auf den Lippen, in den Krieg.

Es war wieder einer jener Momente, in denen ich mich mit mir selbst auf dem großen, runden Stein wiederfand, ohne zu wissen, wie ich hierher gekommen war, noch, wie lange ich hier bereits verweilte. Ich lauschte dem Plätschern des Wasserlaufes und dem Rauschen meines Blutes. Aranuya gesellte sich wie stets in den letzten Tagen schweigend zu mir und wartete, bis ich bereit war, mit ihr zu sprechen, den Blick erhob und sie ansah.
»Du bist sehr nachdenklich«, bemerkte sie.
»Dank dir habe ich Kraft schöpfen und zu mir selbst zurückfinden können«, antwortete ich.
Zärtlich fuhr sie mit ihren Fingern über meinen Kopf und nickte.
»Ich frage mich, ob du mich vielleicht als undankbar empfinden wirst«, nahm ich ihre Hand von meinem Kopf und liebkoste sie.
»Warum?«, fragte sie.
»Weil ich gehen werde«, sagte ich zu ihr und spürte etwas wie eine heiße Welle aus dem Stein in meine Gedärme fahren und meinen ganzen Körper durchdringen.

»Ich weiß«, sagte sie und wendete ihren Blick ab.
Noch immer hielt ich ihre Hand in der meinen, warf einen Blick darauf, strich ein letztes Mal zärtlich darüber und legte sie sanft auf den warmen Stein.
»Ich habe Angst, Aranuya«, erklärte ich.
Sie drehte sich um und sah mich mit Tränen gefüllten Augen an. »Wovor?«, fragte sie.
»Davor, dass es die falsche Entscheidung ist. Davor, dass ich keinen Weg von dieser Insel zurück nach Hause finden werde. Davor, dass ich Arub niemals wiederfinden und mich mein Leben lang grämen werde, weil ich euch verlassen habe.«
»Dein Herz scheint nichts gelernt zu haben, denn es ballt schon wieder seine Faust, nur dass es dieses Mal keine Sandkörner, sondern Papageienfedern zwischen seinen Fingern hält«, entgegnete Aranuya.
»Und diese Tränen?«, wischte ich vorsichtig mit meinem Handrücken ihre Wangen trocken.
»Es ist gut, wenn du gehst, weil du es entschieden hast. Es wird das Beste für dich sein, und ich wünsche nur das Beste für dich. Diese Tränen werden nicht lange anhalten, sie sind lediglich der Ausdruck dafür, dass mein Herz nicht den Moment gelebt hat, sondern in die Zukunft geblickt hat. Aber es ist ein gutes Herz, es wird den Augenblick, in dem es lebt, wiederfinden, und die Tränen werden versickern wie der Regen in der Wüste.«

XI.

Du magst deinen Weg nicht kennen,
aber er erkennt dich.

Ibn Alim

Sanfter Morgentau hüllte das satte, schier unendliche Grün und die vielen bunten Blüten ein. Die warme, feuchte Luft ummantelte meinen Körper wie eine zweite Haut und verbreitete ein wohliges Gefühl. Gottesfürchtig versuchte ich, mir jedes Tier und jede Pflanze in der Umgebung einzuprägen. Es gab an keinem anderen Ort der Welt, den ich kannte, mehr Pflanzen und Lebewesen, die sich auf engstem Raum fröhlich tummelten. Bald würde ich nur noch in meinen Erinnerungen hierher zurückkehren können. Deshalb wollte ich mir alle Details gut merken, um später in der Wüste oder in Marrakesch von dieser Insel berichten zu können, auf der das Paradies und die Hölle so nah nebeneinander existierten. Ich atmete tief durch und warf einen Blick auf die Berge, die hinter mir lagen. In Gedanken winkte ich ein letztes Mal Guarocuya, Mencía, Aranuya, Gamanacoel und all den anderen Indios zum Abschied zu. Ihr Stamm war mir zu einer zweiten Heimat geworden. Ich wünschte ihnen von ganzem Herzen, dass die Spanier sie niemals entdecken und besiegen würden. Es waren wundervolle, weise Menschen. Würden sie dieser Insel und ihren Göttern verloren gehen, dann würden sie fehlen wie dem Brunnen das Wasser. Genauso wie mir ein wichtiges Stück meiner selbst, das ich mit ihrer Hilfe in meinem Herzen wiederentdecken konnte, bisher verborgen geblieben war.

Ich setzte meinen Weg zur Küste fort und marschierte den ganzen Tag hangabwärts. Meinen Durst stillte ich immer wieder an einem der zahlreichen Wasserläufe. Als der Hunger sich meldete, pausierte ich am Fuße eines Baumes mit orangefarbenen Früchten, deren dicke Lederhaut süßes, faseriges Fleisch vor der prallen Sonne schützte, und labte mich an den Köstlichkeiten. Das Leben auf dieser Insel könnte so einfach sein, wäre der weiße Mann nicht hierher gekommen, dachte ich bei mir.

»Wen haben wir denn da?«, vernahm ich plötzlich eine raue Männerstimme.

Erschrocken fuhr ich herum und erkannte einen älteren Mann, der rechts und links von zwei jungen Männern eingerahmt war. Er trug langes, weißes Haar und einen ebensolchen Bart. Seine blauen Augen blitzten wild in der Sonne. In meiner Heimat hätte er wirr redend in einem flatternden Gewand bei Vollmond an einem Friedhof erscheinen müssen, und jeder hätte ihn für einen Heiligen gehalten. Alle drei waren mit Gewehren bewaffnet, die sie im Anschlag hielten und auf mich richteten. Sie waren inzwischen zu nah an mich herangekommen, als dass mir eine Flucht sinnvoll erschien, zumal jeder von ihnen auch noch zwei geladene Pistolen im Gürtel stecken hatte. Ich dachte, es sei klüger, auf eine bessere Gelegenheit zu warten, um entkommen zu können.

»Das ist keiner von uns«, bemerkte einer der beiden jungen Männer, dessen Nase, ähnlich wie die des älteren Mannes, sich nicht nur durch die unglaubliche Länge, sondern auch durch einen großen Höcker auszeichnete, weshalb die Vermutung nahe lag, dass er der Sohn des Weißbärtigen war.

»Natürlich nicht, schau dir doch mal an, wie er bekleidet ist: Er trägt den Lendenschurz der Tainos. Wenn das nicht einer der verfluchten Krieger von Guarocuya ist«, sah der dritte Mann mich hasserfüllt an.

»Du hast Recht, häuten wir ihn«, antwortete der Langnasige.

»Moment, Kinder, Moment! Ich weiß da etwas Besseres, was wir mit ihm anstellen können«, gebot der Weißbärtige den beiden Hitzköpfen Einhalt, und ich dankte Allah dafür, dass mir die beiden jungen Männer nicht ohne die Begleitung des heiligen Bartträgers begegnet waren.

Die See war aufgewühlt und schäumte vor Wut. Der Hafen quoll über von großen Schiffen und kleinen Booten, deren Kapitäne vor dem Unwetter Schutz suchten. Wer jetzt noch auf hoher See war, den mochte nur ein Gebet oder ein Pakt mit dem Teufel retten. Die Wellen überspülten den Uferweg, der uns nach Santo Domingo geführt hatte. Das raue Seil an meinen Handgelenken hatte die Haut aufgerieben, und die kleinen, harten Fasern stachen bei jeder Bewegung aufs Neue in die empfindlichen Wunden. Der Weißbärtige hatte das andere Ende des Seiles an seinem Sattel festgebunden. Ungeachtet meiner blutenden Füße hatte er mich in einem scharfen Ritt hinter sich hergeschleift. Seine beiden Söhne hatte er auf seinem Land zurückgelassen, damit sie die Familie und seinen Besitz vor Guarocuya schützten. Der Weißbärtige stoppte sein Pferd, warf einen Blick auf die im Hafen tanzenden Boote und Schiffe und dann auf die graue See, die bis zum Horizont zu brodeln schien.

»Hast du auch manchmal den Verdacht, dass das Meer deine innersten Gefühle erkennt und widerspiegelt?«, fragte er mich.

Ich war verwundert darüber, dass er das Wort an mich richtete, und schwieg trotzig.

»Was ist? Warum redest du nicht mit mir?«, fragte er mich. »Du verstehst uns doch. Glaubst du, mir sind deine wachen Augen und dein wissender Blick entgangen, als ich mich mit meinen Söhnen unterhalten habe?«

»Ich kenne das Gefühl, von dem Ihr sprecht. Allerdings ist es nicht das Meer, sondern die Wüste, die mein Innerstes zu erkennen scheint«, erklärte ich.

»Ja, die Wüste und das Meer sind sich sehr ähnlich. Was die eine zu viel hat, das hat das andere zu wenig und umgekehrt«, stieg er von seinem Pferd ab.

»Unendliche Weite und Einsamkeit finden sich auf allen Meeren und in allen Wüsten«, fügte ich hinzu.

»Das stimmt wohl. Du kommst also aus der Wüste«, setzte er sich auf einen Stein, der als Markierung am Rand des Weges aufgestellt worden war.

»Ja und nein. Meine Ahnen sind Kinder der Wüste, ich bin in einer Stadt nahe der Wüste aufgewachsen«, antwortete ich.

»Wie heißt du?«, begehrte er zu wissen.

»Farid.«

»Weißt du, Farid, ich bin müde geworden«, blickte er wieder auf die stürmende See.
»Warum?«
»Ich bin auf diese grüne Insel gekommen, um mir ein neues Leben aufzubauen, um das alte Leben hinter mir zu lassen, um meiner Familie und mir ein Paradies aufzubauen. Um zu vergessen, was einmal war, und den Moment zu leben. Aber mir scheint, das war ein kindlicher Traum. Man kann nicht vor seiner Vergangenheit fliehen. Wahre Reue kennt kein Vergessen.«
Fast begann ich Mitleid zu empfinden für diesen Mann, der mir angesichts der Schaumkronen, die das Unterste zuoberst trugen, sein Herz öffnete. Doch zugleich verspürte ich tiefes Misstrauen gegenüber dem Plantagenbesitzer, dessen Seil ohne Gnade die Knochen meiner Handgelenke gequetscht und aneinander gerieben hatte, so dass ich fürchten musste, sie würden wegen des großen Drucks splittern, sollte ich mit seinem unbarmherzigen Tempo nicht Schritt halten können.
»Eigentlich wollte ich dich dem Gouverneur vorführen. Er hätte dich seinen Folterknechten überlassen, und sie hätten versucht, alle Geheimnisse über Guarocuya aus dir herauszuquetschen. Aber ich bin müde geworden, Farid«, sprach er, ohne den Blick von der See abzuwenden.
Langsam begann ich zu verstehen, dass es ihm ernst war mit dem, was er sagte. Auf meinen schmerzenden Füßen wankte ich vorsichtig an seine Seite und setzte mich neben ihn auf einen Stein. Gischt sprühte auf und erfrischte unsere Gesichter. Der Weißbärtige wischte mit der Hand über seine Stirn und betrachtete die feuchten Handinnenflächen.

»Dieses Wasser verbindet uns mit unserer Heimat, Farid. Immer und ewig.«
Jetzt erst wandte er mir seinen Blick zu und entdeckte meine blutenden Handgelenke. Er zückte ein Messer und zerschnitt das peinigende Seil. Sollte ich tatsächlich schon wieder frei sein? Vorsichtig betastete ich die angeschwollenen Handgelenke.
»Wir leben in einer schlimmen Zeit, die Welt gerät aus den Fugen. Sieh nur, wie das Meer tobt.«
Wir saßen eine Weile schweigend nebeneinander. Plötzlich sah mich der Weißbärtige eindringlich an.
»Wie ist Guarocuya? Was ist er für ein Mensch?«
»Er trägt viel Bitterkeit und Trauer in sich«, antwortete ich. »Vor seinen Augen ist ein Volk, das so zahlreich war wie der Sand in der Wüste, dahingesiecht, niedergemetzelt worden und unter der Last der schweren Arbeit zusammengebrochen. Er hat sich verändert, seit er in den Urwald geflohen ist. Er ist fröhlicher geworden, zuversichtlicher, aber auch ernster, denn der Preis für seine Freiheit und die Freiheit seines Volkes ist der Tod, und er weiß, dass er eines Tages dafür wird bezahlen müssen.«
»So wie ich«, bemerkte der Weißbärtige. Tränen standen in seinen Augen, die die Weite des Ozeans suchten. »Bei seinem letzten Überfall auf unsere Felder hat Guarocuya unser Haus in Brand gesteckt. Warst du auch dabei?«
Ich schüttelte den Kopf.
»Wir konnten alle retten. Bis auf Alicia. Ich höre noch jetzt ihre verzweifelte Stimme, wenn ich die Augen schließe. Papa! Papa!, schreit sie, und meine Männer halten mich fest, damit ich nicht in das Haus renne, das jeden Moment einzustürzen droht. Lieber hätte ich sie auf meinen Armen aus

dem Haus getragen und wäre von einem brennenden Balken erschlagen worden, als diese Schmach zu erleben, dass ich ihr nicht helfen konnte.«

»Das wollte er bestimmt nicht«, versuchte ich Guarocuya zu verteidigen.

»Es ist geschehen. So wie tausende und abertausende seines Volkes von uns ermordet worden sind«, ließ er seinen mächtigen Kopf hängen. Der Wind hatte sein langes, weißes Haar zerzaust und zerrte ungestüm an den dünnen Strähnen. »Ich habe die Augen vor dem Unrecht verschlossen, das geschehen ist, und Gott wird es mir immer wieder vergegenwärtigen. Der Tod meiner kleinen Tochter ist gewiss nicht die letzte Mahnung, die ich erhalten werde.«

Verwundert betrachtete ich den alten Mann, dem statt Rachegelüsten Einsicht und Reue in die Brust gefahren waren.

»Solltet Ihr Guarocuya und die seinen jetzt nicht hassen? Hat er Euch nicht einen guten Grund gegeben, ihn zu verfluchen?«

»Du weißt nicht, wie vielen ich einen guten Grund dazu gegeben hätte. Sollte Gott der Meinung sein, dass Guarocuya unrecht getan hat, so wird er ihm eine gerechte Strafe zukommen lassen, so wie er es mit mir getan hat.«

»Habt Ihr mich deshalb vor dem blinden Zorn Eurer Söhne gerettet?«

»Nein, eigentlich nur, weil ich dachte, wenn ich dich dem Gouverneur vorführe, können wir wichtige Informationen erhalten, um Guarocuya zur Strecke zu bringen. Doch jetzt, da ich mit dir rede, gelange auch ich zur Überzeugung, dass ich meine Söhne davor bewahrt habe, eine große Sünde zu begehen, denn Gott hätte deinen Tod sicher gerächt.«

»Eher Allah«, widersprach ich, nicht ohne meiner Stimme einen ironischen Unterton zu verleihen.
»Du bist Muselman?«, fragte er überrascht.
»Ja.«
»Gottes Zeichen und Wege sind unergründlich«, bekreuzigte er sich.
Plötzlich schreckte uns eine laute Explosion auf. Lautes Krachen von berstendem Holz und panische Schreie folgten darauf. Die graue See hatte sich ein wenig beruhigt, die Wogen waren fast geglättet, die vorher undurchsichtige Gischt lichtete sich und gab den Blick auf die furchterregenden Mäuler von zwölf schweren Kanonen frei, die allesamt auf den Hafen von Santo Domingo und die dahinter liegenden Gebäude gerichtet waren. Das portugiesische Piratenschiff hatte im Schutz des Unwetters gefährlich nahe bis an den Hafen manövriert werden können. Mit teuflischer Zerstörungswut schlugen die Kanonenkugeln blitzend in ihre Ziele ein und versenkten kleine Boote oder zerfetzten die Segel und Masten stolzer Schiffe.
»Alarm, Alarm!«, schrie eine Wache von einem der Aussichtstürme aus und schlug heftig gegen die Glocke. Langsam rührte sich etwas auf den anderen Türmen, auch hier wurden die Glocken geläutet. Hektisch versammelten sich die Soldaten und spähten im Schutz der Brüstung nach ihrem Feind. Schon hatten die Piraten ihre Beiboote ausgesetzt und ruderten flink in Richtung Hafen. Sie steuerten auf eines der Handelsschiffe zu, das vor dem Sturm Schutz gesucht und nahe der Einfahrt den Anker geworfen hatte, weil es keinen Anlegeplatz mehr hatte ergattern können. Die Besatzung schrie verzweifelt um Hilfe, als sie die zu al-

lem entschlossenen Piraten auf sich zusteuern sah. Der Großteil der Mannschaft schien an Land gegangen zu sein, denn es befand sich nur eine Hand voll Männer an Deck. Sie luden ihre Musketen und feuerten sie in Richtung der unerschrockenen Piraten ab. Einer der Seeräuber wurde tödlich getroffen und fiel rücklings ins seichte Wasser des Hafenbeckens.

»Teufel! Diese Piraten werden von Mal zu Mal frecher, jetzt rudern sie schon am helllichten Tage in den Hafen ein«, fluchte der Weißbärtige, sprang auf sein Pferd und preschte zum Hafen, um den Überfallenen zu Hilfe zu eilen.

Die Sonne bahnte sich ihren Weg durch die dicke Wolkenschicht und schickte ihre Strahlen auf die glänzenden Kanonenrohre des Piratenschiffes, die zu funkeln begannen. Die nächste Breitseite wurde auf die Stadt abgefeuert. Dieses Mal zielte man auf die Befestigungsmauern und die Türme. Berstend schlugen die schweren Kanonenkugeln ein und rissen große Löcher in die Befestigungsanlage. Nun folgte die Antwort vom Festland: Laut zischend und krachend wurden die Kanonen der Spanier gezündet. Die Kugeln landeten gefährlich nahe im Wasser vor dem Bug des Piratenschiffes.

Inzwischen hatte der Weißbärtige den Kai nahe des Handelsschiffes, das sich in Bedrängnis befand, erreicht. Er stieg vom Pferd ab und feuerte in aller Seelenruhe einen Schuss nach dem anderen ab, wobei er jedes Mal, wenn er abdrückte, einen Seeräuber niederstreckte. Die bis dahin recht hilflos wirkenden Seeleute jubelten ihm begeistert zu. Bald trudelte eines der Beiboote herrenlos im Hafenbecken. Schon waren die Piraten im Begriff, umzukehren und ihren Plan aufzugeben, als ich bemerkte, wie ein braun gebrannter, sehniger Mann sich aus dem Wasser in das Boot zog, die Riemen in die Hände nahm und todesmutig auf den Weißbärtigen zusteuerte. Nun jubelten die Piraten und setzten ihren Kurs auf das Handelsschiff fort. Ich vermutete, dass es sich bei jenem Mann, der allein das Beiboot steuerte, um den Kapitän oder einen anderen ranghohen Mann aus der Besatzung handeln musste.

Zunächst ließ sich der Weißbärtige nicht von der Unerschrockenheit des Piraten beeindrucken, legte ruhig an, zielte auf den Piraten und drückte ab. Doch seine Schüsse verfehlten stets ihr Ziel und schlugen krachend in das Boot ein, nicht aber in den Körper des Seeräubers, der dem Weißbärtigen gefährlich nahe kam. Angezogen vom Mut dieses Mannes lief ich auf den Kai zu, um den Kampf zwischen ihm und dem Plantagenbesitzer besser verfolgen zu können.

In der Zwischenzeit hatten die Piraten den Bug des Handelsschiffes von zwei Seiten erreicht. Sie schleuderten ihre Enterhaken über die Reling und hangelten sich geschickt hinauf. Die verzweifelten Seeleute bemühten sich, die Seile, an denen sich ihre Angreifer heraufzogen, zu kappen. Einige Seeräuber stürzten ins Wasser, schwammen zu ihrem Beiboot, um wieder daraufzuklettern und weitere Enterhaken über die Reling zu werfen. Die fünf verzweifelten Seeleute kamen mit dem Nachladen ihrer Musketen nicht zurecht, und bald hatte ein Dutzend Seeräuber die Reling erklommen, die Besatzung des Handelsschiffes überwältigt und über Bord geworfen.

Der mutige Pirat steuerte noch immer auf den Weißbärtigen zu. Nur noch wenige Meter trennten ihn vom Kai. Der

Weißbärtige legte seine frisch geladene Muskete an und zielte in aller Seelenruhe auf den Piraten, der nur mit einem kurzen Krummsäbel, den er zwischen den Zähnen hielt, bewaffnet war. Ich schätzte sein Alter auf Ende zwanzig. Sein pechschwarzes Haar hatte er zu einem Zopf zusammengebunden, über den Kopf trug er ein schwarzes Tuch, das im Nacken zusammengeknotet war. Mit seinen dunklen Augen blickte er ohne Furcht in die wasserblauen Augen des Mannes, der in wenigen Metern Entfernung das Gewehr auf ihn richtete. Im nächsten Augenblick würde er sterben, würde nicht ein Wunder geschehen. Ich versuchte die Beweggründe dieses todesmutigen Kriegers in seinen Augen, in denen sich keinerlei Angst widerspiegelte, zu ergründen. Doch außer Mut und absolutem Gottesvertrauen konnte ich nichts in seinem Blick lesen.
Inzwischen hatte ich mich dem Weißbärtigen bis auf ein paar Schritte genähert. Nach kurzem Zögern stieß ich den Weißbärtigen mitsamt seiner Muskete in das Hafenbecken. Ein kurzer erschrockener Aufschrei, wildes, angstvolles Rudern mit Armen und Beinen, ein Seufzer und der alte Mann versank in dem schlackigen aufgewirbelten Wasser. Der Pirat sah mich überrascht an, für einen Moment war ich gefesselt von der Reinheit, die sein braun gebranntes und ebenes Gesicht ausstrahlte. Mit diesem glatten und wohlgeformten Antlitz hätte er genauso gut einen Edelmann oder einen König abgeben können. Die nächste Salve der Soldaten, die ihre Stadt und ihren Hafen zu verteidigen trachteten, traf ins Wasser knapp vor das Piratenschiff und ließ hohe Wasserfontänen aufspritzen. Ohne mich weiter ablenken zu lassen, stürzte ich mich in das schlammige Wasser des Hafenbeckens, um den Weißbärtigen an Land zu holen, bevor er

ertrank. Als ich mich mit geöffneten Augen auf den Grund sinken ließ, wurde mir bewusst, dass ich in meinem Übereifer völlig vergessen hatte, dass ich nicht schwimmen konnte. Der starke Wille, meine Tat wieder rückgängig zu machen, weil ich nicht zu einem Mörder werden wollte, hatte mich kopflos in das lauwarme, salzige Wasser springen lassen. Ich entdeckte den Weißbärtigen auf dem Grund in hockender Position. Er umklammerte noch immer sein Gewehr und schien sich umzusehen, ob bald ein dicker Fisch vorbeischwamm, den er abschießen könne. Viel Leben konnte ich in seinen Augen nicht mehr entdecken. Ich packte ihn unter den Achseln, stemmte meine Füße in den weichen Untergrund und stieß mich, so fest ich vermochte, mit der schweren Last in meinen Armen Richtung Himmel ab. Wir mochten uns vielleicht zwei oder drei Ellen nach oben bewegt haben, bevor wir wieder leicht wie eine Feder auf den Grund hinabsanken. Wohl wissend, dass jedes weitere Scheitern die Aussicht auf Erfolg meines Unterfangens verringern würde, sammelte ich all meine noch verbliebene Kraft und stieß mich erneut vom Grund ab. Dieses Mal paddelte ich wild mit den Füßen und versuchte, uns Richtung Wasseroberfläche zu bewegen. Obwohl der alte Mann sehr schwer war, bewegten wir uns endlich langsam, sehr zögerlich, nach oben. Die Luft drohte mir auszugehen, und ich kämpfte gegen das starke Verlangen, den Mund zu öffnen, um wieder Luft in die Brust einströmen zu lassen. Mir wurde schwarz vor Augen, und ich spürte die Schleier der Seejungfrauen meine Sinne umgarnen. Mit einer Handbewegung versuchte ich, sie vor meinen Augen wegzuwischen, und verlor dabei den Weißbärtigen fast aus meinem sicheren Griff. Weiterhin wild strampelnd, packte ich ihn erneut und spürte plötzlich einen festen Griff an meinem linken Oberarm. Wie von Geisterhand wurden wir auf das Boot des Piraten gehievt. Ich hustete und prustete, schnappte nach Luft wie ein Neugeborener und hielt schützend meinen Unterarm vor die Augen, um von dem hellen Tageslicht nicht geblendet zu werden. Der dunkel gekleidete Pirat legte den Weißbärtigen auf die Seite und drückte auf seine Brust; Seewasser und Tang liefen aus dessen Mund. Plötzlich begann auch er zu röcheln, warf einen erschrockenen Blick auf den Piraten und fiel in Ohnmacht. Gemeinsam hoben wir den schweren alten Mann auf den Kai. Die schaukelnden Bohlen des kleinen Beibootes unter meinen nackten geschundenen Füßen erinnerten mich an die lange und qualvolle Überfahrt von meiner Heimat zu diesem Hafen. Plötzlich bemerkten wir, dass sich uns dutzende von Soldaten auf dem Kai näherten. Der Pirat nahm die Riemen in die Hand und ruderte wie ein Teufel, um so schnell wie möglich aus der Schussweite der Verfolger zu gelangen. Im Hintergrund hörte ich die Kanonenschüsse aus der Richtung des Piratenschiffes und die darauf folgenden Antworten der Soldaten vom Festland. Dann fiel mein erschrockener Blick wieder auf den Kai: Eine Reihe der Musketenschützen kniete nieder, eine andere stellte sich dahinter auf.

»Legt an!«, befahl ein blonder Offizier, der noch keine zwanzig Jahre alt sein mochte.

Der Pirat ruderte, Schweiß glänzte auf seiner glatten Stirn. Ich blickte in die unzähligen Münder der geladenen Musketen, die allesamt auf uns gerichtet waren.

»Feuer frei!«, schrie der junge Offizier.

Ohrenbetäubender Lärm hallte schmerzend in meinen Gehörgängen wider. Ich spürte eine scharfe Böe über unsere Köpfe rauschen. Sie kam aus der Richtung des Piratenschiffes und raste auf die mit Gewehren bewaffneten Soldaten zu. Wasser spritzte. Steine zerstoben zu Staub. Seelen wurden ihren Körpern entrissen, und als sich die erste Verwirrung und der Staub legten, eröffnete sich uns ein schreckliches Bild. Zerfetzte Körper, zerbrochene Steine, Meerwasser und Blut vermischten sich zu einem unansehnlichen Brei. Es war den Piraten gelungen, über unsere Köpfe hinweg einen Volltreffer auf die Musketenschützen zu landen.

»Rückzug«, fiepte der Offizier am ganzen Leib zitternd, von oben bis unten mit Blut bespritzt. Die ihm verbliebenen Männer hatten nicht auf seinen Befehl gewartet, um das Weite zu suchen. Sie waren schon vorher auseinander gestoben wie ein verschreckter Fischschwarm. Der Weißbärtige lag unversehrt in derselben Position, in der wir ihn zurückgelassen hatten, auf dem Kai. Fast schien es, als hätte Allah seine schützende Hand über ihn gehalten. Ich beobachtete ihn genau und vergewisserte mich, dass sein Brustkorb sich hob und senkte.

Jetzt, da wir der unmittelbaren Gefahr entronnen waren, nahm sich der Pirat Zeit, mich genauer zu mustern, und ließ entspannt die Riemen ruhen. »Warum hast du dem Alten das Leben gerettet?«, warf er mir einen kritischen Blick zu. Er sprach ein gestelztes, aber gut verständliches Spanisch.

»Ich habe es ihm geschuldet, so wie du es mir geschuldet hast.«

»Gut, dann sind wir jetzt ja alle quitt. Du kannst gehen«, deutete er mit seiner Handfläche auf das Wasser.

»Und wenn ich nicht will?«

»Dann werfe ich dich über Bord«, ließ er die Riemen fallen, erhob sich und machte einen Schritt auf mich zu.
»Und wenn ich nicht schwimmen kann?«
»Du kannst nicht schwimmen und hast den alten Fettsack aus dem Wasser gezogen? Entweder willst du mir ein Märchen erzählen, oder du bist verrückt.«
»Verrückter als du?«, sah ich ihn herausfordernd an.
»Mir passiert nichts«, setzte er sich wieder auf das schmale Holzbrett, nahm die Riemen in die Hände und steuerte auf das Piratenschiff zu.
»Warum? Hast du Engel, die dich beschützen?«
»Unsinn, ich habe keine Angst, das ist alles«, grinste er mich an, und seine weißen Zähne blitzten zwischen dem halb geöffneten Mund hervor. Jetzt erst bemerkte ich den schmalen, schwarzen Bart auf seiner Oberlippe.
»Vielleicht kann ich dich gebrauchen, wir haben heute ein paar Männer verloren. Kannst du mit dem Säbel umgehen?«
»Mit der Machete. Ich habe lange genug auf dem Zuckerrohrfeld geschuftet«, antwortete ich.
»Ich glaube nicht, dass du ein Krieger bist«, schüttelte er den Kopf. »Aber du hast Mut, und du weißt, was Ehre ist. Mehr braucht ein Mann nicht zum Leben.«
Wir hatten die hohe Bordwand des Piratenschiffes, die zur offenen See deutete, erreicht.
»Wen bringt Ihr denn da mit, Kapitän?«, fragte ein Mann mit Oberarmen dick wie Melonen und warf zwei Seile zu uns herunter, die der Gefragte an dem Boot befestigte. Just in diesem Moment traf eine weitere Salve der feindlichen Kanonen das Schiff, das erschüttert durch die Einschläge der Kugeln wild auf und ab schaukelte. Der Portu-

giese klappte unbeirrt zwei Ausleger aus, in denen die Seile, die an dem Boot befestigt waren, in Rollen verankert waren. Ohne die geringste Anstrengung hievte er den Kapitän und mich mitsamt Boot in die Höhe. Voller Ehrfurcht betrachtete ich diesen Mann, dessen Körper und Kräfte eher an einen Ochsen denn an ein menschliches Wesen erinnerten. Sein Schädel war kahl geschoren. Sein massiger Oberkörper wurde lediglich von einer schmalen, speckigen Weste aus Schweinsleder bedeckt. Seine Pluderhosen reichten ihm bis kurz über die Knie. Am rechten Ohr trug er einen großen Ring in der Art, wie man ihn Stieren durch die Nase zu ziehen pflegt, damit man sie bändigen kann. Am rechten Handgelenk klapperten unzählige silberne Armbänder, die bei jeder seiner Bewegungen klimpernd aneinander stießen.
»Kümmere dich um ihn. Außer Zuckerrohr hat er noch niemanden umgelegt«, schmunzelte der Kapitän, sprang aus dem Boot, eilte zu dem Steuer und übernahm das Kommando. »Gabriel, versenkt das Handelsschiff, damit es die Einfahrt blockiert«, richtete er seine durchdringende Stimme unter Deck.
»Jawohl, Kapitän«, tönte es aus den Gedärmen des Schiffes.
»Wie viele Männer haben wir verloren?«, fragte der Kapitän.
»Sieben«, kam die Antwort vom Steuermann, einem dürren, langen Kerl mit langem, schütterem Haar und dem Gesicht einer Vogelscheuche.
»Sind die Kisten an Bord?«, wollte der Kapitän wissen.
»Feuer!«, schrie Gabriel. Die Rückschläge der Kanonen ließen das Schiff erzittern. Gebannt starrten wir auf das Handelsschiff. Die Salve traf in das Wasser vor dem Bug des

Zieles. Enttäuschte Blicke machten sich breit. Doch der Kapitän betrachtete weiterhin konzentriert das Schiff, dessen Bug sich plötzlich neigte.
»Gut gemacht, Gabriel!«, rief er. »Klarmachen zum Auslaufen!«, befahl er dem Steuermann. »Wo sind die Kisten?«
»In Ihrer Kajüte, Kapitän«, antwortete die Vogelscheuche.
»Wir nehmen den vollen Wind und segeln nach Westen«, entschied der Kapitän, wartete keine Antwort ab und verschwand unter Deck.
Die wütenden Spanier schickten uns weitere Grüße vom Festland, doch außer einem Segel und dem Kopf der Galionsfigur vermochten sie nichts weiter zu zerstören.
»Verflucht, noch eins!«, schimpfte der Ochsenmann, als er bemerkte, dass der Kopf der golden angemalten Seejungfrau, die das Schiff vor bösen Geistern schützen sollte, abgetrennt war. »Das sollen sie uns büßen«, brummte er und streichelte zart über den zerfetzten Hals der Fischfrau, die ihren schuppigen Leib um den Bug geschlungen hatte und mit verschränkten Armen der entgegenkommenden Brandung trotzte. Ich konnte nicht erkennen, ob das Feuchte in seinen Augen von der salzigen Gischt herrührte.
Bald waren wir außer Reichweite der Kanonen Santo Domingos. Ich blickte auf den Horizont, der sich auf der Steuerbordseite unendlich weit erstreckte, atmete die würzige Seeluft voller Wonne ein und fühlte mich so frei wie lange nicht mehr.
»Der Kapitän will dich sehen«, unterbrach mich der Ochsenmann in jenem glücklichen Moment, als ich versonnen auf das Meer schaute, mit seinem schaurigen Spanisch.
Ich wendete mich von der Reling ab und betrachtete den seltsamen Mann genauer: Er vereinte so viel rohe Kraft

und Mitgefühl in sich. Nichts an seinem Äußeren ließ einen Betrachter erraten, dass er unter seiner mächtigen Brust ein Herz so groß wie das eines Elefanten trug. Ich fragte mich, weshalb der Kapitän mich wohl zu sprechen begehrte. Aber etwas anderes hatte mich auch sehr neugierig gemacht.
»Was befindet sich eigentlich in den Kisten, die ihr von dem Handelsschiff gestohlen habt?«, fragte ich den Ochsenmann.
»Wenn du das in Erfahrung bringen würdest, müsste ich dich töten«, antwortete er, drehte sich um und schickte sich an zu gehen. »Komm jetzt! Der Kapitän ist nicht der Geduldigste.«
»Müsstest du mich auch töten, wenn ich deinen Namen und den deines Kapitäns wüsste?«, fragte ich, ohne mich von der Stelle zu bewegen.
Der Ochsenmann blieb stehen und, ohne sich umzudrehen, antwortete er. »Besser, du kommst jetzt mit, bevor ich böse werde.«
»Dann sag mir deinen Namen und den des Kapitäns«, beharrte ich.
Langsam drehte er sich um und sah mich abschätzend an. »Entweder bist du verrückt oder sehr mutig«, machte er einen sehr langsamen Schritt auf mich zu.
»Oftmals liegen diese beiden Dinge sehr nahe beieinander«, entgegnete ich.
Nun konnte sich der Ochsenmann eines kurzen Schmunzelns nicht mehr erwehren. »Jetzt verstehe ich Sebastían schon ein wenig besser«, sagte er und biss sich reuig auf die Lippen, als er bemerkte, dass er den Namen seines Kapitäns preisgegeben hatte. »Gehen wir«, setzte er wieder eine erns-

tere Stimme auf und versuchte, mich gebieterisch anzuschauen, doch das wollte ihm nicht so recht gelingen.

»Ich heiße Farid. Wie lautet dein Name?«, wiederholte ich meine Frage, mir nun meiner Sache sicher.

»Ángel«, brummte er und eilte vorbei an einigen Matrosen, die stehen geblieben waren und die Szene neugierig beobachtet hatten.

Ich folgte ihm zum Achterdeck, unter dem sich eine niedrige Tür befand, hinter der Sebastían vorhin verschwunden war. Er hielt die Tür auf, blieb stehen und wartete, bis ich unter seinem Arm in das Innere des Raumes geschlüpft war. Eine schmale Holztreppe führte sieben Stufen nach unten in einen engen Gang. Ich stieg hinab und blieb vor der verschlossenen Tür stehen. Ángel folgte mir, quetschte sich an mir vorbei, klopfte dreimal an die Tür und wartete auf Antwort.

»Ja?«, vernahm ich Sebastíans Stimme aus dem Inneren.

»Er ist hier«, sagte Ángel.

»Moment!«

Aus der Kabine hallten Geräusche, die mich darauf schließen ließen, dass Sebastían eilig den Deckel einer Holzkiste zufallen ließ.

»In Ordnung, du kannst ihn reinlassen«, rief er.

Ángel öffnete die Tür, blieb vor ihr stehen und bedeutete mir einzutreten. Die Bohlen knarrten leise unter meinen Füßen. Sebastían trat von einer hellen Holzkiste zurück, die Hände noch auf dem Deckel liegend. Seine Augen leuchteten, als er auf die Kiste blickte. Langsam, fast streichelnd, ließ er seine Hände von der Kante des Deckels gleiten, drehte sich um und sah mich an.

»Weshalb bist du mit an Bord gekommen?«

»Ich will in meine Heimat zurückkehren.«
»Und wie willst du das anstellen? Indem du auf einem Piratenschiff anheuerst?«
»Der erste Schritt ist getan: Ich habe die Insel verlassen, die mein Gefängnis war. Alles Weitere wird sich ergeben. Allah ist groß, und seine Wege sind unermesslich«, antwortete ich.
Sebastían sah mich nachdenklich an. »Und was geschieht, wenn dieses Schiff dein nächstes Gefängnis wird?«
»Es wird sich eine weitere Gelegenheit ergeben, zu fliehen und meinem Ziel näher zu kommen«, gab ich ohne Umschweife zu.
»Es kann sehr gefährlich sein, wenn man immer sagt, was man denkt«, warnte mich Sebastían.
»Nur wenn man Angst hat«, widersprach ich.
»Wo kommst du her?«
»Aus der Wüste, ein Sandsturm hat mich nach Marrakesch getragen, wo ich aufgewachsen bin«, erklärte ich.
»Marrakesch«, wiederholte er nachdenklich. »Wie bist du in die Hände der Sklavenhändler geraten? Ich dachte, sie gehen nur im Osten und im Süden auf die Jagd.«
»Ich weiß es nicht, vielleicht war es Allahs Wille oder mein eigener, aber es scheint, ich habe dieses Schicksal gesucht und gefunden.«
»Mir schwant, du bist ein Gelehrter«, betrachtete Sebastían mich eingehend.
»Ich befinde mich auf dem Pfad dorthin«, schmälerte ich seine Mutmaßung.
»Unsere Begegnung erscheint mir seltsam.«
»Weshalb?«
»Mir hat noch nie ein Fremder geholfen. Ich habe auch

noch nie jemanden am Leben gelassen, der versucht hat, mich zu töten. Ich verstehe nicht, wieso du dich eingemischt hast, ich wäre schon allein fertig geworden mit diesem Fettwanst«, sagte Sebastían plötzlich unzufrieden, als er sich wieder an die Szene am Kai erinnerte. »Ich weiß auch nicht so recht, weshalb ich dich mit an Bord gelassen habe. Warum sollte ich jemandem Wildfremden wie dir vertrauen? Wer weiß, ob du nicht ein Spion bist und in der Nacht alle unsere Bäuche aufschlitzen willst, um unsere Gedärme an den Gouverneur von Santo Domingo zu verkaufen, damit er sich davon eine Suppe kochen kann?«

»Ich habe nichts zu verheimlichen. Ich habe dir mit keinem Wort etwas vorenthalten, und ich kann dir versichern, dass deine Mutmaßungen nicht richtig sind. Aber vielleicht bist du ja so misstrauisch, weil du etwas zu verbergen hast. Was befindet sich in diesen Kisten«, deutete ich auf die helle Holzkiste und auf zwei weitere, die in der hintersten Ecke der Kajüte verborgen waren.

»Wirf einen Blick hinein, und du bist des Todes«, warf er mir einen drohenden Blick zu.

»Für einen Mann, der von sich behauptet, dass er keine Furcht kennt, erscheinst du mir doch recht ängstlich«, sah ich ihn herausfordernd an.

»Für einen Mann, der noch eine so lange Reise bis zu seiner Heimat vor sich hat, erscheinst du mir recht unvorsichtig«, konterte Sebastían.

»Drei Kriegsschiffe voraus«, ertönte die hohe, eingeschüchterte Stimme eines Bootsjungen aus dem Ausguck.

Sebastían stürzte aus der Kajüte den Gang entlang, eilte die Treppe hinauf und hechtete auf das Deck. Ich folgte ihm.

»Wo sind sie?«, brüllte Sebastían nach oben in den Ausguck.

Der Matrose, ein Junge von vielleicht fünfzehn Jahren, deutete Richtung Steuerbord.
»Wenn wir auf die hohe See fahren, holen sie uns ein. An der Küste sind sie auch im Vorteil, weil sie weniger Tiefgang haben als wir, und wenn wir umkehren, besteht die Gefahr, dass die Spanier den Hafen wieder freigeräumt haben und uns den Weg abschneiden«, wägte der dürre Steuermann alle Möglichkeiten ab, die ihm in den Sinn kamen.
»Setzt die schwarze Flagge. Wir greifen an«, befahl Sebastían.
Kein Einziger aus der Mannschaft hatte den Schneid, dem Kapitän zu widersprechen, obwohl in ihren Augen Angst und Unverständnis ob seines Befehles zu lesen waren.
»Ladet die Kanonen und die Musketen, schärft die Säbel! Setzt die Segel, und bewegt eure trägen Körper«, trieb Ángel die verstörten Männer an, die noch immer bewegungslos an Deck verharrten. Der Steuermann öffnete einen Lederbeutel, der an seinem Gürtel hing, biss ein Stück braunen Tabaks von einem großen Klumpen ab, den er im Beutel verwahrt hatte. Hektisch bewegten sich seine Backenknochen, während er auf dem zähen Tabak herumkaute und das Steuer herumriss, um den Kurs auf die drei Kriegsschiffe zu nehmen. Langsam setzten sich die Männer in Bewegung und führten die Befehle Ángels aus. Sebastían war inzwischen den Mast hinaufgeklettert und erteilte dem Steuermann genaue Anweisungen betreffend den Kurs, den er zu halten hatte. Ángel verschwand unter Deck, um gemeinsam mit Gabriel, der ein schmächtiger, unscheinbarer Mann mit kurz geschorenen, grauen Haaren und Bartstoppeln war, das Laden der Kanonen zu beaufsichtigen. Er hatte ein sanftes und einfühlsames Wesen. Es erschien mir

ein Widerspruch zu seiner Natur, dass er der Meister der rauen, schweren, glühenden, Feuer speienden und Tod bringenden Schlünde war. Genauso wie ich mich über den Namen des ersten Offiziers an Bord – Ángel – wundern musste, standen in meinen Augen sein Äußeres und sein Verhalten doch in großem Widerspruch zu seinem Namen. Geschäftiges Treiben entstand um mich herum, und ich wusste nicht, was ich tun sollte.

»Geh die Säbel und Messer schleifen«, rief Sebastían von seinem Ausguck zu mir herunter.

»Komm mit, ich zeige dir, wo alles ist«, tippte mir ein rothaariger Bootsjunge in gestreiften Hosen auf die Schulter. »Ich heiße Pepe, wer bist du?«

»Farid. Bist du Spanier?«

»Ja, die Hälfte der Besatzung stammt aus Spanien. Der Kapitän und die Offiziere sind Portugiesen«, antwortete er und führte mich unter Deck, wo die Männer schwere Kugeln schleppten und die aufgesperrten hungrigen Mäuler der Kanonen mit schwarzem Pulver fütterten.

»Für die erste Salve nehmt ihr die doppelte Portion an Pulver«, ordnete Gabriel an. »Der Kapitän wird seine Feinde gewiss wieder mit einem Distanzschuss überraschen wollen.«

Schwitzende Männer mit freien Oberkörpern zwängten sich an Pepe und mir mit konzentrierten, pflichtbewussten Blicken vorbei. Pepe deutete auf eine Ecke, in der ein Haufen kurzer Krummsäbel lag. Er reichte mir einen Schleifstein, und wir machten uns an die Arbeit, den unzähligen Klingen wieder einen ordentlichen Schliff zu verpassen. Pepe stellte sich dabei sehr geschickt an. In der Zeit, in der ich eine Klinge schärfte, schaffte er zwei, und seine Arbeit schien mir zudem noch besser zu sein als die meine, wenn ich die Schärfe der Klingen verglich.

»Du hast noch nicht viele Waffen geschliffen«, bemerkte er.

»Ein paar Macheten und Messer«, gab ich bescheiden lächelnd zu und blickte auf seine geschickten Hände, die blind die routinierten Bewegungen ausführten, so als wüssten sie von selbst, was zu tun war.

»Ist es nicht ein bisschen riskant, drei Kriegsschiffe auf einmal anzugreifen?«, fragte ich Pepe.

»Der Kapitän weiß, was er tut. Auch wenn er uns manchmal Angst einjagt. Aber am Ende bestätigt sich immer wieder, dass er richtig gehandelt hat.«

»Allah stehe ihm bei, dass dies auch heute so bleibt«, sagte ich und legte den nächsten fertig geschliffenen Säbel auf den Berg der geschärften Waffen.

»Bringe diese Säbel schon mal nach oben, ich komme gleich mit den anderen nach«, schlug Pepe vor.

Ich stapelte die Waffen auf meinen Armen und ging an Deck. Die Schatten der drei spanischen Kriegsschiffe waren bereits gefährlich nahe gekommen. Auf den Gesichtern der Männer zeigte sich große Anspannung.

»Die Kanonen steuerbord sind bereit«, rief Gabriel.

»Kanonen backbord klar«, donnerte Ángels Stimme hinauf zum Deck.

»Doppeltes Pulver?«, fragte Sebastían.

»Jawohl, Kapitän«, erschallte die eintönige Antwort.

Sebastían lächelte zufrieden und wandte sich an den Steuermann. »Wir fahren mit dem Wind«, ordnete er an.

Der Steuermann drehte das Steuer, die Rahsegel flatterten, bis der Wind sie voll erfasste, aufblähte und das Schiff seitlich über die Wellen drückte. Die Anwesenden warfen

einen ängstlichen Blick auf den Kapitän, da der eingeschlagene Kurs näher zu den drei feindlichen Karavellen trug.
»Streicht die Segel«, befahl Sebastían, und der Steuermann sah ihn verwundert an.
»Wir stehen quer zum Wellenschlag«, gab er zu bedenken.
»Ich weiß. Segel streichen«, wiederholte Sebastían seinen Befehl. Er schien sich nicht im Geringsten darüber zu ärgern, dass sein Steuermann Widerworte gegeben hatte. Blanco an seiner Stelle hätte den Steuermann gewiss Kiel holen lassen. Die Segel wurden allesamt eingeholt, und das Piratenschiff schwamm hilflos auf den Wellen, die klatschend auf die Bordwand aufschlugen.
»Ihr haltet euch bereit, das Rahsegel auf meinen Befehl zu setzen«, wählte er sechs seiner Männer aus. »Ihr werdet weder kämpfen, noch euch von einer Kugel oder einem Schwert treffen lassen, ihr werdet nichts anderes tun, als auf meinen Befehl zu warten, die Segel zu setzen, und dies unverzüglich, sobald ich es anordne. Verstanden?«
Die sechs Männer nickten beflissentlich, sie waren sich der wichtigen Aufgabe, die ihnen der Kapitän soeben aufgetragen hatte, voll bewusst.
»Kapitän, sie sind in Reichweite. Sollen wir?«, fragte Gabriel.
»Nein, ihr schießt erst auf meinen Befehl«, brüllte Sebastían.
Die drei Schiffe bewegten sich jetzt ebenfalls langsamer auf uns zu. Waren sie zuerst in einer Formation gefahren, in der das Erste die Spitze formte und die beiden anderen ihm in Keilform folgten, lösten sie jetzt die Formation auf. Die beiden hinteren Schiffe steuerten jeweils von Steuerbord und

Backbord auf uns zu, während das Schiff, das die Spitze gebildet hatte, uns die Backbordseite zuwendete.

»Jetzt wird es gleich Kugeln hageln«, prophezeite der Steuermann.

»Wir sind sehr weit weg, der Wellengang ist recht stark, sie werden auf diese Entfernung nicht unseren Bug treffen, Raul«, entgegnete Sebastían.

Kaum hatte er es gesagt, als die erste Salve abgeschossen wurde und knapp vor unserem Bug im Wasser landete. Hohe Wasserfontänen spritzten sprudelnd auf. Die beiden anderen Kriegsschiffe näherten sich langsam. Die Kapitäne standen, lange, glitzernde Ferngläser auf uns gerichtet, am Bug und beobachteten uns skeptisch. Sebastían tat es ihnen gleich. Eine weitere Salve des dritten Kriegsschiffes wurde abgefeuert und traf abermals vor dem Bug. Gischt spritzte auf und befeuchtete mein Gesicht. Ich wischte mir mit dem Handrücken das salzige Wasser aus den brennenden Augen. Die Sonne begann zu stechen, und die Männer betrachteten angespannt schweigend den Kapitän, der wiederum seine volle Aufmerksamkeit seinen Feinden schenkte. Ich fragte mich, wie wohl seine Mannschaft auch, was in seinem Kopf vor sich ging und welchen Plan er verfolgte, um seine übermächtigen Gegner zu überlisten. Zwar waren uns die einzelnen Karavellen an Feuerkraft nicht überlegen, aber dafür waren sie wendiger, schneller und hatten deutlich weniger Tiefgang als unser Schiff. Zudem verfügten die Spanier mindestens über dreimal so viele bewaffnete Arme wie die Mannschaft Sebastíans. Ich warf einen Blick auf die geschärften Säbel, die ich auf die Schiffsbohlen gelegt hatte, und wunderte mich darüber, dass Pepe noch nicht an Deck erschienen war. Eine weitere auf uns gerichtete Kanonen-

salve riss mich aus meinen Gedanken. Diesmal hatten die Spanier besser gezielt: Eine Kugel flog pfeifend in die Takelage und zerriss ein Segel, bevor sie laut klatschend hinter dem Schiff ins Wasser fiel. Die beiden Karavellen, die von beiden Seiten auf uns zugehalten hatten, waren inzwischen gefährlich nahe gekommen. Die Ruhe der Männer, die jede Faser ihrer Körper angespannt hatten, um im rechten Moment auf die Befehle des Kapitäns reagieren zu können, hielt an, und in ihren Gesichtern las ich absolute Konzentriertheit und Disziplin. Ich kniff die Augen zusammen und betrachtete die beiden Karavellen, die sich langsam an unsere Steuerbord- und Backbordseite herangepirscht hatten. Es fehlte nicht mehr viel, und die drei Schiffe würden Breitseite gegen Breitseite stehen, und das Feuergefecht würde beginnen. Ich erkannte zu meinem Schrecken, dass die Spanier ihre Kanonen leicht schräg ausrichteten, um bereits jetzt erste Schüsse auf uns abgeben zu können, während sie sich weiterhin langsam auf uns zubewegten.
Auch Sebastían entging dieser Umstand nicht, und er schien genau auf diesen Moment gewartet zu haben. Langsam hob er den Arm, vergewisserte sich mit einem Blick nach rechts und links, dass er tatsächlich den rechten Moment gewählt hatte, und schrie die ausgewählten Matrosen an: »Setzt das Segel, schneller, als der Teufel es könnte!«
Dann warf er seinem Steuermann einen auffordernden Blick zu. »Genau zwischen die beiden, Raul«, ordnete der Kapitän an.
Das Segel flog in den Himmel, Wind blähte es flatternd auf, zerrte an ihm, und in einem plötzlichen Ruck schnellte das zuvor träge schlingernde Schiff nach vorne und nahm Fahrt auf. Genau im rechten Moment: Die auf uns gerichteten

Kanonenrohre spien Feuer und Qualm – die wohl gezielten Schüsse verfehlten das Heck nur um Haaresbreite. Eine verirrte Kugel streifte die Meerjungfrau am Bauch und kratzte etwas von der goldenen Farbe ab.

»Gabriel! Ángel! Haltet euch bereit!«, schrie Sebastían.

Die aufgeregten Stimmen auf den Schiffen unserer Gegner überschlugen sich.

»Ladet nach! Beeilt euch!«

»Dreht bei! Beidrehen!«

»Hart Backbord!«

»Hart Steuerbord!«

»Die Musketenschützen! Wo sind die Musketenschützen?«

All ihre verzweifelten Bemühungen, der drohenden Gefahr, die unweigerlich auf sie zurollte, auszuweichen, erweckten seltsame Gefühle in meiner Brust. Ich empfand so etwas wie Mitleid für jene Seeleute, deren tägliches Geschäft das Töten war.

»Feuer frei!«, rief Sebastían, als die kopflose Meerjungfrau die halbe Länge der beiden Karavellen erreicht hatte.

Die Ausweichmanöver hatten sie noch nicht vollendet, so dass uns jeweils ihre Flanken als Ziel zur Verfügung standen. Unser Schiff bebte wie ein ausbrechender Vulkan, als die Kanonen auf beiden Seiten gleichzeitig gezündet wurden. Obwohl ich beide Hände fest auf die Ohren gepresst hatte, durchfuhr meinen Körper schmerzhaft das laute Donnern und Grollen der Explosionen. Der Geruch nach Schwarzpulver stieg in meine Nase. Gespannt blickte ich abwechselnd auf die Karavellen, die auf unserer Steuerbord- und auf unserer Backbordseite lagen. Keine einzige Kugel verirrte sich, alle fanden ihr Ziel und schlugen berstend in die Bordwände der Schiffe unserer Feinde ein.

Noch bevor die Spanier ihre Kanonen nachladen konnten, verschwanden wir aus der Reichweite ihrer Kugeln. Da die Schiffe so eng zueinander standen, waren sie nicht in der Lage, sich durch ein schnelles Manöver in Schussposition zu bringen, ohne Gefahr zu laufen, sich gegenseitig zu rammen.

Sebastían eilte zum Heck und betrachtete belustigt die weiteren Manöver seiner Feinde, die vergeblich versuchten, eine rasche Wende auszuführen, um unsere Verfolgung aufnehmen zu können.

»Alle Segel setzen!«, ordnete der Kapitän an. Enttäuschung lag in seinem Blick, während er weiter jede einzelne Bewegung der Karavellen im Auge behielt. Doch plötzlich erhellte sich seine Miene. »Gute Arbeit, Gabriel. Wie immer«, schmunzelte er.

Eine der beiden Karavellen bekam Schlagseite. Panisch setzte die Besatzung die Beiboote aus und raffte die Segel. Die Kugeln Gabriels hatten so viele Wunden in den Bauch der Karavelle geschlagen, dass sie binnen kürzester Zeit untergehen würde. Pepe erschien an meiner Seite, und wir betrachteten das untergehende Kriegsschiff.

»Wenn Sebastían das Kommando hat, ist es, als würde Gott das Schiff führen«, schüttelte Pepe ungläubig den Kopf.

»Meinst du wirklich, Gott würde irgendwelche Kanonenkugeln lenken?«, sah ich ihn überrascht an.

»Darüber habe ich mir noch nie Gedanken gemacht, aber du hast Recht. Wer ist es dann, wenn es nicht Gott ist, der seine schützende Hand über uns hält?«

»Es ist nicht Gott oder irgendein Engel. Wenn du keine Angst hast, brauchst du sie alle nicht«, stand Sebastían plötzlich neben uns.

Pepe fuhr erschrocken zusammen und sah den Kapitän ängstlich an.
»Das stimmt, Allah zeigt auch niemals Furcht«, ergänzte ich Sebastíans Einwand.
Die Schlacht war entschieden. Die dritte Karavelle eilte den Besatzungen der beiden anderen angeschlagenen Schiffe zur Hilfe. Wir nahmen Kurs auf das offene Meer, und bis zum Abend würden wir so weit von den Spaniern entfernt sein, dass sie unsere Spur nicht mehr verfolgen könnten. Seit jenem Tag nannte ich Sebastían den Furchtlosen, obwohl ich wusste, dass auch er im Geheimen seine Ängste verborgen hielt.

Nach zwei Tagen auf hoher See steuerten wir eine aus der Ferne winzig erscheinende Insel an. Zum Süden hin ragten hohe, zerklüftete Felsen in das Meer und in den Himmel. Sie beheimateten zahlreiche Möwen, die uns kreischend entgegenflogen und begrüßten. Vom Fuße des nackten Felsberges bis zum Norden erstreckte sich ein dichter Palmenhain, der von weißen Sandstränden umgeben war. Als wir uns der Insel gemächlich näherten und vorsichtig die Korallenbänke umschifften, nahm ich an, wir würden an Land gehen, um unsere Frischwasservorräte aufzufüllen. Aber ich stellte überrascht fest, dass sich zwischen den hohen Felsen ein kleiner Naturhafen befand. Unser großes Schiff füllte das Becken fast völlig aus, lediglich ein paar kleine Boote und Kanus fanden noch an einem schmalen Holzsteg Platz. Routiniert vertäuten die Seeleute das Schiff und befestigten Holzfässer zum Schutz gegen die rauen Felsen an den Bordwänden. Plötzlich vernahm ich fröhliche Kinderstimmen, die schallend zu uns herüberklangen. Verwundert blickte ich mich um und entdeckte, dass der Hafen in einer Wasserhöhle mündete. Ich bemerkte drei Kanus voller Kinder, die auf uns zupaddelten. Liebevolle Blicke und wohlgesonnenes Lächeln verrieten mir, welcher der hartgesottenen Männer an Bord Vater eines oder mehrerer jener ausgelassenen Kinder war und wer nicht. Auch Sebastían erfreute sich an dem Anblick der uns begrüßenden wilden Kinderschar. Er warf zwei Strickleitern hinunter, die behände von den Kleinen erklettert wurden. Alle Kinder waren Mischlinge. Aufgrund ihrer Hautfarbe konnte ich darauf schließen, dass die Frauen auf dieser Insel entweder Schwarze oder Indias waren. Zwei kleine Mädchen mit gelocktem schwarzen Haar umarmten Sebastían herzlich.

»Geliebter Vater!«, riefen sie freudig, und ich verspürtc einen kurzen Stich in meinem Herzen, als ich an das Kind in Arubs Bauch denken musste, das ich noch nicht kannte und von dem ich nicht wusste, ob es noch lebte, und wenn, ob ich es jemals in meine Arme schließen könnte.

»Hast du auch Kinder?«, fragte Sebastían.

»Ich glaube es, aber ich bin nicht sicher«, setzte ich ein gespieltes Lächeln auf, um meinen Kummer zu überdecken.

»Dann wirst du es vielleicht bald erfahren«, versuchte er mich aufzumuntern.

»Wieso?«

»In ein paar Tagen, wenn wir unsere Vorräte aufgefüllt und uns ausgeruht haben, brechen wir nach Portugal auf. Von dort wirst du sicher leichter eine Passage nach Marokko finden als von hier aus.«

Die Freude in seinen Augen über mein glücklich strahlendes Lächeln gab mir die Gewissheit, dass jener Mann in den

wenigen Tagen, in denen wir uns kennen gelernt hatten, zu einem wahren Freund geworden war.
Der unterirdische Fluss führte durch das Felsmassiv zum Zentrum der Insel zu einer kleinen Lichtung inmitten des riesigen Palmenhains. Im Schatten der hohen Bäume standen auf Stelzen Hütten aus Bambusrohren, die mit Palmblättern bedeckt waren. Die Piraten kehrten glücklich heim, schlossen ihre Weiber in die Arme und verrammelten die Türen, auf dass sie niemand bei ihrer großen Wiedersehensfreude störe. Ein paar alte Weiber begutachteten die Mitbringsel der Männer und kümmerten sich um die Kinder. Sie zündeten ein Lagerfeuer an und bereiteten eine köstliche Fischsuppe zu. Ich gesellte mich zu den fröhlichen Kindern und versuchte von dem wohlschmeckenden Gericht, das wir gemeinsam aus einem großen getöpferten Gefäß mit Muschelschalen löffelten.
»Bist du ein Gefangener des Kapitäns?«, fragte mich eines der Weiber mit dem Gesicht eines Engels und grauen Haaren. Sie war so braun gebrannt, dass mir zuvor gar nicht aufgefallen war, dass es sich um eine Weiße handelte.
»Nein, eher im Gegenteil. Seit unserer ersten Begegnung bin ich endlich wieder ein freier Mann.«
»Das heißt, du gehörst jetzt zu der Mannschaft?«
»Nein, aber ich werde sie begleiten«, lehnte ich mich entspannt und angenehm gesättigt gegen einen mächtigen Palmenstamm. Die Kochkunst dieser Frauen erinnerte mich ein wenig an die meiner geliebten Mutter, und mir wurde warm ums Herz angesichts der Aussicht, dass ich bald wieder im Garten meiner Eltern von ihren herrlichen Speisen würde kosten können.
»Du bist der erste Fremde, den ich kenne, mit dem er sich

nach so kurzer Zeit auf eine Freundschaft einlässt. Wie hast du das angestellt?«

»Ich weiß es nicht«, zuckte ich mit den Schultern.

»Wo kommst du her?«

»Ich bin ein Sohn der Wüste, aufgewachsen in Marrakesch.«

»Marrakesch?«, rief sie begeistert und ungläubig zugleich aus. »Wie ist diese Stadt? Du musst mir erzählen von Marrakesch. Du bist seit langem der Erste, den ich treffe, der mir etwas über diese märchenhafte Stadt aus eigener Erfahrung berichten kann.«

»Warum? Was verbindet Euch mit meiner Heimatstadt?«, wunderte ich mich.

»Mein verstorbener Mann: Er wuchs in Marrakesch auf«, hockte sich die Alte neben mich auf einen Baumstumpf. Verwundert stellte ich fest, dass sich kein trauriger Schleier über ihre Augen legte, als sie begann, über ihren verstorbenen Mann zu sprechen.

»Er hat mir viel erzählt über seine Heimatstadt, und ich träume oft davon, eines Tages dorthin zu reisen, um durch die Viertel und Gassen seiner Kindheit zu wandeln. Vielleicht kann ich etwas von ihm dort wiederfinden. Den Widerhall eines Seufzers oder einen Fußabdruck«, lächelte sie ein wenig versonnen.

Ich stellte mir vor, wie diese alte liebenswerte Frau durch die Gassen Marrakeschs schritt auf der Suche nach den Spuren ihres verstorbenen Mannes, und ich war bereit, ihr dabei zu helfen. Aber ich war auch interessiert an der Geschichte, die sich hinter der sonnenverbrannten und runzeligen Stirn verbarg.

»Sicher fragst du dich, wer er war, woher wir uns kannten

und wie er gestorben ist«, wusste sie meinen neugierigen Blick zu deuten.
»Ich weiß nicht, welche Schmerzen Euer Herz verspüren wird, wenn Ihr über diese Dinge redet, deshalb würde ich Euch niemals nach alldem fragen. Aber ich müsste lügen, wenn ich Euch nicht Recht gäbe, dass Eure Geschichte mir eine sehr erfahrenswerte erscheint«, pflichtete ich ihr bei.
»Du bist sehr einfühlsam. Das mag wohl daran liegen, dass auch du in deinem Herzen eine schwere Last zu tragen hast.«
»Wer nicht?«, wehrte ich ihr Mitleid ab. »Wer sein Herz für das Leben öffnet, der erfährt höchstes Glück und tiefstes Leid. Das ist eines der Gesetze des Lebens, das ich auf meiner Reise, die mich bis hierhin geführt hat, verstanden habe. Aber ich habe auch gelernt, dass das Leid und der Schmerz umso größer werden, je mehr sich unser Herz aus Angst, es könne wieder verletzt werden, schließt.«
»Dann hat sich deine Reise wohl gelohnt«, lächelte sie erfreut.
»Oh ja!«, antwortete ich glücklich.
»Mir geht es auch besser, seit ich mein Herz für diejenigen geöffnet habe, die mir meinen Mann genommen haben«, sagte sie und warf einen liebevollen Blick auf die spielenden fröhlichen Kinder, die uns umgaben. »Im Grunde sind wir alle eine große Familie«, seufzte sie.
Ohne die Geschichte dieser Frau zu kennen, bewunderte ich bereits den Mut und die Größe ihres Herzens. Beschämt dachte ich an die Kluft zwischen Xavier de la Valle und mir, die ich zwischen uns hatte entstehen lassen, seit ich über die Umstände des Todes meines leiblichen Vaters erfahren hatte. Ich hoffte, ich würde etwas

von dieser weisen Frau lernen können, um mich bei meiner Rückkehr nach Marrakesch mit meinem Vater versöhnen zu können.

»Welch großes Herz Ihr habt«, sprach ich bewundernd aus und lächelte sie liebevoll an.

»Nun, ich bin in meinem Leben zu einem ähnlichen Schluss gekommen wie du«, erklärte sie. »Hass und Bitterkeit verderben das Herz. Trauer ist manchmal nötig, um das Herz reinzuwaschen, damit es sich mit neuer Liebe füllen kann, aber wer die Trauer, wenn dies getan ist, nicht aus seinem Herzen vertreibt, der wird schnell Bitterkeit und Hass verspüren. Und je mehr davon sich in unserer Brust befindet, umso mehr wird sich davon anhäufen, so lange, bis uns der Tod ereilt. Leider ergeht es viel zu vielen Menschen so, dass sie sich von den Schatten der Welt anstecken lassen und ihr inneres Licht löschen, anstatt es zu nähren, um die Dunkelheit in sich und um sich herum zu erleuchten.

Ich will dir die Geschichte erzählen, die ich inzwischen aus meinem Herzen gewaschen habe, die aber immer noch in meinem Kopf existiert, damit ich mich erinnern kann, wenn jemand bereit ist, daraus zu lernen. Mein geliebter Mann war ein Sternenkundiger und Navigator. Nachdem er in Marrakesch aufgewachsen war, zog es ihn nach Sevilla. Er wollte die Neue Welt erkunden und Karten zeichnen von seinen Entdeckungen. Das Erste, was er in Sevilla entdeckte, war ich. Wir verliebten uns auf den ersten Blick, und er verschob seine geplante Abreise in die Neue Welt immer wieder, um mit mir die klaren Sternennächte genießen und um meine Hand anhalten zu können und um mich schließlich zu heiraten. Das war vor siebenundzwanzig Jahren, als Columbus bereits das dritte

Mal in die Neue Welt gereist war. Mein geliebter Mann war immer noch nicht mit einem jener Schiffe in See gestochen, um den westindischen Ozean zu erkunden. Stattdessen verdiente er unseren Lebensunterhalt, indem er Karten zeichnete. Trotz der großen Liebe, die uns verband, schenkte uns Gott keine Kinder, und wir wurden langsam älter und älter. Wenn wir auch glücklich waren, weil wir einander hatten, so wurden wir doch jedes Jahr ein wenig bitterer, ich ob der fehlenden Kinder und er ob des unerfüllten Traumes, den er meinetwegen aufgegeben hatte. Eines Tages entschied ich, dass es so nicht weitergehen könne. Ich fürchtete, wir würden einander verlieren, weil ein jeder für sich immer unglücklicher wurde. Also eröffnete ich ihm, dass ich der Meinung sei, er solle die Reise in die Neue Welt antreten. Zunächst war es schwer, ihn zu überzeugen, doch bald sah er ein, dass es richtig war. Allerdings bestand er darauf, dass ich ihn begleiten solle, denn er fürchtete, dass er von seinen Reisen nicht zurückkommen und ich für ewig im Ungewissen bleiben könne, ob er noch lebe oder nicht und ob er jemals wieder heimkehren würde. Ich stimmte ihm zu, da wir bis dahin ohne Kindersegen geblieben waren. Also machten wir uns auf die Reise. Das war vor inzwischen zwanzig Jahren. Drei Jahre umsegelten wir die karibischen Inseln und die Küsten des Festlandes. Er zeichnete Tag und Nacht wie ein Besessener, wie im Fieber, und ich spürte, dass ich jeden Tag ein Stück mehr von ihm verlor. Vor siebzehn Jahren, neun Monaten und dreiundzwanzig Tagen nahm Gott mir meinen geliebten Mann endgültig und für immer. Es war der Vater Sebastíans, der ihn mit seiner Klinge tötete. Die Piraten verschonten mich und nahmen mich mit auf die Insel. Ich war und blieb die einzige weiße Frau. Ich konnte den Piraten keine Kinder schenken, aber seit ich auf der Insel bin, schenke ich all ihren Nachfahren die ganze Liebe, die in meinem Herzen wohnt und die seither jeden Tag anzuwachsen scheint.«

»Und der Vater Sebastíans? Könnt Ihr wahre Liebe für ihn empfinden?«, drängte es mich zu wissen.

Doch sie lächelte mich nur geheimnisvoll an. »Ich sage dir nur so viel: Unser Herz wird zu Gottes Haus, wenn wir all seine Lichter entzünden. Aber jetzt bist du an der Reihe. Ich bin gespannt auf die Bilder, Gerüche und Gefühle, die du aus dieser fernen Stadt in deinem Herzen auf diese Insel getragen hast.« Sie sah mich auffordernd an.

»Wenn Marrakesch ein Herz wäre, dann müsste die Stadt viele Lichter in ihrem Inneren entzünden, um all die Schatten, die aus dem Süden und Norden durch ihre Stadttore getragen werden, wieder zu erleuchten.«

»Nun, ich hege keinen Zweifel daran, dass du eines dieser Lichter bist«, unterbrach mich die alte Frau.

»Vielleicht kann ich es jetzt sein, wenn ich nach dieser lehrreichen Reise heimkehren werde«, stimmte ich ihr zögerlich zu.

»Erzähle mir von den Palmen«, bat sie mich.

»Keiner weiß, wie viele es wirklich sind. Denn wenn man zu zählen beginnt, dann wachsen in der Zeit, bis man die letzte Palme gezählt hat, wieder unzählige neue nach. Sie wachsen so hoch, dass man, wenn man ihre Wipfel erklimmt, von dort aus nur noch zu den Spitzen der weißen Gipfel des Atlas langen müsste, um sich mit ein bisschen Schnee erfrischen zu können. Ihre Früchte sind so süß, dass eine Frau nicht länger böse sein kann auf ihren Mann als bis zu dem

Moment, in dem sie eine dieser Datteln auf ihrer Zunge zergehen lässt. Es heißt, die Blätter der Dattelpalmen spenden mehr Schatten als alle Dächer Marrakeschs zusammen. Und man erzählt sich auch, dass die Palmen zu denen, die sie verstehen wollen, sprechen. Sie enthüllen ihnen ihr Schicksal in der nahen und in der fernen Zukunft und auch die Zukunft der Stadt«, berichtete ich der alten Frau, die mir zufrieden lächelnd zuhörte.

»Erzähle mir vom Markt«, bat sie mich.

»Wenn jemand Magie verkauft, dann nimmt er Geld für etwas, das eigentlich unverkäuflich ist. Ähnlich wie der Schluck Wasser, den wir hinunterschlucken, oder der Tanz der Schlange. Ähnlich wie schwarze Menschen aus dem Süden oder weiße Kamele aus der Sahara. Ich habe von den Tainos gelernt, dass nichts uns gehört, nicht das Herz unserer Geliebten, nicht der Himmel, nicht der Flug des Vogels, nicht der trotzige Blick des Kamels, weder der Schnee auf den Bergen noch das Wasser, die Luft oder unser Körper. Und trotzdem kann man auf den Märkten von Marrakesch alles kaufen. Obwohl sie niemanden gehören, kann man Liebe kaufen, Weisheit, Zauberei, die Zukunft, die Vergangenheit und Menschen.«

»Habe ich noch einen einzigen Wunsch frei?«, fragte sie, nachdem meine Lippen sich unmissverständlich geschlossen hatten. Ich nickte ihr zu.

»Erzähle mir von den roten Stadtmauern«, forderte sie mich auf.

»Die roten Mauern trotzen Sandstürmen, Regengüssen, dem Neid der Habgierigen, wilden Tieren und feindlichen Kriegern. Ihr klares Rot im Kontrast zu dem blauen allmittäglichen Himmel, den grünen Wipfeln der Dattelpalmen

und dem Weiß des verschneiten Atlas erfreut die Augen jeden Tag aufs Neue. Das erdige Rot bedeutet Geborgenheit und Kraft, Schönheit und Edelmut.«
»Ich danke dir sehr«, sagte meine erfreute Zuhörerin. »Ich hoffe, du wirst bald heimkehren können.«

XII.

Jede Reise kennt nur ein Ziel:
das Innerste deines Hauses.
Erreichst du das Ziel, kehrst du wieder heim.

Ibn Alim

Da lag sie vor mir, die über den Atlas geworfene Perle des Südens. In all ihrer Pracht, verwöhnt von den schmeichelnd orangefarbenen Strahlen der aufgehenden Sonne. Besungen von den Allah preisenden, markerschütternden Stimmen der Muezzins. Ich stieg vom Pferd ab, stellte mich fest auf den Boden, um die warme Erde auf der nackten Haut meiner Füße zu spüren, atmete tief die würzige Luft meiner geliebten Heimat ein und genoss den wohligen Schauder, der wie eine lange, weiche Feder sanft über meinen Rücken streifte. Endlich war ich zu Hause, zu Hause in meinem Herzen, zu Hause in Marrakesch, der Stadt voller Gegensätze wie Norden und Süden, Kälte und Wärme, Trockenheit und Wasser und Hass und Liebe. Ich zog vorsichtig am Zügel und führte das Pferd der aufgehenden Sonne und der uns willkommen heißenden Stadt entgegen. Ich wollte nicht zu früh in unserem Haus erscheinen, denn zu dieser Stunde gaben sich die geliebten Bewohner meines Heims den letzten halbwachen Träumen hin. Sie sind oftmals die schönsten, weil sich in ihnen unsere Wünsche erfüllen. Ich schritt langsam auf das Haus meines geliebten Vaters zu, um selbst meine Träume mit offenen Augen in Erfüllung gehen zu sehen.

Kaum war das Haus, das mir so lange Zeit ein sicheres Heim geboten hatte, in Sichtweite, als ich erfreut Ali erblickte, der halb schlaftrunken, halb ungläubig in seinem Nachtgewand mit nackten Füßen auf mich zukam.

»Träume ich noch, oder wache ich schon?«, sah er mich wie einen Dschinn an und rieb sich ungläubig die Augen.

»Du wachst«, umarmte ich ihn herzlich.

»Heute Morgen habe ich geträumt, du seist hier. Ich bin aufgestanden, um aus dem Fenster zu sehen, ob du wirklich hier bist, und da sah ich dich im Zwielicht der aufgehenden Sonne, wie du langsam auf unser Haus zuläufst«, schluchzte Ali, der es immer noch nicht glauben konnte, dass ich tatsächlich zurückgekehrt war.

Ich spürte, dass sein Herz noch immer an seiner unglücklichen, unerfüllbaren Liebe zu mir festhielt. Ich drückte ihn noch fester, gab ihm einen Kuss auf die Wange und löste mich aus seiner Umarmung.

»Wo ist deine Frau?«, fragte er.

Jedes Einzelne seiner Worte fuhr in mein Herz wie ein kalter Messerstich. Verzweifelt sank ich auf die Knie, warf einen Trost suchenden Blick in den Himmel und langte mit beiden Händen an mein strauchelndes Herz, das in jenem Moment nicht mehr willens war, auch nur einen einzigen Schritt zu tun. Wie ein gestrandeter Fisch schnappte ich vergeblich nach Luft, ließ meinen erschlafften Oberkörper in den Staub sinken, schloss die Augen und war umgeben von einem tiefen Schwarz und einer grausamen Stille, die mein Herz durchdrang.

»Farid?«, erklang hallend die liebevolle Stimme meiner Mutter in meinem Kopf wider. Ich spürte etwas angenehm Kühles und Feuchtes auf meiner Haut und öffnete die Augen. Sie lächelte mich erfreut an und tupfte den Schweiß von meiner Stirn.
»Geht es dir wieder besser?«, fragte sie.
»Ja, Mutter«, bewegte ich vorsichtig meine trockenen Lippen.
Sie reichte mir einen Becher mit frischem Wasser, und ich benetzte meinen Mund damit.
»Arub! Sie ist nicht hier?«
»Nein, mein Sohn«, sah sie mich voller Mitgefühl an.
Ich schluckte, um jenes bittere Gefühl zu vertreiben, das mich ergriff. »Ich habe es so gehofft, ich habe es so ersehnt, so gewünscht …«
»Wenn du dein Herz öffnest und lauschst, dann wirst du sie hören, und es wird geschehen. Manchmal spielt uns die Zeit einen Streich, und wir glauben uns woanders, als wir eigentlich sind«, sprach mein geliebter Vater, der bis dahin schweigend auf der anderen Seite meines Bettes gewartet hatte und den ich bis dahin noch nicht wahrgenommen hatte.
»Vater! Vater!«, stützte ich mich auf und umarmte so fest ich konnte den weisen Mann, der voller Hingabe meine Umarmung erwiderte.
»Ich wollte dir sagen, dass es mir Leid tut, dass ich falsch ge-

handelt habe und dass ich Euch jetzt wirklich verstehen kann«, flüsterte ich in sein Ohr.

»Ich weiß es, mein Sohn. Ich weiß«, lautete seine beruhigende Antwort, und er strich mit seiner großen, kräftigen Hand sanft über mein Haar.

David Ball

Asha

Roman

Malta im 16. Jahrhundert. Beim Spiel in den Felsen wird der Handwerkersohn Nico von einem osmanischen Korsarenschiff entführt. Während seine Schwester Maria verzweifelt auf der kargen Insel zurückbleibt, kämpft Nico als Galeerensklave um sein Leben. Jahre später steht Malta am Wendepunkt: Die mächtige Flotte Sultan Suleimans hat sich aufgemacht, die Felseninsel und damit ein Zentrum der christlichen Welt zu erobern. Maria, schön und unkonventionell, setzt alles daran, um mitzukämpfen – ist ihre heimliche Liebe doch ein junger Ritter des Malteserordens. Ihr Bruder Nico aber ist kein Christ mehr. Vom Sultan zu einem wichtigen Kriegsherrn gemacht, führt er ein Schiff gegen Malta. Er heißt nun Asha, der Korsar ...

»Der Roman hat die Wucht von 20 Segelschiffen.
Als hätte Hollywood ein 200-Millionen-Dollar-Projekt
zwischen zwei Buchdeckel gepresst.«
Bild am Sonntag

Knaur Taschenbuch Verlag

Wolf Kunik

Der Katalane

Roman

Spanien im 15. Jahrhundert: Nach dem Tod seines Vaters flüchtet der Katalane Xavier de la Valle mit seiner Mutter und seiner Schwester vor seinem grausamen und tyrannischen Onkel in die Stadt seiner Träume, nach Granada. Doch im letzten maurischen Königreich auf spanischem Boden ist nichts mehr so wie in den verheißungsvollen Berichten seines Vaters - es herrscht erbitterter Krieg zwischen Christen und Moslems. Als sich sein Herz zwischen der Tochter des Emirs von Granada und der schönen Christin Maria entscheiden muss, gerät er in höchste Gefahr ...

Knaur Taschenbuch Verlag